君子长诀

上

许酒 著

中国友谊出版公司

图书在版编目（CIP）数据

君子长诀/许酒著. — 北京：中国友谊出版公司，2016.3

ISBN 978-7-5057-3661-0

Ⅰ. ①君… Ⅱ. ①许… Ⅲ. ①长篇小说－中国－当代 Ⅳ. ①I247.5

中国版本图书馆CIP数据核字（2015）第297526号

书名　君子长诀

作者　许　酒

出版　中国友谊出版公司

发行　中国友谊出版公司

经销　新华书店

印刷　北京盛通印刷股份有限公司

规格　635×965毫米　16开

40印张　566千字

版次　2016年4月第1版

印次　2016年4月第1次印刷

书号　ISBN 978-7-5057-3661-0

定价　49.80元（全二册）

地址　北京市朝阳区西坝河南里17号楼

邮编　100028

电话　（010）64668676

C O N T E N T S

目录

CONTENTS

目录

第一章

此生终见，凡世若轻

她确实是多虑了。

我怎么会伤心呢，我祝福萧漫有情人终成眷属。

我自始至终都不曾是他的有情人。

我最后一次真真切切地见萧漫，是在萧文程的婚宴上。彼时西风扫落叶，已是暮秋时节。

文程是萧漫的堂弟。我也是在那天听说萧漫也是冠了文字辈的，原该叫作萧文漫，改名不过是近五年的事。

哦，算起来，我嫁给萧漫也五年了。还真巧。

模模糊糊便觉得脑海中紫菀花翩跹不止，有个看不清面容的姑娘把手中折扇递给什么人，她嗓音甜甜裹着笑：“文漫听着真像女孩儿的名字。扇面画好了，喏，送给你。”

却怎么想也想不起来她是谁，最近连记忆也越来越差。我问知月：“你晓得谁会画扇面吗？”

她惊讶地看着我：“娘娘……您忘了……您忘了您画的扇面，千金难求。当今数您画得最好。”

手忍不住抖了抖，还没反应过来，朱色锦玟茶杯便已落地，带起了一声碎响。我惊慌失措地抬头，正对上萧漫那双寒冰似的眸子。他身旁依偎着的是不是赵以清，我有些辨不清，忽觉得她唇边携的那一抹笑格外熟悉，心里蓦地钻出一阵锐痛。真的是她！喜娘连忙伏跪在地上，行了个端端正正的合十礼，嘴里念着“岁岁平安，好事连连”。

手一直在抖，控制不住。一直挨到晚宴，我没敢再碰任何东西，没有再喝一口水。

文程挽着凌衣过来敬酒，凌衣一脸娇羞，她再不是那个时时刻刻护在我身边、动不动就拔剑的女侠了。我抬起宽大的荷边袖想抚一抚凌衣的脸，却抬到半空时又收了回来，生怕颤抖的手引起旁人的注意。

她眉目生彩对我坚定一笑，这笑容多少让我心安。文程已经把酒杯递过来。我推说身子不大舒服饮不了这酒，身旁却响起萧漫凉悠悠的声音：“朕怎么记得爱妃酒量好得很，昨夜不是喝得很欢畅吗？”

昨夜啊。

我一点也不惊讶。宫女来给我送时令的金橘，那时候我在院子里跟沈素喝酒。那个宫女，是他身边的人吧。这话说来也可笑得很，普天之下莫非王土，率土之滨莫非王臣，这偌大的长曜国，不都是他掌心之物吗？

右手接过酒杯，同时扬起宽大的左袖挡着，一饮而尽。酒杯被我紧紧握在手里，生怕出了上午的差错。

终于挨到了回宫。知月扶着我慢慢走在萧漫跟赵以清的身后，前方的他们如胶似漆，缱绻温柔，鸳鸯佳人，真是亲密。

知月抬头，怯忧忧地唤了我一句：“娘娘。”

她确实是多虑了。我怎么会伤心呢，我祝福萧漫有情人终成眷属。

我自始至终都不曾是他的有情人。

却见萧漫转回头来，眼睛里满满的笑竟是要溢出来的模样。我却从里面看到了满满的冰凉，满满的是看着一个仇人濒于绝望时候的大快人心。

纵然再绝望，我也对他笑。

“清清想看爱妃作画，今晚趁着心情好，你作一幅给她看看。”他说这句话的语气，是风轻云淡的理所当然。

用力攥紧衣袖下发抖的手，我努力使自己的笑看起来更真切更遗憾：“真是抱歉。我今日喝了一些酒，不便作画。”

“哟，可真是新鲜，昨晚跟沈侍卫喝一坛酒后画扇面仍能挥笔自如，现今喝一杯却作不得了。”他甩开阔大的衣袖抚上赵以清的左肩，侧脸看着他真正的爱妃，笑意盎然：“清清说是也不是？”

赵以清却是回了我一副泫然欲泣的表情：“姐姐可是因着琉璃的事埋怨我，不肯给我作画？今日妹妹站在这儿，要杀要剐但凭姐姐的便吧，只要姐姐肯原谅我。妹妹实在不知那是琉璃，所以才……”

我上前直截了当给了她一巴掌，喉头涌上来一股腥咸，被我咬牙咽下去。

紧接着是萧漫给了我一巴掌。我料得丝毫不差。顺着他掌掴的手势旋了半步背对他跌在地上，趁低头的瞬间把刚刚涌出来的血擦干净。幸好是婚宴，我着了件绛朱色长裙，颜色遮一遮，便看不大出来。知月大呼一声，赶紧扶我起来。

耳畔传来赵以清嘤咛委屈的哭音，赶在萧漫责骂我之前，我一字一句道：“知月，把我的画具带到清妃娘娘宫里。”

第二章

忘尘为引，三日而别

我知道心口有些东西空了。

可能再也回不去了。

我活不过三天了。

头发开始大把大把地掉，这是身体溃败的征兆。我还要用心地藏起来，怕别人更怕萧漫知道。

沈素有没有找到那个地方，却是我此刻最担心的。

萧漫跟他的清清卧在软榻上喝酒，我在他们正对的下首的桌案上为他们两人描丹青。我的身份像是宫里的画娘。下笔抖了抖，却被我极力控制住。等到作完一幅两人卧榻相拥、执杯对饮的画，已是更鸣子时。放下画笔那一刻，竟然全身都忍不住发抖。赵以清趴在萧漫怀里睡着了，酒洒在了他的袍子上，他丝毫没有在意。

他是一个爱干净的人，爱干净到极致的人。几个月前，还是更早，我记不得了。宫宴上我不小心把茶水洒在他的身上，被他关在水牢三天三夜。出来后全身被泡得浮肿冰凉，那时候琉璃抱着我，哭了很久。

那时候，琉璃还在。

我在水牢的第二天，便听守牢的侍卫说萧漫把岳丞相的女儿迎进了宫门。因为在我之后，岳姑娘也不小心把茶水洒在了他身上，丞相全家老小惶恐不已的时候，却是他亲自扶起她，说："琴书怎么能与她相提并论呢？朕中意于你，莫说一杯茶，即使是一碗热汤泼在朕身上，朕甘之若饴。"从此宫里传出一段帝王美人的佳话。

我趴在琉璃怀中，被梦魇困住五天五夜昏迷不醒。梦里反反复复不过一句"甘之若饴"，把我折磨得这样深。我是那段佳话里的什么，没人比我自己更清楚。

他小心翼翼地将赵以清的身子从怀里移到榻上，那样温柔细致的模样，我曾经很熟悉。后来竟再也不敢看。

有双手顺着我的肩膀、胳膊缓缓拂过，然后残忍地一把握住我的手腕。我抬起眸子对他笑，透过他笑意正浓的目光，他深邃嘲讽的目光对我笑。

他的脸凑过来，双唇划过我的脸颊后紧紧贴住我的耳朵，我忍不住打了个寒战。

“爱妃可是觉得冷？”他贴着我的耳朵问。

我笑着点点头。

如果不是手腕处传来刺骨的痛，我甚至会觉得这声音是关怀我的。

手腕处的痛又加剧几分，他却仍没有放松的意思：“你袖口处那一片暗色是什么？”

“茶渍。今日我不小心打翻了一杯茶，皇上您不是看到了吗？”我说。

他看着我时眼睛亮亮的，亮得泛着冷光。那道光似可以直透人心，将其瞬间冰封。他说：“爱妃真爱说笑，朕倒是没有见过茶渍可以沁出这么深的颜色。”

我盯住他的双眼，道：“皇上应该最知道茶渍什么颜色，我记得不久前不小心把茶水洒在您的袍子上，可是污了很深一片。所以才心甘情愿去水牢受罚。”

他却骤然松开了钳住我手腕的手，眼里有一丝不愿再提此事的狼狈和慌乱，却是一闪而过，紧接着换上一副我并不熟悉的神情：“都是两年前的事了，岳琴书都死了，你终究忘不了那一次吗？”

她什么时候死的，我不清楚，心中隐隐地痛。

那个曾经跑到我宫里肆意炫耀的小姑娘，不过十六岁的年纪。我曾经看不惯，与她大打出手闹了个翻天覆地，反倒被一众大臣参奏我一个野丫头粗俗蛮横，应逐出皇宫。可是，纵然我如何看不惯她，却从不曾希望这样年轻的生命沉睡在这深宫之中，永无光明。我曾以为那是不久前，却已经过了两年。时间这种东西，果然如白驹过隙，一瞬而已。

他却再次抓住我的手腕，比之前更狠戾：“你作给沈素的扇面，画的到底是什么？”

我想笑，却怎么也笑不出来：“萧漫，不过是一幅扇面。”

另一只手袭上我的脖颈，只要那力度再重一分，这个世界上便再不会有一个薛轻。他狠狠地吐出一个字："说！"

我盯着那双怒气腾腾的眼，压住喉头的血味，慢慢地笑："你不会自己去问他吗？"

他攫住我的眼："三千轻骑都追不上他，所以才好奇，朕的贴身侍卫究竟是被一幅什么扇面迷惑得命都不要了。"

牙齿咬下舌头，可真是疼啊。可我想不到更好的方式遮住涌到喉头的血了，唯有此法。血顺着嘴角往下流，萧漫蓦地睁大双眼，左手捏住我的下颌，右手指伸进我嘴里，他声音有点抖："朕不问了，你……你别……"

舌侧火辣辣地疼。这可真不是个好办法。

知月抱着我止不住流眼泪，就像当时的琉璃。可我也晓得，她不会是琉璃，琉璃已经不在了。

我此生最对不住的人恐怕就是琉璃了。五年前萧漫带我回帝城的路上我遇到她，被狠心的主人打得半死不活，我同萧漫借了一千两银子买她回来。许多人说我傻，就是帝城最受追捧的艺伎也不过一千两身价，花这些钱买一个命不久矣的丫鬟真是傻。

我认为是值得的，在她强忍着腿上痛意俯身给我磕头的时候，我就知道是值得的。

我却后悔把她带到身边来。那时候，萧漫还不是皇上；那时候，我还不知道世上有一个赵以清；那时候，我还很单纯地想跟萧漫在一起，共赴白头。

三年前他做了皇帝。我几乎忘记了他是怎么从最不受宠的皇子变成最令人敬畏的帝王，却清清楚楚地记得他的登基大典。我身子羸弱地靠在琉璃怀里，看他亲自迎下殿阶，为美若仙人的赵以清戴上凤冠。

他君临天下的那一天，娶了他最爱的姑娘为妻。这真是个完美的结局。

彼时，琉璃抚着我的背，明明是泪雨滂沱的模样，声音却忍着没有一丝哽咽："夫人，您把血吐出来，把血吐出来就不会这么难受了，求求您，您听话啊夫人。"

那样的琉璃再也不会回来了。赵以清遣了侍娥找我一同去西梨坊听戏，不料我在途中被人暗算，醒来时候已经是在赵以清的寝宫里，身上穿着黑衣，脸上裹着面巾，一副杀手的模样，却动弹不得，连话都说不出来。外面灯火通明，无数火把燃得轰轰热烈，透过窗纸噼啪作响。有人在喊："刺客，赶紧出来。竟敢行刺清妃娘娘，你已经无处可逃了！"

我浑身一惊。

那时候，我身边只有琉璃。她浑身是伤，密密麻麻的刀口，涌出来的血，红了我的眼睛。她却开心地对我笑："幸好我在，夫人，琉璃第一次觉得自己还有用。幸好我还在这儿，我跟着您呢，您别急，过一会儿穴道会有人给您解开的。"

她笑着跪在我身边完完整整行了个大礼："夫人，得罪了。"

说完这些，她开始脱我身上的黑衣，迅速穿在自己身上，脸上的方巾被她摘下来蒙住自己的脸，我看着那双弯弯的眼睛，不住地摇头。然后她找出干净的衣服给我换上。

我说不出话，我恨我自己说不出话，冲到喉咙里的呼喊全变成无数哑音。我想动，哪怕是动一下呢，哪怕是动一下之后让我去死呢，我也要阻止她。可是我动不得，我说不得，我盯住她的眼睛，泪水涌出来，湿了我的脸，可她不听我的话。我咬住嘴唇，血慢慢流出来，她最见不得我流血了，可是，此刻的琉璃她不听我的话。

我眼睁睁看着她打开房门，甚至没有说一句话，只是打开房门的瞬间，无数羽箭铺天盖地射过来。她料定了外面的人不会给我们一丝争辩的机会，她料定了，所以她也料定自己会死。

可她还是救了我。

我躺在地上，大片大片的泪水打湿了地毯。我流尽了一生的眼泪，却再也换不回一个活着的琉璃。

萧漫紧紧拥着受到惊吓的赵以清走进来，看到躺在地上的我皆是一震，赵以清惊恐地问我："轻姐姐，你……你怎么在这儿？"

突然想笑，笑着笑着泪水越来越汹涌。我怎么会在这儿，我怎么会在这儿不都是你意料之中的？

被"行刺"的你们都好好地活着。

可是我的琉璃。谁把我的琉璃还给我，谁能还给我？嘴唇的血染红了脖颈处的衣领。萧漫把手指伸到我的嘴里，阻止我，直到把他的手指咬破，血从嘴里流出来，他都没有说一句话。我冷笑着吐出他的手指。他对不起的不是我，是琉璃。

醒来的时候，知月仍然趴在我的身边。我伸出手，手指微弯，慢慢靠近她的脖颈。

却最终没能忍心下手，稳了稳掌心，轻轻拂了拂从她的发髻滑到脖颈上的头发。

她便醒了，满脸关切地问我："娘娘，您好点了吗？"

我点点头，示意要下床走走。她搀我下床，递给我一碗微热的米粥。

正犹豫要不要喝，却见大批执刀的侍卫将我住的轻云宫层层围住。领头的那个人，我好像在哪里见过。究竟是在哪儿见过，却怎么也想不起来了。

他恭敬地朝我一拜："夫人恕罪，昨夜清妃娘娘遭人下毒，至今昏迷不醒。圣上有令，昨日接触过娘娘的人一律围禁，等候审问。"

我愣一会儿，放下粥："昨日接触过她的人很多，文程王爷也是其中之一吧。"

他没有抬头，只是严肃地回复我："夫人说得是，王府确实也被暂时……包围了。"

好个暂时。暂时到什么时候呢，到我死的那一天吧。他果然料到了这些。我只担心凌衣，怕她会……

"夫人莫要担心，我等现在可做的便是为清妃娘娘祈福，让她早日醒过来。"

我却抓住了他的话，颤抖地问："你叫我什么？"

他一怔，面上有七分震惊："夫人……可是不记得章正了？"

我看着他，摇摇头。确实不曾记得认识章正这个人。

他眼里露出深深的悲凉，我不晓得这副悲凉是为哪般。

"夫人，您曾舍我娘子一颗药丸，救活了她，你还为我妹妹的亲事专门画了扇面。"

我微愣，却又听他说："夫人放心，圣上派我来，更多的是保护夫人的安全，免得夫人遭相同的毒手。"

"放心。我放心得很。"我笑道。

那碗粥终究是凉了。我唤知月来倒掉，她并没有说什么。最后的两天，我要控制着自己不要吃东西，不要喝水。

知月恐是觉得我没胃口，做了许多清爽可口的饭菜。她面露忧色："娘娘，您好歹吃一点啊。皇上这么做也是担忧您，昨夜他抱您回来，满脸都是心疼的模样，"怕我不信，又硬生生加了一句，"比对清妃娘娘还要温柔。"

若面前为我担忧的人是琉璃，我会吃的。但此时，我只能笑一笑道："我信。"

那天沈素没有来。

我忍了一晚上的痛，最后终于入睡。梦里有人要带我走，我问他去哪儿。他说去一个繁华的地方。那儿有许多房子，有许多马车，有许多人。我对房子跟马车没有一点兴趣，却希望见到很多人。师父师娘在我五岁双双离世后，我自己一个人活到十六岁，只见过眼前这么一个人，难免有些寂寞，也难免向往有许多人的地方。

我想不起来这个人叫什么，脑海里有两个字——萧漫。我试着喊了一句，他兴奋地跑过来抱着我在漫天遍野的紫菀花丛里打转。我觉得自己高兴得要飞起来了。

灵台一片混沌，滚滚冰水朝我涌来。我想起在水牢里的情景，又想起倒在大雨里的场景。那是我记忆中最大的一场雨。我救了一个人，是舍命救了一个人，那是萧漫心爱的姑娘。我倒在雨里，琉璃在我身旁哭泣。

我也不知道自己为什么溶解各种毒却唯独溶不了七月雪。七月雪确实是种奇毒，正如七月下雪本就不可能，冠了这么个名字的毒药是告诉人们一旦染了这种毒想解怕是不那么容易，这真是令人胆寒。直到师娘临去世的时候，仍然嘱咐我不要染七月雪，否则三年内必死无疑。

后来萧漫误打误撞走进山谷里碰到了我，知道我百毒不侵后很惊喜。我们在一起很快乐，我以为会一直很快乐。从山谷里出来，跟他住进了他说的有很多人的大房子，我们成了亲。府里所有人都开始唤我夫人，琉璃也是。虽然琉璃比我大，却也唤我夫人。他一直很忙，一忙就会皱眉头。我还给他下了毒，让他面瘫了几日，连眉头都皱不了。那时候他宠我宠得紧，僵着个脸挠我，并没有生气。我把他的毒逼到手指里，划了道小口子，把毒吸出来。那时候他抱紧了我，嘴里说了句话："你终于有救了。"

后来我才知道，那句话不是说给我听的，而是赵以清。

太子没能做得了皇上，最后做皇上的人是萧漫。那时候他抱着一个美女，右手紧紧抓着一个明黄色的盒子回了府里。当年的沈素还只是一个保护我的侍卫，跟凌衣一样。沈素跟我说里面装的是玉玺。我问他玉玺是什么，他笑了笑："玉玺就是皇上的象征。"如果萧漫只是拿着玉玺，却没有抱着美女回来的话，我会替他欢喜的。可是那时候，我欢喜不起来。

是知月把我唤醒的。我揉了揉额角，觉得前所未有的疲惫。她扶我坐起来："娘娘，昨晚皇上来看您了。您在梦里喊了他的名字。"

我眯起眼，试图遮住刺进双眼的光，淡淡地回应她："我喊了他的名字，他要杀我吗？"

知月一派惶恐的模样："不是的，娘娘……皇上他很高兴，听您唤他的名字他很高兴。"

"哦？"我打量着她。

却见她慌乱地低下头，搓着衣角，吞吐许久也没有开口。

我说："你有什么话尽管与我讲。"

她又慌乱抬头看我一眼，迅速低头道："娘娘，您……您爱沈侍卫吗？您昨晚在梦里也喊了沈侍卫的名字。然后，皇上听到后就走了。"

我低头看着锦被上绣的一双锦鲤，想了会儿缓缓道："知月，你知道吗？我活不长久了。"

她瞪大了双眼："娘娘……娘娘不会有事的，不过是呕点血，这深秋霜重，肺腑染些寒气很正常，您的脉象平稳……"

我一愣，迅速抓住她的胳膊，逼视她问："你怎么知道我呕血？太医从未进过我的宫门，你又怎么知道我脉象平稳？今日这碗粥里又放了什么？"

我以为她会像往常一样见我动怒便泪水潸潸，今天却让我见了一个坚强有骨气的知月。她不过愣了一会儿便反应过来，脊背挺得笔直，却一点也没有挣脱我的意思，纵使她挣脱我实在易如反掌。

“您都知道了吧，所以才不肯吃东西。”她瞬间冷静，自嘲地一笑，另一只手慢慢抚平刚才搓皱的衣角，“太医确实没有来过，我本就是医女，号脉这样的小事，自小也琢磨得很透彻了。粥里放的什么，想必娘娘也都猜出来了。皇上怕药性太强对您身体有害，每次只许我放一点点……忘尘。”

忘尘。

呵呵，忘尘，原来是忘尘。我松了手，越笑越深。忘尘为引，万事封印。

知月跪在我身旁，淡淡地说：“娘娘别怪皇上，他是万不得已。他说自己近些年犯了许多错误，却不知道怎么弥补，只能给您服忘尘。他想让您忘记那些不好的，他会像在王府里那样宠您，只宠您一个人。”

一个人，好一个一个人。他要将赵以清怎么样？他所做的这一切不都是为了有朝一日能与他的清清暮暮朝朝再不分离吗？我忍不住要笑，笑着笑着竟流出眼泪。

知月探过身来替我擦泪，我没有拒绝。“娘娘，您可知道皇上真的喜欢您？他表面是护着赵小姐，可他心里念念不忘的可是您哪。您画给他的扇子，他像宝贝似的藏在书房。那时候他逼着您救赵姑娘，甚至后来做了许多令您伤心的事……”

我闭上眼，示意她不要再说下去了。我要安安静静的。

安安静静地等沈素来接我。

知月递过来的饭菜我一口也没吃，她不再像往常那样温柔地哄我吃东西，她也晓得没这个必要了，却仍然道：“娘娘不要再担心饭菜里有忘尘了。过去今天，您可能什么也记不起来了。”

我打翻了桌子。

知月静静地立在书房门口，见我挥笔作画。我在宣纸上写下“琉璃”，照着心中的模样，心中依稀记得的模样，描绘出那个清秀美丽的姑娘，手不住地发抖，我却不能停，我怕自己一停下来，就忘了琉璃的模样，忘了琉璃是谁。

紧接着画沈素，我却怎么也记不起来他之前的模样。我痛得抓头发，无数发丝散落到地上，却想起来三天前，对，三天前他来找过我。沈素来找过我，我们喝了酒，我画了一幅扇面交给他。他穿着蓝色的袍子，袍子上绣着紫色的花，文绉绉的模样一点也不像侍卫。我颤抖地画着，一笔接着一笔。知月过来阻止我，却被我扔过去的书砸中，再也没有往前一步。

还有，还有凌衣，对，凌衣。她是个侠女，她很会用剑。她前几日嫁人了。她嫁给了谁，我记不起来了。她给我敬酒，对，那时候她穿了大红色嫁衣，隔着流苏帘子对我笑，那是凌衣。我慌慌张张在纸上落下“凌衣”两个字。那个笑容却怎么也画不好，我便撕掉重画，流苏帘子，坚定的笑容。她那个笑容仿佛在暗示我什么。她当时一定是在暗示我什么，可是我记不起来。

大滴大滴的泪水掉下来，洇湿了凌衣大红色的嫁衣。

……

我终究是小瞧了身旁这个宫女，她右手抚上我睡穴的时候，我仍然记得她唤作“知月”。我是多么想忘了她，忘了这个人多的地方。沈素，凌衣，带我走。

梦海无边无际，仿佛再也醒不过来。我梦见了萧漫抱着一个美女回来，右手紧紧攥着一个明黄色的盒子。我不开心。

他偏偏要让我给那个美女解毒，我不愿意，打算赌气不吃饭。他像是真的动怒了，吩咐他们不要给我饭吃。那时候心里好委屈，我自己不吃饭是一回事，萧漫故意饿我是另一回事。

饿到第四天我撑不住了，萧漫也没有来看过我。我被琉璃搀着进了他的卧室，他在给床上昏迷的美女擦脸。他自始至终没有看我一眼，就算我说给那个美女解毒他也只是哼了一声。

我忍住要掉落的眼泪问他：“她中了什么毒？”

萧漫却凉悠悠看我一眼，漫不经心地吐出今生我最不愿招惹的三个字“七月雪”。琉璃没能搀住我，我一下子瘫在地上。

他用嘲讽的眼神看着我，我最受不了那样的眼神，仿佛在说：“你刚刚不是说要给她解毒吗？怎么，现在怕了，不愿意了？”

结果他真的那样说，几乎跟我想的一模一样。我从不知道心疼是什么感觉，因为那之前我没有疼过。原来不只是心里密密麻麻如针扎过溢出星星点点的血，疼也会渗进手指，封堵所有血脉，连弯曲都不可以。

我撑起最后一点卑微的勇气和希望问他：“萧漫，如果我为了救她自己死了，你会难过吗？”

他怎么可能相信呢？他嘲笑的眼睛把我攫住，令我动弹不得："轻轻你不是百毒不侵吗？不过是为她解个毒，你怎么怕成这样呢？"

于是，我忍住眼泪，忍住四天没吃东西不住抽搐的胃，将那美女的毒逼至手腕，划开一个小口子，给她吸毒。

她终于快要醒了，萧漫忍住欣喜，静静在床边等她醒过来。琉璃搀着我一步一步，走得很艰难。门外是无边的雨，那是我记忆中最大的一场雨。琉璃要解下外衫为我挡雨，被我制止了。我说："你的外衫将来只能为沈素解开，我又不是沈素。"我想琉璃会害羞一笑，却没料到她哭得那样彻底。

我倒在雨中，冰凉的雨沁入我怀里，我想伸手给琉璃擦眼泪的，却没料到她抱起我。她陪着我四天没有吃东西，却还能抱着我。我真没用。

"琉璃，我可能会死了。你跟沈素赶紧成亲吧，我怕我等不到那个时候了。"

琉璃抱着我，哭得歇斯底里。

那之前，我常常觉得，琉璃这样爱哭很招人烦。可如今，我想再听她哭一声，却只能在梦里了。

不晓得睡了多久，醒来后见知月静静挑着身旁火烛的灯芯。窗外那个身影是萧漫吧，见我醒来转身急速离开。我悲凉一笑，轻轻啊轻轻，你怎么还记得这两个人？

我要起身去书房，却被知月拉住怎么也动弹不得。我冲她笑一笑，随即乖乖盘坐在床上："知月，我给你讲故事吧。不让我作画，我讲故事给你听好不好。如果以后我想不起了，你讲给我听好不好？"

她眼里居然蓄满了泪，对我点点头。

"我以前住在王府里，那时候身边有两个威风凛凛的侍卫，他们一个叫……"我抬手拂了拂额，知月开口提醒我："沈素和凌衣。"

"哦对，沈素和凌衣。我以为他俩是一对儿呢，后来却看到琉璃给沈素做衣裳。琉璃都没有给我做过衣裳。她嘴上说自己做得不好，夫人穿了怕委屈了夫人，实际上我都晓得她只想给沈素做。我那时候吃醋了，很不待见沈素，就黏着凌衣，让她带我去人多的地方，像茶楼啊，戏园啊。结果就给沈素和琉璃更多相处的时间了。知月，你说我是不是傻啊。

“我喜欢人多的地方，为什么喜欢人多的地方……我记不起来了。凌衣很会用剑，几乎没人能比得过她。后来有人耍剑比她耍得还要好，凌衣就喜欢上那个人了。再后来凌衣就嫁给他了。我好像还去过呢……我是不是去过啊？”我近乎自言自语。

知月擦了擦眼泪，轻声与我道：“娘娘去过，她嫁给了文程王爷。”

我恍然大悟：“对对，是叫文程的。凌衣有了个好归宿。可是，琉璃死了……我亲眼看她中了好多支箭，她一声也没有哭。我能动弹了，爬过去抱着她，许多人围着我，有箭刺穿了我的手，我一点也不疼，因为我觉得琉璃比我还要疼。我想让琉璃再哭一声给我听，哪怕她哭一声呢。我抱着她坐了一夜，没有人能让我松手。可是沈素来了，我趴在他怀里对他说对不起，他说不怪我，但是他要带琉璃回家。我舍不得，可是我觉得琉璃更想跟沈素回家，她其实一直想嫁给沈素。她还不承认呢。

“再后来，有个叫知月的姑娘来照顾我。我把她当作琉璃。我知道她不是琉璃，可是我想要像对琉璃一样对她好。她不像琉璃一样唤我夫人，她叫我娘娘，她也叫赵以清娘娘。我不大喜欢这个称呼，我叫轻轻。曾经有个人叫我轻轻，好像我打小就叫轻轻的。知月做饭很好吃。她总是等我睡了才睡。在宫里这些日子，我早上一睁眼就能看到她。我给她画丹青，画扇面。我从没给琉璃画过。”

我身旁的姑娘泪流满面，我忽然记不起来她是谁，我问她：“你哭什么？”

她愣了许久，眼泪从没有停下过。我突然想给她讲故事，我不知道我为什么想给她讲故事，我说：“我想讲故事给你听，好不好？”

她流着眼泪点头。

“我叫薛轻。你不认识我吧。我住在一个谷里，那儿开着紫菀花，四季都开着。我好像有师父跟师娘，他们后来不在了。我一个人在那儿住了很久。我最害怕七月雪。后来有个人进谷里，他叫我轻轻。很小很小的时候好像也有人叫我轻轻。我喜欢他。我给他的扇子画了扇面，我觉得他的名字很像女孩儿的名字。他叫文漫，他后来又不叫文漫了，他说自己叫萧漫。

"他开始也很喜欢我，后来就不喜欢了。他爱上了别的姑娘，他疼她宠她，比当时对我还好。其实我在山谷里待了这么久，我都不知道什么样的才是对我好，他陪我躺在紫菀花上，看着月亮弯弯，我就觉得他对我很好。可是他后来不喜欢我了。我也找不到回山谷的路。我曾经逃走过，他追上来了，我以为他舍不得我，可是他是把我捆回去的。我不知道他怎么这样，他喜欢别人了。好像他一直喜欢的都是那个姑娘，你知道吗？她也叫清清的。我恨他，他不喜欢我了还不许我走。可是我很想回去。我想那一片紫菀花，我想出去，可是知……"

那个模样俊俏的姑娘流着眼泪提醒我："知月，您是说知月是吗？"

我低头想了想："嗯，好像是叫知月。她不是琉璃，琉璃不会舍得给我下药。我忍着不吃饭，不喝水，可是我很饿。我害怕吃她做的东西，我也害怕喝水，我知道我吃了就什么都想不起来了。"

突然很想哭，心里委屈得不得了，双手捂上眼，眼泪就从指缝里溢出来。"可是我知道得太晚了。"我说。

身旁的姑娘一直在哭，从没停过。我不知道她为什么哭，她流着泪对我说："您想吃什么呢？我去给您做好不好？"

我还没来得及点头，却见一个身穿蓝色袍子的人一个手刀落在她肩上，她昏过去了。

我一点也不害怕。我在等一个人，我不知道是不是他。

他说："夫人，我们走吧。"

我坐在床上对他笑："我要等一个人，他要带我回一个地方。我给了他一幅画……"

他愣了很久，哽咽道："夫人，我来晚了。我就是那个人。"

我一头扑到他怀里："我等了你很久。"

他安慰我："嗯，我知道。凌衣也来了。章正会放我们出去。"

我想不起来谁是凌衣，谁是章正，却觉得心里像蜜一样甜。

他把我紧紧裹在大氅里，他问我才三天怎么瘦成这样。我想不起来。出门的时候有风吹过来，吹落了我许多头发。

他把我裹得更紧了，低头对我说："夫人，我找到那个地方了，我带你回去。”

……

我想起来我给他的那把扇子，扇面上画着弯弯的月亮和一个吹着紫玉笛的少年。那个年轻的公子衣袂飘飘，好像站立在最高天上俯瞰芸芸众生的神仙一样。

那幅画的意思是：紫玉笛，夜挽霜，年少春华君莫忘——紫菀花谷。

马车在颠簸。

越来越多的血涌上喉咙。

无数人在喊我，唯独只有一个人喊我“轻轻”。

我咽不下那么多的血，它们顺着我的脖颈往下流。

再也睁不开眼看一看那个唤我“轻轻”的人。

脑海中万丈佛光一霎繁盛，没有一片紫菀花的踪迹，也没有一个吹着紫玉笛的公子。

我知道心口有些东西空了。

可能再也回不去了。

第三章

慈悲喜舍，五万何欤

她这番做法，是要让我晓得，

就算长诀投生凡间变成萧漫，终究还会选择她吧。

我拿半颗心换的情缘，竟是得不到老天爷半分同情。

【神界——大梵音殿】

醒来的时候，大梵音殿金身佛祖光华万丈，殿中佛乐正盛，师父捏着一串佛珠还在替我念安生咒。我抹了把脸，手掌竟全是泪。师父抬眼看了看我，淡淡哀伤从他眸子里流出来："你拿半颗心违逆天命换的这场凡世相逢，如今想来，可是值得？"

左心处空空荡荡的，月余前的伤口仍然牵出许多疼。那里原本满满当当都装着我对长诀的爱恋，如今连同左心一起祭了这场凡尘情缘。

师父捻过一颗佛珠，道："你之前同他的情缘都装在左心，如今左心没有了，再过些时日，你可能也就记不得这场情、这个人了。是福是祸，数你最清楚。"

"还请师父为琉璃姑娘做一场超生法事。"我说。

师父点点头，大殿的佛光温暖了他半边脸："那姑娘已转世，此生为一商户之女，一生平顺。倒是你，若有苦不愿同我讲，就去小六那儿同他说一说。"

我站起来，摸过床边的玉渠剑，理了理妆容对师父道："师父且等我去把六师兄揍一顿再回来听您的教诲。"

师父念了一句阿弥陀佛，嘱咐道："你且拿捏住力道，失了半颗心也不是儿戏。"

我费力笑了一声往殿门外走："师父说得极是，弟子拿捏得最准的便是力道。"

身后传来师父空绝入心的声音——"五万化一瞬，五万复何欤？"

右心惶惶，不由得一颤。

【神界——司命府】

一路飞到司命府，六师兄这次倒是连躲都没有躲，脸上一派深肃，我握着剑的手竟有些抖，他却先开口道：“小九，师兄知道你心里难受，这盘情缘是你拿半颗心换来的，我也想给你和长诀天尊编一个圆满的结局。可投入凡尘时经了拂灵的手……”

“拂灵”二字从脑海一过，我想笑却怎么也笑不出来了。

我怎么会不记得，凡间长曜之国赵以清那张长得同拂灵九分相像的脸。

她这番做法，是要让我晓得，就算长诀投生凡间变成萧漫，终究还会选择她吧。

我拿半颗心换的情缘，竟是得不到老天爷半分同情。

我想起最后那一次，将自己和他站在大片紫菀花丛中的样子画成扇子送给他。最后拂灵将他的扇子带给我，扇面上只有赫然写着的“无缘”二字，一撇一捺都是他的笔迹；其上一方朱红印章，清晰落着“九上天尊”字样。那时候我就想，这世上究竟还有什么比“无缘”二字更让人遗憾。

六师兄哽了哽，小心翼翼道：“你想不想看看凡界此时的情形？”

我摇摇头，抬手拂掉脸上汹涌而出的眼泪。看了又怎样，在那盘凡尘中，我已经连个角色也不是了。

六师兄抬手拂去我脸上的水雾，模样郑重道：“小九，若是揍我一顿能消你半分难受，那你随便来吧。”

我摇摇头，夺身奔出司命府。

【仙界——忘川海】

我是如何落入忘川海的，又是在忘川海里泡了多久，自己也不晓得。醒来后只见万物枯萎，天地苍黄，我掌心紧紧握着一把扇子，扇面上原本描着的画被忘川海水浸成大片紫色，扇中央残留着一红一白，却再也分辨不出来是什么。

师父跟一众师兄守在我跟前。

六师兄满目悲凉：“小九，我们寻了你三个月，没想到你竟然在此处……”他伸手指了指蔚蓝的海子那边的一座孤山，哽咽道，“小九，长诀天尊在那里仙逝了……”

他告诉我长诀天尊仙逝了，望着扇子的眼里有湿雾漫上来，可我不晓得自己为什么要流泪。我歪着脑袋，问他：“长诀是谁？”

师父叹息一声，朝着西上天合十而拜：“慈悲喜舍，无定无常。阿弥陀佛。”

第四章

尊神之争，只为玄君

相传良玉神君美矣，其身形妙曼如红云袅娜，
其面容皎皎如月辉映照，其微微一笑可令九州失色，
其言语泠然可使听者念念莫忘，总之是个难得一见的美女。

再话便是五万年后。

六月初六，孟泽玄君要娶小老婆，婚礼定在了他们魔族玄魄宫。消息一出，四海八荒都哆嗦了一下。

且说这孟泽玄君，名号在四海八荒可谓是无人不晓。他曾是上古玄天大帝繁衍至今的后代之一，因沾了一分上古战帝的血脉，纵然他骄纵多年，后来也被天帝封了个玄君的称号。

有人说他长得好，那张即便做冷酷无情状也如花似玉的脸，活脱脱一个桃花吸盘，不管男女，只要瞅他一眼，心肝儿都要颤个好几天。

有人说他打架厉害，曾以一己之力单挑东海两万虾兵蟹将，分分钟结束战斗，在东海旁架起火炉支了个海鲜火锅，邀来两个好友饱餐一顿，东海水君被他气得卧床三年不起。

有人说他风流成性，虽说自古男人爱风流，但他是那爱风流的男人当中的极品。尤其是近二百年，他更是着了魔一样，隔三岔五便娶回家一个小老婆，如今这一房排号是二十七还是二十八，众仙有些算不准。

但以上，都不是孟泽娶这第二十七或者二十八小妾婚宴备受关注的原因。而是这次，有一个重量级嘉宾要来。

这个重量级嘉宾，正是相传已经死了好几万年最近诈尸归来的原天帝长诀。

长诀是打盘古开天辟地以来最年轻最俊俏的天帝，且他这个天帝，做的同旁人不一样。他继位时，正值八荒浩劫，星位大移，天盘倾覆，山河陡换，朝夕不明。那时候许多神仙并不看好他，心想着与其指望着一个如此俊美的少年郎，还不如早早寻块地方，挖个坑好埋了自己的尸骨来得好。就在诸神争先恐后选地方挖坟坑的时候，他挽起衣袖，亲手捧众星使其归位，举天盘使其不倾，挪山疏河使其不覆，搬日揽月使朝夕变幻如常。诸神目瞪口呆，反应过来之后开始争先恐后地填坟坑，然后上天恭维述德。

可长诀却在神族最鼎盛时将天帝一位传给了他的侄儿。新天帝联合四海八荒有德望的神族给他追封了九上天尊的尊号，赐了始气凛然、紫霞为城的三十五天供他居住。他闲来无事便养养花木，不过几年，竟然修得掌控八荒花木兴谢的本领，他所到之处，百花齐放，可谓艳绝。

可就是这么一位天尊，在五万年前对阵区区十万邪妖时，竟失手战败，落入忘川，被压九黎山下，从此仙迹荡然无存，八荒花木一瞬枯萎，三年后才重新开花生长。可月余前，长诀天尊突然出现在三十五天，还亲自讨了一张玄魄宫婚宴的请柬！

除了这两位神尊，来凑热闹的这些神仙当中，有不少是奔着执掌仙家姻缘的神君良玉来的。

良玉神君元身凤凰，是大梵音殿因邈佛祖座下唯一的女弟子。相传良玉神君美矣，其身形妙曼如红云袅娜，其面容皎皎如月辉映照，其微微一笑可令九州失色，其言语泠然可使听者念念莫忘，总之是个难得一见的美女。

良玉神君执掌姻缘，所以会在孟泽玄君成婚当日亲自送姻缘文示过来。良玉神君送的“姻缘文示”同以往执掌姻缘的神仙不大一样。以往那些不过是撒几个金字落在大红绸上，没什么新意；良玉神君的姻缘文示是写在扇子上的，意为“结扇缘”，谐音“结善缘”，且每把扇子绘着寓意顶好的一幅扇面，扇坠则是金线红绳绕玉扣，意为“金玉良缘、红绳相扣”。许多神仙都以能拥有一柄这样的扇子而自喜。

五万年以前，执掌姻缘的良玉神君会出现在所有仙家的婚礼上，那时候的神君着实劳累，这一累竟累出头疼症，甚至伤了一些记忆，症愈后记性大不如从前了。于是天帝体恤，颁布神律，明文规定，非一族之长婚礼，不可扰姻缘神君修行，也就是说，如果结婚的不是族里的老大，便请不到神君。诸神不见美女，涕泗涟涟，好在风流成性的孟泽是魔族的老大，又好在近百年来，这孟泽隔三岔五便要娶妾，诸神虽然嘴上说着“玄君如此好色，实在是六界之羞啊”，但背地里无一不欣喜“孟泽且多娶几房妾哇，好让良玉神君多露几次面哇”。

可各位不要以为以上三位神仙便是整个婚宴所有的看点。如今流传着的关于三人的一则传闻，着实撼动了一大拨神仙的心脏。

神仙一：“听说孟泽玄君虽面上娶这么多小妾，但多是把这些美人儿放家里，并不怎么上心啊。”

神仙二：“我倒是听说，玄君与良玉神君有过一段情缘，至今对其念念难忘。可众人皆知，自天帝君的那道天旨布下来后，良玉神君却不是想见就能见的。玄君娶这么多美人，不过是想见上良玉神君一面。”

神仙三：“非也非也，若是对良玉神君有情，为何会娶这么多姑娘？在下倒是闻得一桩秘事，那便是七八万年前，长诀天尊便常常去玄魄宫附近，还在那处撒了许多紫菀花。听说天尊不近女色，莫非是对孟泽玄君有些挂怀？”

神仙四：“诸位难道不曾想过，良玉神君百余年来屡屡往玄魄宫跑，却无任何怨言，除了是本分职责，怕是对孟泽玄君的这番情意……”

于是乎，关于死了好几万年近日又起死回生的长诀天尊和打了十几万年光棍的良玉神君同时看上风流倜傥的玄君孟泽，两位神尊将要在六月六玄魄宫上演夺夫大战的传闻，在四海八荒愈演愈烈，可谓一触即发。小妖小仙们甚至早早就在玄魄宫墙头押了注，赌孟泽最后能被良玉还是长诀抢了去。

第五章

玄君大婚，子如初见

“小玉，我来找你了。”他说。

这形势，可谓一波三折，

我只觉右心被这接二连三的波折激得有些痛。

六月，丹穴山雨水充沛，花木繁盛，凉爽宜人。天刚蒙蒙亮，一阵清木香味扑面而来，有凉飕飕的东西伸过来扯我的凉被，伴着床边哗啦哗啦的声响。

我便是在这不断传来的“哗啦”声中醒来的。

抬眼只见身旁那棵小凤凰木站在我床边，伸出的油嫩嫩的枝条挑着我的被子。恐是它身量小，且掀被子这个动作对一棵小树苗来说不大好做，所以它一伸枝条整个树身便会扭一下，树身一扭，便带着头顶上的杉杉碧叶传出“哗啦”一声响。它见我坐起来，激动不已，笔挺挺的小树身蹦跶了一下，嫩绿的小树条也摇得极是欢畅。

我望了望窗外才泛出的几抹日光，有些想盖上凉被继续睡的冲动。

可怜我这冲动竟被一棵两百余年的小树苗看得通透。在我扯过被子将将做出倒头睡的架势，就见眼前那小凤凰木原本还笔挺挺的小身子竟然一瞬间弯了几分，头顶上的树叶连同伸出来的嫩枝条亦是“唰”的一声，蔫儿得整齐划一。许是想观察我的动静又害怕被我发现，所以正中央对着我的、方才还是蔫儿的两根树枝又偷偷摸摸轫挺了几分往两边撇了撇……

我被小凤凰木这副模样惹得笑了一笑：“小凤你演技不错嘛！”我下床套上外衫，摸了一把它嫩油油碧莹莹的叶子道，“你是又渴了还是又饿了？想吃点什么？”

它一听“吃”这个字，以迅雷不及掩耳之势腾的一下生龙活虎起来，碧绿的小枝条摇得比之前更加欢畅！小树身扭了一扭，伸出一根长枝条指了指窗外厨房的方位，又伸出两根枝条团成一个圈圈给我比画了比画。机智过人的本神君便顿悟：它是想吃荷包蛋。

我捋了捋它欢畅的小枝条，奔去厨房给它煮荷包蛋。

两个月前，我受大师兄阮饮风连下跪带磕头的请求，答应化成他的模样赴了九黎山仙会，本神君这厢下巴刚刚一点，他便一瞬蹿出十里，马不停蹄去跟他那带着腹中娃娃回娘家的媳妇阿云请罪了。我忧心忡忡望了一眼他去的方向，他这厢手里没带个珍宝首饰，亦没装个珠玉妆奁之类，恐怕在他丈母娘家耗个一年半载都不能令阿云回心转意松口原谅他。

却说这九黎山，为五万年前锁妖的九黎壶幻化而成，传言是当年长诀天帝仙逝的地方，所以每年的仙会主要是各位神仙发表一些关于长诀天尊仙逝的诸多怀想感悟。今年是第五万年，按着天上逢十一小庆、逢百一中庆、逢千一大庆的处事作风，如今这一桩事赶着万年的巧儿，定是要狠狠操办一场的。所以今年点名要到场的神仙可是一个都不能推脱。只是传闻长诀天尊生时不近女色，是以天帝下旨，女神仙一律不得参会。

我在丹穴山点了几支佛香，摆了几盘珍果，敬了一下这长诀天尊：良玉并非有意冒犯，身为姻缘神仙，自己打光棍也就算了，却实在不忍心看我同门师兄也打光棍。

九黎山并不多好看，只是旁边蔚蓝无波的忘川海，瞧着心旷神怡一些。听师父说曾有一个神仙从这儿舀了一瓢水倒在冥界奈何桥下，唤作冥界忘川，打这儿瞧，这忘川海是那冥界忘川的鼻祖。

仙会上听着诸神对长诀歌功颂德了一波又一波，我强忍着没睡着。会毕后是诸神宴，大师兄是东荒战神，当年每回打仗之前便要痛饮几十坛，非喝得九分醉时才赴战，且凭着这九分醉意，所向披靡，战无不胜。

诸神晓得他能喝，所以便逮着我这个替身灌了不知多少酒。后来自己如何回的丹穴山竟全然不晓得，酣畅淋漓睡了几日也全然不晓得。只是醒来后脑子晃荡一锅糨糊，睁眼便瞧见身旁板板正正立了一棵小凤凰木，树叶熠熠发光，枝条垂垂莹嫩。我正纳罕自己如何把一棵树栽到厢房里来的时候，这小凤凰突然灵活地蹦了一下，“唰”的一下举起所有枝条冲我一顿猛摇！

我被这棵欢跃的小凤凰木雷得陡然一震。

它见我愣怔，又伸出两根嫩嫩的枝条搂住我的脖子，树叶轻轻扫了扫我的脸颊，仿佛是在亲我的模样。

我大惊失色之余，从床榻上滚下来。

后来，六师兄穿门而过，狠狠奚落了我一番。说我喝完酒撒丫子便往九黎山山顶跑，他把我的鞋都扯掉了，人却是也没拦住，他只得握着我一双绣鞋跟我一块跑。只见本神君顶着皎皎月光幻化成窈窕女儿身，俯身薅住一棵不大不小的凤凰木苗便拔了出来，扛在肩头，嘴里嚷着“宝贝儿，咱们回家……”后来是他扛着我、我扛着凤凰木苗儿回了丹穴山。趁我醉眠之时，六师兄挖了坑，想把这小凤凰木栽到丹穴殿前，却被这凤凰木突然伸出的枝条给抽了一顿，他还没反应过来，这棵小树苗便自己从坑里跳出来，一蹦一蹦挪到我床前守着我。留下六师兄在坑前呆愣了半日。

我盯着面前的小凤凰木，狠狠地反省了一番，觉得自己智商性情很是靠谱，断然不会干出对一棵木头喊“宝贝儿”这等肉麻事的。

六师兄凉飕飕笑了一声：“你难道忘了前些年喝醉酒，抱住三师兄府上那棵粗壮的榅树喊‘乖乖’那一茬了吗，呵呵……”

我瞪眼，看到六师兄那不像是撒谎的神情，颓然败下阵来，尴尬地摸了摸脸皮。

打那以后，这棵小凤凰木便在丹穴山住下了，且是日日跟着我，处处跟着我。我也曾想过挖个坑把它栽了，孰料只是见我扛石耒出门，它便腾地翻了个身，一下蹦到房梁上！且在上面躲了半日，任凭本神君怎么薅都薅不下来！

我也曾从半夏那儿找来花盆，打算将它栽花盆里，结果它望见那花盆却是没有蹦到房梁上，而是一副喜极的模样，抱起来就将花盆抛上了房梁，花盆落下来它便再接住，接住便再抛。我看着这棵树苗儿活脱脱给我演的这出杂耍，有些心累。最后实在受不了头顶上天天有个花盆在飞，于某一日狠心夺下来，盛了鸡蛋。

那时候我才发现，这棵小凤凰木竟然这等聪明、这等有本事，慧根这等强壮！

且有本事的还在后头。寻常丹穴山那些花木，承的均是自然雨露，吸的莫过泥壤养分，本神君都是任其生长，从未刻意伺候它们吃喝。如今这棵小凤凰木可了不得，喝水要同本神君一样不说，竟然还喜欢吃本神君煮的荷包蛋！纵然我只会煮荷包蛋，但是，一棵树苗居然吃荤这等事，难道它父母孕育它的时候没给它说清楚花木不吃这东西？！

就如此刻，它立在我身旁，接过盛着荷包蛋的碗，头顶伸出七八根枝条呼呼扇动树叶，将那荷包蛋扇凉之后，枝条卷起一根筷子，将荷包蛋搅碎了一瞬吸进郁郁树叶中，然后将碗又递给我，小树枝羞答答指了指锅里还剩的两个……

吃完早饭，不过卯时末刻。日光暖媚，风轻云淡，小凤凰木在大殿门口吭哧吭哧蹦跶着，踩着自己的影子玩，我捏着茶盏正寻思它站在殿门口蹦跶，若是谁从门口进来会不会被这木苗崽子给绊倒……却见西方天上忽忽悠悠飘下来一抹赤烟，落在我殿门口化成身着赤红色襦裙的姑娘，正要奔进来时候恰恰被这蹦跶得正欢的小凤凰木给绊了个趔趄，一下子没找到重心，"扑通"一声趴在了我面前。姑娘这一套动作如行云流水做下来，正应了我方才的担忧。小凤凰木一瞬呆住，徒留几片小树叶凄凉凉摇晃着，颇为无措。

我这厢赶忙搀她起来，那姑娘也是大方得很，抬头悻悻道："小莺莽撞了……"待她抬起脸我才发现，她额心处绘着锦带花花瓣，有些像玄魄宫的宫娥。果不其然，那姑娘款款朝我一拜，道，"我家君主遣我来提醒神君一声，今天是六月六日，莫要忘了去玄魄宫送姻缘文示。"

自五万年前被师父从忘川海捞出来，我记性便不大好。她这么一提醒，我才想起来，六月六孟泽那混账要娶第二十八房姨太太，执掌姻缘的本神君要去送文示给他证亲来着。我抬眼见小凤凰木小心翼翼往这姑娘身后挪，笑了笑道："姑娘先喝杯茶，待我去取姻缘扇。"扇面早在月余前他派人送帖子给我时已经画好了，那日我豪气万丈，在扇面上画了二十八颗石榴，寓意也是明显得很——多子多福，首先得多老婆。

同那宫娥出门的时候，小凤却死死扯住了我的衣角，我抬手摸了摸它的枝条："小凤乖乖等我回来，回来煮一锅荷包蛋给你吃。"小家伙一听"吃"，登时松了扯住我衣角的那些枝条，欢欣地扭了扭小树身，蹦着小步子一路送我出了丹穴山。

时辰尚早，于是遣了那姑娘先走，我打了个折道，去了趟司命府打算叫上六师兄。除了孟泽第一次成亲他有事没有陪着我，以往他都是同我一起参加孟泽的婚礼，然后一道回丹穴山的。初初那几次他硬要陪我是怕我想不开，来宽慰我，再后来便成了他与我回来，我们一同探讨孟泽这一房姨太太长相如何，身材如何，比之上一个如何，顺便预测一回下一个如何。每回探讨完毕，他不忘加一句：“纵然如何漂亮，肯定不如小九你一丝一毫的，你可是我见过最好看的女神仙了。”

说这句话的时候，六师兄望着我的眼神总有一种看着自家养的猪格外肥、自己种的萝卜格外脆的感觉。

今日到他府上却是没见到六师兄。他家里的小书童告诉我，六师兄几个月前就去帮师父抄佛经，这一回孟泽娶亲他是参加不了了，婚礼的帖子都被下人抢了去卖了，且卖了个好价钱。孟泽那混账的婚宴帖子能卖钱这件事让我颇诧异，更让本神君诧异的是，临走时候那小书童送我出门，言辞闪烁地问我道：“小的有句话不知道该不该同神君讲。”

我掐算了时间，点头：“但讲无妨。”

他咬咬牙，像是下定决心：“玄君都娶了这么多姑娘，定然是风流成性之辈，神君不值当去抢这种花心公子。”

我认为他用的这个“抢”字很是奇怪，却没时间询问他言语中的是哪一个“抢”字，便点点头告辞了。身后传来的那小书童的一声长叹，着实有些恨铁不成钢的意思。

今儿的玄魄宫很是喜庆，仙鹤彩鸟雇了上千只，迎宾红毯铺了几十里，大红灯笼挡了半边飞檐，红幡倒喜贴了尽数墙面。宫墙四角卧着四只仙气凛凛的白虎，门口站了四匹瑞气腾腾的麒麟。虽说之前孟泽娶的二十七房媳妇的排场如何我记不确切，但同这次比较起来，感觉有些小巫见大巫了。瞧着这个架势，孟泽那厮对这个排行第二十八的小老婆还挺上心。

其中一匹麒麟兽见着我竟然扯着大嘴笑了一笑，大牙尽数龇出来，这个龇牙咧嘴的笑容让我有些招架不住，竟然不晓得该做个什么表情回应它。

“许久不见神君，神君近来可好啊？”

我抬头，一位宽面虬髯的神仙同我打招呼。我记不得这是哪一方的哪一尊神仙，更别提对方的阶位品号，只得祭出那句走遍天下皆通用的话——

“许久不见，甚是想念。”我捏着手中的姻缘扇，微微笑道。

那神仙胡髯下面的脸红了那么一红，两手抱拳，想是忽然想起本神君师承因邈，遵的是佛礼，便板板正正给我行了个合十礼。

我大大方方回了他一个抱拳礼。礼数这番东西向来只是表达心意的一种程式，师父他老人家从不拘泥礼数却能让诸神视为现今最严谨明礼的佛祖之一，靠的不是这一招一式的程式，而是待人的真意温煦。当年在师父手底下混，他老人家也从不要求我们恪守佛门诸多清规戒律，而是教导我们明辨是非，参透事理。至于什么吃肉喝酒谈恋爱之类，他从未约束过我们。

那位神仙还要说什么，一众神仙便朝我这处走来了。多数是问我近况如何，头疼症有无再犯，记忆有无恢复。其中一些提到孟泽此次的亲事我尚能点头应几句，只是剩下几个瞧着格外面生的仙人怯怯地提到长诀天尊让我着实有些摸不着头脑。

我思索了一番，如果非要说同这已经仙逝五万年之久的长诀天尊有什么渊源，不过是两月前扮成大师兄模样去赴了个仙会。想到这里不由得心虚，默默瞧了一眼，莫不是他们看出了其中名堂，此番话正是暗示我犯了天规……

若真是如此本神君便要惹麻烦了，于是赶忙客客气气一笑，转了话锋道：“若玄君婚事误了吉时便是良玉失职了，诸仙家慢聊，良玉先行一步。”

从大门口到主殿，一路的墙头上都挤着大拨打扮得花花绿绿的小仙小妖。正对主殿门口，那挤得密不透风的墙头中间却被打断，空着一个人的身量。仔细瞧了瞧，方明白这些神仙小妖分成了两拨。其中一拨大喊：“快看快看！那就是良玉神君，她真的来抢亲了！你们这些押长诀天尊的八成是要败了，哈哈！”这一拨的墙头高声迭起，不少人还替我加油呐喊。

我有些错愕。

另一拨却开始怒声反击：“长诀天尊怎能与汝等小厮相比，打三天前便在这儿候着。天尊高华，来得晚才能对得起自己的身份地位！”于是这一拨的墙头开始嗷嗷大叫，气势旺得不行。

我不知道自己何时有能耐同这死了五万年的天尊成了对手，但还是解释了一句自己是来证亲的，不是抢亲的。但无奈两拨墙头声浪太盛，一时间咋咋呼呼听不清楚在说什么，只得作罢继续往大殿走。

大殿里许多神仙已经落座，纵然我想趁诸神谈天说地唠家常之余悄默默地坐下，但殿外宫仆一声吆喝“良玉神君到——”便已经把大多数神仙的目光引向我这边。我只得一路微笑着同各位宾客颔首致礼，然后才入座。

近百年来给孟泽这风流浪子送姻缘扇、诵姻缘文示，婚礼观摩了近三十场，早就轻车熟路了，掐算了一下时辰，便抬头对身旁的宫娥讲：“还请告知玄君，再过一刻钟，赶上吉时，便可以行婚礼了。”那姑娘忙点头迅速去通知。

可就是这么一刻钟，各位仙人也是丁点儿不放过，怎的也要讨一些事来慰聊自己那颗八卦的心。譬如身旁这位模样瞧着上了年纪、身材却依然处在中年发福期的神仙，他摸着胡子容光焕发地与我道：“前几日听说神君同孟泽玄君交情很深？老夫上了年岁，耳朵也有些不好使，不晓得听没听错。”

往往便是这些老神仙，活得久，知道得多。但本神君坦坦荡荡，也没有什么好遮掩的，于是呵呵笑道：“您没听错，在下同玄君交情且深着呢。”

那老神仙捋了一把胡子惊奇道：“哦？那神君可否同老夫说一下个中详情？”

我转了转茶盏笑道：“您想知道详情？”

他容光焕发的脸更是灿烂，道：“想。”

我招了招手示意他靠近，他便真的靠近了。如此八卦，可不要怪本神君不义了。于是，我贴着他那“不好使”的耳朵道了句：“佛曰，不可说。”

只见老神仙听到这句话后，原本摸着胡子的手生生薅下一把胡子。哎哟，看得我都下巴一疼。耳朵果然不好使，呵呵，不好使啊。

恰在此时，门外宫仆长呼一声“新人到——”于是同一众神仙起身迎接。

可是入眼处只有孟泽一人，他头戴宝蓝护额，穿着大红绸衫，捧着一件新娘嫁衣款款而来。后头跟着四只白虎、四匹麒麟，安分地迈着相同的步子，气势耀人得很。

他手里的嫁衣火红撩人眼，他踩着红毯，走得阔然潇洒。桃花眼还是亮得很，笑容也还是璀璨得很。恐怕这一屋子里被这副面容惊艳到的一波又一波倒抽凉气的声音里，有女也有男。

他一步一步走过来，我捏着姻缘扇，思索着新娘在哪儿。他走到我面前时候竟停住，凝目含笑望着我。我抬头，双掌合十平然道："不知新娘在何处？玄君且唤新娘前来共行婚礼。"

他微微笑，桃花眼溢出亮光。他突然伸出右手抖开火红的新娘嫁衣，盘旋而上的金色凤凰贴着曳地三尺的大红绸缎一路飞到右肩，四只白虎凭空祭出绣鞋、头帕、腰带、发绢，四匹麒麟兽稳稳变出银镯、金钗、凤冠、流珠。诸神屏息凝神，同我一样只盼着他再变出一个姨太太来的时候，只听寂静的大殿响起一句清朗明亮的话。

如果本神君没有听错的话，孟泽接下来说的那句话是这样的——

"良玉，绣着凤凰的绸缎做嫁衣。我的新娘便是你，我今天要娶的也是你。"

我自认没什么比这句话更令人震惊的了。孟泽竟说要娶我。

大殿一片唏嘘，殿外墙头却被这句话震得鸦雀无声。我以为，我同孟泽的情缘，早在万余年前被他甩过之后就彻彻底底断干净了。我同往常一样，安安心心来送姻缘扇，本本分分来诵姻缘文示。他这么说，是要让我做他的第二十八房姨太太？

良玉自幼无椿萱，一个孤儿却师承因邈佛祖，最终位职姻缘神君，身居八荒凤凰之首山丹穴山，纵然算不上身份高贵，却也不是肯将就一个姨太太的主儿，且是这第二十八房姨太太。于是下意识想，他这番话当不得真，刻意捉弄我倒是真的。

此刻大殿中的诸神却是连大气都不敢喘，殿门外的墙头上却是高呼连连，都在等着我的反应。

于是，我端着姻缘扇笑道："良玉担着姻缘神君的职位这么多年，谈不上恪尽职守，却也自认为恭谨遵礼，无愧于心。此次来为玄君送姻缘扇，却无辜遭得玄君一番消遣，玄君做法怕是有些过了。"

孟泽仍是欢喜的模样，眉目流彩，风姿卓然，道："阿玉，我是当真的。我要娶你，此话千真万确。"

殿内又传来一阵唏嘘，殿外又扬起一波声浪。

就在大家屏气凝神等着我如何回答而我还没想好如何拒绝的时候，殿外一拨墙头突然传来一声撕心裂肺的嘶吼——

“玄君，你这样做不怕天尊大人伤心吗？！”

接着那一拨墙头所有小仙小妖同时附和，呼声几欲震天：

“天尊大人要伤心了！”

“玄君万万不可啊！”

于是殿内又一阵唏嘘，可怜这番情形之下，我竟然担心他家的宫墙可能会被震倒。

入眼处，孟泽如花似玉的脸扭曲了几分，他还没来得及搭话，只听殿外“轰隆”一声，我慌张望过去——果然是想什么来什么，他家宫墙果真倒了。

我抬头，却见因宫墙倒坍而显得格外阔敞的视野里，百丈开外的天空，光华陡盛，彩鸟飞鹤倏然而起，盘旋上空交颈而舞。霜衣墨发的公子，顶着身后万丈光华，唇角含笑，款款而来。最妙的莫过于他每迈一步，足下便百花丛生。诸神惊叹他步步生花，风姿夺目。可我的视线却落在他腰间、水蓝色绸带上挂着的那支紫色玉笛上，脑子里不受控制地蹦出一句没有根由的话——“紫玉笛，夜挽霜，年少春华君莫忘。”

殿中央突然站出来一位白发苍苍的仙友，他身子抽了几抽，“扑通”一声朝那公子来的方向跪了，双掌伏地，端端正正、虔虔诚诚行了个大礼，紧跟着颤抖一呼——

“长诀天尊——”

我陡惊。他诈尸还魂了？

反应过来的呼呼啦啦赶忙下跪，没反应过来的如我、如孟泽，则笔挺挺地打量着他。

许是才发现这是个有本事的主儿，孟泽移了身子挡在了我面前，低声道了句“别怕”。

我突然有些想笑：“在下没有什么好怕的，玄君念着自己便是。”他便回头无奈望了我一眼。

那霜色绸衫的公子渐行渐近，诸神匍匐让行，白虎麒麟亦分列两旁。百花在他足下妖艳而生，花木纷杂炫目，花气却清香怡人。有风灌进他腰间的紫玉笛，带起倏尔一声笛音，沁人得很。

他笑着望向诸神，最终将目光落在我同孟泽这处，星眸半挑，面色不善道："你打算抢我老婆？"

我正想问他老婆是谁，却听殿外一边的墙头上欢呼声陡然大盛——

"天尊，就是她！就是良玉要抢了你老婆！"

"良玉神君要把玄君抢了去！你快出手哇！"

"天尊！天尊！那良玉神君绝不是你的对手！"

……

那一声一声仿佛一道道天雷直滚滚照着本神君的灵台劈下来。

我足足愣了半刻才终于明白为什么传言长诀天尊不近女色，为什么不让女仙赴他祭日的仙会，原来……原来……

原来他早就看上孟泽！

我向来不屑于同人解释什么，自以为懂我者便懂，信我者便信，不懂不信我者与我做朋友也是枉然。虽然这个性子一直连累着我的姻缘情路，间接导致我还是光棍一枚，但是有句话叫禀性难移，这性子便是我的本性，多少万年了，已然半分移不得改不了。

可是今天，自我五万年前从忘川海被捞上来，头一次觉得有必要而且是极有必要解释一番。

因为……因为，他奶奶的，老娘觉得自己冤得很！

且不说我曾同孟泽这混账有一番前缘，最后被这混账抛弃，伤了心神；

且不说我曾强颜欢笑亲自为孟泽同他诸多媳妇儿画姻缘扇，写姻缘文示，祝他们恩恩爱爱长长久久；

又且不说我终于放下这一段情，明白了"情缘"二字强求不得，参得"随缘随心"这个道理，再也对孟泽没有一丝一毫执念；

但是，如今他同长诀天尊已经在一起了，今日还要摆下这么个场面，非要当着诸神的面说什么娶我之类的混账话来消遣我戏谑我！明明是我受欺负，他的夫君还要来质问我是否打算抢了他老婆！

本神君被一个混账孟泽连累了这么久也就算了，如今还要被他夫君讨伐质问，觉得自己岂止是冤，简直是冤大了！

我扯住孟泽的胳膊，只觉得七窍生烟怒火燃得我右心噼啪作响。孟泽回头望着我，他眸子里便映着我泛红的眼眶。

“玄君可记得是谁写了大红请帖上面‘良玉’二字？”我抖声问。

他愣道：“是我。”

“是谁今日遣了宫里人邀我至此处证姻亲、送扇面？”

他皱眉：“是我。”

“刚才又是谁执着大红嫁衣说要娶良玉为新娘？！”

他许是看不出我的悲喜，只是听我这么问便有些激动，伸手握住我的肩膀，兴奋道：“是我，是我，阿玉我要娶你……”

我使劲甩开他的手，满腔悲愤道：“本神君自始至终可有纠缠你？可有答应你？”

他错愕，缓缓道：“……没有……”说完又要解释什么，“阿玉，我……”

我打断，双目欲裂：“那为何你夫君要来质问我拐了他的老婆？！”

孟泽瞪大了眼珠子，唇角哆嗦了一下，却是什么也说不出来。

殿外一拨小妖小仙儿欲奔进来：“天尊！好样儿的！”

如今殿外道好的这些生灵让我好生悲凉。

连孟泽跟长诀天尊俩活脱脱的男神仙都能在一起，一声“老婆”都能喊得恩爱无比，而本神君我，担着姻缘神仙的位子，常常替别人画扇面，为别人证姻亲，自己却还落得一个孤家寡人。

那长诀踩过百花，款款贴近我，我从头上摘下玉渠剑化作的发簪，紧紧握在手中，做好了以死相拼证明自己清白的准备。

长诀天尊垂下眼眸，伸手拂上我的眼角，揩下一把眼泪：“这么大的人了，怎么还会哭？”

他微凉的手指拂过我眼角时，本神君只觉眼眶瞪得刺啦一阵疼，竟丝毫没有反应过来形势在如何进展。

“小玉，我来找你了。”他说。

这形势，可谓一波三折，我只觉右心被这接二连三的波折激得有些痛。

这时，身旁的孟泽大喝一声祭出钺襄宝剑，那架势似要同长诀天尊决一死战。长诀天尊低头嘱咐道：“别担心我，你且照顾好自己。”

“……”

只见大殿之中的诸神纷纷从地上爬起来，个个精神抖擞，摩拳擦掌，准备观战。一众小妖小仙差点把殿门挤破，亦是分分钟等着两人动手。

长诀天尊挽了挽衣袖，那架势像是要来真的。就在大家等着他亮出宝器的时候，他对手执宝剑威风凛凛的孟泽悠闲道了一句——

“要么我揍你一顿，然后我把我老婆带走；要么你揍我一顿，让我把我老婆带走。你且选一个吧。”

孟泽貌美如花的脸上登时显出极其复杂的神情，最终无辜地眨了眨眼道：“能不能对打？”

天尊摇头：“没这个选项。”

可是孟泽近些年越发有种起来，他咬牙切齿道：“让本君揍一个不还手的人，本君不干！”

天尊挑眉：“哦？那就按第一个来吧。”

于是，守在一旁、期望两位高手来一场吞天噬地的大战的诸神，最终观赏了一场长诀天尊揍了孟泽玄君一顿，孟泽玄君却是一招都没有还手的“大战”。

诸仙家戚戚焉。

长诀理了理袖子过来拉着我的手，踏过玄魄宫倒塌的宫墙，踏过姹紫嫣红的百花，大摇大摆地撤了。

留下一众看好戏的神妖在玄魄宫凌乱着。

回丹穴山的路上，风华绝代的长诀天尊站在我身旁。我脑子里全是糨糊，理不清楚前一刻还是孟泽夫君的长诀，为何转眼就跟我站一伙了。我正要开口问他同孟泽什么关系，他倒是先问了我：“你同那小子有过渊源？”

哦……我望了望远处碧蓝的天，笑了笑道："年少无知，不提也罢。"

他垂眸望了我一眼，语气有些怪："你更年少时候，那些也是无知吗？"

风吹过，给我捎过几分清醒，我望了望手中握着的姻缘扇的金线红绳玉扣扇坠，道："恐怕更无知吧，但好在许多已经记不得了。"

他沉默了一会儿，道："等你想说的时候，可以同我讲一讲你与孟泽的事。"

我点头轻声道："改日吧。"

并非我不想同他讲，只是有些故事已经太久，乍一提起来，便不知道自己该如何才能表述清楚。如要说起我跟孟泽的渊源，那便是我同孟泽认识有五万年之久了。

五万年之前，我捏着一把扇子在忘川海里泡了三个月才被师父捞上来，那期间胸口的伤疤裂开，原本空荡荡的左心处全溺满了忘川水，师父说这水若是强取便可能会伤了我仅剩的一半右心，最后活不活得了还不一定。

于是师父只能采取最保险的法子，每天煮大补的药让我饮，聚内火以攻心水。且这个药吃了一万年才将忘川水烘干净。如果不是常常被内火攻出鼻血的话，这其实是个不错的法子，至少我每时每刻都觉得心里像窝了一个火炉一样温暖。

那一万年，由于右心浸在忘川水里，心智伤得很深。每每前一刻还记得的事，转瞬便要忘了，若是硬想，便会心痛牵连着头痛不止。是以和他相识的头一万年，是我记性最差的一万年。

师兄们同我讲，有个如花似玉的少年郎天天趴在梵音殿我厢房那处的墙头看我，估计是瞧上我了。我跑过去，发现果真有人趴在墙头，一双明媚跳脱的桃花眼直直盯着我看。那时候我活了七万岁，还没有遇到一个能瞧上我的人，于是我耐不住怒放的心花冲他笑，笑着笑着就觉得鼻涕怎么吸也吸不住，低头看时，前襟已经被鼻血染了一大片了。那一次我印象很深，因为他看到我这副模样后直勾勾从墙头掉了下去。

可是，我花了一万年时间，也没记得住他名字是什么。

所以，若计较起我同他真正认识的时候，便是四万年前吧。

大病初愈的我自告奋勇跟着大师兄去打仗，师父倒是并不担心我，认为我出去散散心也是极好的一件事。倒是大师兄，死活觉得我是个累赘。于是我把内火统统引到心窝处，憋了几口气让鼻血呼啦啦流出来，顶着鼻子下面两道汹涌血注同大师兄欢欢喜喜道：“大师兄大师兄，我有这本事可以帮你吓唬敌人啊！吓得敌人分分钟丢盔弃甲抱头鼠窜，不用耗你一兵一卒啊！”

大师兄哆嗦了一下，转念觉得这确实是个好办法，于是便把我领去打仗。

大师兄说此次打仗的对手是魔族的老大，相传这老大十分凶残，一个人单挑东海两万虾兵蟹将。大师兄讲到这时，狠狠灌了两坛状元红，又说：“但是他照着当年的长诀天尊还差了一些。”

彼时我还不晓得长诀天尊何许人物，于是问他谁是长诀，他便愣愣望了我一眼，言辞闪烁转了话锋又开始谈这魔族老大。他说这老大也是有种，干掉了人家两万将士竟然还不跑，现在还守在东海边上嘚瑟，着实欠揍得很，于是天帝派了他去收拾那很有种又很嘚瑟的魔族老大。说到这里他又灌了两坛，觉得不过瘾，遂又狠狠灌了十七八坛。然后抱着一个盛酒的大缸唤了几声“阿云”之后，拎着我踉踉跄跄地去外面点兵。

那时候阿云还是大师兄的心上人，如今已成了他娘子、怀了他的娃崽子了。大师兄每次点兵打仗时总要喝个九分醉，这个九分醉别人不大能分辨出来，我却是每次都能拿捏准，只要他开始抱着大缸喊“阿云”的时候，他便已经是九分醉了。这一习性十几万年了都没变过，是以本神君记得清楚。

九分醉的大师兄指着一排杨树豪气冲天，挨个喊了：“你！你！你！你！你！你！你！你！你！你！你！你！跟老子去打仗！”喊完后头也不转就往前走。

到了东海边上，只见遥遥东海之滨，有个如花似玉的少年郎正往一口大锅里投海虾，那股蔚然而起的海鲜火锅味儿惹得我肚子响了一声。大师兄不愧是东荒战神，丝毫不受这美味的影响，反而风姿凛凛，阔步上前，海风呼啸之中，赤暝刀横空而出伴着惊天动地一声怒吼：“原来就是你这混账！老子带人来收拾你了！”我顿悟，这个曾经掉下墙头的少年郎就是那魔族的老大了。

怒吼声被海风吹散，可是身后却久久没有附和之声。海风吹得大师兄清醒了几分，他终于回头，目光深远，盯着我看了好半天，眉毛跳了几跳，两颊的肉哆嗦了几哆嗦，良久才咬牙切齿地蹦出三个字："天兵呢？！"

我摇摇头："没有天兵。你点了一排杨树，我扛不动便作罢，自己跟你来了。"怕大师兄担忧，我吸了吸被海鲜火锅引诱出来的鼻涕又补了一句，"大师兄放心，小九我定能助你一臂之力。"

大师兄的鼻孔张了几张，目眶欲裂，眼珠子似要蹿出来。此时，我们已经站在那传说中十分凶残十分有种又十分嘚瑟的魔族老大面前了。

老大不愧是老大，不但面皮长得美，身手也是一顶一地好。只见他腾身而起一个跟头翻上云头，祭出一柄银光闪闪的宝剑，直逼大师兄而来。大师兄却是没从刚才的愣怔中回过神来，已是无暇出手。恰巧这时海鲜味儿又钻进我的鼻孔，我忍不住打了个喷嚏，喷出一脸鼻血。

魔族老大只是余光轻轻瞥了我一眼，便浑身哆嗦从空中掉下来，"扑通"一声砸出一个硕大的沙坑。

后来，等我弄干净鼻血，已是黄昏时候，三人对峙许久，终于耐不住都饿了，于是握手言和，一同在东海之滨吃了海鲜火锅。那时候我才记住他叫孟泽，他有个怪症，就是晕鼻血。且是其他地方流出来的血都不晕，独独晕鼻血。冷冷余晖之下，他楚楚可怜地与我道："所以我同人打架向来不打脸，怕揍出鼻血。只得一剑封喉，或者一箭穿心，快速解决了。"

大师兄同我一块儿摸了摸脖子的喉部，又一块儿望了望自己的心脏处，最后一块儿打了个哆嗦。

再后来，天帝颁了神旨特地褒奖了大师兄一番，说他不费一兵一卒单身应战，最终却能收服孟泽之心，使魔神两族握手言和，其勇气可嘉，其功德无量，其乃天庭重臣之标榜、八荒战神之楷模云云，同时颁旨给孟泽封了个"玄君"的称号。我对这"单身应战"一词耿耿于怀，大师兄何曾单身应战？明明是带我出战，而且我作为关键人物给了魔族老大致命一击。神旨下来之后，大师兄觉得亏欠我，带我去凡间溜达了几圈。知道我爱吃海鲜火锅，还打着探望抱恙的东海水君的幌子，特地带我去东海捞了海虾海蟹，狠狠游玩了一番。我欢喜不已，觉得这鼻血流得很值。

再后来，玄君同神族交好，且他住的玄魄宫同大梵音殿相隔并非太远，所以常常打着同诸神交流感情的旗帜，光明正大地出入大梵音殿，再也不用爬墙头。那时候我已经痊愈很久，师兄们不用轮流照看我，便奔回各自府上，处理自己的事了。大梵音殿里除了一些小沙弥，便只有我跟师父两个神仙。他常常来交流感情，且都是赶着饭点来，于是得师父眷顾，吃饭时桌子上便多了一双他的筷子。之后，他交流感情用的时间也越来越长，通常到半夜子时还不走，于是东院又多了一间属于他的厢房。

当初他也想拜师父为师，可是师父转过一颗念珠，摇头笑道："小九是因邈此生收的最后一位弟子，因邈年老，诸多事情，已然力不从心，玄君可不要为难老夫。"

不知为何，听到师父说自己年老不再收徒，鼻子一酸竟然哭出来，一哭便又觉鼻涕吸不住，呼啦啦往下淌，我还来不及低头看，孟泽已经面上血色全无，"噔"的一声晕厥过去了。师父他一点也不老，他是当今最好看的一位佛祖，若是顶着一头长发，定然是个风姿翩翩令无数少女倾心的俊朗青年。我想到自己这些年给师父添的麻烦，想到自幼师父对我的照顾，于是再也忍不住扑到师父怀里，大哭："师父，您不老，您在小九心里是年轻的佛祖，小九会好好孝敬您的！"

师父颤了颤，道："小九……你把鼻血全蹭到为师身上了……"

"……"

想必是前后两次晕鼻血的间隔有些短，孟泽这一晕便晕了三日。我觉得对他不起，便在床头守了三日。后来守着守着自己竟睡着了，且睡着时不小心带翻了一盏佛灯。

我是在孟泽胳肢窝里醒来的，那时候整个厢房已经烟火肆虐，呛人得很了。他把我夹在胳膊底下，大喝一声冲出屋顶。不得不说，孟泽那家伙的脑袋着实坚硬得很，撞起这屋顶的琉璃瓦片来毫无压力。最后在他铁头功的支撑下我俩终于安全脱险。彼时，我除了裙子蹭了些灰以外竟是毫发无损，而面前的孟泽，蓬头乱发，灰头土脸，脖颈处的领角上还沾着火苗儿，尤其鼻子下面两道鼻血流得很是汹涌。他怔怔望了我一眼，突然搂住我，脑袋窝在我肩窝哽咽道："你没事啊……你果然没事啊……"

我正要安慰他，我元身是凤凰，日后历劫还要浴火，且耐烧着呢。却见他缓缓抬起头，纵然蓬头垢面依然掩盖不住俊美的脸却变得惨白，他眼珠子瞪得溜圆："你、你、你肩膀上怎么有这么多血？！"

我"哦"了一声，摸出袖袋里的铜镜搁在他面前一晃，他两腿一蹬，即刻晕过去。

那一次经历让我意识到睡前灭灯的重要性，而对孟泽却是一番新的感悟。他如何也不能接受自己也会流鼻血的事实，我淡定地告诉他："流鼻血这种事，就像蜡烛点着会亮，厢房走水会烧光，你会娶老婆，我也会嫁人这么正常。"他听完之后，幽幽打量我一眼，道："既然这么正常，那我娶你，你嫁给我，如此便一下解决了两个人的事，你觉得如何？"

我那时候的脑子一定是让猪给吃了，并未深究他这句话跟我那句话有什么逻辑上的关系，却是突然发现世上竟然有如此简单省事的来解决婚姻大事的法子，且这样简单省事的法子身边其他人竟然从没有想到！于是一拍即合道："好呀好呀！"

我自幼没有爹娘，所以婚姻这样的大事自然要去同师父讲一讲。正在大殿金身佛祖面前打坐的师父听了这些话后，转了三颗念珠，才开口同我跟孟泽道："三万年之后，若玄君还有这想法，便娶了小九吧。"

我不知道师父为什么要说等三万年之后，只是记得那时，孟泽拍着胸脯当着金身佛祖的面和师父保证："本君要娶阿玉这个想法，定是自始至终到本君羽化仙逝，都不会更改的！"

彼时，沾了万年忘川水的右心，第一次跳了几跳。

恰逢这时，天帝又颁了旨意下来，说我这姻缘神君做得实在太辛苦，日后不必每位神仙的婚礼都去送姻缘文示了，只逢一族之长的婚事去证个亲即可，即日回丹穴山旧府任职。那时候，我才知道，自己没落入忘川海之前原来还是个姻缘神君，且之前每位神仙的婚礼都要去证亲。也是那时候，我才知道自己本应该在自己的老窝丹穴山待着，这万年来无所事事，在大梵音殿混吃混喝全是靠了师父。想到这里竟是羞愧不已。于是同孟泽连夜盖好那间走水的厢房，拜别师父，回了丹穴老巢。

可这个职位清闲得很，除了偶尔画画扇面，证个神仙姻亲，其他时候便同孟泽上天入地，可劲儿折腾了三万年时光。他当时喜欢我喜欢得紧，虽常常同我在一处，却谨遵师父的叮嘱，从没有逾矩时候。除了仅有的一次。

那时候，距师父所定的三万年只有不到十年的时间了。他开始着手准备婚事，常常一次扛回来几麻袋红绸缎，问我这个花式做嫁衣可好，那个料子做锦被可好。我对绸缎这个东西着实没什么造诣，更别说都是大红这一个色儿的，着实觉得做衣裳还是做被子没什么区别。后来大师兄出去找做生意赚金银珠宝的阿云的时候，正巧经过我丹穴山时渴了，便落下来找茶喝。他看到丹穴大殿里堆了几百麻袋红绸缎，颜色煞是红艳，于是灵光乍现，若对于打仗作战的士兵，穿上这么一身红装，对于敌人来说定然是个极其血腥、极其震撼、极其慑人的场面。于是，招呼来几百个天兵，尽数扛回去，给天兵们做衣裳了。我脑补了一下诸位天兵着一身红装打仗时候的场景，觉得震慑力不足，应该是挺像送亲队伍……

于是孟泽惊问我绸缎都去哪儿的时候，我想都没想就回答说："大师兄带走去给送亲队伍做衣裳，等我出嫁时候，兴许十分排场。"孟泽拍了拍脑门："大师兄考虑周到，我竟忘了这一茬。"

可所有的事却在这十年内统统发生了变数。

当时，诸位师兄已然认定了孟泽是他们的准妹夫，作为准妹夫，随时被叫去搬个家挪个床都是再顺手不过的事。特别是六师兄。六师兄从没有使唤过我，多少年来被我使唤、挨我揍都是家常便饭了，所以逮着这个机会，常常吃饱了叼着牙签儿腆着肚子，优哉游哉从天上司命府来到丹穴山，拐了孟泽去给他扫个地、擦个桌、晒个命格簿子之类。

那一晚，正是孟泽去司命府帮六师兄晒命格簿子回来。

八月时节，风轻轻吹，夜微微凉，月染染光。我端端正正坐在丹穴山顶一棵三丈高的九里香花树上，那儿离天最近，离天上司命府最近。我想，坐在这儿能最早看到孟泽回来。

他确实回来了，且像是一眼便瞧见了我，扬起袍裾直接从七丈高的云头跳下来，带着巨大的冲力冲下来、抱住，一瞬陷进九里香硕大的树冠里，抖落无数霜白色花瓣。哗啦啦的声响中，树枝划破了我的衣服，扯出火辣辣几道疼。耳边呼吸深重，我猛地抬头，看到疏冷的月光穿过，照亮了孟泽猩红的眼眶。明明那么红、那么热的眼眶，眸子里却比月光还要冷几分，比夜霜还要寒几分。他紧紧捏住我的肩膀，双手连同嘴唇都在打战。我正要问他怎么了，却见他颤抖的手顿了一下，便开始扯我的衣领。

我陡惊，死命护住："你、你、你疯了吗？！"

九里香花树巨大的树冠咔嚓作响，花瓣簌簌而落，可他丝毫没有住手，反而把我挤到一根树杈上，死死掐住我欲阻止的手，扯开我的前襟。

三丈高的花树上，他死死抵住我，冰凉的拇指压住我左心处那道疤痕，脸上一派绝杀似要将我置之死地然后挫骨扬灰以快人心，却没想到他声音竟有些喑哑凄寒道："他值得你这样吗！一场情缘值得你剖半颗心做祭吗！"

凉风一遍一遍吹过左心处，有花瓣落下，他死死按住的疤痕下，右心颤簸溢出一阵又一阵疼。我看着他狠鸷的目光，摇头道："你说的什么，我不清楚。"

他陡然大笑，眉毛舒展得夸张，身子却是气愤得一直颤抖，呼啦啦的树叶同花瓣掉落，沾了他一身。那大声的笑让我有些透不过气，他捏住我的双手压到胸口处，唇角颤抖道："你竟然同我说不清楚，哈哈，不清楚？！这你都不清楚，那你清楚什么？"

我可能是哭了，几片花瓣被水雾沾在了眼角引来微痒，我抬头看他："我清楚……十年后就可以跟你成亲了……绣着金色凤凰的红绸做嫁衣，那个软细料子的红绸做锦被……"

"可本君不想娶你了。"

他松开我的手，另一只手的拇指也从我胸口移开，窸窣作响的风瞬间侵过来，我竟没有稳住身子，仰面从料峭的、有三丈高的九里香花树的树杈上直直落下来。那时候，我的眼里也只剩下孟泽一个人，他就站在我身边，却没有伸出哪怕一只手。

仰面而落的那一刻，竟是几万年来最清醒的一刻。隔着重重叶影，隔着簌簌花瓣，隔着疏冷的月光，看着他渐渐冰封的眼眸。那种烟火陡凉的遗憾，那种缘分终尽的悲惋，那种再无瓜葛的决然，就是在那双曾经明媚跳脱的桃花眼里，在八月微冷的夜里，在丹穴山顶硕大的九里香花树里一一浮现。

他说，可本君不想娶你了。

八月的夜里，九里香的花瓣连同树叶纷纷扬扬之间，我顿悟——我同眼里的这个人，结束了。

那些大红绸缎，那些说好的这些做嫁衣，这些做锦被的大红绸缎。

统统不作数了。

紧接着，我同孟泽几十年没有来往。我没有再去找过他，他亦是不曾来找过我。那期间过得很是悲苦，可我也不知道自己为什么这样心伤。那原本天天在你身边说喜欢你要娶你，那原本天天扛回几麻袋红绸问你这个做嫁衣这个做锦被的人，突然走了，是不是这种习以为常、成为你生活的一部分的情感最终抽离出去的时候，最能伤人呢？

我说不清楚。

而我，在那几十年里，关于其他的事记性虽然不好，但是关于情缘的事、关于他的事，却偏偏记在了心上，并且如何找不到办法来忘记，梦里反反复复都是落下九里香花树的时候，孟泽那句“可本君不想娶你了”。于是几十年里日日不能入睡，没有办法忘记的时候，便每日藏在九里香树冠中，为自己，画扇面。如此换回几分心宁。

我为别人画过姻缘扇，却从没给自己画过。我在扇面上画了许多不同的公子，威猛高大的有，恭敬温润的有，负书而立的有，拔剑起舞的也有。最后画了千万把，各个都不同，就感觉真的像自己有了千万个夫君一样，还纷纷把这些扇子系上金线红绳玉扣，将它们一一拴在九里香花树上。我仰面躺在树冠里，看风吹过，吹走大把大把的叶子，吹走一捧一捧的花瓣，吹着千万把朱红色檀香木扇骨、敲打金线拴着的烟翡色玉扣，泠泠而响。

六师兄站在花树底下，语气很小心也很担忧：“小九，你何苦这般折磨自己。”

有一处扇子系得不牢，被风一吹便掉下来，恰好砸在我右心处。那时候右心第一次破裂，血水挤破左心处愈合了几万年的刀口，汩汩涌出来。身子疼得一抽搐，便直直从树上掉下来。六师兄惊恐地抱住我，那时血水哽在喉咙里，我一开口，喷了他一脸血。

那时候的六师兄明明吓得都发抖了，却是抱住我一刻也不曾松手，一刻也不曾耽搁，一路奔向大梵音殿，路上竟从祥云上掉下来几十次，我能感觉到他的心都怕得要蹦出来。他兴许真的担心我一闭眼就彻底归西了，一路上便一直哽着声音，强颜欢笑同我讲话，一直讲，一直讲。

“小九，你不要睡，待会儿你看看咱们师父，看他又帅了许多……”

“小九，大师兄跟阿云和好了，你说他俩什么时候能有个小娃娃，咱们借来玩几天啊？”

“小九，三师兄又谱了个新的曲子，听说两个女神仙为了听三师兄弹这个曲子还打了一场。”

“小九，沉钰那流氓到现在还没醒，你可不要同他一样这么没出息……”

有眼泪落在我脸上、眉上。六师兄生得比女子更美几分，除了对沉钰那厮凶狠以外，对旁的神仙温温柔柔脾气好得很，所以整个看起来是娘腔腔。可只有熟悉他的神仙才晓得，六师兄有骨气得很，也坚强硬气得很。我至今只记得六师兄哭过两次，另一次是沉钰死的时候。

“小九，你为了孟泽那种混账，不值得。”他哽咽道。

终于到了大梵音殿。我趴在六师兄怀里，看大殿金身佛祖映衬下，师父朱红的袈裟放出万丈温意的光华，天地陡然失色。我口里包着一腔血，口齿不清地说：“师父，您果真又帅了许多……”

其实那个时候，师父表情惊诧得很、萧煞得很，没有以往和颜悦色时候那么帅。

最终右心缝了七根银线，我在师父搭救下，又捞回来一条小命。而且，又在大梵音殿白吃白喝了近万年。兴许就是因为那一次差点挂掉，醒来之后便觉得与孟泽那一桩情同性命比起来，着实没有什么值得惦念和挂怀。于是那万年好吃好喝，好睡好眠，心境磊落，日日无忧，闲来为师父画画扇面，为金身佛祖补一补金漆，为大梵音殿绘绘殿阶，描描殿柱，在后山修剪修剪桃树，听师父诵一诵妙法莲华经，同师父一同念一念清心净欲咒，差不多也就放下孟泽那个混账了。

玄魄宫同师父的大梵音殿都落在大荒西处，相隔不远。大梵音殿以南、玄魄宫以北，铺了十里的紫菀花，我曾问过师父那么多花是什么时候长的。师父高深莫测道："你落入忘川海之前。"

那处紫菀花终年不败，那紫色温煦柔融，落在这样一个地方，仿佛专门为一个人开。我常常去那处玩耍，烤个地瓜、架个火锅之类，有情调得很。那一日我正在烤着地瓜，远远便见如花似玉的孟泽抱着一个看着挺好看、却不如孟泽好看的姑娘猛亲。

我便是捧着一个地瓜，兴致勃勃观摩了记忆当中第一次男女欢爱的场景。即便是孟泽看到我了，我也丝毫没有躲闪。我们彼此对视了会儿，他突然哈哈大笑道："这不是掌管姻缘的良玉神君吗！赶得好不如赶得巧，本君正欲请你来为我和文儿证亲呢！"

那个唤作"文儿"的姑娘含羞一笑，娇柔地躲进孟泽怀里。

我抛起手中的烤地瓜，起身稳稳接住，笑道："为玄君证亲是良玉的本分，流程您也清楚得很。帖子送去丹穴山，良玉自然会处理。"说完不待他答话，便隐身遁了。

后来过了些年岁，距今大约两百多年前，孟泽成了他人生当中第一桩亲，且一下子便娶了两个姑娘。那两个姑娘叫什么我却记不得了，但没有一个叫"文儿"。我常常想起那个叫"文儿"的姑娘，大抵是出于我同她两人都是被甩者的同病相怜的情谊吧。那一次婚宴我记得有些清楚，孟泽喝得酩酊大醉，却执意送我一程，明月皎皎之下，他盯住我，身形晃荡地说："你果然是拿得起放得下，哈哈……本君今儿娶了俩！日后还要娶千千万万个！"说罢仰面大笑，似乎为自己的远大抱负激动不已，后来笑声戛然而止，他眼眶微微潮，问道，"你是不是觉得我风流得很？"

我摇摇头道："玄君自己的家事，自己开心便好。"

他却一把掐住我的脖子，逼近我，目光狠毒，牙齿几欲咬碎："你在那棵九里香树上挂的千万把扇子，每一幅扇面画的不都是你经历过的情郎吗！本君竟小瞧了你！”

我不知道他何时去了丹穴山。那一刻只是觉得心里陡寒，却也从没想过要跟他解释，因为深知解释已然没有半分用。

那一晚，他没有杀我。

再后来，我为他二十几房姨太太证了亲。扇子画了近三十把，每每有些感怀，却越来越庆幸自己早早同他断了纠缠。

如此说来，我同孟泽的往事，不过是一个风流浪子看上一个姑娘之后又把这姑娘甩了的故事。恐怕除了当事人自己，旁人看这个故事，觉得着实平常了些。

第六章

心落玉石，以为情补

或许每个人心中都会有一块地方，
在血肉上刻下一个名字，提不得，放不得，
就算无意听到，也会扯着那块心疼上许久。

一路上长诀天尊同我乘着一朵祥云，且这祥云是我的，眼瞅着离丹穴山不远了，他却没有丝毫分别的意思。我想：许是天尊死了这么多年，不知道自己的祥云飘到哪个山脚旮旯了。于是本神君颇具姿态、颇豪爽地同他道："等在下回到丹穴，这祥云便送天尊回天上吧。"

他拧眉打量我一眼，眸子里溢出了点点光亮，道："我今日刚找回你来，你却要轰我走？"

本神君被这个"轰"字激得心肝儿颤了颤，心想：您死着那会儿，小神曾男扮女装瞻仰了您的葬身之所，怕您想起来分分钟要了小神的命，小神真是巴不得您早早回去。于是面上惶恐道："天尊哪里话，在下以为您刚刚诈尸……哦不，您刚刚劫化归天，天上诸多事宜恐待着您处理，如若不是念着您十分忙，良玉自然十分乐意您到我丹穴山一坐……"

他却是手指捏了捏玉笛，恰赶着我说完这句话的巧儿，抬头满面春风呼呼刮过与我道："我不忙。"

我费力扯了扯面皮，直觉得自己方才是搬了块巨石往自己脚上砸了去，于是合十一拜："那良玉恭迎、恭迎天尊移驾我丹穴山了……"

他面上的春风更是吹得荡漾，手中玉笛打了个漂亮的弧旋将我身子扳正，悠闲自在道："你不必同我客气拘礼，丹穴山既是你的府邸，便就是我的府邸，且前方带路。"

我愣了愣，有些辨不过来他这句"既是你的……便就是我的"的意思，迎风抖了抖问道："天尊大人这句话是何意思，小神竟听不明白。"

他看着我笑了一笑，那一笑明若繁花骤然盛放，让我不由得一晃。"跟自己老婆自然不必分你我，就比如现今，整个三十五天都是你的。"他说。

我对他那个三十五天没什么兴趣，只是被他一句"老婆"激得怒火有些旺盛："天尊大人不要消遣良玉了，良玉还是……还是个黄花闺女……"

他盯住我略略思索："你忘了凡间……"

我抬头："凡间什么？"

他摇头笑了笑，却是一副不愿再提的样子："没什么，你领我去你那里坐一坐。"于是，纵然本神君心里如何不情愿，但还是领着这位尊神回了丹穴山。

正午时候，日光热辣许多。

将将从云头落下来，便见杉杉碧叶的小凤凰木招摇着欢畅的树枝朝我蹦跶过来。我见它这副十分思念且十分亲近我的模样，心中不由得十分欢喜，于是伸出手，打算待它蹦跶过来时候好好抚摸它一番，只听它摇晃的树叶带起的一阵风灌进长诀天尊手中的玉笛，吹出幽婉一声笛音，结果杉杉树叶一霎静止，小凤凰木笔挺挺站在我面前呆住了。

身旁的天尊大人语气微微有些波澜："它果然在这儿。"

我不大明白他的话，小凤凰木仍是一副愣怔模样立在一步开外的地方，再不敢靠前。哦，恐是面前的长诀天尊仙泽太盛，小凤这二百年的小树苗儿看了害怕也是自然。于是我边伸手欲抚慰一番小凤，边转头说："这是小神养的树苗，哈哈，它可能认生哈哈……"

本神君这厢还没哈完整，小凤凰木却躲开我欲抚慰它的手，一下子从呆愣中回过神，招摇起树叶，哗啦啦朝着天尊大人扑了过去，伸出两根柔嫩嫩的小树枝环住天尊的脖颈，整个树身挂在他身上，杉杉碧叶轻轻扫了扫天尊大人殷红的嘴唇……

我打了个激灵，小凤凰木这个模样瞅着十分眼熟……

它这样子可不像是认生，欢喜雀跃的模样竟比那日我初醒时候见到它的样子更要高兴几分！

长诀天尊抬手抚了抚小凤凰木的叶子，抬眼看我，眸子带了几分揶揄的笑，倒也光彩熠熠："它认生的方式是不是奇特了些？"

我尴尬不已："哈哈……可不是吗……"

于是这一天，小凤凰木终于不再跟着我，而是跟在长诀天尊身后，从正午跟到黄昏，且是走哪儿都跟着。长诀天尊起身打量我殿内的画，它也装模作样蹦跶过去打量；长诀天尊伸手把玩一下檀木架上挂的玉扣，它也伸出树枝挑一枚下来把玩；长诀天尊同我在玫瑰椅上坐下，抬起茶盏，我给他添了杯茶水，小凤便也捧起一个茶盏凑到我面前，伸出个小树枝指了指茶壶，示意让我也给它添一杯，待我给它添了杯水，它竟然得寸进尺，抬起树枝扫了扫我坐的椅子，我愣愣站起来，它便一下子蹦上去了。

此刻，我抱着茶壶立在殿中央，看着长诀天尊和小凤凰木分坐玫瑰桌两旁，悠闲自在喝着花茶……本神君心里有些忧伤。

明明、明明在今日清晨，这小树苗儿还是黏着本神君，看到本神君还是心花怒放状的！怎的长诀天尊一来，它、它、它就不同我亲了？！

它不同我亲也就算了，它、它、它怎的能同这才见了一面的长诀天尊这样亲？！

本神君白养了这小树苗儿俩月，待比我厉害的长诀天尊一出来小凤便被他拐了去。想到此处，我觉得内心刮过一阵醋，酸心得很。

长诀天尊静静拂了拂茶芽，抬头与我道："你打算今日招待本尊吃什么？"

我这厢还没答话，小凤凰木便从玫瑰椅上吭哧蹦到长诀面前，伸出两根树枝围成个圈圈比画了比画，小树冠摇了摇，哎哟，那个模样，简直欢悦得很；然后转头蹦跶到我身旁，我竟感动不已：小凤果然还是心里有我的！

我正欲抬手摸一摸它以表达本神君感动的心情，结果小凤伸出小枝条指了指厨房方向，然后又伸出七八根枝条将我往门口推了推……

我顿悟——

它竟然让我去给长诀天尊煮荷包蛋！

我往锅沿砸了鸡蛋，蛋清蛋黄滚进锅里，蛋壳扔出去；瞥了眼不远处大殿内烛火明媚，天尊大人和小凤凰木自在饮茶，着实觉得内心不大舒坦，这一不舒坦，难免失了神，将蛋壳扔进锅里，蛋清蛋黄滚在了自己裙子上……

待本神君终于煮好一锅荷包蛋，广寒已挂到了东上天。说来也巧，本神君顶着裙子上几道新鲜鸡蛋液、端着一口大黑锅从厨房迈出来的时候，六师兄优哉游哉提着两壶女儿红迈着方步便来了，且是边迈着步子边大喊："我在师父那儿忙了一阵子，竟是今日才晓得那混账又娶小老婆这件事！想着你要伤情，便提酒来看你了！不过，那混账今日的小老婆可漂亮？身材可是匀称？比起上一个怎么样？算起来得是第二十八房姨太太了吧？”

我端着一锅荷包蛋立在厨房门口，斜睨了他几眼。他立马顿住，原地便打了个哆嗦，肉疼道：“你……你这副样子，是不是吃了气又要揍我？”

我冷哼了道：“你说呢？”

闻见声响的小凤凰木若一道绿风“嗖”的一下蹿出来，小树枝薅住六师兄的大腿便要把他往殿内拖。六师兄打了个趔趄，但还是因小凤这难得亲昵他的举动有些受宠若惊，一把将小凤凰木捞起来，满脸无邪的童真：“你有没有想叔叔？”

我抬头望了眼月亮，觉得六师兄那一脸童真装得有些过了，我挺想拿鞋底把那无邪的模样呼回原形。

小凤凰木那树枝统统朝殿内撇，那意思是要让六师兄进去，去看看它今儿才见面且一见面就移情别恋的长诀天尊。

霜衣飘飘的长诀天尊就是这么应景、这么赶巧儿地出来了。六师兄手里的两坛酒亦是应景地“咔嚓”摔了个精光。“长诀……长诀天尊……”隔着小凤凰木茂密的树叶，六师兄使劲眨了眨眼道，“您……您……您……您诈尸还魂了？！”

我端了黑锅不由得一笑：我跟六师兄果然师出同门。

天尊接过我手里一锅荷包蛋，抬眸道：“本天尊从没有死，哪来诈尸一说？”

锅一离身，那沾在裙子上的尚是新鲜的蛋液便赤条条露出来，恐是广寒宫当值的仙子觉得本神君这样不够出丑，于是偏偏打了一束月华照在我裙子上，显出那道蛋液更是光亮、更是晃眼……

英明的天尊大人显然看到了。入眼处，长诀天尊将锅落在地上，极其自然地伸手掏出个素白的帕子，又极其自然地半蹲在我面前开始给我认真擦裙子。若一道天雷罩下来，我被劈得有些蒙。如若不是六师兄咳了一声，蹭过来说：“天尊大人，放着小神来……”我恐怕还没反应过来。

看着天尊大人俯身为我擦裙子，多年不知道害羞为何物的良玉神君，今晚可能害羞了一把……害羞之中本打算说一句不过是鸡蛋，我自己来擦……结果一开口——

“不过是鸡蛋，没必要擦……”

蹭过来的六师兄被这句话激得打了个清晰的趔趄。长诀天尊擦干净裙子，端起锅站起来，似笑非笑地看我一眼，翩然转身往屋里走，几步之后又转过头，冲六师兄微微惊奇道：“沉钰怎么没同你在一处？”

我大惊，万没有想到天尊竟然说出“沉钰”这个名字。于是赶忙奔过去，摇了摇长诀的衣袖，示意他不要再问了，然后回头满脸堆笑：“六师兄，来尝尝我煮的荷包蛋，嘿嘿。”

或许每个人心中都会有一块地方，在血肉上刻下一个名字，提不得，放不得，就算无意听到，也会扯着那块心疼上许久。以往，我心中这个名字是“孟泽”，后来心破之后便放下了。而对于六师兄，这个名字便是“沉钰”，自始至终连半分也不曾放下过。

看出了我的慌张，六师兄却是安然地望了我一眼，牵着小凤凰木走过来，明明眼眶都红了，脸上仍挂着明朗欢脱的笑：“你竟然会煮荷包蛋？！里面有没有鸡蛋皮？”

那一晚，长诀天尊、六师兄、小凤凰木和我守着一锅荷包蛋，纵然我们各怀心事，却都没有再提沉钰，看着竟也十分和谐畅快。特别是六师兄，笑起来的嘴角都要扯到耳根了。我知道他明明这样难受，却还是能装。

送他走的时候，他怔怔问了我一句：“你的长诀都能活过来，那我的沉钰是不是也要回来了呢？”他说这句话的时候，月光若绫罗细绢，轻柔地铺在他脸上。

我抬头，讨好地说：“会的会的。”

他踩上祥云时，转头看了我一眼，又看向我身后，颇平和道：“天尊在那处等着你。”见我呆愣不回话，于是咧开嘴巴嬉皮笑脸，“你这趟第二十八房姨太太可没白当！捞回来了个天尊，你这一趟是赚了。”

我本想上去踹他一脚，终究是没有忍心。他走的时候，月光清凉，他的背影瞧着也清凉。

长诀领着小凤凰木走过来，小凤的树枝卷着长诀那支剔透莹润的紫玉笛，它扯了扯我的裙子，将笛子递到长诀天尊手里。我明白小凤是想让天尊大人吹一曲给我听。

可本神君此时却没有什么心情来听天尊为我吹一曲，只是抬头望了望长诀，心想：他这番还不走，莫不是打算留下来吧……

天尊大人似是看出了我欲赶他走的想法，半眯了眼瞧着我，唇角翘了一翘，面上又刮起了春风，如今日祥云之上那番模样。本神君想到今日搬石头砸了自己脚的哪一桩，于是便颇不争气道："我跟小凤凰木还从未听过天尊吹曲子，今晚月色正好……"

小凤凰木听了这句话便又扯了扯我的裙子，树叶飒飒作响，不停蹦跶着小步子，模样有些着急。我愣了会儿，揉了揉它的小树叶，继续睁着眼珠子扒瞎道："你这小树苗儿算是有福气，能听天尊大人吹一曲，抵得上你百年修行了。"

小凤凰木树梢上的叶子恹恹落了几枚，晚风一吹，寂寥打了个旋儿。长诀天尊道："它在九黎山听我吹了两百年曲子了，自是记得住；倒是你，我们之间曾有许多事，你竟然忘了。"

我大惊："长诀天尊仙逝五万年，小神何曾见过你？！"

他脸上那笑容微微有些苦，但片刻便隐了去，抬眸时候，眸光明亮，带着熠熠辉光："记不得便就记不得，反正也回来见到你了。你这模样倒是极期待的样子。"

我呵呵笑："期待，可不期待吗……"

以往在大梵音殿的时候，三师兄常常对我讲："你别看师兄我长得不如小六好看，你且年少，不晓得那些长得好看的，都是金玉其外的货色，靠着面皮闯荡，根本没有什么本事。往往是像你三师兄我，这长得不好看的才是真正有实力的，有内涵的。就是凡人常说的内在美，你晓得不？就拿现今来说，同我这般懂音律、擅弹琴，且懂得十分透彻、弹得十分动听的神仙已经不多了。"这句话让我十分受教，也是从那时候才知道欺负人就要欺负像六师兄这般长得美、这样金玉其外没有真本事的。至于三师兄说的长得不好看才具实力之类，却没多少放在心上。

后来见识多了一些之后，才发现当年三师兄说的竟然全是胡扯，如今这长得美的神仙，个个都牛得很，实力也是一顶一的强，比如眼下为我跟小凤凰木吹笛子的长诀天尊。

我从没听过这样的笛音。清宁婉悦时若淙淙清泉流过，你甚至可以感受得到泉水流过足底的沁凉；缠绵缱绻时若妙曼朱纱拂过，你甚至可以感受得到纱幔缠绕指尖的轻柔；空灵绝妙时若深夜昆仑山顶撒下的微微细雪，顶着银色月光，你感觉得到其中清远的禅意；戎马倥偬时候若浩瀚苍穹卷起万路风尘，沧海瞬息变换，你感觉得到足踏战马时的铮铮风骨。

能把曲子吹出实实在在的触感。我不得不承认，他这天尊的殊荣，果然担得起。

小凤凰木却是有些恹恹，听着这样的曲子，最终树叶全数耷拉下来，睡得一塌糊涂，想来今日跟着长诀天尊身后来回蹦跶也是累了。

笛音终了，已是月上中天，我安顿好小凤凰木，顺道问了一下长诀天尊他怎么认得小凤。

他望了小凤一眼，道：“便是这一颗种子，不偏不倚落在九黎山顶的封印处，受尽五万年的灵气，两百年前长成这么一棵树苗儿，令本尊在九黎山底压了五万年不得出。如今倒是想忘它也有些难。”

我颤了那么一颤，颇唏嘘道：“您这等修为的……竟然被这棵小树苗困住了？”

他面上光芒流转、煞是迷人：“这样看来，本尊该谢谢你，若那晚不是你，本尊恐怕还是出不来。”

我一口花茶呛住，赶紧用茶盏挡了脸，他竟然知道这件事，那可是本神君犯了天条的一件事，于是只能打死不承认：“天尊大人该不是认错人了吧……小神一介女子何曾去过九黎山……”

他捞过我手中的茶盏自己喝了一口，笑道：“怎么可能认错呢，那晚本想着出来好好谢你一谢，看来这些年身体养得不错，扛着树还跑得这样快……”

我几乎泪流满面：“天尊大人，小神知错，您还是忘了吧……”

他粲然笑了会儿，问我：“你喜欢紫菀花？”

我震惊，他知道我冒犯了他这档事竟然话锋一转，不再追究了？心里不由得一暖，赶紧顺了他的好意，怯怯笑：“天尊大人怎么知道？”

他转了转指尖的茶盏：“你把它绘在了茶杯上。”

我有些惊讶他的心细，转头思索道："是比其他花要耐看一些，我觉得好看便央着擅烧瓷器的药君半夏给我烧了一套。我师父所居的大梵音殿以南便浩浩荡荡长了十里，紫菀花它们也是挺好栽的是不？"

他盯着我笑道："是挺好栽。"

我被他这个笑晃了晃，突然觉得这尊神没有那么令人惮惧，却突然想起一件事：今日他去玄魄宫的时候，顶着万丈光华，迈一步足下遍生百花，场面炫得很，怎么落在我丹穴山竟是走一步除了留下一个脚印，连棵狗尾巴草也不见了。我这么想，便这么问出来了。

他剑眉微挑，眸光流转一圈静静定在我眼处："足生百花这个术法，除了吸引你，让你看上我跟我走之外，于别处没有任何功用。现在你已经在我身边了，再耍这一招不有些多余吗？"

"……我恐怕还没看上你……"

他僵了会儿，脸上挂着一丝不确信，却旋即遮过去，手里紫玉笛打了个漂亮的弧旋后，一本正经同我道："你当年想要同我成亲想同我白头到老的时候，可不是这么说的。"

我急了，欲同他争辩，本神君还是个黄花闺女……好吧，还是棵大龄黄花，几时要同他成亲、又是几时要同他白头到老的？！他笑着同我做了个禁语的手势，轻声道："那小凤凰木睡了，我们回房再吵。"

可我万万没想到他说的回房竟是回本神君的厢房。且他把本神君的厢房彻彻底底当作了他自己的厢房，于是立在本神君的床边，当着本神君的面开始宽衣解带，纵然做这些毫不避讳的动作，他脸上也能装出一副光明磊落、坦坦荡荡的模样，我着实佩服他，也顺道佩服了他八辈祖宗。于是抱起一床凉被，边往门外走边戚戚道："天尊您早些休息，良玉去别处躺一躺。天尊您今晚可千万睡得安稳，明儿寅时回天上就可以了……"

还没说完便被他一把捞回去，我抬头便看见他因前襟纽扣解开、露出的一段白玉般的脖颈和微微显现的锁骨，脖颈下方、胸膛之上、锁骨中央一枚殷红的朱砂痣十分灼眼……本神君只觉面皮腾地一热，耳根处都沾了些火，只得赶忙低下头：良玉你这些年缺男人缺得竟是连出息也没了吗！你脸红什么啊！

他抚了抚我的头发，语气有些无奈，却还是能听得出笑意："刚才只是诓你一诓，看看你的反应。不过你脸皮确实有些薄，我们都是这样的关系了，你竟然还怕这些。”

于是，还没等我搭话，他抱过我手中的被子，颇潇洒地走了出去。

我摸了摸面皮，还真是烫得厉害……

那一晚只觉清宁的花香连同温融的笛音绕身，经久不散，怡人心脾。这样的安然夜里，竟然梦到了沉钰。

那是在大梵音殿后山，我第一次见沉钰。四月时节，大梵音殿的前山后山，千万株桃花开得极是绚烂，一株一株都是师父亲手植的。我六师兄爱吃芋头，师父便让我们在后山挪开了几十株桃树，辟了一块芋头地，专门给六师兄种芋头。

我在见到沉钰之前，六师兄已经专门在大梵音殿十丈高的金身佛祖面前给我们、连同大梵音殿的小沙弥们开过一次很是隆重的会。那时候六师兄咬牙切齿，满脸杀气。会议主要内容大致概括如下：各位出门若是遇见一个黑衣男，则赤手上去揍一顿；若是见这个黑衣男在拔桃树，则亮出家伙上去揍一顿；若是见这个黑衣男拔了桃树种芋头，则二话不说直接上去结果了他。

是以很长一段时间里，大梵音殿都不见一个敢穿黑衣出门的神仙，怕自己被当成六师兄眼中的黑衣男。

那一天，厨房的小沙弥被大师兄唤去一同寻他的阿云了，去厨房蹭吃的我便被使唤去后山挖芋头。我叼着一根胡萝卜背着竹篓便去了后山。大梵音殿的后山，有一块巨大的石壁，师父在上面刻了《楞严经》，很是适合我们这些佛义修行尚浅、心欲神识不净的弟子观读学习。

迈入后山，遥遥便听见石壁那处传来嘹亮的男声在唱：“你是我的芋头哎，你是我的妻！天天为你种芋头哎，只要你嫁我为妻！心尖尖儿上的月月哎，我要娶你为妻！”

彼时，那粗犷嘹亮的歌声几乎颠覆了我对音律的认知，亦是那时候才晓得音律这种东西让心情欢愉很容易，分分钟摧毁你的神智亦不是难事。这歌声，俨然属于后者。于是我举着胡萝卜便往石壁那处跑。

只见刻着清心静欲的《楞严经》的硕大石壁上，一个身着黑色衫子的人仰面恣意躺着，眼上遮了一片芋叶，挡着阳光，嘴皮子却是露在外面，一刻也不得闲，扯着嗓子唱着："天天为你种芋头哎，只要你嫁我为妻！心尖尖儿上的月月哎，我要娶你为妻！"那歌声中传达的直白情欲，实在是有伤《楞严经》中传达的尊严教诲。

我噌噌爬上石壁，揭开他眼上的芋叶，痛苦道："这位施主，你唱得太难听了！"

他腾地坐起来，瞪大眼珠子望着我。

那是我第一次见沉钰。

恰逢四月山间桃花绚烂盛开的时节，夺目的日光穿过肆虐妖娆的桃花枝照在他脸上，他整个脸庞、整双丹凤眼都生出华光，熠熠生辉，竟比枝头那艳艳的桃花还要炫目几分。且说他那张脸，乍一看与六师兄有些像，只是眼尾更凌厉，剑眉更笔直，鼻梁更高挺，轮廓更硬朗……这样一看，便又觉得与六师兄很不一样了……起码，眼前这位一看就是男人，而我六师兄……咯咯……

他眉头蹙到一处，冷冷道："爷爷我又不是唱给你听的，你管我作甚？！"纵然是气话，那声音听着却润雅至极，比刚才那歌声动听了千万倍。

我放下竹篓，又凑近几分和气道："你是谁？在这儿干什么？"

他指了指远处桃树地下堆的几百麻袋种芋，满脸掩不住自豪，那种表情挂满了仿佛要指点江山、变幻沧田的霸气，他顶着这样恢宏的气魄与我道——

"给我老婆种芋头。"

自己方才幻想的恢宏气魄因这句话一瞬间化成碎渣，但还是好奇："你老婆是谁？"

他瞧见我手里的胡萝卜，便夺过去咬了一口，清清脆脆道："青月啊。"

我点头："哦……"正欲问他青月是谁，却陡然反应过来，当即被"青月"两个字震得从石壁上滚下去。

不为别的，只为"青月"堪堪是我六师兄的名讳！

待我重新爬起来，惊魂甫定地望了他一眼，便倏尔联想起六师兄口中那个"种芋头的黑衣男"，连忙开始找身上带着的家伙……

他纵身从石壁上跳下来，嚼着胡萝卜好奇地问："你找什么呢？"

我来不及回话，一心想找身上带的家伙，要替六师兄揍他一顿，可我出门时只背了个竹篓，拿了根胡萝卜……胡萝卜！胡萝卜！

于是，我从他手里将那只剩半根的胡萝卜薅了过来，直直对着他，张牙舞爪、气势极盛地喊道："姑奶奶今日要结果了你！"

他嚼着口中的胡萝卜，莫名其妙觑了我一眼，又将胡萝卜从我手中薅过去咬了一口，囫囵道："你沉钰爷爷饿了，你还有啥吃的没？"

我见他这对我毫不设防的纯良模样，竟"唰"的一下动容了，寻思了一会儿道："……那儿不是有好多芋头种吗，你先吃着……"

他狠狠啐了一口，目光瞬息凌厉、凶神恶煞与我道："那是我给月月种的！谁要敢吃、爷爷分分钟弄死他！"见我呆愣，他又咬牙切齿补了一句，"就是爷爷我也不能吃！"

他说这句话的时候，丹凤眼里坚定无比，颇有些蒲苇韧如丝、磐石无转移的刚烈。他说他给月月种的芋头，旁人吃不得，他自己也吃不得。

我便是从那一刻晓得了他对我六师兄的钟情。若是喜欢一个人，便是要给他准备他爱吃的，纵然我再饿，我也不舍得吃一口。大抵是这种感情。

于是，当初还称得上是"少女"的我，被这句话感动得昏天黑地，自告奋勇带着他去见我六师兄。

当初的六师兄，除了生得一张白白嫩嫩堪比柔弱女子的面皮，骨子里却是活脱脱一条汉子。他见着沉钰出现在自己面前，顿时火冒三丈，不，冒了七八十丈，一张俊脸扭曲得不行，大吼一声，转身夺过身后小沙弥的扫把便扑过来："竟是你这个流氓！"

沉钰一躲也没有躲，就笔挺挺立在那儿，看着比他矮一头的六师兄、比他体格娇弱的六师兄，疯了一样拿扫把揍自己。沉钰那厮偶尔还会嘴角抽那么一抽，在烂漫的阳光之中，凤眼温柔，露出幸福温良的笑容道——

"月月你且慢点揍，别累着自己。"

"月月你揍我屁股不疼的，该往脑袋上揍。"

"月月，你渴不渴？要不要喝杯水再揍？"

显而易见，这些话招来六师兄更疯狂、更卖力、更狠毒的一顿揍。

而最后沉钰顶着鼻青脸肿的面皮，就着我肩膀的衣料擦了擦鼻血，抬头乐呵呵与我道："多亏你帮忙啊！月月终于理我了啊！爷爷改日请你去北海做客啊！你爱吃什么啊！爷爷命人给你做啊！"

我一听“北海”不由得心花怒放：“海鲜火锅，我想吃海鲜火锅！”

最终笤帚被揍秃了笤帚苗儿，而揍人揍得累瘫在地的六师兄瞪了我一眼，那个眼神，虚弱中透着凌厉如刀，我至今不忘。

师父说，我担着姻缘神君这一职也是凭着因果造化的，虽然捉摸不出自己的情缘，且是连涉及自己的那一些都捉摸不清，但是堪堪是对别人的情缘，慧目颇准，且皆存心上，除非剜了心，要么便忘不了。比如那时候，我就预料到六师兄终有一日会看上这个为他种芋头，还喜滋滋儿挨他揍，且因为被他揍了一顿而心花怒放要请我去北海做客的黑衣男。

因为，在看见沉钰那一刻，六师兄没有夺过更靠近他的五师兄手里更具杀伤力、更能一招毙人命的斧头，而是夺了一把扫帚。甚至六师兄自己都不晓得，那时候，灼灼日光之下，他这个薅笤帚的动作带了说不出的不舍和温煦。

“小玉，小玉，快出来……”

梦里好像有人唤我，我仿佛看得到大片大片的紫菀花，像极了大梵音殿以南那浩浩荡荡的紫菀花地，有霜衣墨发的公子跟红衣翩跹的姑娘站在一处，而再仔细一辨，却只剩空袅清晰的笛音。背景的紫色模糊一片，蔚蓝色海子，浸湿的色彩里，一白一红两处颜色让人瞧着有些可惜。我却不知道该可惜什么。迷迷糊糊翻了个身，打算继续睡，却又听一声笛音捎过来一句——

“小玉，小玉，快出来……”

本神君便是被这分不清是笛音还是语声的动静给弄醒了。眯眼往外打量，夏日晨景，日光清暖，怡宁舒畅。

笛音又传来，丝丝缕缕牵连着神智，让我直欲穿衣起身，顺着那句“小玉，小玉，快出来”往外奔。可本神君毕竟活了十二万年，亦跟着师父修行了好几万年，强制自己清醒了半分之后，恍然大悟，这笛音居然可以控制心神。一晃想起小凤凰木还在隔壁，它一棵两百年的小树苗儿，虽说颇具灵性，但神魂却极是不稳。于是慌慌张张穿上衣裳、连滚带爬朝门外奔去，生怕它一棵两百多岁的小树苗儿被这笛音伤了神魂。

待我冲出厢房，却见门外七丈远处，一个霜衣墨发的公子在吹笛子，那身形瞧着十分熟悉，如梦中人一般。小凤凰木欢快地在他身旁蹦来蹦去。我愣了半晌，正想问他是谁，忽然忆起眼前这位正是昨日赖在丹穴山未走的长诀天尊。小凤凰木看见了我，摇着杉杉碧叶呼呼啦啦往我这处蹦，看上去精神得很。

终于放心下来，我望着长诀天尊，胡乱揉了揉头发，心里却渐渐有些烦躁：他这番还不走，是几个意思？

仿佛这想法被人抓住，紧接着悠然一声羽调压着我这个想法扑面而来，像是一掬泉水直直扑上脸颊，我竟实实在在感觉得到这凉爽的触感，忍不住一激，继而周身一派清醒。

他遥遥望了我一眼，隔着七丈远，我竟然能看得到他眉眼上挑、极轻快的笑容。他扬起紫色的笛子，笛身在他头顶转了半圈流连过一道飘逸紫光后又稳稳落在他手上，他冲我温雅一笑便又开始吹另一支曲子。这首曲子开头便是大气如虹的一个长音，接着曲音开始纷繁跳跃，安宁香气渐渐浮升。

小凤凰木突然激动地扯住我的裙子，树叶呼呼招摇，带着飒飒响动，我顺着它的枝条看脚下，却见大朵大朵的紫菀花从脚下生出来，一圈一圈，和着曲音铺天盖地、肆意妖娆往外生长，晃一愣神之间，方圆几丈、几十丈、几百丈竟全生出郁郁的紫菀花！

漫漫晨光洒下，直到那明艳鲜活的紫色掺着月月花叶在笛音控制下一路浩荡铺满整个丹穴山，直到笛音终止，直到漫天紫菀花瓣带着晶晶亮光在山间飞舞，直到他踏过花丛款款朝我走过来，小凤凰木欢快地在无边的紫菀花地上打滚，我仍是惊得没有挪腾半寸地方。

隔着漫天遍地的紫菀花，脑海中遥遥跃出嗓音甜甜的一句话：“文漫听着真像女孩儿的名字。扇面画好了，喏，送给你。”

我愣愣望着面前的长诀天尊，心里有那么一瞬感动，不怕你们笑话，本神君活了这么些年，还没有人送过花给我。心里又想着一定要问他如何习得这个术法，不料看着他那熟悉的、欲作弄人一番的笑容竟然一激动开口便道：“你怎的还没走啊！”

他那脸上的笑容便被我这句话给呛了一呛，尽数憋回去，接着垂眸，抬手凑上我前襟。我大惊失色，慌忙跳开三步，捂着前襟颤抖道：“你、你、你、你干什么！”

他许是被我这动作吓了一跳，愣了半晌才开口：“你前襟处的纽扣，没有扣好。”

我低头，却见自己脖颈处、大红色的里衫露出来，被素色的衣裳一衬，真是艳得很。我尴尬地扯过一边的扣子，边扣边撑着发烫的脸皮道：“哈哈，今日可真热啊！哈哈……以为您早就走了，便没有太注意自己的装束哈哈……天尊您别见怪哈哈……”却觉慌乱尴尬之中，前襟处的扣子怎么也扣不上，正要低头看怎么回事，他已经迈过来，极其自然地接过我手中的扣子，道：“任凭你再厉害，一个扣眼也塞不进两枚扣子的。”我愣愣低头。

方才，方才我是把扣子往哪儿扣的来着？

我干咳了一声，想着换个话题，于是抬头讪讪道：“天尊您很忙吧，您打算什么时候走啊？”

他低头看了我一眼，表情一本正经得很：“你这么一提醒，我倒是想起来了……”

我欣喜，点头如捣蒜状：“良玉去给您招祥云来！”

他却一把将我扯回来：“你这么一提醒，我倒是想起来了，最近除了陪你，竟没什么可忙的。”

“啊？我不用人陪……”

他转身冲小凤凰木招了招手，小凤便从地上爬起来，沾了满树冠的紫菀花瓣往这处蹦跶，挥舞着小嫩枝条，隔着老远就给我比画着一个圈的模样。

我扶额有些哀伤：“它这是又饿了，又想吃荷包蛋了吧。”

天尊大人回眸一笑：“我也饿了，我也想吃荷包蛋。”

“……”

这棵小树苗儿也是极有眼力，冲我比画了比画荷包蛋，然后纵身扑过来抱住天尊大人的腿，那意思很是明显：良玉你乖乖去给我和天尊大人煮蛋。

他牵着小凤往主殿方向走，忽然想起什么转头粲然道：“你还是穿红衣好看，”像是觉得我这种智商辨不清红色，又补了一句，“就是你里衫那个颜色。”说罢转身潇洒而去。只见小凤凰木呆了呆，小树身扭过来望了我一眼，伸出的枝条朝我的衣裳比画了比画……

不知为什么，本神君有一种想脱了鞋往那处潇洒的背影砸过去的冲动。

早饭吃过，天尊大人将小凤凰木安在我怀里，拂了拂衣袖起身道："我且去司命府一趟。"

我有些奇怪："你去司命府干什么？"

他顺手揉了揉我的头发："晓得你对沉钰同你六师兄的事有执念，我作为沉钰的师父自然要伸手管这件事的。"

我瞅他一眼："小神知道沉钰师承天尊您，却想问您一句——天尊是如何晓得我对这事有执念？"

他眉毛挑了一挑道："难道你昨夜的梦里不曾出现过他俩？"

我大惊，腾地站起来道："你、你、你、你如何知道我的梦？"

他低笑："昨夜闲来无事，便去你的梦里转了一转。五万年未见，如今相逢，我还颇自信地以为小玉你梦里能出现我，溜了一圈却是没看到我半寸衣角。"说罢又补了一句，"下次做梦，一定给我留个位置。"

小凤凰木伸出树枝扯了扯他的衣袖，树冠微微仰，模样颇好奇。天尊大人拂了拂小凤的树枝："你是想问你梦里有什么？"

小凤树枝欢欣鼓舞摆了摆。

"你梦里有一锅荷包蛋。"长诀天尊说。

看着天尊大人乘着祥云远去的背影，本神君心里竟然生出几分畅快。这么畅快的心情，必然要畅快地饮一壶花茶，再畅快地画一幅扇面，以慰藉我从昨日到今日被长诀那位尊神激得尴尬且烦躁的心。

小凤倒是忙活得很，我趁泡茶的空当默默打量了它一眼，只见它立在玫瑰桌旁，伸着碧莹莹的树叶，将长诀天尊坐过的那个玫瑰椅，扫了一遍又一遍，直到将玫瑰椅上的漆料擦得锃亮能映出个人影儿来，它才罢休。擦完椅子，紧接着蹦跶到饭桌旁，卷起抹布，将上午长诀天尊吃荷包蛋时占据的那一方桌面使劲抹了抹……

我抱着茶壶，不知道心里作何滋味——

……这棵树苗，莫不是喜欢上长诀天尊了吧！

小凤终于擦累了，转身摇了摇枝子，四处寻了寻我的方位，才伸树枝指了指我手中的茶壶。我打了个激灵，赶忙倒了杯茶给它喝。

于是，一整天我又目观了小凤凰木将天尊大人用过的碗、使过的筷子、看过的画、摸过的玉扣一一用树叶擦了一遍的情形。且方才，我脑子一定是奔出去撞南墙了，说了句："你这副样子，莫不是也要把他踩过的地面都擦一遍？"结果，小凤那厮欢快地蹦跶了蹦跶，现在，它正趴在地板上，吭哧吭哧擦地板。而本神君，抱着茶壶，时刻准备着给它端茶倒水，其间我实在不忍看小凤这样累，打算替它擦一擦，结果它蹦跶起来一把推开了我……

不知为何，我有一种养了两个月的儿子，被别人轻轻松松拐走了的感觉，内心空落落的，有些凄凉。尽管它仅仅是棵树苗。

我低头问："你是不是很喜欢长诀天尊？"

它欣喜地挥了挥树叶，我便明白它果然喜欢长诀。

我也晓得长诀天尊有掌管四方花木兴谢的本事，却没料到他一出现就能把小凤的魂儿给连根带起勾了个彻底干净。若是他看上了这株凤凰木，想把它带走，想必小凤会欣喜，我却是有些不舍了。

夜半子时，等了长诀天尊许久的小凤凰木终于睡着，怀里搂着茶壶。那青花茶壶被它擦得光可鉴人，哦，因为长诀天尊喝过此茶壶里倒出来的茶水。

给小凤顺了顺枝条，我便执了盏菱花琉璃灯出门，踩过依然盛放的紫菀花，一路竟走到了丹穴山顶。十几万年的九里香花树郁郁葱葱，硕大的树冠遮了落入眼中的大半个星空，虽不是花期，却有淡雅花香，隔着夏夜舒凉微潮的空气，一缕一缕，辗转悠扬。

我舍了琉璃灯，纵身跃上树顶。或许曾经在此处听孟泽亲口说"可本君不想娶你了"，又或许曾在此处顶着难过的心情画过千万幅扇面，又或许曾在此处右心破裂差点死掉。是以，许久不曾来这里了。今晚一定是着了魔，竟然想来此处看一看。

就在我刚刚在树顶站稳，一股极致疏冷冰寒的香气重重从身后包围过来，我大惊，下意识抬起右肘给身后一击，肘尖击出"砰"的一声闷响。蓦然回头，身后霜衣凛凛的长诀天尊顶着深如墨潭的眼眸望着我。

我赶忙道："不知是天尊您，良玉方才冒犯了……"

他却紧紧抱住我，宽大的衣袍尽数遮住我后背，脚下一用力，便扯着我一同陷进九里香树冠中。

墨叶簌簌从眼前飞过，孤绝的香气掺着丝缕血腥沁入我的身体，那双圈住我将我紧紧护在怀里的胳膊被折断的树枝刮出大道暗色口子，我死死扯住他腰间衣服，只觉眼眶瞪得生疼，声音控制不住地颤抖：“天尊、天尊你怎么了！”

九里香树叶疯狂地往下掉，树叶遮住了他的脸，只听呼啦啦的响声之中，他的语气竟比身上那孤绝香气更显悲凉冷彻：“小玉，你当真……只有半颗心了吗？”

“小玉，你当真……只有半颗心了吗？”

这句话，竟让我从头到脚生出一阵恐寒。

如今这场景，竟与当年孟泽同我那一场如出一辙。

我只知道自己沉默了良久，才控制声音笑道：“是有半颗心。所以呢，天尊大人？”

呼呼的树叶疾响，那种被人窥见一切又被人抛弃的感觉铺天盖地涌来。一万年了，我甚至找不到什么能够比这种感觉更让人绝望。

九里香树叶在一瞬间停止飒响。我被他拉近像是踩在了他的靴面上，身子贴近，只觉冷香依然沁骨，带着灭顶的悲凉。

等一切叶声静止，才发觉他的声音比我好不过哪儿去，亦是颤抖绝望：“小玉……”

如今听到他这样的声音，我便能醒悟，他是要同我话别了。我不晓得从冰凉的右心传来的颤抖是为哪般，明明……明明从昨天到现在，我都是希望他早些离开的。如今，到了这步田地，竟然有那么一些不舍。

我笑了一声，万般委屈尽数憋在喉咙，仿佛只一开口便能涌出大口大口的血水，却只得忍住，拿捏住声音道：“天尊大人早些回天上吧，你白日撒在丹穴的紫菀花，若是觉得送给我这样一个只有半颗心的神仙可惜了，也可一并收回去，良玉不送了。”说完硬生生从他怀里挣脱出去。这一挣却是太用力，退后那一步刚迈定，脚下突然“咔嚓”一响，脑海中一霎空白，反应过来时我已直直从树上落下去。

许是老天爷觉得以前这个场景伤我不够深，不能让我从中悟得足够道理和禅机，于是，竟挑了今天这么个日子让我重新温习一遍吗？

我闭上眼，大片眼泪终于忍不住夺眶而出。如今，我竟如何也不想看长诀天尊的表情。我怕一睁眼，便又回到万年前，看到同孟泽一样冷若冰霜、与君长别再不见的决绝神情。

情浅缘薄，不过如此。如果可以，谁愿意只有半颗心，如此遭人嫌弃呢？

满脑子只剩一句话——

“小玉，你当真……只有半颗心了吗？”

可是就在要着地的那一刻，孤冷到极致的香气竟在一瞬间缠住了我，实实在在的束缚紧紧拥着我翻了个身，原本仰面倒下变成了俯身而坠。我恍然睁眼，身下墨发纷飞之间，只见长诀天尊哀伤的面容，他只来得及唤了一声“小玉”便重重落在了九里香树底的紫菀花丛中。而我，重重砸在了他身上。

九里香树叶，连同大朵大朵的紫菀花一起纷纷扬扬，不远处的菱花琉璃灯映着悠然向暖的光。

我伏在他胸膛，愣怔了半刻，才发现自己这一次竟然没有被抛弃。长诀天尊竟然同我一起落下来，让我砸在了他身上。

整整一万年了。

除了师父、师兄们，我以为再没旁的人肯在我落难时这样舍身救我一回，再没有旁人哪怕是像今日这般跳下树来护我一回。

他知道了我只有半颗心还下来救我。

他知道了这样的事还能救我。

我看着灯火映照下他微皱的眉头，看他胳膊、脖颈处被树枝划破的数道血痕，压了一万年的心事，仿佛终于在此刻有了着落。我终究没有忍住，趴在他身上“哇”的一声号啕大哭起来。心想，就算他是心中慈悲也好，就算他是普度众生也好，就算是谁掉下去他也会救也好。此刻，最好的、最让我想好好哭一场的便是他今晚晓得我只有半颗心后没有撇下我。

你可以笑话我太容易满足了，可以笑话我太容易伤感了，也可以笑话我十二万岁的神仙居然说哭就哭且哭得昏天黑地。真的没有什么比这样更好的了。且让我哭一场，算是补过万年的心伤。

长诀天尊似也被我这反应吓了一跳，只觉得身下的他蓦然僵住，甚至连呼吸都不敢太重。有手掌轻轻触了触我的头发，仿佛终于下定决心般后紧紧箍着我的脑袋按向他的胸膛。

“小玉……不哭了，嗯？”

只听我号啕的哭音中他这句话末尾的一声语调上扬的、柔声温存的“嗯”，眼泪便更是一发不可收拾，浩浩荡荡流下来。

他嗓音有些哑：“小玉，你、你是不是摔疼了？”

我趴在他胸膛上边哭边摇头。他握紧我的肩膀将我往上挪了几分，捧着我的脸认认真真道：“刚才要落下去怎么不拉住我？”

泪水模糊了整张脸，我听到自己浓重的哭腔：“我也曾从这里摔下来过，那时候孟泽就站在我旁边，他就站在那里，却没有拉我一把……我以为今晚你也是这样……”

“小玉……”他轻轻唤了我一声，深思许久后语气沉重道，“你……会不会后悔自己丢了半颗心？”

我抹了把眼泪，又有无数眼泪涌上来，怎么擦也擦不干净，眼中是长诀模糊的面容：“当初孟泽便是因为我只有半颗心便说不娶我了，所以怎么会不后悔呢……可连我自己也不晓得那半颗心是如何丢的，所以怪不得旁人……”

身下的他蓦然僵住，我此时才发现已经在他身上俯了许久，低声道了句“良玉失礼了”，便撑着胳膊打算爬起来，可刚要挪动，便又被他紧紧箍住，脸颊骤然落在他颈窝处。原本的冷香渐渐生出温意，烘得整个脸庞暖暖的。

耳边微痒，只听他问：“你现在还想嫁给他？”

我想爬起来，却如何也挣不开，于是摇头蹭了蹭他颈项抽噎道：“我同他的缘分早就断干净了。”说完又撑了撑胳膊，却是如何也使不出力，身下的长诀天尊抚了抚我的背，无奈道：“小玉，别动，让我抱一会儿。”

不远处的琉璃灯火跳了一跳，照亮了天尊大人身旁翩跹细碎的紫菀花瓣。我可能是哭得有些晕，只听自己喑哑的声音：“让你抱一会儿……你就可以忘了我只有半颗心这件事吗？”

他低声道：“可以。”

本神君抬手抹了把眼泪，便伸出胳膊搂在他脖颈上，顶着生疼的眼眶与他道：“那你多抱一会儿，忘得干净一些好不好？”

“好……”

那一夜梦中，只觉香气氤氲柔和，裹着一缕一缕的温暖绕在身旁。有冰凉的藤蔓从脖颈处延伸到心窝，缠在心口的刀疤上颤抖摩挲。我一点也不想那藤蔓触到那个地方，我一点也不想他看到。忽然又想不起到底不想让谁看到。那藤蔓仿佛善解人意得很，觉出我的想法，便又退回去缠在了额头处，凉滑的触感点点萦生，清凉舒宜。仿佛从很远处传来一个声音，那声音喑哑凉薄："小玉，那你一定后悔曾遇到我吧……"

我望着铜镜中那肿得同山里红一样的眼睛，诧异了很久才想明白怎么回事。昨夜，至高无上的天尊大人是不是从九里香花树上跳下来给我当了回垫背来着？我是不是趴在至高无上的天尊大人怀里哭了个痛快来着？哭完之后我是如何回的厢房，又是如何更衣入睡来着？……

我敲了敲自己的脑袋，心中烦闷羞悔如乱麻疯长，缠绕着理智不得安生。小凤凰木呼哧呼哧奔进来，树枝抱住我的大腿便往外走。

随着小凤出来，正想问它是不是饿了想吃荷包蛋了，结果一抬头，远远便望见主殿里，师父同长诀天尊坐在侧首的玫瑰椅上喝茶。我愣了一愣。

师父已经几万年不出大梵音殿了，上次出来还是去忘川海捞我那回。我已经多日不曾去大梵音殿探望他，如今他一定是有什么事才特地来跑一趟，而我竟然睡到现在不曾迎接他，想来便觉自己混账得很。师父没有着袈裟，而是穿了件素灰色对襟襕衫，脖颈处挂着的是他常常握在手心、已经被汗脂滋养得盈润晶亮的菩提念珠。纵然是悠闲饮茶的模样，浑身散发的依然是万千神祇无法比拟、更无法企及的绝代风华。

师父看见了我，起身冲我招了招手，我便羞愧地迈过去，还没开口，便听见师父问："小九，你眼睛是怎么了？"

我嘿嘿冲师父笑了笑："眼里进沙子了，嘿嘿。"同时对师父身后、知道真相的天尊大人讨好一笑，示意他要配合我圆这个谎。天尊大人仿佛并不太了解我的意思，盯着我微微皱了眉头。

师父抚了抚小凤凰木的叶子，悠悠笑道："能把眼睛弄成这样，定然是修为极深、道行极高的沙子。"

本神君只得厚着脸皮接话："可不是嘛，说不定能幻化成个沙子精呢……嘿嘿……"

此时殿外，长诀天尊带着小凤凰木在远处紫菀花地上玩耍。我同师父在主殿说话。我没想到师父此次特意来丹穴，是为了我那早没了五万年之久的左心。

师父拂了拂茶芽，道："前几日在金身佛祖面前参禅，偶然想换个方位，便在梵音殿内你之前的佛毯上打坐了几日。不料禅心入定之时，竟有氤氲紫光在为师左心处萦然而聚，我当即想到你。小九，你那半颗心，有几丝下落了。"

手心处的茶盏毫无预兆从掌心滑落，落地传来一阵碎响。我从未想到自己那已经没了这样久的心能有下落，我甚至从忘川海出来便就记不得有一颗完整的心的感觉。如今，师父亲口告诉我那半颗心有下落了，只觉眼眶微润，我慌乱地看向他："师父……"

师父安抚地看了我一眼，左掌团起一阵清风，将茶盏碎片悉数聚起，凝聚成方才完好的模样，放在玫瑰桌上。这术法尚易，却没承想，完成这个动作后，师父突然咳了几声。

我慌忙起身倒茶，执着茶杯半蹲在他面前："师父！您怎么了？！"

他接过茶杯，又咳了几声，面上却悠然笑道："无妨，不过前几日用寻引术追寻你的左心的下落，恐是万年不曾用这个术法，竟然出了差池。"

我大惊，拉过师父右手，果然见到掌心处赫然一枚血色诀印。师父轻轻拍了拍我的脑袋，笑着缩回手，用宽大的素灰色袖口遮了遮。

寻引术是以掌心血为诀，凝周身神智、沿细微痕迹寻找某物下落的一个术法。听着稀松平常，却是十分邪佞的一个术法。非要施术者在自己掌心取血为诀，寻得到那物什倒好，若是寻不到物品踪迹，掌心诀印便会崩塌，纵然修为再高的神仙也要落得个七窍流血、全身崩裂的惨状。大师兄朋友中曾有位道行极高的神君，为了找寻神物浮沉珠的下落以救他身患重病的妻子，曾大胆用过寻引术，最后却是没有寻到浮沉珠丝毫下落，不但自己妻子没有救活，连他自己亦是葬送性命。

我望着师父云淡风轻的模样，心里酸涩得不得了。他看了我一眼打趣道："小九你这副表情，苦得像是看到为师已经灰飞烟灭了一样。"

我便再也忍不住落下泪珠："师父……"

他抬左手替我抹了把泪，轻笑道："你还是爱哭。"

“师父……”

“好在为师终究寻得了一些下落，”他盯着我，面上喜忧参半，“我寻到你那左心化成了紫玉，之后又分裂成了四块，可是为师无能，最终只寻到了其中一块的下落。”

我愣了愣，问道：“在何处？”

师父叹了口气：“唯一寻到的这一块是在妖君拂灵的手上。当年你同她……哦，是大梵音殿同她有些渊源过节，想来她可能不会轻易还给你。”

我想了会儿，却是想不出大梵音殿同那妖君有过什么过节，甚至连那妖君的面容都记不得。又想：左右那块心在她手上她也不会有太大用处，好好商量应该会还给我吧。

不料师父却看透了我这想法，眉头紧锁：“小九，你乃九州执掌姻缘的神君，而你那左心化成的紫玉，是能补修姻缘的神物。”

我默然：若我的那块心是宝物，恐怕要起来就有些难了。这四海八荒，有多少姻缘落不得圆满，想要补修姻缘的神仙大有人在，若是落到这些神仙手里……

“你且好生琢磨一番，如何寻回自己的左心。为师先回去了。”师父起身轻轻拍了拍我的头道，“不过，你且记得我这个师父，无论如何都是肯帮你的。”

这句话，更是让我心酸。我自知这化成紫玉的心讨回来不容易，而我已经给师父添了这样多的麻烦。于是抬头，顶着一双红肿的眼眶，假装开心不已宽慰他道：“师父你看，小九现在虽然只有半颗心，不一样活蹦乱跳，精神得很吗！”

师父理了理胸前的念珠，深深望了我一眼没再说什么，旋了半步在金光中遁了。他这样走，我便晓得他是不想麻烦我再送他。良玉我何其有幸，今世竟摊上这么一个师父。

师父走后，我仔细琢磨了一番，左心化成紫玉这件事，其实也算不得什么大事。我还有一块右心，虽说里面还缠了七根银线，但有句话唤作“大难不死必有后福”，我便感觉自己的右心受过一通折磨还能用，那么它便是长长久久能用，就算不能长长久久，任我折腾剩下这些年岁却是足够了。

这样一想，那化成的四块玉落在何处、补了谁谁的情缘，便就由它们去吧。于我来说，它们也算是为了几桩善事，着实没有再找回来的必要了。

不知何时进殿里的天尊大人“啪”的一声将茶盏落在玫瑰桌上，冷飕飕望我一眼道：“你这么个表情，莫不是要得过且过，任由自己的左心散落别处吧。”

我眨眨眼，给他添了茶水，抬头敬佩道：“天尊大人机智过人哪！”

他眼神登时变得更凉：“你竟然有这样的想法。”

我却是觉得他这眼神凉得莫名其妙，于是灌了口茶想了会儿给他解释道：“师父说我的心化成的紫玉可以补仙人姻缘，现在它化作四块，便可以补四段情缘。你不是姻缘神君，你体会不到这其中的无量功德哇！”

他眉头紧皱，语气颇有些愤然：“本天尊还真体会不得其中的功德。你这番连自己的身子都不当回事，还去挂念别人的情缘，果真是吃饱了撑的！”

听他说我吃饱了撑的，我便再也沉不住气了，撂下茶盏愤愤道：“良玉我虽然只有一颗右心，这些年也是蹦跶得欢畅，从未觉得自己身子同旁人相比缺少什么。倒是天尊大人你，时时刻刻记着良玉丢了半颗心的事，您若是嫌弃良玉只有半颗心，那眼不见为净，您大可以不在我丹穴山待着！”

他蓦地瞪我一眼，若之前眼神泛凉，现下这双眼便令人如临寒窟了。

我最不惮与人瞪眼了，以往在大梵音殿的时候，诸位师兄连同所有小沙弥都没有瞪得过我的。于是冰了眸子回瞪过去，看谁瞪得过谁。

他却没再同我较量，拂袖起身，夺门往西处而去。

奶奶的！本神君最恨这种撂挑子走人的，真不痛快！

正午，哄了小凤凰木睡了午觉，天尊大人没有回来，想必他也是气得很。纵然我想不通他生的哪门子气，左右是我的心，我还做不得主不成？

转念又一想，或许人家位职天尊，心怀众生，看不得苍灵身受悲苦，而本神君恰是众生一员，天尊大人便也顺道关怀了一下我。但这样更不对了，我那散落的心若是补了别人的情缘，不能使更多神仙免于悲苦吗？

但是一码归一码，我上午时候顶撞这位尊神确实是我不对，再怎么说人家也是三十五天唯一的天尊。在殿前兜兜转转踱了一会儿，本神君打算去找他，当面给他道个歉，他是九上天尊，总不至于捏住我这么个小神的辫子不放。于是招来祥云，寻着他上午走时的方向，亦奔向西处。

好巧不巧，祥云还没飞几步，我在天上与相向而来的孟泽玄君打了个严严实实的照面。他脸上还挂着些许瘀青，兴许是那日，天尊大人下手有些重了。心里蓦地惮了一下，我摸了摸面皮想：天尊大人这样好的身手，上午被我气着竟然没有揍我一顿，本神君是不是捡了便宜……

云头上的孟泽面无表情，只是死死盯着我，挡住我的去路。左右躲不过去，我便抬了爪子，同他打了个招呼："玄君别来无恙啊！哈哈……"话音还未落，只见他从袖口扯出一块黑色绸缎伴着"哗"的一声响直直朝我袭来，我大惊，正欲祭出玉渠剑同他拼一场，只觉黑绸擦过胸膛，冰凉尖锐的触感倏忽钻进心窝，天地一瞬玄黑，我陡然失去知觉。

第七章

沧海难为，三年而终

他伸出另一只手抵在我心口，那处腾地生出一阵疼，像被棘根划开一道口子那样疼。

他狠狠压了那处一下，脸颊贴近我说：

“所以，你这里以后不准再有别人了，懂吗？”

再醒来时，只觉头晕沉得厉害，满目大红烛火映得眼睛生疼，瞧着这个大殿的样子，我便晓得自己是被孟泽掳到玄魄宫来了。费力撑了撑胳膊，又被什么东西扯了回来，我抬头才发现自己是在孟泽那混账的怀里。他穿着绛朱色长袍，而我竟然身披大红绸缎，金色凤凰从裙摆一路盘旋到右肩。

在无旁人的大殿，被千百支红色火烛闪得彤彤妖冶，殿正首悬着丈许长的红锦，硕大的金色“喜”字晃得我头皮发麻。

我被这场景惊出一身冷汗，挣扎着想站起来，心窝蓦地钻出一阵锐痛。

“阿玉，你不要动，会疼的。”头顶那声音温和，竟让我生出几丝他是为我好的错觉。

但我毕竟活了这么多年，若还能被这种话感动便对不起我几万年来吃的饭了。于是忍住心上针刺的痛，挣扎起来，吸了口凉气面对他道：“玄君怎么知道会疼？要不要本神君给你扎一针试试？”

他仍是面无表情，在跳跃的烛火映照下，整个脸上更显得死寂得很。他开口，语气却依然温和，与他这张脸极不相称的温和：“你不要动，等我们拜完堂，你成了我的妻子之后，我便给你取出来。”

我想都没想给了他干干净净一巴掌。

这一巴掌不只把他唇角扇出了血，亦牵动了我的心口，扯出“刺啦”一阵疼。我伏在他身旁，连腰也直不起来。

他握住我的肩膀将我拉进怀里，语气依旧是让心智崩溃的温和：“阿玉，乖，不要不听话。”

我要是听话便不是良玉了，于是顾不得心窝里的疼想挣扎起来，却被他按住贴在他胸膛上，如何也使不出力。我一口咬上他脖颈，血腥轰然涌上额头，他甚至连颤都未颤，按住我的手没有松动半分。

“阿玉，我今天才想到原来是他。不过也没有用了，你穿了我的嫁衣，要同我成亲，再跟他没有半分关系了。”他说得风轻云淡。我却被这句话气得不能自已，惶然收口，连牙齿都开始打战。

他扶正我的身子，拉起袖口替我擦口中的血，我拼命躲过，咬牙道：“你这浑蛋！”

他终于不再是那副死寂的表情，扯了扯唇角问我：“本君是浑蛋怎么样？”

我抬起胳膊想要再给他一巴掌将他扇醒，手腕却被他一把攥住，他伸出另一只手抵在我心口，那处腾地生出一阵疼，像被棘根划开一道口子那样疼。

他狠狠压了那处一下，脸颊贴近我说：“所以，你这里以后不准再有别人了，懂吗？”

我狠狠啐出口中的血，那血尽数喷在他脸上，猩红色顺着他灰白死寂的面颊往下淌。

“你这混账！”我忍住心窝处传来的一阵阵刺痛，一字一句骂道。

他抹了一把脸，沾满血的手突然捏住我的下颌，他笑得诡谲：“本君往你心里刺一枚针便是混账，那他呢，你为了他取半颗心的时候怎么不觉得他是混账？”

我趁他逼问，大呼一声扯过身下三尺红绸做障，终于在他措手不及时冲出他怀抱。可这一个动作却换来心窝更尖锐的疼，我一个不稳，隔着尚未落下的红绸直直栽在殿中火烛上，背后一瞬撩起无数温热的痛，但比起心窝处来，这些烛火燎起来的痛真的不算什么。

大红绸缎做的障子终于落下，孟泽的眸子露出来，竟比脸上染的血更猩红几分。

我费力翻了个身才从火烛上爬起来，内衫依旧是我自己的那一身，除了领口袖口皆沾了火苗，其他都让我心安。

他踏过烛火朝我袭来，一路将我逼至大殿正首金色“喜”字之上，我扯下头上的玉渠发簪，发簪随我心，玉光一闪三尺尽现，剑锋锐利割断我无数散落的发丝，黑发些许纷扬落在地上烛火之中，燃起刺刺声响。玉渠握在手中，剑身颤抖却也能容我暂防一把。

他却没有祭出自己的钺襄宝剑，虽然只是赤手空拳的模样，却让我分外胆寒。但是往往越是这种时候，越不能露怯的，自古都是谁先怕谁先死，若摆出个死猪不怕开水烫的架势，兴许还能多活几年。我调聚内息压了压心窝里的针，握紧玉渠剑一跃而起，剑尖飞速流转直直朝他逼去，我今日打算同他拼一场。

孟泽那厮却高杳地立在我面前，甚至连躲都没有躲，只是微微勾了勾食指，我便感觉心窝处的那枚针在四处游窜，在我仅剩的一半右心里，残忍得像是不肯给我留一分活路。玉渠剑终究还是没有握稳，剑身飞出去刺过他左肩，直到玉渠剑跌落地上，我才发现自己的仙力已经被那银针封住使不出半分，连自己的剑也受了牵连。而我被心上的针刺得痛不欲生重重跌在地上，翻滚之中压断了无数火烛。有火焰擦过我的胳膊，擦过我的脸颊，我再控制不住捂住心口全身痉挛，喷出一口血。

他踱过来俯身想要抱起我，我在火烛上滚了半周才躲过。

“阿玉，那是西华山的宝物摄冰绝魂针，你以为你还能使出半分法力吗？”他居高临下，冷静道。

我挣扎着瞪了他一眼：“你信不信老娘分分钟逼出鼻血来晕死你！”

他愣了半刻。

忽然哈哈大笑起来，蹲下看着我若鱼肉在案，任人宰割却无力还手的模样，欢愉道：“你难道不晓得，本君已经不怕鼻血了吗？”说罢伸出手捏死了我领口处的火苗又抬眸期待道，“你果然还是记得本君，阿玉，你还记得本君晕鼻血，你心里一定有我对不对？”

我只听自己冷冷笑了两声，道：“如今倒是想忘了你都不成了！”

穿着绛朱色袍子的孟泽蹲在我面前，他背后丈许长的红锦似血般皱起边角，满殿大红色火烛燃着彤彤醉人的光，明明一幅暖融的场景，却无端地让人生出万分寒意。

“阿玉，今天我们便要成亲了。”

我被这句话激得又喷出一口血，他凑过来抱住我，只觉心口那枚针直直朝着他的方向钻了一下，我整个身子都被带得一痛撞进他怀里。他缓缓抚了抚我的背，轻声道：“阿玉乖，睡一觉就好了。”

耳后又有一阵冰锐的刺感钻进，倏忽间游进脑中，我再也忍不住“啊”地叫出声，他一直抚着我的背：“阿玉，睡一觉就好了。”可我怎么能睡呢，我知道从耳后钻进的针就要封住我的神智，我死死撞向他胸前，撞向地面，滚在满殿的红烛之中，只盼着疼痛能给我带来一丝清醒。

可是怎么能呢。

又有一枚银针带着尖锐的凉意、带着急速的残虐穿进眉心，不远处的孟泽脸上悲喜难辨的神情在满目烛火中一瞬湮灭。师父不在，六师兄不在……

我这次可能真的要完了。

梦中一刻也未能踏实，耳边一直是孟泽那混账的声音，一断也不断。我想挣扎起来，凝聚起来的神识却如何也不能穿过灵台，只能艰难地让身子动一动，盼望着冲破银针的封阻，只盼着能醒过来。

有火热的手掌一寸寸从脖颈摩挲到心口，又从心口摩挲到腰际，越摸越不是地方，孟泽微哑的嗓音紧紧低伏在眉心处：“阿玉，不要动……”

我睁不开眼，但是心里却清醒得很，不知道如何才能躲开他的手掌，只得死死折腾，哪怕能折腾出一个小小动作，也要让身旁的孟泽住手。

微潮的呼吸贴在我眼睛上：“不要哭……”

黑暗中我狠狠向上碰了一下，耳边传进一声痛哼，那呼吸便稍稍离远。我竟激动不已，热泪盈出眼眶，我能感觉得到那淌下来的温热。

可那声音又贴过来，带着些凄惶：“当年，你第一次来证亲。那时候，我站在别的女人身旁，自始至终都在想，你什么时候能掏出玉渠剑来给那两个女人一剑……或者给我一剑，让我知道你心里难受也好……”

我摇摇头，使劲想挪开，挪得离他远一点。

“可是，你自始至终都不曾难受……我想，或许等到婚宴时候，你可能才会表现出难过，然后大醉一场。可送你出去，却发现你脸上自始至终都是安详的，没有谁比你更清醒，没有谁比你更不在乎，也没有谁比你更冷静……”

那声音竟渐渐悲凉萧肃，带着微微哭音：“再后来，我想，或许第一次成亲没有刺激到你，所以，我便不停地娶别人，不停地请你画姻缘扇，不过是想让你看看我，哪怕这几十场婚礼中能看到你一次不高兴，可是……都没有，一次也没有……”

心中渐渐冷静，我突然有些想笑。你若是真心喜欢我，你怎么会忍心刺我三针；你若是真心想要跟我好，怎么会用这种手段掳我来这里；你说是真心要跟我在一处，一万年前为何会那样撇下我。我想不通，也不想再计较，此刻唯一盼望的就是能醒过来。

我强迫自己镇定下来，仔细寻着每根针的方位，身子已经难以再动了，可是全身血液还在流动。那么，就有办法。

师父曾说过，你若是觉得痛、觉得苦，那么你该庆幸自己还活着，还能感受得到这些痛、这些苦。虽然我不晓得这西华山的绝魂针到底有多少阴损的能力，但是，或许我可以调积血水，反反复复冲那三枚银针，带起的痛感或许能将我冲醒呢……这不是个好办法，此刻那银针的方位并不殃及我性命，若是硬冲，银针游走，直接刺中要害，让老娘魂断今日也说不定。

纵然这样，也得试一试。

努力用血气冲了冲从耳后钻入的那枚银针，我甚至能看清那银针在血水中被冲开的针尖划过一道银弧，疼痛感如惊雷击中脑袋，直直想把这项上之物炸开，可就在一瞬，疼痛息顿，四肢归入僵硬。

这一枚针怕是无用了，正当我准备冲下一枚针的时候，耳边又响起了孟泽的声音。

“那三十七年里，你从未主动来找我一次。我便去找你了，我在你画的千万把扇子下，一躺十年。这期间，你从未想过我吧，你的大师兄告诉我你不在大梵音殿，将我哄了出来。你那时候在哪儿，你从未想要跟我见面吧……”

他手掌抚在我眉心处，我只想坐起来回问他一句：老娘那时候右心破裂差点挂掉的时候，玄君你又是在哪里？

此刻却是顾不得他再说什么混账话了，我又聚了气血冲了一下眉心那根银针，却惊觉这枚银针刺得十分刁钻，牢牢扎在印堂穴，死死封着神魂，血水冲不动半分，纵然刺进来时疼痛万分，此刻却是冲不起半分痛感。

三枚针都要试一试，比较一下方才晓得冲哪一枚最疼，如此便可以专心冲这一枚，让自己快些醒来。所以，汇聚血水冲向最后心窝处这一枚的时候，我甚至没有多想，只是尽了全数力气去刺激它。

可我恰恰忘了，自己右心还缝着七根银线。于是脑海中看到血水冲击，银针四窜，尖锐的针尖甚至刺断几根银线的场景！

那疼，比万箭穿心恐怕更甚几分！

我以为万年前右心破裂已然是最疼的，却万万没想到，今日这疼几乎要灭顶。

密密麻麻的痛感肆意撩窜，被打乱的血水带着全身止不住痉挛。我终于被这疼给激醒！被心窝处喷薄而出的痛感带着撞开身旁的孟泽，带着凄惨毁灭的叫声，一头撞上床栏柱，喷出数口血。

“啊——”

此刻，我僵坐在床上，看自己喷出的大口大口的血，将床帏上绣的浅粉色牡丹花，染成一半妖红、一半清雅的模样。可没有比这更开心的了，好在我还是醒过来了。夜风探窗而过，冷冷灌进我内衫的襟口。恍然清醒，我裹了衣衫，费力挪下床，赤脚走过玄玉地面，冰凉刺骨入心。

孟泽愣愣立在床边，见我踉跄走过，将我一把拉进怀里。我费力笑了笑：“你看，本神君还是有些本事的吧？”

这样说不过是逞嘴皮子痛快，没人比我更清楚，若是此时孟泽再给我一针，我便只能任他宰割，再无还手之力了。

赤红窗纱翻飞，卷着冷冷夜风，吹灭了桌上的红烛。

他颤抖地伸过手颤抖地触及我的心口：“小玉……你、你这儿在流血……”

我大笑一声：“你又不晕心头血，你怕什么？哈哈，不过是小伤……”我在低头前一瞬还在想，滴点血这种小事怎么能让他颤抖成这样，可当我低头，发现心口的血不是一滴一滴涌出来，而是一股卷成血束，呼呼往外淌。红色的内衫，从心窝处往下，划过深淋淋的一片。

已经被这疼给麻木了，我全然是在想，血这样流，应该是多疼的？

血流汩汩，我一瞬瘫倒在地上。

恰在此时，沁凉的笛音，带着绝顶的肃杀扯开所有窗纱，风声陡盛，狂啸不止。我蜷缩在地上，看霜衣墨发的公子、手执通莹的紫玉笛踏进大殿。

透过纷纷窗纱碎片，已经听不到任何声响的我，看到长诀天尊的口型，是“小玉”。

我不知道此时为何想哭。可能是因为最绝望的时候，他来了。我便一瞬间晓得，他来便是会救我的。

这种感觉，就像是那晚维叶萋萋的九里香花树上，他跳下来救我一样。绝望之余，能出现这样一个人，我是不是太幸运了？

六师兄说过："小九你这副性子着实变态得很，旁人折磨你、伤害你时你偏偏硬气得不会求饶，若是有人对你好，你晓得这份情谊之后总是心软哭得一塌糊涂。若是你对欺负你、折磨你的那些人早早服软地哭一场，兴许他们一动恻隐，便对你下不了手了。"

他说得很对。就像，我同孟泽那混账对峙这么久没有屈服，如今见着长诀天尊，眼泪再也止不住了一样。

长诀天尊霜衣凛凛，握着紫玉笛一霎袭来，带起的怒风卷起簌簌红纱，冲得身边的孟泽倒退了三步。纵然面上是怒火冲天的模样，可天尊大人握着笛子袭过来的模样，果真是万分帅气、万分潇洒的。我以为他这个架势是要同孟泽拼一场。

心里有些期待：本神君活了十几万年，还没有看过两个男神仙为我打过架。就连三师兄，长得不大好看的三师兄，都曾惹过两个姑娘为了能听他弹一支琴曲而大打出手过。那时候三师兄十分自豪，他说："有人肯为你打架证明你长得受看，你三师兄我长得其实也不赖的。"我自认为比他好看许多，却从未有人为我打过架，是以很长一段时间，我都以为诸神的审美标准是向着三师兄那种的，我同六师兄这副样子的，在别人眼中该是难看的，于是臭味相投便称知己，我同六师兄格外亲昵。

前些日子孟泽婚宴上，长诀天尊同孟泽那一场算不得对打，让我心中颇有遗憾。是以此刻，我真挺希望他们能真的出手打一场。

可是长诀天尊却是冲开孟泽，即刻俯身将我抱起来，施了一障堇色结界挡住孟泽，便迅速往门外奔。我窝在他怀里，开口便涌出一口血，只得呜咽道："你竟如此不解风情……你怎么不同他打一场……"那血水，连同心口涌出的血流，登时将他一身霜衣染得通红，我有些抱歉道，"……染脏了啊……我给你洗……"

他瞳孔紧缩，脸上是令人心惊肉跳的孤绝，只是那语气还温和："小玉，你……你先忍一忍。”

我点头，却见蔚然深幕的夜空里，长诀身后扯起七丈靛光，风驰电掣般袭过来。那是孟泽钺襄宝剑在夜中的颜色。

却觉耳后连同眉心处的银针倏然兴起，我猛然喷出一口血便晕过去，甚至来不及同天尊大人道一句小心。

晕厥之中，睁不开眼，整个世界玄黑一片，可是意识却依然很清醒，连我自己口中涌出来的血滑过脖颈那温热都能感觉得清楚，连长诀跟孟泽打斗的带起的颠簸也能感觉得到。

只是这个感觉莫名熟悉。

仿佛在一辆疾驰的马车上，颠簸甚剧，口中的血也曾这样流过脖颈，抑制不住。那时候眼睛也是睁不开的，无数人在身旁唤我，可是有一个人不一样，他唤我……

轻轻？

可我不叫轻轻。我叫良玉。

我是不是闯进别人的梦了？

“你若再同本天尊纠缠，小玉的性命便要断送了！”耳边骤起的声音带着阵阵威严和熊熊怒火，一瞬压倒所有声响，语落奏效，所处之处疾风陡静，颠簸之感化作温暖平稳，连带着那声声颤抖的“轻轻”也渐渐消弭。

可就在此时，我感觉自己突然醒过来，蔚蓝天幕带着星辉向后而驰，长诀天尊紧张的面容落入眼眸，我身上一派轻松，兴奋不已伸手想触一触他的面庞，告诉他我醒了莫要紧张，可手掌穿过他的面颊，徒留虚无一片。

我浑身一惊，吓得直直从他怀里跳出来，慌乱之中撞到孟泽这个混账身上，却直接从他身体穿过去。我在原地稳了稳身形，他们二人却自始至终未曾看见我，而长诀天尊怀里依然有昏睡中的我，他们未曾停顿，一路向西面大梵音殿奔去。

直到这时，我才恍然大悟——良玉，你的元神竟这般没出息地给逼出来了……

眼睁睁看着前面两位神仙跑得快看不见身影了，本神君难得被折腾得魂魄出窍一次，自然要好好体会一番元神出窍这个滋味，若是好玩，那日后无聊便可以弄出来玩耍一番，也算是添个乐子。所以也放弃了追上他们俩的想法，打算慢悠悠去大梵音殿，一路上望望星空、思考一下命途人生什么的。

按理说被孟泽折磨得这样惨，路上本神君该仔细筹划一下日后如何对那混账扒皮抽骨。可是，幽蓝的深夜做幕，繁星点点落在缥缈魂魄上，这幅场景着实幻漫幽宁，偏偏令人想不得扒皮抽骨这种血腥场面。恐是由于这个原因，一路上，我一直在想风华翩翩的长诀天尊。想他一个高高在上的天尊，为何对我一个缺了半颗心的神君这样上心。且他明明在乎我没有左心这件事，却依然不曾撇下我，如今还来玄魄宫搭救我。我想不出其中缘由，但仅仅是因为他没有抛下我，便让我心怀感激。

走了不久，元神已经到了大梵音殿后山桃林之上。从上方俯瞰，郁郁桃林环绕之中，有一大片地，曾经夏日明媚，芋叶如波。如今空空荡荡，什么也没栽种。

不远处月华倾泻，照在光滑的石壁上，壁上刻着的《楞严经》依旧清心庄宁。我说不出多么感伤的话，却是无比想看到晴光日暖时候，芋叶遮目，恣意躺在石壁上，唱着大胆豪放的“你是我的芋头哎”这样的歌的黑衣男。

我寻了一枝桃枝正想坐下，放松的整个身子却是直直穿过桃枝，仰面落在了空地上。哦，此刻是元神这件事，竟差点忘了。我仰面躺在空地上，看明月无瑕若玉盘。睹物思人，如今身处这片原先的芋头地中，竟控制不住地想到六师兄和沉钰。

其实，如果没有沉钰这流氓整日来骚扰六师兄的话，凭借六师兄这相貌，恐怕我早早就有了六嫂。比如有一回，琅琊台元君家的幺女看上了我六师兄，且说那个小姑娘瞅着十分年轻可爱，虽不及我六师兄长得美，放在当下也是诸多年轻有为的神仙争抢的对象。

我六师兄对她挺客气上心，虽说我不晓得六师兄当年是否真的看上了这位姑娘才对她上心，还是为了激走沉钰才表现得对她上心。但是，沉钰那厢听说了我六师兄有了看上眼的姑娘这件事，转变极其剧烈，立刻写了封恭贺书帖到大梵音殿金身佛祖脸上，那架势像是昭告天下，祝六师兄跟这姑娘长长久久、多子多孙。其中“多子多孙”四个字专门用大红朱砂标了出来。当时在一众沙弥簇拥下的六师兄眼睛都要瞪出血来，一身火气无处撒，直直奔到后山芋头地，将十几亩芋头苗薅了个精光。

那时候我并不晓得六师兄为什么火气这么大，沉钰那些话说得极其诚恳，长长久久和多子多孙，多好的寓意嘛。

可随后发生的事让我彻底对沉钰那厮改变了看法。那一阵子，琅琊台元君家的小姑娘已经接连半月不曾来看望六师兄了。我有些奇怪，去找六师兄问那姑娘，被六师兄轰了出来。百无聊赖，我便打算替我六师兄去琅琊台看一看。且见巍巍琅琊之上，立着一位广袖华服、高杳绝世的公子，虽然背对着我，却看得见那头发梳得一丝不苟，那身形笔挺一丝不晃。

身旁有穿过一些琅琊台的小仙娥，我拉住一个打听了一下这公子何许仙人，小仙娥十分高兴："他是我家四小姐的未婚夫呢！"

我"哦"了一声："你家有几个小姐？"

"四个。他对我家四小姐可上心呢，日日来这儿同小姐告白，已经坚持个半月了，小姐昨日同我说她心里也喜欢上他了呢！"

我又"哦"了一声，那这公子不就该是我六师兄吗……可这段日子我六师兄被沉钰气得并未出过门啊……再瞅瞅前面这个，身形该比我六师兄高壮一些。我当即了悟，致了谢便上前准备会会这个抢我六师兄老婆的公子。

待我看清那厮面容，直直愣住。

这、这、这、这竟然是沉钰那流氓！

他看到我竟十分高兴："良玉！你怎么来了！"

我祭出玉渠剑，只觉怒火冲着天灵盖翻腾，大喝道："姑奶奶我再不来，六师兄的老婆就被你拐走了！"

他却是无动于衷，神神秘秘将我拉到暗处，道："等今日，爷爷我拿到这小贱人同我的订婚约，我就去找月月。"锦衣华服之下，他面色阴鸷狠戾，"这小贱人也不过如此，爷爷还没费多大功夫就把她弄到手了。哼，她居然敢抢爷爷的人，看爷爷不折腾死她。"

我听着他这话竟浑身一抖，惊悚地掉了一地鸡皮疙瘩……

再后来，沉钰果真拿着同琅琊台四小姐的订婚约来找六师兄了，对着金身佛祖和一众小沙弥宣誓："我自始至终都是喜欢月月你的，我前些日子所作所为只是想把那小贱人从你身边赶走，月月，你看，这小贱人居然答应同我成亲了，可见她对你并不是真心的。所以月月，你得信我。”

当时，我六师兄直接被这句话气晕过去。

沉钰那厮也有诚意得很，趁六师兄晕过去这段时间，将前些日子被六师兄薅干净的芋头又悉数补种上去。我跷着二郎腿儿嗑着瓜子卧在石壁上，给种芋头的他加油打气。

至于如今为何这地里又变成这样光秃秃的模样，原因要追到沉钰死后十年的忌日。六师兄亲手将这些芋头拔光了。那时候我曾担忧地站在他身旁，看他满脸是泪。“我吃不惯旁人种的芋头，你若是睡过去那我便不再吃芋头了。我会一直一直等你醒过来，醒过来给我种芋头吃……可是十年了……沉钰，你果真是个流氓，你至今都在耍赖，你不会醒过来了，是不是？”

彼时听到这句话，自己竟如六师兄一样，泪如雨落，停不下。

正伤感着，忽然听到急切的脚步声传来，我起身，瞧见了墨色桃林之中走出来的长诀天尊。

我愣了愣，想都没想就抬起爪子同他打个招呼：“天尊大人！”说出来的话却是连自己都听不到，我才恍悟：元神是发不出声音的。

可面前的长诀天尊，霜衣凛凛，朝我迈过来，就要穿过我的时候，却突然停住，怔怔朝我伸出手。我一瞬惊喜，忍不住抬手想要握住他，可手指依旧是穿过他的掌心，触不到，握不住。

可我却亲眼看着他修长如玉的手指颤了一颤。

“小玉。”

他竟然喊了我一句小玉！

我不信他能看到我，更不信他能感觉到我在。明明几个时辰前本神君的元神抬手摸过他的脸，后来直直从他怀里跳出来他都没有感觉到，此时竟然能对着本神君虚乎的元神喊“小玉”？我不信。

我伸出爪子小心翼翼戳了戳天尊大人的胳膊，他没反应；我掏爪子戳了戳他的肩膀，他依旧没反应，仍是怔怔看着我此处的模样。

于是本神君放心大胆起来，元神从他身体穿过去又穿出来，好好感受了一把从旁人身体里横穿而过的乐趣。

正在玩得不亦乐乎之时，只听头上传来冷飕飕一句："那会儿幽蓝的夜空为幕，竟没有看出什么，如今在这里，才发现你的元神是堇色的。"

我瞪大眼睛，猛地低头，果真发现自己那元神在他那霜衣映衬下洒着淡紫色的光，不仔细瞧还真是看不出来，又猛地抬头，正对上他陡然转冰的眸子，直觉沁骨冰寒。

"你倒是在这里耍得开心，连自己的性命也不担忧半分是吗？"

……我僵了僵，本神君这次，果然是玩大了……

他转身拂袖而去，走了几步又回头，皱眉望了我一眼，语气有些蹿火："你是还想在这儿待一会儿？"我赶紧跟上。

随着长诀天尊穿过大梵音殿步入后室，温暖的烛光闪烁，那光将我的元神尽数遮住。只见师父正细心地将我仙体上的凉被盖好，他身后的孟泽仍是那身绛朱色袍子，脸色白得有些骇人，映着一双赤红的眼显得面目可怖，他哽了许久终于吐出一句话："你方才所说……阿玉右心撑不过……撑不过三年是什么意思？"

这句话若一轰天雷从头到脚劈了我个体无完肤。

我喉咙一紧，怔怔问身旁的长诀："我该不会这么……这么倒霉吧……"又是说完才意识到他听不到这件事。

殿中的烛火将我元神的淡光遮住，我看不到自己在哪儿。身旁的天尊大人，伸出手，他已经看不到我，却做了一个握紧我的手势，像是要给我支撑一样，道了一句颤抖的、压着浓重震惊的"别怕"。

我抬头。

妖妖烛火，曳风而起，振振君子，墨发霜衣。

我一跃而过，穿进自己的身体里。胸口的伤痛"刺啦"燎上来，真真切切倒吸了一口凉气，心窝处的窟窿已经被师父补好了，踏踏实实被身体束缚的感觉随之而来。我睁眼，正看到师父转身对孟泽说："那玄君以为，缝了七根银线又受了一枚绝魂针的半颗心脏还能折腾多久？"

我从未听过师父这样同人说话，习惯了师父文宁雅润的模样，如今这样怒火熊熊的语气，连我都生出半分恐意。

孟泽猛然抬头，双目染上了赤火扯着疾风一步冲过，攥紧师父脖颈上的佛珠，面目狰狞："本君从不知她的心脏上缝过七根银线！到底是谁曾令她这样！你给本君说清楚了！"

我踉跄起身，走到孟泽身旁毫不犹豫甩了他一巴掌。

这一巴掌甩他的同时，也把我自己甩到地上。

师父将我搀起来，孟泽就这么呆呆地望着我，那眼神似乎不相信本神君心上破个窟窿还能动手打他一巴掌似的。

我笑了笑："玄君手里还有几枚针？你看本神君受了你三针还能蹦跶几步，要不要再刺我几枚？"

他唇角微微颤："阿玉，我……我不知道你右心还缝了银线，如若我知道……"

"如若你知道，你还会以别的方式将我掳走。"我说。

"你可不可以告诉我……它为什么缝了七根银线？"

师父看了我一眼，我知道他是担心我同孟泽那段往事提起来，令我更难受。

我盯着孟泽，轻笑道："不过是因为受伤罢了，若是有好好的一颗心谁会给它缝上七根银线呢。你曾说我画过的千万把扇子上的人都是良玉曾经历过的情郎，恐是老天觉得良玉风流，便落下了一把，堪堪砸在了右心上。所幸掉下来的是一把，如若掉下来千万把，今日也便受不到玄君这番待遇了。"

孟泽听到那千万把扇子，突然目露凶光，握紧双手向我袭来，而我仅仅还能逞个嘴皮子的痛快，哪里还能跟他打一场。

师父目光凛冽，瞬间摘下佛珠，那佛珠承师父掌风朝孟泽奔去，一百零八颗菩提子一一撞在孟泽的胸膛上，带起一百零八声咚鸣，组成一曲连贯的佛音——慈悲咒。

揍人也曾揍出一首乐曲，且揍得如此温文尔雅，揍得如此赏心悦目。这种境界，让我看得有些呆。

可是孟泽，即使是被揍了一顿的孟泽，依然是当年那个十分有种，至今也十分有种的孟泽，只见他抬起袖子抹了一把唇角的血，阴森森指了指依然在后室门口不曾挪动半分的长诀天尊，然后转头同我笑道："你心上这七根银线，该不会就是为了他吧？他在你那千万个情郎中是占何位置？本君在你那千万个情郎中又是占何位置？”

我方才注意到，长诀天尊立在那处，脸上惊异且微痛的神情。那神情让我心里蓦然一抽，痛又火辣辣燎上来。如今看着他们都是这副本神君欠了他们的模样，我也很窝火，这一窝火，难免喷出一口老血。

这口血几乎要我连那千疮百孔的心一块喷出来，若非师父支撑，我怕是连站都站不稳。我吊了半口气跟孟泽讲：“他在我千万个情郎中排最后，你却连那千万个之一都不是。你诓我欺我这一次，本神君且不追究了，你走吧。”想了想又抬起头，望了望站在那处一丝不曾挪动的长诀天尊，道，“我既然有千万个情郎，也不缺你一个，你也走吧。”

第八章

所谓拂灵，所谓缘由

我有时候很羡慕六师兄，他有一个沉钰，

总是肯疼他、怜他、护他的沉钰。

而我十二万年不过遇到一个孟泽，却是弃我、伤我、折腾我。

我在大梵音殿养了一个月的伤，其间，师父将我耳后和眉心的针都取了出来。初初那些日子，觉得那半颗心可真是疼，吃饭喝水都能牵着疼一阵，后来疼着疼着也便习惯了，如此真真切切的痛感，时刻提醒着本神君还是个活着的神仙。师父对我十分上心，药也是他亲自煎，只是半月前师父匆匆忙忙又出过一次大梵音殿，回来时候默默嘱咐了我一句按时服药便闭关了。

大梵音殿殿阶上的纹绘，殿墙上的壁画，都还是我万年前画的。养伤的这一个月，我睛吃睛喝睡懒觉晒太阳之余，也抱个蒲团，拐个马扎，调个色彩，将大梵音殿那些佛画一一补画了一番。我没忘了找两个小沙弥做徒弟，将我画佛画的手艺传给他们。倘若三年后本神君果真两腿一蹬蒙眼去了，也不至于梵音殿连个画佛画的人都没有。

跟我学画的一个小沙弥十分崇拜长诀天尊，许是那晚见过一面，一个月了，至今念念不忘，常常问我天尊大人什么时候再来一趟大梵音殿。本神君那向来不若一般姑娘敏锐的直觉破天荒萌动了几下，那萌动了几下的直觉告诉我，长诀天尊是不会再来了。我清清楚楚记得那晚，我对他说“我既然有千万个情郎，也不缺你一个，你也走吧”的时候，他面如死灰，转身却走得十分潇洒决绝，不沾一片云彩。

七月上旬，夏景迤逦，暖风和煦，十分眷顾梵音殿四周。

我坐在大梵音殿殿顶，握了暖烟玉画笔，画完殿脊上的红莲之后，顺手蘸了朱砂泥，给自己涂指甲。清风徐徐，日光缱绻，照得我身心舒畅。

远处仙桃硕硕，枝繁叶茂，绿莹招摇，可人得很。我有些想念小凤了，不晓得这一个月六师兄可曾照顾好它，不知道它可曾长高可曾长壮。

我没有转头，盯着远处的桃树，对身后学画的小沙弥说：“你改日将小凤领来给我解解闷。”

身后传来淡淡一声："嗯。"

我眯眼，想起来小凤见到长诀天尊那日，欣喜若狂扑上去一亲芳泽的模样，突然涌上来几分感慨，令心头一痛一紧，缓了缓方道："小凤却不怎么同我亲了，它也看上了长诀天尊你晓得不？"

身后的小沙弥没有回答我，可我思至此竟有些惆怅，望着远处道："你们都去喜欢长诀天尊了，且是上赶着喜欢他，而本神君管了好几万年神仙姻缘，到了临死竟然还是个孤家寡人，天道不公。"

身后的小沙弥悠悠回我："你也可以随他们一同喜欢那长诀。"

我捏着暖烟玉画笔蘸了紫墨，在手背上顺手画了朵紫菀花，笑道："我一个活不过三年的小神仙，哪里配得上他三十五天的九上天尊。"

说罢就想故意打趣一下这个仰慕天尊的小沙弥："你若是喜欢长诀天尊，我倒是可以去给师父求情帮你还俗呀！"紧接着欢喜转头……

霜衣墨发的公子，云袍绝尘，广袖盈风，若睡莲迎雾，夜梅初雪，只是微微有些清瘦。

"长、长诀天尊？"

他手执玉笛，微微一笑："你刚才要帮谁还俗？"

我起身，颤了颤道："您听错了吧……"

他伸出手将我拉进怀里，微凉的手指滑过我的脖颈，我听到他说："你不会只活三年的，小玉，有我在。"

可是此时，我听这句话已经没有什么感觉了。

就在昨夜，六师兄提着两坛花雕酒来见我，他那个悲愁模样，像是来为我送终的。我也是从他口中晓得，之前师父用寻引术寻到的唯一一瓣心脏，也就是妖君拂灵手上的那枚紫玉，是取不回来了。六师兄十分难受地同我讲，说有一位十分厉害的神仙，去找拂灵讨那枚紫玉，却被那紫玉伤了情魄，困在妖界姑瑶之境半月，差点殃及性命。

我十分震惊，打死我也不信自己那半颗心化作的紫玉能有这么大能耐，于是道："能被一个化成紫玉的死物伤成这样，那神仙想必也不是很厉害吧？"

六师兄："可它居然伤了天……"

我抬头看他，他却突然改了口："伤了天上的神仙。"

我灌了口酒，笑道："你又不是不晓得，连你这种修为的神仙都能在天庭混个差职，安处府邸，天上的神仙又能厉害到哪里去。"

六师兄惶惶望了我一眼，红着眼眶道："这个酒，你看着我喝就好，你现在不能喝酒。"

我实在看不得他这副模样，夺过来一坛酒，豪爽道："我窝了一个月，想酒想得厉害。你就是放开让我喝，我还能喝几回？"

六师兄抬手愣了很久，终于拂上我的眼角哽咽道："小九，你都哭了，装得真差劲。"

我装得确实差劲，所以还能流眼泪。

我不信，这四海八荒有谁可以在知道自己活不过三年时，还可以潇洒度日，且还是像本神君这样，还没个夫君情郎、没经过巫山云雨的。

六师兄抖了一抖："你这个模样，像是遗憾自己没个情郎共度良宵……"

我连忙塞给他一坛酒道："佛门圣地，六师兄可不要胡说。"

他望了我一眼，低头哽咽道："拂灵手中那枚紫玉，五万年来她深谙个中机巧，所以能使它伤了诸多神仙，特别……特别是对你有情义的那些。小九，倘若我们都不能替你要回来，你该怎么办呢？"

我揩了把鼻涕，顺手拍了拍他烟青色衫子，嘱咐道："把我葬在男儿国，活着见得不多，死后聊以自慰。"

六师兄那悲苦的眼泪被我这句话生生憋了回去。

既然这枚紫玉要不回来，那么现在天尊大人对本神君说的话，与扯淡无异。

但我还是装作欣喜地点点头："有天尊大人罩着良玉，良玉自然要多活几年！"

他捧起我的脸，眉心紧了紧道："小玉，我要同你长长久久。"

我抖了一抖，旋即嬉皮笑脸问："你打算娶了我？"

"你若是在乎这个程式，现在便去画扇子，我们今日成亲也好。"

这句话落在心上，即便我再傻也能瞧出长诀天尊对我这吊着半条命的神仙有意思了。可我也知道，就算他娶了我也不能长长久久，仙路里的这个劫数我怕是过不去了，到时候我一死容易，他岂不成了鳏夫？

天尊大人扶额摇了摇头：“你这副模样，终究还是在犹豫。也罢，你晓不晓得三十五天……”

我却是怕他再提三十五天“既是我的也是你的”这一茬，赶忙道：“天尊大人也多日未见小凤了吧？不如同我一道去趟丹穴山瞧瞧它？”

他望了我一阵，终究是没有再说什么，只是微微点头。

大梵音殿十丈高的殿顶之上，我瞧着月余未见的天尊大人，总觉得他有些清瘦疲乏，不知看没看错。临走时候特地嘱咐了为师父守关的小沙弥，待师父出来给我捎个信儿。

丹穴山来了位不速之客。

我不知道为何，明明是第一次望见那妃色身影，心中却骤然泛起万箭穿心般一阵痛。小凤凰木立在殿门口，不大的身量怯怯将她挡在殿外，让人十分心疼。

我连忙奔下云头想去安抚一下小凤，却被长诀天尊一把扯回来藏在了身后，我听到他愤然喊了一声：“拂灵。”

我一惊，原来她便是拂灵！她便是握着本神君那唯一一枚寻到踪迹的心脏的妖君拂灵！

殿门口的小凤树枝戚惶惶摇了摇，反应过来后吭哧吭哧蹦跶过来，一把薅住我的裙子，像是一刻也不想松开我。杉杉碧叶依然莹嫩讨人喜欢，只是月余未见，我瞧着小凤凰木这副模样，竟有些动情，赶忙捋了捋它的小枝条，安抚一番。

百里丹穴，紫菀丛生。那妃色身影缓缓转过，仿佛十万年光景一霎袭来，带了刺穿心脏的疼痛。

我终于瞧清楚了她的模样。

妖者，媚也。可眼前这身着妃色绡绸披风的妖君，却是眉眼柔融惹人怜的模样，清亮之感不像是妖，倒像是端居天宫的仙子，一颦一笑皆是秀丽。清风携一两片紫菀花吹起她的额发，她杏眸轻绽，带起清浅柔弱的模样，唤了一声脉脉深情的——“长诀哥哥。”

本神君被这声“长诀哥哥”激出来几层鸡皮疙瘩。

纵然是个不可多得的美女，但我也说不清自己为何会对这一副看着清丽可人的模样生出一阵厌恶，只是看着她唇角含笑的模样，直想上去给她一巴掌，为琉璃报仇。

这个想法让我浑身一震！

琉璃……琉璃是谁？

小凤像是被我这副模样吓到了，所有树枝一瞬炸开，树身惊得一下子跳起来。长诀天尊赶忙拈了清风抚上我的眉心，清明之感钻入印堂穴，带给我几分安宁，我始明白，方才自己中了疯魔。长诀天尊将我和小凤紧紧护在身后，言辞凛凛道："你来这里做什么？"

拂灵婉婉一笑道："看样子你已经好了许多，这样我便放心了。"

"本天尊问你来这里做什么。"

她笑了会儿，侧着脑袋望了望我，道："拂灵来拜访一下良玉神君，毕竟她的一枚心脏落在拂灵手中。"

我怔了怔，瞬间将昨夜六师兄说的话忘了个干净，迈到她跟前，激动道："那妖君可否还给我？"

她杏眸微波，像是听了极大的笑话，却敛了敛笑容，道出两个字："不可。"

本神君如今看到她这副理所当然、就是不还的样子，免不了心里一阵怒火烧过，开口欲同她理论，长诀天尊却手执玉笛刹那袭来，扯清风为障护住我同小凤，生生逼得那拂灵后退十步倒在紫菀花丛上。

长诀天尊居高临下，语气染了怒火道："本尊且不杀你，不过是为了你娘亲、本尊的姑母，你当真以为本尊舍不得你不成？"

拂灵凄笑几声站起来，道："长诀哥哥，你别忘了，我身上的紫玉可以修补我们之间的情缘。上次如果不是因邈不请自来，你同我早就是夫妻了。"

小凤凰木有些害怕，一动不动，死死抓住我的裙子。我却是蓦然僵住，昨夜六师兄同我说的，那个被我那化成紫玉的心脏伤了情魄的神仙，莫非、莫非是天尊大人？！师父匆忙奔出大梵音殿，莫非、莫非是去搭救长诀天尊了？！

仙障外的长诀天尊冷了脸色，道了声："滚。"纵然只有一个字，却让我端的生出一阵寒意。

拂灵嫣然一笑，杏目深深望了我一眼，只觉淡淡语声传入灵台，我猛然抬头看她，却见她披风一展，妃色翩跹之中隐身遁了。

长诀天尊眉头深锁，看见小凤凰木呆愣不知所措的模样，隔空传言问我：“她方才同你讲了什么？”

我一怔，随即笑着摇摇头，道：“你饿没饿？我去给你和小凤煮荷包蛋。”

小凤凰木终于缓过神来，哗啦啦摇起所有树枝，俨然欣喜若狂的模样，小树身挂在我身上，亲密不已。长诀天尊却是皱了皱眉将小凤薅下来，嘱咐小凤道：“你暂时不准亲近她。”

我纳罕：“为什么不能亲近我？”

他一手牵着我一手牵着小凤，腹语传音道：“你还在养伤。”

“……哦……”

小凤一连吃了六个荷包蛋，抬起小树枝想要同我亲一亲，结果将将举起枝条便被天尊大人抬手扑下去。它委屈地将两根枝条端搭在一起绞了绞，树冠微动，望了望我又望了望天尊大人，然后怯生生指了指我的肚子，呼呼啦啦扑到天尊大人怀里，害羞地将脑袋埋在他怀里。

我不明所以，却见天尊大人难得眉眼舒展若春风拂面，于是给他添了花茶道：“天尊大人晓得小凤的意思？”

长诀天尊转头望着我，眸光璀璨，面若桃花：“它以为你怀了我的孩子。”

本神君被一口花茶呛住，惊恐道：“咯咯，你赶紧给它解释一下哇！”

他抚了抚我的背，欢愉道：“左右都是早晚的事，我为何要给它解释。”

我狠狠咳了几声，终于忍住了没同他理论。因为，我还有事要求他。

你一定好奇，拂灵走的时候同我说的话。

她说：“最伤人者莫过于心。你的一瓣心在我手里，凡是对你有情意者皆可被我伤，你若是想见识一下，本君可以给你露一手瞧瞧呢。”

本神君自是不怕去会她一会，反正心窝窝里这颗千疮百孔的心已然要作废了，三年之后我灰飞烟灭并不足惜，但若是连累身边对我有情义的师父、师兄，连同如此关怀我的长诀天尊一同入了仙土，如此罪过便大了。而小凤，我已经无力再养，放在六师兄那里，万一被他养成个小娘娘腔的模样怕是不好；

放在大师兄处，万一被他养成个酒缸大汉怕是也不好。而面前这位三十五天的尊神有本事统领四海八荒花木兴谢，俨然是个养花种草的好手，小凤托付给他我最放得下心，将来长成他这副模样，起码找个媳妇是不难。

想到这里，我施了个法术令小凤入了眠，起身便拜了拜霜衣凛凛的长诀天尊，客客气气奉了他一杯上好花茶，道："看小凤如此仰慕天尊大人风姿，您能否在三十五天给它寻块地方，让它跟了你？"

长诀天尊接过花茶，完全找不到方才对付拂灵时候脸上的凌厉，悠闲自在若打量我一眼，一语破的道："你是打算将这凤凰木托付给我？"

我讪讪点了点头："天尊大人有什么要求良玉若是办得到，自然会尽力还上这一桩人情。"

他挑眉："那你打算如何还这一桩人情？"

我抬眼认真道："这要看天尊大人缺什么……"

他却一把将我捞进怀里，带倒的花茶洒在玫瑰桌上，本神君还没反应过来，唇上便觉一沉，冰凉却渐柔的触感裹着清宁香气和微微血腥袭入，颤抖从口中一路缠绵至心脏，带起缱绻一阵痛。那近在咫尺的绝代容颜，一瞬熟悉至斯，重重烟雾不由得漫上来，电闪雷鸣之中，蔚蓝色海子扬起七丈水浪，从天而降的硕大铜壶压过来，他的唇终究远离，一把折扇袭来，将我推至水浪之中……

此时，面前的长诀天尊缓缓抬起头，低哑着声音魅惑道："我缺这个。"

我怔怔望了他一眼，那熟悉的感觉渐渐遥远，我才恍然发现方才、方才自己竟被天尊大人亲了！面上忍不住火烧一片，从他怀里跳出来，伸手指着他，浑身颤抖却说不出一句话。他却是轻松挑了挑眉毛："你莫要把小凤托付给我。小玉，你还有救，三十五天的崆峒印下，夜泛紫光，那里……可能有一枚你的心脏。"

三十五天的崆峒印下，夜泛紫光，那里……可能有一枚你的心脏。

这句话骤然激起内心一痛，我抬眸望他，震惊不已。

崆峒印，牵扯着沉钰的一世英名。所以长诀天尊同我讲，崆峒印下可能有我另一瓣心脏的时候，我第一个想到了沉钰。这便又要扯到五万年前。

今日看来，五万年前那些事，一桩一桩，尽是劫。本神君这个丢了半颗心、泡了仨月忘川海这一桩还算是幸运的，比以身祭了崆峒印的沉钰水君要幸运。因为从忘川海出来，我还是一个活的神仙。

师父曾说，我担着这姻缘神君的职位，凭的也有几分造化和缘由，那便是本神君这颗不同寻常的心，装着情缘，如今想来我那化作紫玉的左心能修补仙人姻缘也是与此有些关联。丢了的那半颗不晓得之前装的是谁的情缘，而如今的右心里，装着曾经我所见过的六师兄同沉钰那些纠缠，从不曾忘。

其实那时候我并不知道九州花木一瞬凋谢是为长诀，彼时，我甚至不知道长诀天尊这号人物。只知道，我从忘川海被捞出来后，过了三年，九州花木才重新抽芽生长，八荒不再苍黄，四海不再死寂。诸神都以为大劫终于过去，三十五天的崆峒印却突然移位，其上九龙原身毕现，盘旋三十五天上空，天地浩劫只在一瞬。

其实，这场浩劫，我印象并不深，因为有个英雄，在大劫之前挽救了众生。我这样的小神，每日所经历的，无非是在大梵音殿吃药，流鼻血，如此循环。

沉钰来找我的时候，正是本神君从忘川海捞上来第三年，补药吃得正猛、鼻血流得正勤快的时候。那期间，我隐约从大师兄口中得知他同六师兄闹别扭，别扭之中的沉钰爷爷连六师兄都不怎么去见，何况是我。是以，本神君“出海”后三年那次见面，我印象极深，到现在我还记得沉钰瞧见正流鼻血的本神君时候的第一句话——

“丫头！你这是欲火攻心哇！”

我被这“欲火攻心”一词激得鼻孔一痒，一个喷嚏应景而出，招呼了他一脸血沫子。

那日，他其实是来找我画扇面的。那时，我早就忘了自己之前还是个姻缘神君，沉钰兴高采烈地从怀里掏出一把梨花木折扇，也并没有同我提姻缘扇这一茬，只是开口同我道：“你扇子画得好，你给爷爷我画个扇子，就画我跟月月。”

我抬手摸了把鼻血，瞥了他一眼闷闷道：“我为什么要给你画！”

他轻蔑地笑了笑：“如今七月，北海的虾蟹肥美，正是做海鲜火锅的好时候。”

我登时两眼放光，颠颠儿给他的梨花木折扇画了扇面，扇面上烟青色绸衫的少年绝尘飘逸，墨色华服的公子英挺俊朗。这幅扇面令沉钰爷爷十分开心，还没等我开口同他要海鲜火锅，他便一骑绝尘蹿出十里，那个方向，是奔向天庭司命府。

我日夜盼着沉钰挽着六师兄回来，顺道从大梵音殿接我出去，然后我们仨一同奔向北海，其乐融融地吃一顿海鲜火锅。大师兄默默给我厢房里塞了一坛上好南烛酒，坛子底下塞了纸条，其上八个大字醉歪歪的——若有火锅，勿忘师兄。我才知道，大师兄也十分惦记北海那里的虾蟹。

可是我们苦苦等了十日，却等来天帝一道昭告四海八荒的天旨。具体内容我记不得，却是牢牢记住了一句话——水君沉钰，功德无量，赐昆仑冰域圣境安存仙体。

我始知，那个挽救苍生的英雄，是沉钰。大师兄和我，再没有等来他的海鲜火锅。

乱世出英雄。按理说这样的浩劫轮不上沉钰这种吊儿郎当的公子哥儿出头当英雄的，而这公子哥儿并非一般的吊儿郎当，他的“英勇事迹”在四海八荒传了几万年，用“纨绔子弟”一词形容他，怕是不足以名状。譬如说他将琅琊台元君家的幺女抛弃，那小姑娘出家做了仙姑；譬如说他将南极仙翁脖子上挂的长寿锁抢了来嵌在司命府的大门上，仙翁自此躲他唯恐不及；譬如他在天后掌管的瑶池里养蛤蟆，瑶池宴时蛤蟆听他的指挥纷纷扬扬往赴宴的仙人脸上跳；又譬如他同他爹爹斗智斗勇数万年，练就了一副十分扛揍的身板儿。

沉钰的父亲，相传是四海八荒之中最勇猛的一只战蛟，战守四方水域二十万年，四海不曾出现大动荡。他不仅是蛟界声名赫赫的主儿，且是在神界也是令人敬重尊崇之辈。许多神仙以为，沉钰那厮是靠了他父亲才混到北海水君的位子，显然是对事情有些偏见。

这等神仙通常只看到沉钰吃肉，从未看到过沉钰挨揍。

本神君三生有幸，曾见过沉钰挨他老爹揍的场景。那是沉钰同他爹坦白要娶六师兄为“妻”那回。沉钰的老爹戎马倥偬一辈子，三十五万高龄才想着娶个媳妇儿生个娃，万万没想到自己的儿子在五万岁时候就领回来了个媳妇儿，且这媳妇儿竟然是个男人。对，纵然六师兄长得比女人美，但他也是个男人。

沉钰的老爹想到自己的后人恐怕要断送在他这余桃之流的儿子手里，他老爹当场气得满脸涨红、胡须乱颤，一声怒吼震得北海水宫晃了三晃，他祭出离魂鞭抽了沉钰三个时辰，差点将沉钰的魂魄打碎，旁人连劝都劝不得。

那时候沉钰的娘亲跪在北海大殿，匕首抵住脖颈，面上一派平静道："当年，你担着四海之主的尊位，纵不论北海荒凉，但说北海水君一职，明明只要你开口，钰儿便能轻松坐上这个位子。那时你偏偏要设个战场，打赢了的才能担这一职。钰儿不过两万岁，单挑诸神三十日，从战场胜利归来已是血肉模糊，这一桩，我不怪你；当年，钰儿看上了北海西海交界处的一柄玄铁古剑，恰好那西海四殿下也看上了，他二人公平相斗，四殿下身手不及钰儿，落了伤，你却将钰儿打得半死不活送去给那西海龙王请罪，这一桩，我不怪你；如今，他瞧上了司命星君，实属孽缘造化，你不去怪老天爷给钰儿设的这场劫数，偏偏要来怪钰儿。你把钰儿打死吧，这一桩，我也不怪你，你且让我去陪他。"

他老爹才住手，带了他娘亲离了北海，发誓此生不再过问这个儿子的事。

沉钰自此才落得自在，性子越发不拘起来。他遗憾没有早早带我六师兄见爹娘，遗憾没有早早挨他爹爹一顿揍，否则日子早就好过了。

哦，你可能要问，为何本神君会看到这幅场景。因为，那一次跟他见爹娘的"六师兄"是本神君假扮的，沉钰挑了一麻袋海虾送到大梵音殿我的厢房，让我扮成他的月月去见未来的公婆。没错，当年的本神君就是这么仗义。

而我六师兄本人，自始至终，直到沉钰身归崆峒印，他也没有随沉钰去过北海水宫见沉钰的爹娘。

这着实是一桩憾事。

沉钰活着的时候，我也曾问过六师兄，他为什么迟迟不肯答应同沉钰在一处。那时候六师兄写命格簿子的手颤了颤，瞪着我的那双眼里嗖嗖放冷箭："我可是堂堂一个男人！"

"那你若不是个男人，是不是早就跟沉钰成亲了？"我问。

六师兄总是咬牙切齿一副恨铁不成钢的模样："你这样帮那流氓说话，你到底吃了他北海多少海鲜火锅？"

"……"

其实，我有时候很羡慕六师兄，他有一个沉钰，总是肯疼他、怜他、护他的沉钰。而我十二万年不过遇到一个孟泽，却是弃我、伤我、折腾我。

只是时间未曾眷顾一分姻缘，劫数却总是如期而至。

长诀天尊替我别好发上的玉渠发簪，他身上清远孤绝的香气渐渐温容："我们先去睡一觉，待晚上，我与你一同去那崆峒印处。"

我抬头。紫霞为城，碧玉为阁，玉宇绵延，千里不绝，花木繁盛却错落有致，一霎恍惚起来："这是哪儿？"

他揉了揉我的头发，笑道："你一路上心不在焉不晓得都在想什么，如今到了三十五天连神也没缓过来。"

他拉起我的手，手心传来微微一阵凉。我点点头，突然想起小凤来，我记得正午时候长诀天尊扛着小凤凰木拉着我一起出了丹穴要来三十五天，遂赶忙拉住他道："小凤呢？"

他遥遥一指远处碧玉池中一棵闭着花苞的子午莲，我顺着他的手指，看到碧玉池畔，我家小凤凰木娇羞羞地伸出一条小绿枝，轻悄悄触了触那子午莲鹅黄的花苞，又"唰"地一下缩回来，树帘子"哗啦"一声都羞蔫儿了。

我尚在震惊之中，长诀天尊已然拉着我绕开碧玉池往别处走，声音轻若初雪，裹了空灵笛音似的："它可能瞧上那棵子午莲了，让那凤凰木在那处多待一会儿，待会儿让清微宫的人将它领回去。"

他说小凤可能瞧上那棵子午莲了？！

小凤今年不过两百岁，它竟然有了心上人？！

我丝毫未察觉长诀天尊牵着我的手走得这样轻松自然的模样，心中隐隐泛起一阵微痛，我十分担忧道："小凤凰木这是早恋了吧！你说会不会不利于它身心成长？"

天尊大人，挑眉笑道："我觉得它这样尚好，若是到了你这个年纪再谈情爱，着实太晚了一些。"

我觉得他说得很对，遂狠狠点头、痛心疾首道："确实不该像我，打了十二万年光棍，太寂寞。谈恋爱要从娃娃抓起。"

天尊大人但笑不语，攥紧了我的手绕着青石板铺就的蜿蜒小路往前走，穿过清宁迷人的纷纷花木，穿过清泉淙淙的精致水榭，这场景令我身心舒畅。偌大的三十五天，碰到仙娥仙侍并不多，个个却十分有礼数，从三丈开外就行礼，走了十几步回头还没见他们起来。

我不由得赞叹："你这三十五天的人礼数真周全，你教得真心不错。"

他却并未在意："是苏苒教出来的。"

"苏苒？"

他微微一愣，看了我一眼，回我道："清微宫的尚仪女官……你曾经见过，或许忘了。"

绣闼雕甍，神霄绛阙，长诀大人的清微宫果真非我等小神的府邸所能比。可能也怨我近万年未曾多出来走走，见的世面有些少，自以为大梵音殿在这神界算是最恢宏壮丽的，沉钰那北海水晶宫排第二，纵然孟泽那厮是个混账，但他那玄魄宫却实实在在在本神君心目中排第三。如今看了长诀天尊这住处，玄魄宫终于可以名正言顺从本神君心中除去了，这令我十分开心。

"殿门口立着的女官就是苏苒，平日里小仙都唤她一句姑姑。"长诀天尊低头道。

我"哦"了一声往那处瞄去，殿门口确实立着一位女仙，虽看不清面容，但从她的装束来瞧，紫绮上襦端庄典雅，湘妃罗裙不失婀娜。打量之中，长诀天尊已经拉着我走进殿门，只见她微微颔首唤了句"尊上"，声音雅润，却有几分别于那些小仙娥的干练威仪。她始抬头看向我，朱唇善目的端庄模样映入眼帘，令本神君吃了一大惊！

这苏苒女官显然也认出了本神君，和蔼一笑，躬身行礼道："良玉神君。"

本神君纵然面皮上勉强把持住，恭恭敬敬回了她一句"苏苒姑姑"，内心却早已波涛汹涌，泪水汇成沧海。

于是，本神君战战兢兢受了苏苒姑姑一场热情的招待，从午膳到沐浴到伺候本神君睡下，她面上始终挂着和蔼的微笑，言辞也拿捏得十分亲切自然。若不是本神君心里有鬼，那定是让人瞧着如沐春风的笑容，那也定是让人身心舒畅的话语。可怜就可怜在本神君心里这鬼上。

这午睡在心惊胆战中，自然是睡得昏昏沉沉不怎么踏实。

这不怎么踏实的梦里，我自然是梦到了当年同孟泽的一桩混账事。

彼时，脑子被猪啃了的我刚决定同孟泽那厮成亲，也就是大梵音殿那间厢房走水之后不久。那是我迷恋海鲜火锅到极致的时候。那时候单纯的水煮虾蟹已经不能满足我日益挑剔的味蕾，对火锅底料的要求已经十分高。悲剧的是大梵音殿除了后山桃花开得好之外，连棵提鲜去味、火锅必备的茴香都没有。更悲剧的是，那时候所有植物都能在三十五天上找到，且三十五天那里长的植物都是九州最好的、质量最上乘的。

总之是偷一回，必然要偷这世上最好的、质量最上乘的茴香苗。彼时，孟泽是个有种的少年，他身旁的本姑娘也并不是胆小怕事之辈。于是，我俩在一个月黑风高之夜，一拍即合，准备去三十五天偷茴香苗。

我们俩窝了两个麻袋英勇无畏地出了大梵音殿，一路唱着浩歌直奔三十五天。

且说那晚三十五天十分宁静，方圆十里不见人影，天时地利，我们十分顺利地找到了茴香苗，毫不客气地挖了两麻袋。

可谁也没通知我们，那一天是天上最隆重的瑶池宴。天庭上那群神仙也实在能折腾，这瑶池宴一直折腾到那日晚上；更没有人告知我们，他们天上有个规矩：凡是天庭大宴，必定要来三十五天祭拜一下长诀天尊。

没错儿，我是打那晚深深记住了长诀天尊这号人物。他一个死了一万多年的神仙，还能钻进一个规矩里磨炼我，我十分敬重他老人家。

于是，九重天上所有的神仙浩浩荡荡从四面八方涌上三十五天，其阵仗之巨、声势之大，已经用言语无法形容，我只记得自己右心生生地疼。我跟孟泽扛着麻袋立在那里，相顾无言，举步维艰，唯有泪两行。

这时候，有位举着琉璃荷花宫灯的女官突然出现，我只记得那明媚的灯火映照下，一位十分端庄貌美的女仙，朱唇善目，我至今难忘。她见着我俩，当即引术灭了琉璃灯的光，明月清辉袅袅铺上，我觉得她比佛书上绘的观音大士还要美。

她怔怔望着我，语气却染了几分颤抖："良玉……"

我还没有搭话，孟泽那厮抢先问我："你认识她？"

我颤抖着摇摇头。做贼心虚，莫过于此。

天庭诸仙眼瞅着就要过来，她当机立断替我们收了那麻袋，使术扔向不远处的仙木丛里，荷边袖一挥，我已经变成一个着了藕荷宫裙的小仙娥模样，孟泽变成了一个身穿云青衫子的小仙侍的模样。她掌边的琉璃荷花宫灯重新燃起，秀步端宁，言辞尊礼，带着我跟孟泽一起拜见了从四面八方涌来的诸位神仙。

神仙们也十分客气，连鹤发鸡皮的广元老神都恭恭谨谨唤了她一句“姑姑”。彼时，我同孟泽除了感激涕零，也十分佩服这位貌美的姑姑，她真是个有本事的主儿。

最终祭奠完长诀天尊的诸位神仙浩荡而去，这位姑姑才放心地将我俩变回来。孟泽那厮赶忙跳到仙木从里去找那两麻袋茴香。我双掌合十给她拜了两拜：“谢姑姑救命之恩。”

她敛了笑容，目光深沉道：“良玉，你不认识我了？”

我当即吓出一身冷汗，赶忙推辞道：“姑姑怕是认错人了吧？”

她眸子里沁出水雾，身边的琉璃灯因着她颤抖的身子晃了几晃：“当年天尊大人明明是去找你，却再没回来……你一定知道个中缘由对不对？”

我心里一抽一抽，正不知道如何回答她这句话，不远处的孟泽已经扛着两个麻袋同我打了招呼，我颤抖留下一句“姑姑，后会有期”，便跟着孟泽跑了。脑子立马刮过一阵风：后会有期便是死期了，姑姑，偷茴香这件事只有你知道，我三生有幸可别再碰见你哇。

后来我战战兢兢过了数日，没有神仙找上大梵音殿的门来同我算账，才放下心来。

今日我看着三十五天，向来不大好的记性，早已忘了曾经来偷过茴香苗了。只是姑姑那相貌从眼中一过，往日同孟泽做的那场偷窃的混账事便一霎涌上心头，羞愧万分当如是。

恍一睁眼，窗外已是乌金西沉，晚霞染上三十五天。

我深深叹了口气，这一场梦做得心惊胆战，口中有些燥，心窝里微微疼。我挪下床披上外衫想去找点水喝。却见回廊深处、修竹旁边，苏苒姑姑提了食盒，目光焦灼，在同长诀天尊讲些什么，长诀天尊手中握了一只玉碗，不知道盛的是什么。

我反反复复做了许久心理斗争，终于下定决心：这墙脚话本神君还是要听的，如若苏苒姑姑告诉了天尊大人我偷茴香苗那件事，我也好快些逃跑。

夕阳余晖穿过檀木回廊照在天尊大人的霜衣上，洒下一道暗金色的光，他广袖之旁一片竹子，招摇过轻悠悠几道风。翩翩诗袖惹清风，长诀天尊，站哪儿都是一道风景。

他捏着玉碗将里面的汤汁一饮而尽，苏苒姑姑接过来，又从食盒中端起另一只玉碗递给他。我隔着老远，虽然能使个顺耳术听他们讲话，却看不清他这一碗接一碗饮的是什么，恰好听苏苒姑姑开口道："这个紫苏蜜茶多少能缓一缓方才的那药的腥苦。"

我一愣，原来是药。想来，拂灵手中的紫玉，确实将他伤得很深。多年不曾觉得自己愧对谁，如今，我却真真实实欠了长诀天尊的。思及此处，不由得想到拂灵，她若真是看上天尊大人想同他成为神仙眷侣的话，怎下得了这样重的手。逼婚这种行径，不论男女，本神君还真是看不惯。

咬咬牙心中默道：天尊大人，等良玉拿到崆峒印下的紫玉，定要好好去会一会这妖君，替您报仇雪恨哇！

入眼处，长诀天尊温和一笑，接过那只玉碗饮毕道："本尊这般岁数的，怎么会怕腥苦。下次不用煎这送药的茶汤，只送药即可。"

苏苒姑姑小心收了玉碗，面色却不若长诀天尊那样放松："尊上，容苏苒多话，伤了情魄非一年半载不能补全，这番再去那崆峒印，怕是有些伤身。"

长诀天尊垂眸望了望苏苒，侧身触了触身旁的竹叶，道："本尊这么多年都没什么好怕的，当初被压在九黎壶下五万年，也没有怕过什么，我知道自己仙寿长得很，总能出来。"

说到此处，他顿了一顿，目光望向本神君厢房这处，我赶忙往房内退了几步，还没站稳便听他道："但是，苏苒，我现在却很怕自己能活太久而她却活不过三年。"

这句话从脑海一过，我只觉胸中蓦然扬起一阵抽痛，扶着墙壁蹲下身子缓了缓。我年少时候曾对一些情话十分动容，后来自己成了姻缘神君，常常替别的神仙写姻缘文示，写的情话多了，最终也便无痛无痒。如今听了长诀天尊说的这句话，竟不觉湿了眼眶，他是四海八荒的天尊，他当与这山海同存同生的。

“尊上，良玉此时身上也带着重伤，你若是带她去崆峒印底，怕是对她也不好……”苏苒姑姑担忧道。

我撑起身往那处打量，入眼处天尊大人眸光璀璨，朱唇展笑：“我本就未打算将她带到印底，她只消辨认那紫光是不是她的心脏化成的紫玉所映出的，至于取回来，本尊自己动手就好。苏苒，她这些年的修为远不及你，今晚你同我们一起去，到时候务必将她带回清微宫。”

“……如若阿玉不肯随我回来呢？”

他挑眉，从袖袋里掏出一条软金锁链递给苏苒：“将她捆回来。”

我撤了术，抹了一把眼泪：除了那句“她这些年的修为远不及你”令我稍尴尬之外，这墙脚听得很值。

用了晚膳，广寒初上，月光洒进殿中，捎了清远的花香。

这一趟祸福难测，我本想交代小凤凰木几句，却听当值的小仙娥说，小凤一下午都蹲在碧玉池畔，守着那株小睡莲守得十分认真、十分动情，连专门煮给它的荷包蛋都没顾上啃几口，方才那株睡莲终于绽开了，它更不舍得回来了。我扶额揩了把汗：小凤没准是哪个情圣转世，别的生灵尚在撒尿和稀泥的二百岁年纪，它已然成了一个痴情坯子。

我默默嘱咐了那小仙娥一句：“今晚且让它在那里待着吧，送一锅荷包蛋给它的小心上人尝一尝。”

天尊大人捏着紫玉笛，月辉映着他浅浅一笑：“那株睡莲恐怕不爱吃荷包蛋。”

我讪讪应了句，便随他朝三十五天的崆峒印走去，苏苒姑姑在前面为我们掌灯领路。路上，我暗暗打量，她把那软金锁链藏在何处，却是如何打量也没寻出个踪影。

小路蜿蜒，花木丛生，我只顾瞧着前面的苏苒，几次被那高高低低的树植羁绊，幸而长诀天尊在身旁时不时拉我一把，方不致栽跟头。

突然感觉腰间一紧，我一下贴近他身上，微愠的声音自头顶压来：“你再这番魂不守舍盯着苏苒，我倒要吃醋了。”

我一愣，浑不知什么情况，苏苒姑姑回头望了我一眼，莞尔一笑，虽没说旁的，我却觉面皮上一阵荒火烧过，火辣辣燃到耳根。

上古崆峒百丈方印，其上九龙金玉文身，稳居三十五天玉清境，印身望洪荒四面，印顶聚天地方圆。四周围着擎天仙木，仙木东南方千丈高处，蔚蓝色玉清海倾然而下，扬起霍然水瀑，直挂东南，扯开一道屏障。恐因这里是崆峒印这等神物安息所在，虽有擎天仙木迎风招摇，千丈水瀑霍然扬下，望着是恢宏壮阔之景，却听不到任何声响，大有猛虎嗅蔷薇之姿。

这便是沉钰殉身的地方，我双掌合十认真拜了两拜。

长诀天尊将我藏在身后，御了清风带着我和苏苒姑姑一同到了崆峒印底。他面上虽然是泰然自若的模样，我却晓得他已经开始防着我不让我靠近崆峒印了。

崆峒印底，是广阔的白玉铺就，这白玉面上却并不平整，其上两道狰狞沟壑尤为显眼，一路延伸至印底。苏苒姑姑手中的宫灯一照，那两道沟壑之中掺杂着的淋淋血迹，已然渗进白玉之中，不晓得是不是当年沉钰流的血。

长诀天尊低低道了句：“来了。”

只见崆峒印底、白玉之上缓缓淌出一条紫光，绕过前面的长诀天尊、绕过苏苒姑姑，静静流到我身边。我第一次见这种光，颜色越流越浅，几近虚无；心窝处随着这紫光流动，似缓缓淌过一阵暖流，随那光的颜色变浅，心中的暖流也归于细微，直至冷淡。

暖流拂过心窝的瞬间，眼前百里冰海骤然消融，云蒸霞蔚之中，仿佛有霜衣翩翩的公子捏着一柄折扇靠近，好奇地问我：“你在干什么？”那声音若冬夜雪、枕边梦，噙了窸窣清香。我正欲抬头看他的模样，心中的那暖流却消失殆尽，眼前再无景象。

“小玉！”

我晃了晃神，看脚下的紫光缓缓缩回印底，想要追上去却被长诀天尊横腰拦住。我抬头认真道：“那光是认得我的！它在我的心里有影像，我感觉得到。”

长诀天尊右臂紧紧箍住我，阻止我进一步靠近崆峒印：“小玉，你冷静一点。”他抬手拂了拂我的额发，抬头望了一眼苏苒，意识到他那望向苏苒的眼神里的意思，我不由得打了一个寒战。

他眸光温和，泛着暖意，道：“你这番太过慌张，随苏苒先回清微宫吧。”

“那你呢？”我明知故问，却偏偏还是想听一听他到底打算如何诓我。

他淡然一笑，温言道：“我闲来也无事，待会儿去印底瞧一瞧那枚紫玉落在了何处，顺便取回来，权当消食。”

他大爷的，好一个闲来无事，权当消食。

若真如消食一样轻松，当年沉钰就不会挂在这里了。

心中又狠狠骂了他一句，我明知道他这是要让苏苒带我走，他欲单身一人去印底替我找那瓣心脏，却还是装作听了他话的模样，斟酌道：“小神确实有些慌乱，怕是待在这里也是给你添麻烦。”转头又同苏苒客客气气道，“劳烦姑姑前方带路，我记性不大好，自己怕是回不去了。”

苏苒姑姑和蔼一笑，执着宫灯轻轻松松便带我走出了这崆峒印，一路上时不时同我讲几句话，介绍一下小路两旁的花木，步子迈得极是轻松，面容也极是自然。

“这一棵树是优昙波罗，其花三千年一现，乃佛界灵瑞，听说尊师是因邈佛祖，神君想必见过。”她纤手一指，回眸笑得润雅，走了两步，宫灯下移，她又特意照了照旁边一片草地，道，“这一片都是佛甲草，想是沾了个佛字，得了佛祖不少眷佑，易栽也易长。”

夜色幽宁，月光潺潺，虫声唧唧，三十五天花木清香四溢，身旁还有端庄貌美的仙女为我掌灯，给我介绍各种花草，如若不是听了下午那墙脚，本神君怕是要颠颠儿乐得不能自已。但此时看着苏苒姑姑同长诀天尊那样轻松，装得一副愉悦的模样陪着我，我心中十分难受。

费力应了两声，趁苏苒姑姑往前面走，左手暗暗往袖袋伸过去，握住袖袋里那颗云界珠牢牢攥在手心。这珠子还是几日前大师兄给的，他觉得我现今这副身子骨，也打不过几个神仙了，若日后惹了厉害角色，还能用这云界珠化作的结界罩住自己，让揍我的人束手无策。纵然这样十分没面子，但这结界坚固无比、好歹能保全我这条小命。我便欣欣然揣兜里了。

如今看来！当日大师兄这颗珠子送得何其未卜先知，何其英明绝顶！

正准备动手，忽觉身后有几束金光倏然射过来，将那片佛甲草照得金叶通透。我猛然转身，崆峒印处万丈金光如火如炬直逼三十五天上空，原本蔚蓝的天幕似燃起熊熊金火，周围滚滚金色云浪奔腾澎湃、翻涌不息！

可明明是这样震慑人心的场面，这里却偏偏听不到一丝惊心的轰响，此处虫声依然清扬，我却是无端地生出一阵冷汗，掌心湿腻，云界珠差点夺手而去。我回头，苏苒姑姑亦是一副震惊模样，却在接触我眸光那一霎迅速敛了神色，上前挽了我的胳膊笑道："尊上晓得崆峒印的诀语，也一直把这崆峒印当个玩物，不晓得今晚又要怎样折腾它，且由尊上去吧。夜里寒凉，神君身上有伤，先随苏苒回宫歇一歇吧。"

好一个权当玩物！

我稳住身子，猛然推了苏苒姑姑的胳膊，趁她尚在诧异之中，纵身而起念出诀语，云界珠从手中飞出，青色云界凭空绽开，朝苏苒姑姑兜头罩去。

身后金光似利箭直直打在云界上，云界之中苏苒姑姑手中握着的软金锁链还没来得及施展。我不忍心多看她震惊的面容，慌乱道了句："得罪姑姑了！"御风朝身后崆峒印疾行而去。

姑姑，良玉欠你两桩情谊了，他日定负荆请罪，连本带利一同还上。

崆峒印顶，金光惊夜，晃得我睁不开眼。我顾不得许多，直往下冲，气泽翻滚绞得胸口锐痛，我拔了发簪，祭出玉渠剑，狠狠斩了这金光，急速下沉。

那巍巍金光直压压刺过来，眼中刺出来的泪水愈见汹涌，我却来不及擦，玉渠剑身被金光冲得颤抖，我咬牙恨恨想道：长诀天尊，你若是敢先我一步进了印底，我必定日夜守印等你出来，亲口骂你一声不够仗义。

万丈光芒之中，我终于瞧见了那白玉之上的两道狰狞沟壑，其上的血迹鲜艳斑驳，揪心刺目。恍然收剑，身子重重跌在白玉之上，肺腑咸腥突然涌上喉头。我踉跄起身，以手支剑顺着那两道沟痕往前面飞奔，其间数次跌倒，数次起身，飞奔之中五脏肺腑、浑身上下竟都在颠簸颤抖。

当年，沉钰那能抵得住三个时辰离魂鞭的结实身子都没能逃出崆峒印一劫，长诀他纵然是九上天尊、纵然是修为高深，却是因着拂灵手中的紫玉伤了魂魄。左右是我的心脏，我该自己去取回来，万不该再连累他的。

金光穿身而过，痛得浑身一凛，我却真真切切听到了长诀天尊的声音，莽莽光束之中，那霍然震惊的声音从头顶盖过来：“小玉？！”

我顺着声音腾身而起，纵然已看不清任何东西，却狠狠向上扯住了一片衣服，下定决心，除非他砍断我这只手，否则本神君绝不放手。

冰凉却有力的手坚定地握过来将我往上一提，衣袍绸缎环身而过，他将我紧紧裹在怀里，手掌护住我头顶，沉声道：“别怕。”

我此刻说不出一句话，脸颊紧紧贴在他胸膛上，身旁金光凛冽，他身上香气清宁。

恐怕这种感觉，便是安心。

我曾经问过随大师兄出征的阿云，待在骁勇善战的东荒战神身旁是什么感觉。阿云同我说：“四周是电光火石，惊天动地之盛，但你靠在他胸膛上，身旁便是凡间江南三月，柳静花浓正好。这便是心安。”

彼时，我觉得阿云说的这句话很玄很矛盾，站在英勇无畏的大师兄身边，深处电光火石之中，应该拔出刀剑，同大师兄一起死命拼杀，如何能想得到凡间江南三月。我活了十二万岁了，如今才第一次觉得安心这种感觉，确实很玄，却让我心头一暖。

我舒了舒身子，抬头道：“我们是不是快能进去了？”

他点点头又将我按回怀里，没有将我抛下的意思。万丈金光打在他的霜衣上，灿然夺目。

我轻声念了收起云界珠的诀语。

天尊大人已经打算带我进去，这会儿工夫苏苒姑姑肯定赶不过来了。心中正欲再对她道一句抱歉，却见四周金光轰然炸开，四下飞蹿而去！印身周围虚空一片，茫茫气泽之中辨不清任何东西，大白若辱莫过于此！

长诀天尊的声音几乎被这虚空打散，我只听得到一句“小玉你方才怎的念了这样的诀语”，便觉浑身虚浮，原本令我安心的胸膛骤然散去，我想抓住却什么也抓不到。耳边传来一道刺音欲穿破耳膜，直逼灵台，神智一下被冲散，我浑然失去知觉。

混沌之中，觉得身子虚浮，有冰凉刺骨的水浪一波一波拍过来，许多灌进口中，十分腥苦。我想睁眼，却觉眼皮千斤重，怎么也睁不开，索性睡过去了。

第九章

崆峒方印，古月今人

白兔捣药秋复春，嫦娥孤栖与谁邻；
今人也见古时月，今月曾经照来人。

等我再次醒来，却见自己身处贝阙珠宫之中、鲛绡软榻之上，一排排小鱼仙银群闪闪，手端壳碗蚌盆、素绢菱纱之类进进出出，其中一个小鱼仙见我醒了，立马奔出去喊了一声："君上，良玉神君醒了！"

这一嗓子喊出去，一大波小鱼仙便将我围上来了，"唰"的一声跪在了软榻面前，齐声声唤了："良玉神君！"

我一惊，身下的鲛绡被我生生抓破，"刺啦"一声裂开一道口子。却见门口飞速奔出黑压压一道身影，极其轻快地跳到我身下的软榻上，现了身子嬉皮笑脸道："丫头！"

待我看清那黑衣男的面容：丹凤眼熠熠生辉，若明媚桃花艳满枝头。本神君当即一个激灵从软榻上滚了下去。

这、这竟是沉钰！

他随手捞过软榻上果盘里的仙梨啃了口道："你是月月师妹，不必给爷爷我行这样的大礼。"

我颤抖地爬起来，颤抖地伸了伸手，颤抖地摸了摸他的面皮，牙齿打战道："你是不是活的？"

他拍掉我的手，嫌恶道："爷爷还想问你是不是活的？！"

我大吼道："姑奶奶我怎么在这儿了！"

他扔给我一个梨核，剑眉挑了挑道："爷爷我也纳闷你怎么到了北海来了，今儿个有个蟹将跟爷爷说有姑娘趴在我北海上，喝海水喝得挺欢畅，谁曾想原来是你这丫头！"他又挑了个仙梨啃了一口，转头眯了眼，清脆道，"快说你是不是趴在海面上捞螃蟹准备煮火锅？"

姑奶奶我哪里还有心情趴在他北海海面上捞螃蟹、煮火锅！

此时只觉浑身虚软，满殿的虾蟹鱼仙连同此刻斜卧软榻上的沉钰，我都辨不清他们是到底是真真切切的活物还是缥缈虚幻的魂魄。环顾四周，青碧澄澈的海水中，通透晶莹的水泡轻悠悠往上浮，殿内几株翡翠芭蕉叶子舒展张扬。虽是一派鲜活之景，却令我头皮发麻。

我强迫自己镇静下来，左心处还是空空荡荡的，却稍稍添了几分暖意，右心仍是这月余不曾变的绵延不断的疼痛。当即一喜：本神君还能感到疼痛，就证明我还是个活的神仙！这感觉无异于绝处逢生，我几乎想要朝西给孟泽那混账拜一拜，感谢他曾给姑奶奶我留下的这身伤。

我抬头仔细打量了一下沉钰，他现今的模样，同当年在大梵音殿见最后一面时的相貌有些不同，现在软榻之上恣意斜躺的沉钰，面容朗润许多，比那时候瞧着要嫩一些，俨然山珍佳肴伺候得妥帖的模样。

我思忖片刻，虚软着步身子朝沉钰挪动了两步，戳了戳他胳膊，确实有硬邦邦的结实触感，遂谨慎问道："你今年多少岁？"

他一口梨汁猝不及防喷在我的裙子上，笑得上气不接下气，眉毛聚拢，唇红齿白："哈哈！你算术怎的差成这样！爷爷我比你大三万岁，你果真连这样的问题都算不出来吗？！哈哈哈！"

我十分委屈，又戳了戳他可怜楚楚道："那你能不能告诉我我现在是多少岁的年纪？"

他瞪大眼珠子将我瞅着，伸出爪子拍了拍我的脑门，诧异道："是不是海水灌进脑子里了？你连自己多少岁也不晓得？"

我摇摇头，没敢告诉他本神君如今长到十二万岁了。

他十分顺手地扔了梨核，十分顺手地揪过本神君肩膀上的布料擦了擦手，眸光灿烂，笑意盎然道："爷爷我今年十万岁，月月今年八万岁，你今年七万岁。"

这句话仿佛红莲业火从头顶滚滚过了一遭，我只觉三花聚顶、五气朝元，顿时精神了。本神君、本神君莫非进了崆峒印，一霎被打回了五万年前？！纵然我孤陋寡闻，但也从没有哪个神仙透露过这上古崆峒印还有这样的本事！

又想到五万年前，我不禁捶胸顿足，悲从中来。本神君早就说过，五万年前那一桩一桩劫难宛如上古天神留在这四海八荒的萝卜坑，且这萝卜坑密密麻麻，稍不留神就踩进一个挂了小命，譬如眼前这位墨色华服、蹦跶得极欢畅的沉钰爷爷……我当年好歹捡了便宜泡了仨月忘川海，稀里糊涂便把那一劫糊弄过去了，如今掉进这崆峒印里，老天是打算让我重来一次、仔细体味？

本神君随天尊大人进来寻那一枚救命的心脏，此时那心脏化成的紫玉还没找到，竟然又落入这样一个劫数轮回，还不晓得能不能活着出去，岂不亏哉……

对了，天尊大人落在何处了？！

我扯住沉钰的胳膊，哭丧道："你可知长诀天尊现在在哪儿？"

沉钰拧眉挑了我一眼，莫名其妙道："师父他老人家自然是在三十五天玉清境颐养天年，"还不等我回话，他又摆出一副德高望重的模样，仿佛真是我爷爷那样，耳提面命道，"丫头哇，爷爷我得嘱咐你一句，我师父可能瞧不大上你这傻样儿的。"

我被他这句话一带，全然忘了自己方才要说什么了，拉着他的胳膊愣愣道："那天尊大人喜欢什么样的？"

他故作高深，眯眼一笑："你该跟拂灵学一学，你看她的姿容相貌，且具风情。"

我怔怔点头，想起当日丹穴山那一见，虽然没由来地有些厌恶拂灵那副模样，却不得不承认她一颦一笑皆是风景。沉钰这番话让我十分受教。

他拍了拍我的肩膀，语气添了十八分仗义凛然："你若是真的瞧上了我师父，爷爷我愿意帮你一把！"

"……你打算如何帮？"

他拉了我躲开身旁的小鱼仙，神秘秘道："我可以帮你把师父灌醉，到时候你跟他鸳鸯同枕，干柴烈火，往巫山云雨处走一遭，他便是你的人了！"他说到此处，面若烟霞，眼泛桃花，十分痴迷。

我打了个激灵，终于觉察出了几丝不妥，扯了扯他的袍子，惴惴道："你这么帮我，怕是有什么目的吧……"

他低头若流氓一样冲我挑了挑眉，笑道："丫头，你只消用这个方法替我将月月灌醉，待我同月月洞房花烛过后，咱们俩便算扯平了，你觉得如何？"

我登时恢复神智，赶紧退了几步，正气凛然道："不妥不妥！我对天尊大人并非这种感情，姑奶奶我也断然不会帮你坑害我六师兄的！"

沉钰一副瞧不起我的神情，正想再教导我一番，我赶忙捞过一颗仙梨比画道：“你若再这样胡闹，姑奶奶我就把你同婧宸公主的事跟我六师兄抖出去。”

他登时怒目圆睁，面上风云变幻了几遭，最终吃瘪，扯了扯面皮，满面春光忽忽闪过，吩咐身后的小鱼仙：“赶紧去备上好虾蟹，抬青铜宝鼎，做海鲜火锅给良玉神君洗尘接风！”

我舒了一口气：好在婧宸公主同沉钰之间的这个把柄，本神君抓得十分牢固，这几万年都没有忘，今日方能亮出来，一招制敌。

不过这也不是一件大事，说起来不过是天帝膝下的俏丽婀娜的二公主婧宸，在良辰美景之时，趁着酒意微醺，将沉钰推至一棵歪脖树下，把身强体壮的沉钰爷爷强吻了罢了。彼时，我正是一个诗情画意、多愁善感的翩翩少女，坐在那歪脖树顶上为了一句“山有木兮木有枝，心悦君兮君不知”而唏嘘不已，感慨万千，绞尽脑汁思索着暗恋一个人如何让他知道这样一桩难事，却恰好看见歪脖树下婧宸公主强吻沉钰水君这一幕。登时脑海三千桃花纷扬而下，万里红尘滚滚而来，本神君对暗恋一事悟得通透了。总结之便是一句“该出手时就出手哇，能用嘴亲不动手哇”！

思绪再扯回这北海水宫。五万年来，本神君从没有一顿火锅吃得如今日这般身心舒畅，北海的虾蟹依然如往日肥美鲜香，是别处比不了的。吃完火锅，酒足饭饱，顿觉仙途圆满，不枉此生。我叼了牙签，腆着肚子，扯上沉钰同我一起奔向三十五天，打算去找天尊大人商量对策。

沉钰那厮到了三十五天便甩开袖子，理了理墨发，同我分道扬镳，临别时候意味深长嘱咐了我：“丫头，你这午饭足足吃了十斤海虾，顶一条壮汉吃三顿了。撑个一两天是没问题的，不要去月月那儿蹭吃蹭喝了。”说罢足踏祥云直奔了六师兄的司命府去。

我右心一颤，左心窝里暖意尽失。沉钰果真是个风流之徒，想霸占六师兄竟想到这一步了。既然沉钰爷爷都这么说了，见完天尊大人不去找六师兄讨些吃喝都对不住本神君中午吃的十斤海虾。

我施施然到了清微宫，宫内的小仙娥却告诉我长诀天尊正闭关，任何神仙都不见。我有些失望，又问苏苒姑姑在不在，小仙娥摇摇头：“姑姑去宫外补种茴香苗去了。”

我心一提，赶紧点头道了句谢，转身提裙便走。

苏苒姑姑，你今日补种的这些茴香苗，来日估计都被我跟孟泽薅出来了……

想到这里不免一阵心虚涌上心头，步子慌乱之中，丝毫没有看清迎面而来的人，本神君直直同前几日遇见的妖君碰了个照面，我还没来得及开口，她倒先惊呼道：“良玉！”

我拂袖而立，合十而拜，果真不是冤家不聚头：“妖君别来无恙！”

她听到“妖君”二字却恍然一怔，复而唇齿含笑道：“神君怕是认错人了，我乃天庭拂灵郡主，九上天尊表妹，岂是身轻言微的妖族可攀附的。”

这下便换成是我怔住了：“你现下不是任妖族之君？”

她收了笑容，肃然道：“神君若再将拂灵同‘妖’这一词扯上关系，别怪长诀哥哥手下无情了。”

纵然听他喊过一遍，但本神君仍是十分没出息地被她这一声“长诀哥哥”激出一身鸡皮疙瘩。我挑了挑眉，学着沉钰爷爷平日欺负别的神仙那样，轻蔑道：“莫非妖君觉得自己打不过本神君，特意找了天尊大人给你出头？”

她却是不吃我这一套，妃色云袖掩上唇角，只剩杏目含水，姿态清仪。“怎用去特意找长诀哥哥替我出头呢，他最见不得我受委屈，替我出头都是哥哥欣然为之的，”她眉梢抬了几分，落下云袖逼近我，巧笑倩然，“神君方才是不是去找他了？哥哥是不是以他在闭关为由打发了你？”

我心中一紧，正欲回答她，她却又抢先道：“其实他是不想见你罢了，你若不信便随我过去，看看长诀哥哥是否真的是谁都见不得。”

我甩了衣袖，笑道：“你同长诀天尊兄妹情深，本神君便不打扰了。”

她嫣然一笑，眸光灿烂，越过我进了袅袅娜娜进了清微宫，身后仍然是方才那小仙娥的声音——

“郡主安好，尊上在殿中等候多时了。”

倘不是亲耳听到这句话，本神君还真以为天尊大人闭关了呢。心中有些委屈，与拂灵无关，是天尊他故意不想见我，而我如今却只有他一个神仙可以见面商量对策。

顺着蜿蜒小路往前走，虽是隔了五万年的光景，却没有多少变化。纵然后来长诀天尊仙迹匿了五万年，苏苒姑姑还是将这儿打理得同天尊在的时候一样，我十分佩服她。走了一会儿，前面的碧玉池碧波荡漾，我奔过去，发现池中两株睡莲依偎在一处，鹅黄色花苞清雅迷人，荷叶碧绿依依田田。本神君掐指一算，喜不自胜，又郑重拜了两拜：“二位第八十三代子孙被我家小凤凰木瞧上了，我先在这儿替小凤问候您二位。”不料两株睡莲同时抖了抖，荷叶一颤甩了本神君一脸池水。

我摸下一把水，看来小凤那心上人的老祖宗脾气有些大。

来了三十五天，被长诀天尊拒之门外，又被小凤心上人的老祖宗泼了一脸水。本神君心中不大舒坦，提步准备去司命府搅和一下沉钰跟六师兄。复又想到，既然来了三十五天，应该去崆峒印那里瞧一瞧，兴许能瞧出个所以然来呢！

我兴高采烈往崆峒印的方向走。这心情一愉悦，忽然就觉得三十五天这一众花木，长势颇好，花香清新淡雅，很合我心意了。

估摸着离崆峒印不远了，却无意瞥了眼身旁一株碧挺的家伙，觉得有些眼熟，只是它身上长的金粉色花朵十分新奇，本神君还是第一次瞧见。那花梢晶莹若夜明珠，花柄柔绒似春雪，从树身绵延绽放，一路长至树梢，狭长的花瓣微颤，轻若蝉翼，翩如毛羽。我眨了眨眼，低头望见那一片油绿的草地，正是那易栽且易长的佛甲草，我猛然抬头，莫非眼前这一株便是优昙波罗树？

苏苒姑姑说这花三千年一现，是佛界灵瑞，昨夜我一门心思想将她罩在云界底下，并未反驳她，其实苏苒姑姑说得却不完全正确。

大梵音殿我以前打坐的蒲团旁边是一根三人合抱的殿柱，本神君那时候并不大用功，身下打坐的蒲团稍稍一挪，身子便能靠在这殿柱上，这殿柱给我七分支撑，十分解乏。每每其他师兄打坐完毕都会累得浑身酸疼，我却还能精神抖擞，第一个奔到厨房去抢吃食。所谓树大招风，柱子粗了也难免给本神君招来祸端。在我身后打坐的七师兄终于看不过去，于风和日丽的一天向师父揭发了我。师父轻轻一笑高杳绝尘，让七师兄在大梵音殿那根殿柱上刻了《无量寿清净平等觉经》，让我对着殿柱打坐了半年。我日日盯着这根柱子，眼皮子底下便有一句佛语是讲这优昙波罗的。那佛语一字语句，本神君大眼瞪了这么多年也烂熟于心："世间有优昙波罗树，但有实无有花。天下有佛，乃有花出。"

如今这花开了，虽然不知道是哪位佛祖将要出现，但我师父既是因邈佛祖，这佛祖便也算是我的尊长。我便也俯身朝这棵树认真拜了两拜。

到了崆峒印那处，却发现这印依然安安分分厝在那里，四方仙木依然高大挺拔，蔚蓝色玉清海扬下的水瀑也依然浩瀚而无声。

我纵身而下，落在白玉面上，白玉光滑平整，倒影里的本神君素衣翩翩，姿态也算飘逸，不禁对着这飘逸的姿态半眯了眸子，腹诽道：天尊大人你眼光不过如此，瞧得上那妖君的风情万种，竟然瞧不上本神君的清雅绝世。忽然觉得哪儿不对，仔细想了想便吃了一惊，怕自己看错，我俯身摸了摸——

那掺了血迹的两道狰狞沟壑怎么不见了？！

我赶忙绕崆峒印转了一周，却见崆峒印底，白玉无瑕，连道细微划痕也看不见，哪里还有那两道沟壑。莫非五万年前的这里便是现今的样子？莫非这两道沟壑是崆峒大劫时候留下的？思及此处，本神君的智商也便差不多用尽了。我挽了袖子，试着推一推这崆峒印，看看本神君的心脏是否在这底下。结果，直到乌金西沉，广寒初上，我累出一身汗，这崆峒印却岿然不动。

我拍了拍手，这崆峒印果然对得起上古神物这个名号。真沉。

腹中应景地传来"咕噜"一声，本神君当即挽下衣袖，阴恻恻一笑——

沉钰，姑奶奶我除了想去找六师兄蹭吃蹭喝，还真是不想干别的。

当我叼了一片佛甲草见到开门的沉钰爷爷的时候，他脸上青一阵绿一阵，死死扒住门框，手上青筋暴出，就是不让我进门。我心窝没由来地一暖，嬉皮笑脸朝房内喊了声："六师兄！"沉钰登时从门框上抠下一块木头，木头在他手里"唰"地变成一把齑粉，他咬牙切齿磨出一句话："爷爷我中午白伺候你了，你对得起那十斤海虾吗？！"

沉钰这个哀莫大于心死的模样让本神君生出几丝怜悯，顿觉自己不该来搅和了两只鸳鸯，但方才那一句六师兄已经喊出去，收也来不及了。于是拍了拍他肩膀，仗义道："大不了日后本神君帮你把六师兄灌醉……"

他立马两眼放光，手中的木头齑粉随风而散，他拍拍手，攀上我的肩膀，十分亲切地同我勾肩搭背进了屋，掩不住心花怒放道："月月！小九这丫头来找你了，你们兄妹多日不见，今晚且好好寒暄一番！”

六师兄从书房出来，烟青色衫子沾染了几分烟雨水墨的素雅，墨发庸散，玉簪无瑕，只是女人味儿太浓。他手中捏了青玉紫毫，兴奋道：“小九你快来帮我研一下墨！”

沉钰立马凑上去，隔在我和六师兄中间，温言和蔼道：“月月，方才我不是替你研过了吗？”

我被沉钰爷爷这宛如忠犬的温顺模样激得抖了三抖，却听六师兄愠愠道：“你总不肯静下心来研墨，墨汁淡浓不均，日后再不劳烦你了。”

本神君不留神笑出声：六师兄哇，沉钰若是能在你身旁静下心来，这河川便要逆流，铁树便要开花了。

六师兄正要绕开沉钰同我讲几句话，沉钰立马又跳到他面前。他比六师兄高出一个头，却拉住六师兄的袖子，低声下气，面子几乎被他踩在脚底下：“月月，我可以学，嘿嘿……”

趁六师兄愣怔，我挑起一杯茶跷了二郎腿坐上梨花木椅，灌了口茶水，冲沉钰挑眉笑道：“那水君且去书房专心练习研墨，本神君同六师兄叙叙旧可好？”

沉钰怨念地瞪了我一眼，一步三回头，十分不情愿地进了书房。

六师兄放下手中的青玉紫毫，给我添了茶水：“你同我还叙什么旧，昨晚不刚来蹭过饭吗？”

我立马心虚点头：“我十分眷恋你府上那位厨子的手艺，今儿还想尝一尝。”

六师兄玉手往书房一指，恹恹喝了口茶：“今儿沉钰那流氓一来，把厨子打发回巨芦老家了。”抬头瞧了瞧门外，又道，“不只是厨子，司命府上上下下除了我都被沉钰遣出去了。”

本神君对沉钰的敬佩之感油然而生，这样独占情郎的好手段定然要学一学，遂激动问道：“他是如何将他们遣走的？”

六师兄眼神十分缥缈，悲喜难辨：“他给府上每个小仙发了一颗夜明珠，放了他们七天假。”

我一口茶水喷出来，倒不是觉得沉钰爷爷有钱，而是惊讶他怎的体力这样好，要独占六师兄七天七夜？！我端着茶盏，悄悄问六师兄：“你此时此刻什么样的心情，是不是很激动？”

六师兄终于看清楚了我这副八卦嘴脸：“你师兄我此时此刻谈不上激动，倒是有一件事想要告诉你，看你激动不激动。”

手中茶盏落定：“师兄请讲。”

他眸光璀璨，欢愉道：“府上厨子不在，今晚我们全都吃芋头，小九，你这模样看上去十分高兴。”

我咬牙呵呵笑了几声：“高兴，怎么不高兴……”

本神君正欲上前踹他一脚，六师兄却突然收了神色，眉头深锁带了几丝忧愁，话锋一转道：“小九，你当真对天尊大人念念不忘？”

我一愣，不明所以：“你怎知道我对他念念不忘……”

他叹了口气：“他上午时候来过司命府，将我给你写好的凡界命盘带走了。”

“凡界命盘？”

六师兄点点头。

我纳罕：“命盘里写的什么？”

六师兄不禁悲从中来：“不是我不想告诉你，神仙去凡尘是为历劫，透露天命是要被打入天牢的。”他灌了口茶，面色变得十分遗憾道，“但我也愿意为了你去住一趟天牢，只是我现在却是连自己也想不起来那命盘里替你写的什么了。天尊大人实在过分，拿走命格簿子也就算了，他居然掐诀将我对那命盘的印象也抹掉了。我抵挡了那诀语一番，奈何修为远抵不过他，如今却只能记得自己替你写过命盘这件事，其他全然记不得了。”他抬眼，眉目含秋若春闺女子，悲摧地问我，“你说他是不是太过分了！”

我望了眼六师兄，这细皮嫩肉的模样，去天牢那个地方我如何舍得。就算我舍得，沉钰如何舍得，天牢怕是要分分钟被沉钰爷爷给拆了吧。但还是附和道：“他真是太过分了！他怎么能仗着自己修为高深欺负你呢！”

“他这样做，倒是对你有些益处，你大概不用去凡界历劫了。”他叹气道。

我欣然受之，打算明天再去找天尊大人问一问命盘的事，却听六师兄恨铁不成钢道："他临走时让我转告你这一个月都不要去见他。小九你怎么看上这样一个神仙！"

我一愣，刚端起的茶盏应声落地，却什么都说不出了。

晚饭时候随便扒了几口芋头饭，沉钰那厮蹲在门外边为六师兄烤芋头，边冲着房内吆喝："良玉丫头哇！你今晚怎么吃得这样少啊，照你中午十斤海虾的胃口，这么几口饭应该撑不到天明哇！"六师兄右手一哆嗦，手中的筷子便落了地。

接触到本神君犀利的眼神之后，六师兄颤巍巍捡起筷子，哆嗦道："没事，小九，虽然你这样能吃，但好在你长得是这四海八荒我见过最好看的，不愁嫁的。"

我仰面几乎泪奔：姑奶奶我什么时候愁过嫁！左右都打了十二万年光棍了，还在乎自己嫁不出去吗！

本神君悲凉起身便滚到司命府后院厢房，中途觉得少了点什么，便又顺道去六师兄的酒窖里捞了两坛酒。

虽然六师兄文文弱弱，一副淡雅绝尘不食烟火的模样，但酒却是私自藏了不少，大致也常常喝酒消愁吧。其实六师兄的命途比我好不到哪儿去。有时候我甚至觉得自己过得比他舒坦。我无父无母，当年不过巴掌大的小鸟儿，长到现在这副模样，权当自己赚了，于是这十二万年，随着性子当仙职，活得十分潇洒自在。而我六师兄却不同，他三百岁时双亲便在大劫之中仙逝了，却留给他司命星君这一职，他身上担着这样的使命，跟随师父修行的时候十分用功刻苦。后来终于不负他爹娘的期许，却此生都活在司命这个框框里，其中的拘束悲愁，当数他自己最清楚。

其实在从洪荒开盘伊始，南斗六星分挂天空、各司其职之际，他青月一家便世代担着司命星君这个差事。这于他们一家而言，是无上的荣耀，世间沧海变幻枯盈几度，他们家这个司命一职却亘古未变，历任天帝亲赐的金玉命盘在他司命府上装了几麻袋。司命主阴灵往生，命盘超度，阴阳相辅，所以仙律明文规定，司命星君必须由男神仙担任。而我六师兄这一家世代单传，恰好辈辈都是男娃，六师兄他爹娘就生了他青月一个儿子，他祖父祖母也就生了他爹爹一个儿子，如此看来，送子观音何止是眷顾他们一家，简直是给他们一家单独开了灶吧。

我提着两坛酒腾身而上，在房顶寻了块结实的瓦片便坐下了。一低头便瞧见前院沉钰爷爷轻轻揽上六师兄的肩，月辉如菱纱缠绵，轻柔铺在他二人身上。六师兄竟破天荒地隔了半刻才躲开，以往这种情况，我六师兄都是随手薅过一个物什便揍沉钰的。

若论情事，六师兄也是个悲苦的娃儿。我晓得他对沉钰有情，但他们两个男神仙在一处着实很难到天帝和诸位神官的认同的，就算天帝和诸神睁一只眼闭一只眼默许了他俩这桩余桃之情，可任凭送子观音再眷顾，他们两个男神仙也实在生不出个男娃来继承他老祖宗传承至今的这司命星君一职。

我打开酒盖，酒气氤氲像是梨花酿，豪爽灌了几口，宽慰自己道：良玉哇，还好你今日瞧上的是个男神仙，就算你瞧上个女的，大不了辞了这姻缘神君同心上人比翼双飞罢了。

可酒入肺腑，重重水雾却悄然漫上眼眶。我突然觉得自己还比不上六师兄呢。六师兄心里有沉钰，恰好沉钰也痴心对他。而我今日不过想见他一面，却是不能。今日不见我，我权当他跟拂灵约好了，权当他不便见客，我可以明天再去，后天再去……

可是他让六师兄告诉我让我这一个月都不要去见他却是为何？

他料准了我心急地去找他，所以才说一月不见吧？

怕这一个月是搪塞推托之言，他是不打算再见我吧……

没错，本神君十分没出息地先一步瞧上这天尊大人了，而现在天尊大人却是要拒我十万八千里了。

又灌了几口酒，梨花清香捎带了酒气凛凛，竟是越喝越清醒。素裙一摆，我仰面躺在屋顶瓦片上，左手搂上酒坛，头枕三千青丝。夜风酥醉而过，月盘清明无瑕。我扬起酒坛，梨花酿倾泻而下，三分落入口中，七分洒在身上，青花酒坛沿着屋顶“哐当”一路掉下去，带起清脆一阵响。

今晚这月亮，十分圆，却孤零零挂在天上，瞅着十分寂寞。突然想到凡间一位诗人喝酒时候作的一句诗，好像是这样说的——

“白兔捣药秋复春，嫦娥孤栖与谁邻；

今人不见古时月，今月曾经照古人。”

如今，本神君的处境倒是可以将最后这一句诗给颠覆了。现在本神君眼中这月亮，果真是五万年前的月亮；今夜这月亮照着的却是五万年后的本神君，如今打了十二万年的光棍了。所以这一句诗可以改一改：

今人也见古时月，今月曾经照来人。

这样一想，突然觉得自己很有才，不枉我担着的这姻缘神君一职，也不枉我曾写过这么多姻缘文示、画过这么多姻缘扇了，十分对得起师父他老人家这么多年的教诲。

我捞过另一坛酒，越饮越痛快。最后如何入睡的我不知道，却是难得地梦见了长诀天尊。他好像在丹穴山问过我，什么时候我的梦里也能有他一片衣角。如今，我却将他梦了个完整。

梦中百里丹穴，紫菀花海绚烂迤逦，他霜衣墨发，万古风华。玉笛挂在腰际紫光流转，莹润无瑕。他手挽着妃色绡绸襦裙的拂灵款款而来，温言善目道：“六月初六，本尊同拂灵的大婚之日，还劳烦神君画了姻缘扇，替本尊证姻亲。”

我狠狠瞪了他一眼：“本神君不画！”

他挑眉道：“为何不画？”

本神君十分有胆量地踹了天尊大人一脚：“又不是跟我成亲，姑奶奶我不给你画！”

他便无视那拂灵，眉目含情将我脉脉望着，我也双眸传情跟他对视，一直到天荒地老。

直到清晨在厢房醒来，脑海中还浮现这一幕。顿时捶胸顿足，万千悔恨穿肠过：本神君在梦中干盯着他有个甚用，应该学了婧宸公主，将天尊大人强吻了。

但这一梦多少也合了我几分心意，至少梦中天尊大人无视了那拂灵，深情脉脉不知疲倦地望了本神君一晚。既然如此，他打算一月不见我这件事，便……便扯平了吧。我反正清闲，一个月后再去找他也无妨。

把这个想法跟六师兄一说，他当即失望道：“你怎能这样就原谅了他！你六师兄我被他强行施了诀术抹了记忆，这件事你难道不想替我报仇雪恨？”

我觑了他一眼，往嘴里塞了个芋头，道："左右是你修为不及他，怨得着天尊大人吗。少年，你该勤学苦练，争取超过他。到时候千万不要手软，顺带替我把拂灵从他脑子里抹掉。"

六师兄目光悲愤凌厉，若万把匕首将本神君这见色忘义之徒凌迟了一遭。沉钰默默温了茶水给他添上，顺带用目光将我万箭穿心了一趟。那夫唱夫随的恩爱模样，怕是要羡煞旁人。

吃过早饭，沉钰便将我赶出了司命府，扔给我一袋夜明珠，挂上大门那一刻居高临下与我道，"你今儿随便出去溜达溜达，白日便不要再回来了，"又低眉凑近几分，打量了四周，压低声音颇失望道，"昨晚你怎的这样不争气，自己跑屋顶上喝醉了，还连累了爷爷我将你抱下来。你不是答应替爷爷我将月月灌醉吗？！"

我呆了呆，他若不提我压根不记得要替他灌醉六师兄这件事了。他吩咐道："你要晓得这两年月月同我闹别扭闹得厉害，如今这个机会乃是千载难逢，爷爷我巴巴盼了好几年了。今晚戌时末刻再回府上，买几坛烈酒，务必将月月灌醉了。"

我下巴将将一点，他"哐当"一声便把门锁上了。

本神君心窝骤然一凉，揣着一袋夜明珠，蹲在司命府许久都想不出怎么解决掉，酒自然是不用买的，去大师兄那里搬个一缸来也不是难事。突然想到自己曾经带倒佛灯烧了大梵音殿厢房那一茬，我当即招了祥云，打算将大梵音殿的佛灯全换成夜明珠，师父他老人家也不用日日掌灯了。

大梵音殿的小沙弥见着我仍然十分亲切，我却望着五万年前这些同门弟兄，有些认不出了。师父他老人家正好端坐在金身佛祖面前打坐，青灰色衫子朴素却瞧着有说不出的温雅绝尘，五万年前的师父，背影也如此好看。我不忍心打扰他，正提步欲望厨房找些吃食，在司命府上啃的芋头并不合胃口。将将迈出殿阶，却听殿中传来师父的声音："小九，你进来吧。"

我当即理了理妆容，疾步迈进殿内。大殿内光影鼎盛，佛香缭绕，是我十分钟爱的味道。师父将一串沉香佛珠放在我手上，缓缓道："在这里要十分小心，带着它能护佑你几分。"

我郑重接过："谢谢师父。"

他目光遥遥定在我脸上，唇角含笑，让人如沐春风："小九，你现今十二万岁的样子同五万岁时候一样，可为师却老了一些。"

师父这一句话让我真真切切吃了一惊，手中沉香佛珠被我攥出汗，这种感觉仿佛真相挑破前一刻那样紧张，你害怕自己听错了，从无真相转瞬便是空。我只听自己颤抖道："师父，你方才……方才可是提了十二万岁这个词？"

"小九，为师进来寻你跟天尊大人了，你莫要害怕。"师父温和望了我一眼，目光镇定。

这句话若万丈佛光照亮我心中的阴郁恐慌，昨日到今天不曾同别人讲、也不能同别人讲的害怕一下子涌出来。如今真真切切看到师父，能亲耳听到他说的这些话，能有一个神仙在我身旁给予我支撑，我只觉右心稳稳落定，泪水夺眶而出。我胡乱抹了一把眼泪，哑着嗓子问："师父，你怎么进来的？"

"清微宫的女官去大梵音殿找我，我便从她口中得知你同天尊一起入了这崆峒印。为师昨日便跟过来了。"说完颇不放心问道，"你进了这里可曾受伤？"

我摇摇头："师父您呢？"

他谦润一笑："未曾。"

我却突然想到昨日三十五天优昙波罗花开的灵瑞之象，想到"天下有佛，乃有花出"这句佛语，恍然大悟："优昙波罗花开，莫非那现身的佛祖就是师父您？！"

师父沉吟道："这花树倒是机灵得很。"

"师父，你可知这里为何是五万年前的光景？我们此刻又是在哪里？"

"我们现在落入了崆峒幻域。之所以是五万年前的光景，大抵是因为五万年前崆峒大劫吧，这里些许因缘巧合，为师也有些拿捏不准。"

我点头应了几声，却不晓得崆峒幻域是个什么东西。师父看出我的心思道："崆峒幻域亦真亦假，你我连同天尊三位神仙是真身，其他种种皆是幻象，但这些幻象却同我们一样，经历命途劫数。而命途劫数不可随意更改，且倒行逆施乃崆峒幻域之大忌，我们既然进入这幻域，便要按着原来的仙路走一遭，"师父顿了顿，语气有些无奈道，"为师还好，五万年前未曾遇到大劫，倒是你和天尊，那五万年前是一大劫数。"

我顿时有些垂头丧气：“那我们能否早点出去，避开这些劫数？”

“小九，你不想取回自己那枚心脏了吗？”师父语气有些微惆怅，让我一阵恍惚。

沉默了许久：“师父，小九宁愿不要这枚心脏了，也不愿长诀天尊因此受劫。他压在九黎山下而不得出，实在太令人难过。”

师父缓缓起身，为金身佛祖上了香，他轻缈的声音传过来：“小九，四海八荒只有我同长诀天尊还有你六师兄晓得让崆峒印归位的诀语，而进入崆峒幻域的诀语只有我同长诀知道。但是，却没有哪个神仙晓得出这崆峒幻域的诀语，除非这幻域中的崆峒印自行移位，我们已经出不去了。”

我心中一痛，望着师父点香，合十，念珠，这一连串动作，如平日在大梵音殿前打坐一样的云淡风轻，水雾不由得又涌上来：“师父，你……你早就知道这崆峒幻域出不去，为何还要进来？”

他轻轻转过一颗念珠：“我是你师父，理所应当来助你找回那紫玉的。”

哪里有什么理所应当。

这世上从来没有什么理所应当，只是师父他重情义，爱护弟子罢了。师父一直便是这样，他收留我们，悉心照料。待我们最后各任仙职，他便安然与这青灯古佛相伴。可如若我同师兄们遇到任何困境，他总会出现在我们身边，且把这些都当作理所当然。如今他深谙崆峒幻域的危险，却还是进来了。我擦了擦眼泪，掏出那一袋夜明珠，换上嬉皮笑脸的样子道：“师父，沉钰给了我一袋夜明珠，大梵音殿便不用点佛灯了！”

师父温尔一笑，“你这个样子笑得也实在勉强，这幻境中的崆峒移位之劫便在三年后，我们三年后便能出去了，你只消顺其自然，莫要太忧心。”

“嗯……小九不担心。”

师父并未收下那些夜明珠，他说每日黄昏入定之时将佛灯一一点亮，已然成了他的习惯。我告别师父去了丹穴山老巢，换了身衣裳。衣服沾了刚洗好不久的清香味道，十分合我心意，只是此时殿外百里丹穴都是青草，没有一棵紫菀花，殿内也没有小凤凰木欢快跳脱，踩着影子蹦跶给我看，便觉得这里十分空荡。

我坐在往日的玫瑰椅上，泡了壶花茶，殿外日光烂漫，微云舒展。闲下来便不知道自己该干什么，师父最后安慰我，我能做的便是顺其自然，想做什么便去做什么，其他的自有天命替我安排。我灌了口花茶，思来想去却没什么可做的，唯独有些挂念着天尊大人，不晓得他现在如何，不晓得他是否害怕，又是否担忧。我算了算日子，倘若天尊大人说话算数，本神君便还有二十八天便能去见他了。

想必昨晚宿醉太重，我窝在玫瑰椅上，想着想着竟入了眠。这一梦，杂乱无章如疯草蔓长，梦中六师兄，沉钰，长诀天尊连同拂灵、孟泽挨个登场献艺，场面十分热闹。

一梦转醒，梦中人散，掌边花茶已凉。这人走茶凉的感觉让我着实恍惚了一把。身上那袋夜明珠不知何时散了一地，照得大殿荧荧光亮。殿外暮霭沉沉，我来不及去大师兄府上讨酒，扒拉出来半坛子南烛，匆忙掺了几壶颜色相近的橙黄花茶将其填满，尊着沉钰的指示，终于赶在戌时末刻到了司命府。可任我如何敲门，终没有人给我开。

本神君终究还是裙摆一摇，翻墙而过。

待我从屋外往里一瞧，顿觉自己来得极是时候。这千载难逢的场面，竟让本神君给赶上了！

我赶紧跳上司命府的梨花树上，只见灯火通明的正堂，沉钰斜靠在梨花木椅上，睡得深沉，有青色结界，严严实实围住了六师兄和沉钰。我听不到里面的声响，但是，内中场景却是能瞧得清清楚楚。只见六师兄，缓缓凑近面容俊朗的沉钰爷爷，俯身，低头，唇角想触，未有丝毫犹豫便亲上去了！

本神君登时连人带酒坛子掉下梨花树，带起吭哧两声，慌忙抬头，却发现我貌美如花的六师兄丝毫没有听到这声音，依然保持这方才唇唇相印的姿势，未曾再越一分，也未曾收回来。脸上模样清浅如此，却也至情如此。

我站在屋外，这样看他们二人，突然觉得很般配。六师兄从未如今日这般亲近沉钰，甚至未曾同沉钰表露过心意。就连沉钰想同他拉个手，他都要躲得十丈远。我第一次觉得沉钰喜欢他这样久，十分难得。不晓得沉钰知道六师兄主动亲他这件事会兴奋成什么样。左心窝忽然涌上一阵温意，脑海中万里云霞灿然绽放，辉光温了半数海面，海风裹着酒香翩然拂过，霜衣墨发的公子手执木骨折扇清雅而至，温言含笑道：“你在做什么？”

晶莹剔透的水珠从海底袅娜而上，有缠绵笛音直进灵台，令我欣喜不已，只觉喝醉了一般，脸颊发烫一路烧到耳根，双眼模糊看不清那吹笛者是谁，脑海中千万个声音指引，我虚软着步子迈过去，朝着那模糊的面容胡乱啃了一口，冰凉的触感带着凛凛花香从双唇辗转至口中。时光一霎停止，只为此刻的缱绻温柔。

有声音糯糯甜软辨不清男女——

“姑奶奶我……姑奶奶瞧上你了……”

夜风忽然刮过，吹皱了衣襟，我打了个哆嗦怅然回神。抬头向结界内望去，只见六师兄那薄唇将将离开沉钰，抬头正欲从结界出来，沉钰那大掌迅速覆上六师兄的削肩，一拉一按，六师兄猝不及防跌进他怀中，沉钰爷爷唇角一勾，登时翻身将他压在梨花木椅上，墨袍一扬便欺身而上，朱唇皓齿准确无误啃上六师兄的薄唇，动作粗犷却不失缱绻温柔……

本神君此刻所处的这片地方，恰好能望见沉钰那紧致俊朗的面庞和这面庞底下六师兄艳若桃花的脸颊，忍不住心生喜悦——这果真是一处千载难逢的好景致。正摩拳擦掌，盼着他俩进一步动作之时，却见六师兄猛然瞪大了墨玉眼珠望向我这边，登时护住衣领，张口朝沉钰喊了一声，那口型像是“小九”。果不其然，沉钰爷爷立马回头，目光凛冽刺了我千百遍，六师兄得空终于从他身下钻出来。

呃……本神君怕是坏了一桩事……

是夜，当沉钰爷爷将我扔出司命府时候，本神君仍觉得委屈，同他理论道：“今儿是不是你吩咐我让我戌时末刻提了酒到这儿的？是不是你嘱托我让我今晚把六师兄灌醉的？”

他毫不留情面，一把将我丢出门外，又扔出来一袋夜明珠：“你随便找个地方去耍一耍，莫来耽误爷爷的正事！”说罢“砰”的一声将司命府大门关了个严实。

第十章

公主婧宸，劫化凡间

爷爷我自遇见他，便只打算将欢愉的故事告诉他，

至于剩下的那些悲舍，便希望他永远也不知道。

奶奶的！本神君如果没记错，沉钰这厮一天之内两次将我轰出司命府。我有些不太甘心，遂蹲在司命府大门底下，循着印象中那粗犷豪放的声音，唱了一晚上的歌。

“你是我的芋头哎你是我的妻，天天为你种芋头哎只要你嫁我为妻！心尖尖上的月月哎我要娶你为妻！”其间有无数来找我六师兄的神仙，还没走到我身边，仅仅是听到这歌声便迅速折身往回跑，那一个个避犹不及的样子，仿佛本神君欠了他们钱一样。

哦，不，应该是像他们欠了本神君的钱一样。

如此一来，我真真是为六师兄和沉钰扫清了许多障碍，让他们能尽情在司命府里玩耍。我望着九重天上锃亮的玉盘，嗷嗷又唱了两嗓子，终于感觉百步开外的神仙都绕道走了，才住了口。为了六师兄跟沉钰的幸福，本神君真的十分拼命，忍不住感慨万分：

如今像本神君这种以德报怨的神仙已经不多了。

忽然想到那时候躺在大梵音殿后山那刻着《楞严经》的石壁上唱这歌的沉钰，捞过我手中的胡萝卜就啃，样子十分饥饿。直到今日，我才发现唱这歌真的是个体力活。我拍了拍袖子，扶着大门站起来，双腿已经蹲麻，腹中饥饿难耐。本神君扯着嗓子唱了这么久，司命府的大门依然没有打开，我十分佩服府内那两个神仙，估计是在那隔音的青色结界内……

我迎风抖了一抖，竟不敢再往下想。理了理裙子打算去别处找些吃的，只见如水的夜色之中，忽然出现一个绛紫色身影，从东边天豁然飞下来，身形矫捷不失婀娜，我右手正欲搭上眉骨一瞧究竟，那身影便从本神君斜上方落下来——

旋了半步，稳稳站定：“方才唱这歌的神仙哪里去了？”

声音清亮，若银铃悦耳。

我盯着眼前这美丽俏皮的姑娘，愣了许久才道出一句："婧宸公主果真好身手。"

她蹙眉凑近，打量了我一会儿，瞪大俏丽的双目："良玉？！"

我瞧着她失望的神情莫名想笑，狠狠压住却还是忍不住嘴角一抽道："公主殿下可是想找沉钰水君？"

她登时目放华彩："方才是不是他在这里唱歌？"

本神君有些心灰意懒，纵然我再不济，于唱歌方面却是能甩了沉钰那厮万儿八千条山川。

"公主方才听到的歌声，乃是本神君唱的。"

"啊？！"她似是不太相信，神色一瞬落寞了许多，喃喃道，"本来在陪予祁哥哥练剑，听到这歌声我就赶过来了，却没想到不是他。"

看到此处，本神君十分动容：公主殿下您耳力怎的如此不济，竟连这歌声的男女都分不清吗。

动容之中的本神君恻隐之心"唰"地一下澎湃起来，颇没有脑子地跟她说了句话："你要找的沉钰现在在司命府呢。"

说完才意识到以婧宸公主的作风，很可能翻墙去找沉钰，如此一来自己怕是又要打扰六师兄跟沉钰二位神仙的花好月圆夜了。不由得提袖揩了揩额上虚汗，笑意涔涔转了话锋："公主殿下饿不饿，可有地方吃饭？要不要一同去找些吃食？"

她凉凉望了我一眼。

呃，本神君这个话锋好像转得不太对，人家是天帝的闺女，怎会没有地方吃饭……

她却咬牙切齿叹了口气，这一口气出，仿佛卸了千斤恨意，她精神抖擞同我道："本公主带你去个吃饭的好地方！"

不过本神君确确没料到这婧宸公主竟带着我下了凡，也没料到本神君有生之年可以明目张胆、从容不迫地从南天门一众守卫眼皮子底下下凡，更没料到途中碰到司律神君晓得我们要下凡竟透过氤氲月光嘱咐我们早去早回，而不是一纸律状将我俩捞进天牢！这算得上千载难逢，绝无仅有。想当年想去凡间溜达溜达都要偷偷摸摸，直至遇到孟泽之后才敢光明正大去凡间，因为那时候身边的神仙没有一个可以打得过孟泽。

可如今看到天庭这幅场景，我不禁十分感慨：“现今天上的神仙倒是宽宥得很，我俩这样出去竟没有人阻止。”

她得意一笑，声音悦耳：“自我万儿八千年将状告我私自下凡的神仙挨个问候了一遭，就没人阻止我下凡了。”

“公主是如何问候的，可否给本神君一说，来日我好照着这个法子学一学？”

“没什么，不过是去挨个揍一顿罢了。你方才见着的司律神君，当年身子还十分弱不太禁揍，那一次养了一年才上朝的。”

“……”

有句话叫作“南柯一梦”，仙界一日，凡间一年。我也曾随了众多师兄和孟泽来这凡间许多次，每每都是见着不同场景。如今蔚蔚祥云之下，已无处寻当年的故人，只剩那熙熙攘攘灯火泰兴的街景依稀残存了几分往昔的模样。此刻约莫是傍晚，各家酒楼茶肆正红火的时候。婧宸公主拉着我七拐八拐，穿过熙熙攘攘的人群，寻了一会儿终于在一座八角酒楼下站定，酒楼赭红色的楼柱稳稳当当扎在地上，是新漆过的模样，唯有楼上飞檐下挂着的紫檀木板上刻着的“上当居”三个大篆墨色苍劲而古朴。

“你可知道这儿为什么叫‘上当居’？”她嬉笑问我。

我摇摇头：“不知道。”

她拉着我走进酒楼，兴奋地指着大堂墙面上的一幅丈许长的竹简，我定睛一瞧，其上书了一首打油诗——

“豆腐做熊掌，粟米化蟹螃；白菜酿酒醴，干笋成嫩羊。”

婧宸给我解释：“你以为自己吃的是熊掌，孰料不过是豆腐做的；你觉得自己吃的是嫩羊肉，这却不过是干笋做的。处处上当，处处惊奇，是以唤作‘上当居’。”

“还有这等好手艺？”

她点了点头拉着我往二楼跑，后面立马跟着过来的店小二面皮白净，打扮利索，跟在后面给我们解释：“方才这位姑娘说得不错，但我们‘上当居’也是颇有良心的，只要二位能尝出这螃蟹是粟米做的，这道菜便是分文不取，我们掌柜的白送。”

婧宸狡黠一笑，腹语传音同我道：“前几个月，本公主我便是凭着这道本事在‘上当居’白吃白喝，稳坐月余。那时候的掌柜倒是颇大度，竟丝毫没有赶我走的迹象，后来我觉得不太妥，要把头上的簪子给那掌柜的当饭钱，结果他愣是没收。他说我这样的漂亮姑娘来这儿吃饭，带动了许多公子少爷追随而至，给他们店多赚了许多钱。”她玉手一指，“你看现今的掌柜，那张国字脸上的小缝眼儿极具特色，倒是真有几分他爹爹或者他爷爷的味道。”

我望了望楼下追随婧宸公主蜂拥至酒楼二层的人群，望了望那长得极具特色的掌柜，点头道：“掌柜的说得不错，你确实带动了酒楼的生意。”

小二替我们找了个临窗的位置。那些年我下凡时候去茶楼或梨园听一出戏，总能听到戏中的主角总是在酒楼找个临窗的位置而坐。这个酒楼临窗的位置，往往都是低调且有内涵的大人物出没的地方。是以，这个位置让我十分满意。

从窗口便能打量到外面一条静水悠悠的小河，旁边石堤烟柳，十分有风情。

小二十分利索地替我们又擦了一遍桌，摆上一壶茶，分倒两杯，递上菜单簿子，婧宸公主便开始乐滋滋点菜。我望了望那茶水，汤色清朗明润，拂过茶杯灌了一口，舌尖清芳余味悠长，倒是竹叶青的味道。待细细品了品，一幅小厨子薅萝卜须的场景将我的灵台照得通透无瑕。

我与那小二道：“你们家的萝卜须味道不错。”

小二惊了一跳：“小姐竟然能尝出这是萝卜须泡的茶？可是我们这‘竹叶青’做得不够精细，让您尝出了瑕疵？”

“非也。三十六行行行出状元，我便是靠尝东西混饭吃的。”

小二一下来了兴致：“小姐不知，我们这‘上当居’已是百又五十年的老店，只在百年前掌柜的祖父时出了个能尝出我们所有菜的姑娘。”

我点头“嗯”了一声，挑眉同婧宸公主串通了一番，郑重道：“那位姑娘怕是与我师出同门。”

“那、那小姐可否收了我做徒儿？”小二哥眼里竟全是激动。

“咯咯，师门规矩，这功夫传女不传男。”我睁着眼睛继续瞎扯。

小二哥便一脸失望地退了。身旁一副看戏神情的婧宸公主却是开口了：“你什么时候跟我师出同门了？”

我又灌了口萝卜须茶道：“不过诓他一下，如若跟他说我面前这位姑娘便是当时的那位，他怕是要吓得不轻。”

“良玉，”她目光锁住我的眼睛，骄傲笑道，“我倒是愿意跟你师出同门，如此便一定要先把青月星君追到手，让青月跟沉钰了断，然后我再甩了青月跟沉钰好。”

我执杯的手一顿，几滴萝卜须茶晃出来，她方才这个想法十分熟悉，我竟然想到了琅琊台元君家的小女儿。

这婧宸公主点了许多菜，我十分钟爱那盘豆腐做的“白切鸡”。其实凡间的伙食比神界的尝起来更有烟火气，也更具人情味。唯一的遗憾便是这里没有本神君一直钟爱的海鲜火锅。

绛紫色束身罗裙的婧宸抱着那坛槐花酿的“桃花酒”，饮得十分畅快，话也是愈说愈多，尤其是她同沉钰爷爷之间的“感情史”讲得十分清晰动人，白白便宜了我这个听八卦的神仙。

“我第一次见沉钰的时候，是在天庭的瑶池。那时候他抱着一个大缸，里面满满都是蛤蟆，我问他在做什么，他搂着我的肩膀，凑过来跟我说要在这瑶池养蛤蟆，等到瑶池宴的时候，这些生灵就长大了。”

我抖了一抖，沉钰这是在天后闺女眼皮子地下放养蛤蟆呀……

“我就是从那时候喜欢上他的，”她双颊酡红将我望着，目光流转清澈如水，“你说，得多好玩的神仙才想得出在瑶池养蛤蟆捉弄其他神仙呀？我就是喜欢他这样。”

我十分震惊，颤颤道：“公主殿下的喜好也是挺稀奇……”

她抱起酒坛仰头灌，酒水多数洒在了她的身上，月光倾窗而下，照着她瓷白的脖颈，酡红的脸颊，整个二楼发出一片倒抽凉气的声音，连我这个女的都差点被这副模样迷倒。她抬袖子抹了一把脸，放了酒坛子，趴在桌子上嬉皮笑脸同我道：“我那时候想不通沉钰为什么会看上一个男神仙，但我觉得他既然喜欢就是有道理的，我是在性别上同清月有差距，便跑去问我母后为什么当初不把我生成一个男儿身，兴许沉钰就喜欢我了。”

本神君十分同情这位婧宸公主，她跑去问天后这样的问题，保不齐她亲娘要狠狠揍她一顿……

“结果母后狠狠打了我一顿。那是有生以来我母后第一次打我。”她说。

本神君猜得果然不错。

“到现在我也不觉得自己输给青月多少，他……他确实长得比我好看几分，但是我可以给沉钰生娃娃呀，青月他能吗？”

我严肃道：“他不能。”

她感激地握住我的手：“你果真是个有见识的神仙，我叔爷爷看不上你真是他眼神不济！”

我憋住一包泪，这些年看不上本神君的神仙多了去了，如今又多了一个她叔爷爷，但还是凄凉问道：“……敢问你叔爷爷是何方神圣？”

她灌了几口酒，半躺在椅子上，挑眉神采奕奕道：“你难道不晓得长诀天尊是我叔爷爷？”

“……你怎知道他瞧不上我？”我咬牙切齿道。

“我叔爷爷若是瞧得上你，能跟拂灵去凡间度个恩爱的夫妻劫吗？”她瞪大眼珠子向我道，“你或许不晓得，前几日我听到拂灵说她要去凡间度劫，她偷偷看了命格，那凡尘里她跟我叔爷爷可是恩爱夫妻呢！”

我陡然一惊：“偷看命格可是重罪，要抓进天牢的！”

她颇瞧不起地打量我一眼：“你怎的这样傻！拂灵是我叔爷爷的表妹，未来的天尊夫人，天庭里哪个神仙吃了雄心豹子胆敢把她抓进天牢？”她哧笑一声，趴在桌子上吃了几口菜，复又道，“虽然我十分瞧不上那个拂灵，但是也不得不承认，就算她把命格簿子偷偷改了，天上的神仙也万不敢把她怎么样的。”

我转了转茶杯，黯然神伤。

她见我不搭话，拍了拍我肩膀打气道：“良玉！只要叔爷爷他还没娶那拂灵，你就是有机会的！你只消将叔爷爷灌醉，然后强行占有了他，你二位巫山云雨共度良宵，他便是你的人了！”

这番话听着十分耳熟，昨日……昨日沉钰是否也是这么给本神君出谋划策的来着？我提了胆，小心翼翼问："公主这样给本神君出主意，本神君可怎样报答你？"

她狡黠一笑，替我布了几道菜，招了招手示意我靠近。我便提了耳朵，只听她乐呵呵道："你只消替我将沉钰灌醉，待我拎着沉钰进了洞房，你便可功成身退了！"

当日沉钰怎么说的来着？

倘若本神君没有记错，沉钰爷爷是这样说的："丫头，你只消用这个方法替我将月月灌醉，待我同月月洞房花烛过后，咱们俩便算扯平了，你觉得如何？"

我终于晓得婧宸为什么会瞧上沉钰那厮了，果然是品性相投。我默默饮了杯茶，思索到我将六师兄灌醉，沉钰将要进六师兄房里的时候将他拦下，然后把沉钰灌醉，婧宸公主适时出现，强行占有了沉钰……这出"螳螂捕蝉黄雀在后"的戏，必定十分引人入胜……

纵然十分想再一睹英勇的沉钰爷爷被姑娘欺上身的场景，但是本神君还是拒绝了。忍不住又一番感慨：现今如本神君这样有原则的神仙也是不多了，天尊大人看不上我全是他眼神不济。

透过窗外，月上中天，街边小贩已经撤了不少。婧宸公主已经喝醉了，我思索着如何将她带回天上，就那么飘乎乎望外又瞥了一眼，朦胧云雾里那妃色身影一闪而过，我直接从窗户里跳下去，若不是听到背后一阵"姑娘好身手"的喝彩声，让我陡然意识到此刻是在凡间，我怕是要即刻御风去追那拂灵了。

我一路尾随她，居然来到了凡间的皇宫。宫墙高耸，阔道直通三丈宫门。今日十分邪行，本神君瞧着这个宫门竟然也能瞧出几分熟悉的感觉，仿佛许久之前，我曾从这里，一步一步迈进这皇宫里。

拂灵去的地方，是这皇宫里一处偏僻的院落，院子瞧着十分颓唐，只剩一株梨花树，瘦瘦高高伸出院墙。拂灵在院门口摇身化成一个手执食盒的少妇模样，只是那腰身，仿佛有了七八个月身孕。我匆忙隐了身，跟在拂灵身后进去。

只见屋内昏黄的烛光，光火摇摇欲坠，有位墨发及膝的姑娘在看书，她怀中抱着一个两岁多大的娃娃。这姑娘有说不出的倾城美貌，面上温婉恬静，怀中的娃娃粉雕玉琢，玲珑眼珠滴溜溜仿佛要浸出水来。本神君觉得，他们这貌美的二人与这落魄的院子十分不登对。

此时拂灵已经推门而入，那姑娘望了拂灵一眼，放下书，唇角含笑如三春桃花悄然绽放，她低头对怀中的娃娃说："文漫，华裳姑姑来看你了。"

这声"文漫"在本神君灵台轰然炸开，紫菀花瓣纷繁而至："文漫听着真像女孩儿的名字。扇面画好了，喏，送给你。"

她怀中的娃娃十分乖巧，嫩嫩喊了一句不太清楚的"姑姑"。

"华裳"放下食盒，捏了捏那娃娃的脸，莞尔一笑："子凝妹妹好福气，漫儿才两岁竟这般懂事了，我肚子里这个现今可还在折腾我，不晓得将来会调皮成什么样。"

那子凝蹙了蹙眉道："你现在这样的身子，不要常来看我们娘俩了，当照顾好自己。"

"今晚来看一看你和漫儿，便要在家里安心生养了。可总也放心不下你们，这才来看看。"

子凝给她递了杯热茶，含笑抚了抚"华裳"的肚子，道："可给腹中孩儿取好名字了？"

"华裳"高兴道："总觉得会是个女儿，我跟她爹爹给她想好了个名字，赵以清，妹妹觉得怎么样？"

"清水出芙蓉，天然去雕饰。'清'是个好字。若是个女孩儿，定然要跟你一样美。"

"若是个女孩儿，将来嫁给漫儿为妻可好？"那"华裳"拉着文漫的手，笑问道。

嫩嫩的声音又响起，那娃娃面上十分欢喜，轻轻摸了摸"华裳"的肚子，抬头道："好。"

"自入了这冷院，华裳姐姐便时常来看我，若是将来文漫能出去，定要好好报答姐姐。如果是个女儿能嫁给文漫为妻，着实是件好事。"

可本神君却觉得十分不好，但又说不清哪里不好。这种感觉十分邪乎，总觉得心中隐隐不妥，却找不出这不妥的源头，没由来生出一阵惶恐。

我仔细端量了这个娃娃，说来也奇怪，我竟然瞧着他眉眼间有几分长诀天尊的样子。镇静了一会儿，我拍了拍脑袋：你这是想长诀天尊想疯了吗！这不过两岁的娃娃你竟能看出他像长诀天尊来？

今日酒楼里，婧宸公主说拂灵要同天尊下凡尘度劫，可现今拂灵依然是仙身，只是变成了别人的样子。这着实不像是下来度劫的样子，从没听说哪个神仙下凡历劫还要乔装打扮的。我退出院子，走出皇宫，却没想到身后竟然响起她的声音——

“良玉神君还真是清闲，跟踪拂灵这么久，累不累？”

我回头，妃色身影翩翩而立，她动作倒是够快，这一会儿竟然跟着本神君出来了。

她凑近我，掩面笑得风情万种：“你可知道今晚你听到的文漫和赵以清指的是谁？”

我冷冷笑了声：“你当真以为自己是天尊的表妹，看了命格簿子便无所顾忌了吗？”

“哦？”她语调上扬，一副得意之色，“神君莫要激动，拂灵不过是想告诉你，回天上，二十天后，再来此处，拂灵请神君看一场好戏。你若是无聊，可画一幅姻缘扇带过来。”

我蓦地想起来梦中长诀天尊带着她来丹穴山，亲口告诉我：“六月初六，本尊同拂灵的大婚之日，还劳烦神君画了姻缘扇，替本尊证姻亲。”于是理了理袖子，笑道：“二十天后，便是这凡间二十年后，莫不是你要嫁给长诀天尊？”

晚风打宫墙上拂下来，吹起她妃色的衣裳，她杏眼蕴笑：“良玉，长诀哥哥早晚都是要娶我的，你应当早早断了对长诀哥哥的这份单相思。”

我哈哈笑了两声挑眉望着她，此种场景，以往我在凡间的戏园子听得可不少。比如一对青梅竹马，少时两小无猜，情定终身，后来又来了个旁的姑娘，小竹马同这姑娘又两情相悦了，小青梅便有些吃味，堵了那横插一刀的姑娘声泪俱下，厉声控诉。若搁在戏里，小姑娘定然要顺了小青梅的心意，同那竹马道一句“与君长诀，勿复相思”，然后默默离开，终日断肠了。

但是，本神君活了这十几万年，若还是如那小姑娘这般没出息，便白瞎了这十二万年的饭。

本神君冷笑一声反问："我同长诀天尊的事，你知道几分？"

她也是沉着："本郡主知道许多，其中你纠缠长诀哥哥这些事，我知道得最清楚。"

"哦？你说本神君纠缠他？"

"如若你不纠缠他，到三十五天是去做什么？如若你不纠缠他，现在到这凡间是做什么？"

我仰面大笑道："那你可知道他见本神君第一面便以老婆相称，你可知道从来都是他'纠缠'我？哈哈！"

见她面上一僵，我又道："你方才问我去三十五天干什么，本神君倒要问你了，三十五天是你拂灵的吗？本神君任职九州姻缘神君，位列神界诸神典册之中，身处凤凰首山丹穴，就算去了凌霄金殿天帝大人怕也要赐一席之地，区区一个三十五天本神君去散个步消个食，顺便会一会长诀天尊，有何不妥？"

她冷冷一笑。

我道："你问我来这凡间做什么？那本神君更是无可奉告了，郡主还是多挂念你自己吧，偷看命盘，天律怕是饶不了你，你这个郡主做得怕也不长久了。"

她气得浑身发抖，我却是突然想起来我为何下凡了——

婧宸……婧宸公主……

我甩开衣袖迅速遁了，再也无欲同这拂灵纠缠。

兜兜转转了许久，本神君这个认路的本事连我自己都瞧不起了。所幸鼻子下面这张嘴说话还利索，一路打听，最后一位大红绸衫的公子哥儿将我领到了"上当居"。临别前我这厢是万分感谢，他却是檀香木折扇一摇，倜傥而笑，风流万千："姑娘无须客气，有缘再相逢。"

我千恩万谢，匆忙奔到二楼，所幸婧宸公主还在。只是这场景，登时让我一阵冷汗狂泻而下。

只见绛紫罗裙的婧宸公主脸颊通红，双眼迷离，半软了身子靠在椅子上，窈窕身段若细柳拂风；她对面板板正正坐了一排小哥，粗略一瞧能有十二三个，个个白净秀气，花容月貌。

这个场景雷得本神君差点从二楼直勾勾摔下去，幸亏小二哥扶了我一把。

我揩了一把汗，惊慌问道："这些小哥是哪里的人？"

小二哥踌躇一会儿凑近悄悄道："……这些是后街上墨竹楼里的小倌哥……"

我抠住楼梯扶手，大惊失色："你们上当居还有这种服务？！"

小二哥垂头丧气，望了望婧宸公主那处，咬了咬牙恨铁不成钢道："姑娘哪里话！我们上当居是做正经生意，只是你这个朋友，实在……实在太出格了一些，她还一个姑娘家的……"

"她要找小倌你们就没拦着她？"我扶额叹气。

小二一手拍上大腿，急得满脸通红，额上青筋乱颤："我们怎能不拦！可是这姑娘身手太厉害，掌柜的现在还在医馆里躺着呢！"

我又抬袖子抹了一把汗，顶着发麻的头皮往婧宸公主那边走去。

她倒是眼尖，看见我，忽然神采飞扬，端着酒碗起身晃荡了一番，酒水便都洒在了她身上，她同我乐呵呵道："良玉！你看我找了十二个！你六个我六个！你说我是不是很仗义！"

好一个你六个我六个！我面上火红一片，余光留意了一下二楼还剩的几位食客连同跟上来的小二哥，发现他们同时抖了抖，一副震惊模样瞅瞅她又瞅瞅我。

我揉了揉面皮，和蔼地冲他们一笑，上前挽了婧宸公主便往外走，目光不经意对上了一个白白净净的小倌哥，他悄悄打量了我一眼，迅速低头展唇一笑，柳叶细眉冲本神君一挑，模样好不娇羞。本神君面上又腾地一红，神识霎时脱了半刻壳……

喀喀，这脱了半刻壳的空当，我是想到长诀天尊了。我想着这样一幅场面：那是我同他的大婚之日，洞房之时，长诀天尊端端正正坐在床头，头上红盖头红艳如斯。本神君一脸痴迷，终于挑了天尊大人的红盖头，天尊大人便如同方才这位小倌哥一样，细雨微风、春桃秋菊般冲本神君羞答答一笑……

多亏婧宸公主嗷呜一嗓子吼出来又哗啦啦吐了本神君一身，我才从方才这幅场景中回过神来。

呃，对，婧宸公主她十分潇洒十分自在地吐了本神君一身……而本神君竟然通过依稀月光烛影，辨出来她方才吃了醋熘腰丝，咸水煮鸭，爆炒鸡胗……

我速速扔下沉钰给的一袋夜明珠交代小二分给那些小倌哥，剩余的便留给他掌柜看病，说完便拐着婧宸，撤了。

是夜，本神君就是穿着这样一条裙子，撑着婧宸公主从南天门回到了天上，一路送她至府上。她府上的小仙娥都对我顶礼膜拜，感激涕零。我硬生生受了这些膜拜。不料在床上躺得好好的婧宸突然拉住本神君的裙子，闭眼皱眉，面上十分依赖。

我迈了一步准备摸一摸她额头安抚她一番，她嗷呜一嗓子又上来，完完整整又吐了本神君的裙子个利落彻底。

吐完了她仍是抓住我的裙子，死也不放手的模样。我凄凉凉打了个冷战，终于意识到这婧宸公主的意思，忍不住热泪盈眶：她这番是薅住本神君的裙子做个防备，待会儿再吐的时候便顺手多了……

我包着一汪泪笑着吩咐小仙娥拿来剪子，剪下她攥住的这一块布，大方得体地同小仙娥们告了别。

当我翻墙进入司命府，已是花好月圆的后半夜。

沉钰和六师兄十分有情调、十分有精神地在月下下棋，看着我这一副仿若遭了天劫的落魄模样，皆是受到了震撼心灵的一击。

我兀自去六师兄厢房里找衣裳，他俩便直着身子若痴呆状目送我。

六师兄的身材跟我差不多，我依稀记得少时在大梵音殿我自己的衣裳不愿意洗，但又十分想穿干净衣服，往往便去六师兄那里翻箱倒柜一番，总能找到合身的、干净的、泛着淡淡清香的衣裳。

我做好了穿一晚男人袍子的准备，却万万没想到自己从六师兄压箱底的精致水晶盒子里发现了一身青蓝色细软烟绸长裙，那腰间点缀的珍珠晶润夺目。凭借本神君纵横海鲜火锅这么多年，对其他海产品也十分熟悉的经历来看，这种颗大粒足的珍珠怕是产自北海。

难不成是沉钰送给六师兄的？

我六师兄穿上这裙子好看是肯定的，但那沉钰八成是要挨揍的。

会不会是六师兄准备送给沉钰的，特地选了他们北海的“特产”做点缀？

我脑补了一下沉钰爷爷穿上这身衣裳的模样，忍不住胃中一阵抽搐，差点吐在自己身上。

也可能是我六师兄看上了哪个女仙，准备送人家的……我扶额叹了口气，今日着实劳累，已经无暇顾及这些了，于是把那裙子又端端正正放进水晶盒子里，速速找了件对襟长衫，拐进厢房。沉钰那厮靠在厢房门口，乐得眉毛都要飞到最高天上："月月让我把洗澡水抬进你的厢房了，嘿嘿，丫头哇，你这厢，是出去找人喝酒了吧？"

我冷冷打量他一眼："嗯……"

他不嫌弃地摸了一摸我的脑袋，唇角一挑："这是跟几个情郎喝的？状况看来十分激烈。"

我咬牙切齿："六个……"

他眼珠子都要兴奋地蹿出来，正欲再八卦我一番，本神君趁他不备，踹了他一脚便"砰"一声将他关在了门外。我便听沉钰那厮在门外寂静了会儿，突然乐颠颠儿笑道："月月，你累也不累，要不要一起冲个澡解解乏？"

"……"

"哎哎——月月，慢点揍，嘿嘿，为夫最近身子比较娇弱，不太禁揍。"

"……"

"嗷嗷，月月！这里揍不得！揍肿了以后可怎么亲你，嘻嘻……"

"……"

"月月，月月？你走累了没？为夫给你捏捏肩嘿嘿……"

"……"

这一夜同拂灵争斗，又照拂了婧宸一番，沐浴梳洗后，只觉十分疲惫，一夜无梦至清晨。

我挂着六师兄的衫子出门便碰见了沉钰，他红光满面精神抖擞，而我六师兄还没起床，不知道沉钰这厮昨晚揩了六师兄多少油水。他喜滋滋跳到我旁边，一身墨色衣裳虽然严肃但是穿在他身上竟也变得活泼起来。左心冒出来几股温热，身上一阵舒畅。

"爷爷我今日要回一趟北海，处理一些事情。"

"嗯。"

我慢悠悠踱到院子里他便颠颠儿又凑上来，嬉皮笑脸的模样，我稍微一打量便知道他怕是有事要求我。

果不其然，沉钰爷爷春光满面温声道：“爷爷我不晓得什么时候才能回来，要麻烦你帮我个小忙，嘿嘿。”

我舒展了胳膊，懒懒道：“……说来给姑奶奶我听听。”

他望了一眼六师兄的厢房，面若桃花，转头温柔嘱咐我道：“中午给月月烤芋头的时候，芋头要先洗干净，烤的时候不要沾上炭火，这样便能直接吃了；吃芋头容易噎着，所以吃饭时一定要给他备好茶水，茶水要温热，不要太浓；他晚上睡觉不太爱关窗，你提醒他要盖一张凉被，否则会着凉了；我不在他身边时，他爱喝酒，你要挑着不太醉人的那几坛梨花酿给他，他最多能喝两杯，喝多了便要醉了，你要拦着他……”

我打了个哆嗦，慌忙拦住他道：“你这番嘱托得这样详细，是打算将六师兄终身托付给我吗？”

他拍了拍我的脑袋，道：“爷爷不过是回北海待两天，”他低头又暗暗道，“你可要守着司命府的大门，若是有女的来找月月你便轰出去。”

我点点头算是答应了他：“若是男的来找六师兄呢？”

他阴恻恻一笑，目露凶光：“爷爷我早就在司命府门口布好了障，若是有男神仙来司命府直接被那障给收了，哪里还能接触到月月。”

我十分敬佩：“还有这种障法，你改日教我一教。”

他又拍了拍我的脑袋，眯眼道：“你尽管照顾好月月，作为报答，爷爷我也会帮你改进一下这个障法，把拂灵帮你收了。”

我拍了拍他肩膀，认真道：“不用改，你直接用这个障法将天尊大人收了，剩下的交给我就可以了。”

“怕是不太行……”他斟酌道。

“为什么？”

“因为……这个障法还是师父他老人家教我的……”

“……”

沉钰那厮走了三天。他这一走，我总觉得左心空荡感更甚了几分。

本神君将六师兄伺候得面黄肌瘦，六师兄于一日晚饭前眼含热泪拉住我的手委屈道：“小九，六师兄我没有什么地方对不起你吧？”

我瞅着他这副仿若受了欺负的模样，一愣道："没有哇。"

他鼻子抽了两抽，颤巍巍开口道："你能不能不要再给我烧芋头了……你若是再继续，你六师兄我今生恐怕都不敢再吃芋头了……"

我抬袖子擦了擦鼻涕，擦完才想起来这是六师兄的衣裳："六师兄哪里话，我听了沉钰爷爷的嘱托，都没有出去玩耍，可劲儿照顾你呢！"

六师兄呜咽道："你且出去耍一耍吧，不要再伺候我了……哦对了，你也可以去凡间找天尊大人，听说他前几日下凡历劫去了，你可以去观一观，看他小时候是什么样子。"

我恹恹回道："早就晓得他去凡间了，且他去凡间是跟拂灵度个夫妻劫。不晓得是哪个不开眼的神仙编了这样一个命盘。"

六师兄打了个冷噤，怔怔道："这神界除了你师兄我撰写命盘，只有天尊、天帝可以掌命盘之事了……"

我当即心中一凉，若是六师兄编的命盘，他晓得我对长诀天尊的情谊，一定不会将他跟拂灵凑成一对的。而天帝既然是长诀天尊的侄辈，定然不会擅自去给他叔叔编命盘。如此算来，便只剩长诀天尊自己去写这样一出同拂灵的凡尘情缘了。

六师兄忽然瞪大眼珠，惊诧不已："小九……小九你记不记得前几天长诀天尊从我这里抢走一本命格簿子？！"

"你是说……"

"可是小九，我总觉哪里不妥……虽然忘了当时自己写的什么，但你六师兄我断然不会将拂灵跟天尊大人写成一对儿的！是谁告诉你他俩在凡间是度夫妻劫的？"

我一晃神，觉得左心窝里刮过凉风一阵："……是婧宸公主同我讲的……"

"她如何知道？"六师兄大惊失色。

"拂灵偷看了那命格簿子，里面是这样写的……"

六师兄额上沁出一层细汗，皱眉思索了许久，抬头惶惶同我道："小九……怕是有哪个神仙，将……将这命盘改了……"

我便突然想到了那晚，婧宸说的话——

“虽然我十分瞧不上那个拂灵，但是也不得不承认，就算她把命格簿子偷偷改了，天上的神仙也万不敢把她怎么样的。”

如今到了这崆峒幻域里，记性倒是好了很多，尤其这句话。

隐隐觉得这件事不简单，却不想再往下想，五万年前他们去凡间度个劫算什么，就算凡间是夫妻又算什么，反正我清清楚楚晓得，五万年后，我见到长诀天尊的时候，他足踏百花款款而至，身边没有拂灵。这样一想，便觉得宽慰许多了。

且婧宸说得对，在他没有真正娶拂灵之前本神君还是有机会的，只消抽个良辰吉日将他灌醉同他来一番巫山云雨，何愁收不了天尊大人。

六师兄仍是冷汗直流的模样，我便挑眉笑道：“你这番比我还要紧张在意，莫不是你移情别恋瞧上天尊大人了？”

六师兄甩开衣袖，义正词严道：“你不是担着司命一职，不晓得个中谨慎，命盘不是乱写亦不是乱改的，总要付出许多代价的。”

“代价”一词从脑海中穿过，眼前便突然浮现出师父的样子，他身后万丈佛光灿烂鼎盛：“你拿半颗心违逆天命换的这场凡世相逢，如今想来，可是值得？”

我闭眼定了定神，眼中景象不复存在，开口同六师兄道：“我出去散一散心，过几日再来看你。”

从司命府出来，我一头扎进了凡界。此时凡界正值夜晚，宫墙森森，宫内烛火已熄了大半。我在屋顶晃荡了许久，才找到当日那个院子，却发现那晚瞧见的高高瘦瘦的梨花树已经枯死，可屋内还燃着灯火。我遁入屋内，只见三天前那乖巧懂事的娃娃已经五六岁的模样，默默趴在床边，而当时那位温婉恬静的姑娘躺在床上，面色苍白如纸，我当即心中一惊：她怕是活不过几天了。

“文漫。”她动了动唇角，费力扯出一个笑容。

“娘亲，孩儿在。”他用力握着他娘亲的手，声音微微哽咽，却是忍住了眼眶中打转的泪。我瞧着他这个模样蓦然一惊——如今他这个样子，果真有六七分长诀天尊的模样！莫非这小男孩儿果真是天尊大人投胎的？

那姑娘缓缓伸出手抚了抚他的额头，这一个简单动作却带出了额头一阵汗，她轻声道：“你华裳姑姑待我们娘俩恩重如山，以清虽然只有三岁，但我瞧着将来定是个温婉懂事的好孩子，你若是喜欢她，便不要辜负了她，将来不论是做皇子还是做平民百姓，只要她愿意跟你，你就要给她名分。”

本神君默道：他既然是皇子，那这姑娘便是妃嫔了，却住在这种地方，那老皇帝八成是个不开眼的浑蛋。

小男孩儿点点头，宽慰他娘亲道：“孩儿喜欢以清妹妹，将来会娶她的。”

这一句无端又引来本神君一番感慨，我突然想到早恋的小凤凰木了。看来早恋不分天上人间，亦不分人神花木，早恋是一种普遍现象。遗憾的是本神君的早恋不晓得是对谁，也不晓得是断在何处。

我看着床上人儿那日薄西天的模样，有些不忍心再往下看了，不晓得这小男孩儿知道他娘亲活不长了会有多难过。

可转身走的时候却突然感觉有谁拉了我一把，我只觉心头一热大吃一惊回头竟然发现了——

沉钰！

“你不是说去北海处理事情了吗，怎么来了凡间？”

他咬牙恨恨反问：“你不是答应替爷爷我照顾月月吗，你怎么来了凡间？”

我顿时吃瘪，没敢告诉他六师兄被我照顾得面黄肌瘦整个人萧条了一圈，于是打了哈哈道：“你看今晚，月亮多好，我来凡间……散个步，嘻嘻……”

他哧笑一声，双眼冷飕飕射过几道冷光：“你这厢散个步还真是会挑地方，专门找有我师父的地方散步对不对？”

我一惊一喜，拉住他胳膊问：“长诀天尊在哪儿？”

他扶额往屋内一指：“屋内那个小男孩儿便是。”

“他果真是长诀天尊转世？哎，你先等我会儿！”说罢我便噌噌往墙上贴，准备穿墙而过时被沉钰又抓回来。

“你干什么？”

我竟有些喜不自胜：“你先等我会儿，我已经许久没见他，容我再去看他一眼。”

沉钰：“……”

我没想到沉钰这厮下凡是为了帮六师兄化劫的。

沉钰说，如今天尊大人在凡间这一场命盘确实被改了，而且是天尊大人自己改的。纵然已经有了心理准备，却还是觉得心中一闷，牵出几分疼。

我也是听了他说才知道，命盘被改是件大事，不但会反伤了改命盘的神仙，也会伤了当初写命盘的神仙。这个“伤”劫有大有小，有近有远，有些也可能潜伏许久才变个劫应在这神仙身上。

看着沉钰难得严肃认真的样子，我便知道如今这一桩事是极麻烦的一件事。

“爷爷我无论如何也不会让月月应这个劫，但这劫必须有人顶上，亏得爷爷我身强体壮，替他应个劫也没什么。”他郑重道。

我心骤然一提，摇了摇他胳膊道：“你这厢是打算将这劫过在自己身上？”

他十分愉悦地点头，挑眉自豪道：“所以说心上人得找爷爷我这样的，不让自己的女人受丁点儿委屈。”

我呵呵一笑，纠正他道：“我六师兄可是堂堂男儿身。”

沉钰微微一笑，没再说旁的，却是拐着我绕道在这宫里走了许久，终于绕到一个气派的大殿，殿内灯火通明如白昼，沉钰唇角勾了勾，眉飞色舞道：“爷爷请你看一出好戏。”

只见大殿之上的青年明黄华服，半躺在盘龙座椅上，身边七八只空酒坛散落在他脚下，恐是醉酒太重，他那样子瞧着十分颓唐凌乱。

“这人便是凡间的皇上，他这几日天天如此。”头顶上传来沉钰的声音，他抱了胳膊摆出一副十分瞧不起的样子道，“你说这凡人傻不傻，看上个姑娘就去追了来当老婆，娶了人家就好好待她，非要将她打入冷宫，明明想得不行却硬是不见，真愁人。”

我打断他问：“他看上谁了？”

他拍了拍我的脑袋，惆怅不已：“你这样的智商是如何活到这么大的？方才那院子里，我师父他凡间的亲娘，便是这皇帝傻儿看上的姑娘。”

我十分不解：“他若是瞧得上那姑娘，为何……”

“所以说这皇帝傻，偏偏听信了旁人的话，觉得我师父他娘亲当初怀上的是一个将军的孩子。”说到这儿沉钰爷爷狠狠“呸”了一声，咬牙切齿道，“若是这五年，他肯去那里看一看，便会晓得这是谁的孩子，这样的相貌，就算不是父子也是爷孙。”

我长叹一口气：“你师父他亲娘怕是要死了……你看这皇帝的模样，悲苦相思怕是真的，不晓得知道她要死了，会不会难受。”

沉钰默默不搭话，过了许久才对我说：“你看他如今的样子，怕也是好过不到哪儿去。人间的情仇其实不比神仙之间逊色多少。”他这句话让我十分吃惊，正好奇他何时如此动情了，就听到他信心满满的声音响起，“所以爷爷我要抓紧时间把月月给娶了，免得夜长梦多！”他瞥了我一眼，“你回去赶紧把月月这身衣服换下来，爷爷我觉得你有点配不上这衣裳。”

我想都没想便抬起袖子狠狠擦了擦鼻涕，轻蔑笑道：“你方才说什么？”

沉钰见状鼻孔张了几张，怕是担忧我再糟蹋六师兄这衣裳，终于忍住了没再说什么。

临走时候，沉钰在皇宫上空念诀做了个瞅着十分邪乎的方圆阵，阵仗约莫百尺有余，阵外漫漫朦胧，阵中却晶莹剔透宛若青玉。他跳到阵中，利落地在手臂上划开一道三寸长的口子，往阵中央晶透的圆孔处洒了许多血，我一惊慌忙拦住他：“你这是做什么？”

他轻松笑了笑，面上十分欣慰：“不过是把月月的劫过到我身上，爷爷我怎么舍得让他历劫受伤。”

我皱眉，十分担忧道：“你这厢还不知道将来的劫是个怎样厉害的劫，怎能如此草率过到自己身上？六师兄如果知道……”

他手臂上鲜血从三寸长的口子中呼呼冒出来，瞬间被这青玉色的方圆阵给吸收消弭，血气凝重，看着十分邪佞可怖。他悠悠打量了我一眼，仍是无关痛痒的语调：“你何必讲给他听。爷爷我自遇见他，便只打算将欢愉的故事告诉他，至于剩下那些悲舍，便希望他永远也不知道。”

后来，我常常想到沉钰说过的这句话——

“爷爷我自遇见他，便只打算将欢愉的故事告诉他，至于剩下的那些悲舍，便希望他永远也不知道。”

我随他先去了趟北海，捞了几麻袋海鲜准备扛回司命府，临走时候却听一个龟管家吞吐许久才下定决心颤巍巍报告沉钰道："君上……今日、今日晟敖上神来北海了，小神该死透露了您在天上，上神就去天庭了……"

如果本神君没记错，晟敖上神就是沉钰他亲爹，声名赫赫的四海战蛟……

果不其然，只见沉钰那厮轰然瞪大双目，额头青筋泛出。平日里沉钰那厮动怒开玩笑装样子居多，如今我瞧着他这个模样，竟端的生出一阵惶恐，只听他喝出一句"等爷爷我回来再跟你算账"，便扔了麻袋一瞬冲出海面，奔上云头。

沉钰的老爹是个实诚较真儿的老神仙，我仍记得当年他用离魂鞭揍了他亲儿子三个时辰未停手那一出。所以如今，沉钰着急成这样不无道理，他爹若是这样揍六师兄三个时辰，我怕是连我六师兄最后一面也见不到了。

司命府却是空无一人，只剩大门顶上不小心陷入此前沉钰设下的障中的一只硕大的青鸟。待沉钰将它放下来，这只青鸟才化成一个仙官的模样，他才倒霉道自己是刚刚上任两天的天帝的信使，天帝遣他来给六师兄送一个茶会的帖子。

"这茶会上还有谁？"沉钰问。

信使畏缩道："还有天后娘娘、婧宸公主、晟敖上神……"

沉钰登时奔上翰霄宫，本神君便马不停蹄跟上。等我们赶到翰霄宫门口时，却见茶会已经散了，六师兄恰好从里面出来。我愣愣打量着六师兄，他面上本无悲无喜，见到我和沉钰温润一笑，道："你俩来得果真不是时候，天帝大人珍藏多年的雪莲清茶你俩竟是没讨到一杯。"

沉钰看着完好无损的六师兄，就呆愣愣站在那里，只剩额头上汗水汹涌而下，胳膊伸出来却始终没敢触到六师兄分毫。

翰霄宫白玉宫墙晶莹剔透，门前十里彩霞终日不散，璀璨烟霞笼罩之中，只见六师兄抬起袖子，袖口上几枚青翠竹叶栩栩如生。他轻轻给沉钰揩了揩汗，展唇一笑比烟霞更炫人目，比白玉更清润。

"你是从哪里慌忙赶来，流了这么多汗？"他说。

我便突然想到一句诗："陌上人如玉，公子世无双。"

沉钰的老爹从宫里出来，看到这一幕登时鼻孔外张，负气飞走了，连个招呼也未曾打。

我稍稍望了沉钰一眼，只见他面上微红，一双丹凤眼直勾勾挂在六师兄身上，哪里瞧得见旁的神仙分毫。

也难怪，六师兄这样温柔的样子，沉钰怕是见得极少，呆愣住是自然。

白玉宫墙之上突然飞过一个绛紫色身影，身手矫健，墨发飘扬。但看这远远飞去的背影都觉得灵动非常，若我没有瞧错，那便是婧宸公主了。自古情事难两全，缘分也不是强求得来的。凡尘有句诗曾令我十分感慨，大抵这样云：“我本将心照明月，奈何明月照沟渠。”情爱纠缠，红尘万千，最怕看上一个已经看上别人的人。我本是姻缘神君，这一点曾让我十分感慨。

沉钰那厮因着在翰霄宫门前受了六师兄亲自擦汗的待遇，整个人似乎从发梢到脚指头都要乐得飞起来，颠颠儿洗了许多芋头，给六师兄做了蒸芋头、烤芋头、芋头饼、糖醋芋头、拔丝芋头……本神君绝望地瞧着这一桌全芋宴，痛得心中一抽一抽，险些厥过去。六师兄同往常见着芋头那样兴奋的模样略略有些不同，这次瞅着这样一大桌芋头，笑得十分雅润含蓄，还亲自给沉钰摆下筷子，倒了茶水。

不知为何，我瞧着六师兄这样的笑容，心中竟有些微怅然若失的感觉，总觉得哪里有些不对劲，又说不清到底哪里不对劲，只是觉得他若往常一样对沉钰凶巴巴的模样看着更让人心里舒坦一些。

我摇摇头，说服自己这样也不错，说不定我六师兄开窍了，说不定沉钰终于迎来了同六师兄的恩爱“夕阳红”。

沉钰那厮自然是颠颠儿若摇着尾巴，趁着六师兄温柔的时候，使劲往他身上贴，占尽了便宜。就算最后他握上了六师兄的手，我六师兄也没说什么，反而替沉钰布了个烤芋头，温颜道：“你今日辛苦了，多吃点儿。”

沉钰那厮笑得嘴巴咧到耳根，柔声道：“月月你也多吃点，你这样瘦总叫我心疼。”

我悲怆扶额，也没人管我爱吃什么，没人管我吃不吃。

六师兄跟沉钰那厮卿卿我我恩爱了好多天，我这个光棍本来是打算好好看一看学一学他俩是如何恩爱甜蜜的，却在他俩郎情妾意你侬我侬的对话中抖出一身又一身鸡皮疙瘩，喷出一口又一口茶，几乎把自己呛死。

比如，沉钰：“月月，你觉得为夫怎么样？”

六师兄：“你哪里都好，就算旁人觉得你有不好的地方，在我眼中也是好的。”

本神君一口茶呛住：“……噗……咯咯咯！”

比如，六师兄：“你整日在这里为我辛苦，你北海的事情可怎么办？”

沉钰：“那些事情同陪着你这一桩比起来都不算什么，我在这里只要看着你就觉得仙途圆满。”

本神君又一口茶呛住：“……噗……咯咯咯！”

可我总觉得六师兄现今这样有些不对劲。

我偷偷摸摸跟沉钰旁敲侧击过，问他六师兄为何打翰霄宫的茶会回来就变得这样温柔，是不是中了魔怔？

沉钰轻挑了眉毛，面色极其怜悯，拍了拍本神君的肩膀，语重心长道：“丫头哇，一看你就没谈过恋爱啊，你不了解男人哇，你六师兄现在这样定是被爷爷我给感动了。”他半眯了眼睛，幻想着日后的场景沉醉道，“兴许过些时日我同月月便能成亲了，到时候还得请你给爷爷我画个姻缘扇。”

我记得在这崆峒幻域外，沉钰是在长诀天尊被压九黎山三年后，也就是崆峒移位之劫时去找我画的姻缘扇，远远不是现在这个时候。如果这崆峒幻域果真是按五万年前的仙路再走一遭，那么我便清清楚楚晓得，他们俩并没有成亲。我的担忧不无道理，可是沉钰却听不到心上。

那晚在凡间，沉钰曾和我说过这样一句话：“爷爷我要抓紧时间把月月给娶了，免得夜长梦多！”三日后，他口中的“夜长梦多”，竟然一语成谶。我的担忧亦是成了真。

那一晚，我依然住在司命府的后院厢房里，月华如流水洒在庭院，夜如往常静谧，微风也缠绵，是个好景色。我窝在藤椅上思念着长诀天尊还未入眠，却听前院六师兄房中轰然一声若平地惊雷，直直吓得我从藤椅上掉下来，手腕上缠着的师父那日送的佛珠忽然金光毕现将我的元神从体内提了出来。我愣了半刻，听前院又几声喑哑怒吼，像是沉钰又像是六师兄，便顾不得许多，元神直接飞上屋顶到了前院。

厢房内，六师兄跟沉钰皆是衣衫不整，却是六师兄将沉钰压在床上，沉钰不晓得受了什么伤，额上细细密密全是汗，他脸色虚白，眼眶却猩红。六师兄发带被扯断，发丝凌乱散在后背，眸中决绝却浑身颤抖。我赶忙奔过去想拉开六师兄，元神直直穿过去却是什么也拉不到。手腕上佛珠忽明忽灭，我摘也摘不下来。不晓得出了什么事，只发现自己如今被这串佛珠困住，连面前六师兄同沉钰这样都帮不上忙。

“月月，”沉钰开口，声音却哑得不像是他自己，他双目猩红疲惫也不像是那双曾经明媚迷人的丹凤眼，“乖，不要再同我开玩笑了，我……我好不容易才跟你这么亲近……”那声音若祈求，我从没见过沉钰这样的模样，这样卑微痛苦地求别人。

六师兄咬了咬嘴唇，竟不小心咬出血，语气是强忍着的颤抖：“谁在跟你开玩笑！我前几日……前几日那些亲近不过是诓你罢了，你当真以为我青月瞧上了你不成？”

这句话从脑海中一过，我只觉灵台轰然倒塌，丝毫不清楚六师兄为何这样说，为何明明看到沉钰这副卑微可怜的模样还要说这样的话来折磨他。

沉钰虚弱一笑，额上虚汗凝成束流下，那样痛苦的模样，语气沙哑却还带着对六师兄习惯的温柔：“你跟我说你是骗我的，你是有苦衷的，我就信你了。”

六师兄擦了擦唇上溢出来的血，若往常那般清雅一笑，泪水却汹涌流出，他温声道：“哪里有什么苦衷，不过是你从来都没有看清过我罢了。你从来不知道我为了做这个司命神君有多辛苦，你从来不知道我青月祖祖辈辈为了做这个司命神君有多辛苦。”

沉钰费力抬起胳膊想给他擦一擦眼泪，手臂抬到半空又颓然落下，他轻轻扯出一个笑：“月月，我知道……是不是那日天帝跟我爹同你讲了什么……嗯？”

“没有，”六师兄摇摇头，抹了把眼泪道，“你今日无论如何也要将这药吃掉。”

我始发现六师兄右手紧紧攥着一个白瓷药瓶。

沉钰那厮仍是笑，只是面色虚白更甚了几分，他静静望着六师兄，眼睛红得却要滴出血来：“你今晚同我喝交杯酒，就是为了给我下药？酒中的毒还不够对不对？”他自嘲一笑，整个人光彩顿失，“月月……你可要想清楚了，若是再吃掉你手中这个药，我此生同你可真的……再没有纠缠了。”

那句“再没有纠缠”从沉钰口中说出来，纵然元神感觉不到疼痛，我却觉得心中骤然失掉一块一样，就像此生再也补不全一样。

“由不得你了。”六师兄认定了沉钰此时无力反抗了，取出药丸，捏住沉钰的下巴，右手扶上沉钰脖颈拇指一压，沉钰喉结一动，药丸便服下了。

沉钰突然哈哈大笑起来，笑着笑着眼泪夺眶而出，他胸膛剧烈起伏：“青月。”他怕是生平第一次连名带姓这样叫六师兄，“你当真以为我沉钰的情得来如此顺手，丢得也如此顺手吗？”

六师兄一怔，沉钰又绝望道：“青月……我说过无数次愿意替你承担你的种种，你又有几次信过我？”

“我不需要你……”

“你诚然不需要我……哈哈，我今日始知道你不需要我，这忘情丹进了爷爷的肚子，你若是还需要我，断然不会逼我服这种药的。”沉钰半眯了眸子，笑道。

六师兄背过脸，竟不忍心再看他这副模样。沉钰双眸上的猩红渐渐褪去，眼皮越来越沉重的模样，却总是将将闭上又猛然睁开，直到发现他暗暗咬住嘴唇逼迫自己睁开眼，我终于明白，他是不想睡过去。绝情一丹，情绝今晚。这药丹我也曾听说过，沉钰是怕自己睡过去就真的跟六师兄情断当晚了。

过了许久，六师兄才缓缓翻身，与沉钰同枕躺在床上。夜风波澜，窗户未关，惹得素色纹竹窗纱翻飞。沉钰曾对我说过，六师兄他晚上睡觉不太爱关窗，你提醒他要盖一张凉被，否则会着凉了。

六师兄静静躺在沉钰身边，轻轻握住沉钰的手，慢慢握紧，有眼泪顺着他眼角留下来滚没进鬓发：“沉钰，你终于睡了吧……”

六师兄握住沉钰的那只手，未曾有丝毫松开，他的长发凌乱地铺在烟青色绸衫上，明明那么混乱的模样，却仍然透出风雨过后的恬静。他侧目，恰好看到沉钰双眸紧闭的模样，他撑起胳膊在沉钰额上印下一个吻，仍是如那晚我曾看见的模样，不带靡色，却情深至斯。他又转身躺好，脑袋紧紧贴着沉钰的，他静静望着房梁，温言细语比女子还要让人怜惜，“若神仙可以转世，下一辈子我做沉钰，你做青月……我来追求你照顾你好不好？嗯？”

他想了想，觉得还不够，又道："你若是喜欢吃芋头，我就背着几十麻袋芋头种去你住的地方给你种好不好？你若是喜欢吃其他的也没关系，我可以去学着种，学着变了花样做给你吃，好不好？

"你若是生气了或者不开心了便揍我，我下辈子一定长得壮壮的让你揍，一定不会还手，你若是揍累了，我给你揉肩捶背端茶倒水，好不好？"

他枕边的沉钰终于抵不住绝情丹渐渐睡熟，只剩唇角咬出来的血水还未凝固。六师兄侧身轻柔地给他擦干净，转身躺平，仍是静静望着房梁的模样。

"可神仙哪里有什么转世……"

夜风钻窗而进，吹皱了他凌乱的衣衫。

"我知道你有多恨我，可是，沉钰……如果我爹娘不是司命星君，如果我们祖祖辈辈不是司命神君，如果爹娘临死时候不郑重嘱咐我让我做司命一职，我就可以谁也不在乎。不管是天帝大人，还是晟敖上神，他们都不能使我离开你的。我也会像小九儿一样，有事没事就去你的北海，仅仅陪着你黏着你就很好了。"

"沉钰，太上老君这枚绝情丹珍藏了三万年，不晓得他是为谁留着。我费了很大力气才讨了来。"他嘴角微微弯，此时说的这些话沉钰已经听不到，可他还是流着眼泪，柔声道，"我跟他要了好多天，我这几天也在想，他晚给我几日吧，他再拖几日吧，他忘了我曾去求过药吧……这样，我就可以跟你多待一些日子，你就可以多记得我一些日子。我其实……还没来得及好好对你。"

第十一章

情断今晚，归心以诀

那我养一群萤火给你看，种一片芋头给你吃，你觉得好不好？

此刻眼角滑下的是不是泪水我也不大晓得。

可是今日总想流泪。

我以前只是单单晓得五万年前这几年沉钰同六师兄闹别扭，却从不知道六师兄跟沉钰之间原来还有这样伤情的一段。六师兄担着这司命一职担得十分不容易，我年少时候在大梵音殿调皮玩耍自由自在时，每每总能看到他随师父用功修行。

大师兄曾告诉我，当六师兄爹娘在大劫之中仙逝的时候，六师兄不过少儿，天帝大人曾命其他神仙暂时担任司命星君，后来那神仙做得久了便要将这职位据为己有，六师兄夺回司命一职时着实费了一番周折，付出了许多心神。

个中悲苦，他自己最清楚。

我就这样站那儿，看他同沉钰躺在床上，他的长发散开比起以往束发时候瞧着有些颓然，瓷白肌肤，柔媚凤眼，侧目盯着沉钰失神的模样像极了阁中盼夫归的女子。

顺着他的目光，我却发现沉睡中的沉钰眉头突然皱了几皱，虚白的脸色此时如白纸一般。六师兄抬手拂上他的眉心，小心翼翼道："难受吗？"然后撑起身子，轻轻揉了揉，哽咽了声音，良久才道，"过会儿就好了……醒来就忘了……"

我恍然一惊，若是沉钰就这样把六师兄忘了，且是当着我这个姻缘神君的面给忘了，叫我如何忍心，这执掌仙人姻缘的差事我还有没有脸面再做。我曾听说，绝情丹便是一点一点将用药者最真最深的用情销蚀掉，如果沉钰果真对六师兄用情至深，那我是不是可以阻止绝情丹蚀掉沉钰对六师兄的情意？我心一横，打算去沉钰神识中走一遭。

恰好此时，手腕佛珠金光一闪，我以为这佛珠又要束缚我阻止我，却没料到那金光默默延伸到沉钰眉心，有股顺着光路传来的神力牵引我的手臂，我恍然大悟，此时佛珠是要帮我进入沉钰神识之中。脑海中突然响起师父的声音——

“为师也不忍心看到此处。纵然这样有逆五万年前天命，佛珠可佑你一程，有何危险为师替你担着，小九你速去速回。”

我迅速低头看着手腕佛珠上果真隐约沾了点点血色，却被金光遮住默默隐藏起来。师父说有危险替我担着，我便晓得他这厢怕是使诀术将这逆天的过错罪责揽到他自己身上了，心中十分酸涩。元神没法流泪，可我忍不住抬袖子擦了擦眼睛，俯身拜了拜，循着金光进了沉钰的神识。

沉钰神识中此时应当是六月的天宫，草木葳蕤，月辉皎洁。

而沉钰爷爷，叼着一枚树叶，此时十分惬意头枕胳膊躺在一个硕大梨花树冠中，而我便在他对面树枝上蹲着。我踹了他一脚，吼了一嗓子，他都无动于衷。原来我看得到他，他瞧不见我。如此我便放心了。

忽见不远处走来两个蓝衣仙子，聊得十分起劲儿。沉钰那厮闻声唇角一勾，是等了许久猎物终于来了的欣喜模样。我却是被他这个不怀好意的一笑激得一惊，差点没蹲稳从树上掉下来。

舒爽的夜风灌进耳朵，惹得一阵痒，那两个仙子说的话便悉数落入耳中。

其中一个说：“你说那个沉钰有什么好，我们婧宸公主怎的瞧上这样一个神仙。仗着他是天尊大人的徒弟，便无法无天了。听说瑶池里的蛤蟆就是他养的呢，我们得寻个机会告诉公主殿下，万不能被他这皮相魅惑，看中一个混混。”

我一乐，她怕是不晓得她家殿下就是因为沉钰在瑶池养蛤蟆才瞧上沉钰的。

又听另一个附和道：“是啊，听闻那沉钰做的纨绔的事可多着呢。你晓不晓得他曾为了一把剑把西海的殿下揍掉了门牙，本来挺俊朗的一个神仙无端少了这两颗牙，结果到现在还没有门当户对的女神仙看上他。这沉钰的爹娘不晓得是怎样教育儿子的。”

“对啊，你看他还不及父母早逝的青月神君分毫呢。今日青月神君拜见天帝天后，我有幸瞧了一眼，容貌绝代便不说了，那礼数也是周到却不刻意，举手投足尽是风雅清华，实在难得。我替他斟酒时他还对我浅浅道了句谢，那烟青纹竹绸衫的儒雅模样，果真是具有神仙味儿的。”

本神君忍不住掩面一笑：姑娘你且见得少，没瞧见过六师兄薅了笤帚揍人的模样，若是见到这种场景，本神君不信你还能把他捧成这副模样。不过话说回来，我六师兄长得好，那副面皮子十分讨小姑娘欢喜，这倒是真的。

“姐姐才见过那青月一面便这样夸，莫不是瞧上人家了？姐姐这样的好模样，当是配得上那青月的。”其中一个仙子调侃道。

“瞧妹妹说的，尽是取笑我。”那仙子语气里嗔怪，掩不住喜悦。

对面的沉钰凤眸流转，优哉游哉嚼了树叶，掐算好那仙子经过树下，十分应景跳了下去稳稳扎在那双仙子面前，不出所料地目睹了她俩惊慌失措的神情，他便又抬眼从上到下幽幽打量了她们一番。一双仙子就招架不住，梨花带雨道：“水君恕罪！”说着便“扑通”给沉钰跪了。

沉钰倜傥笑道：“跟你们这些小姑娘计较实在不是天尊弟子、北海水君、沉钰爷爷我的风范。”

仙子小心翼翼舒了口气，以为这一劫要过去了。

却听沉钰挑眉又一笑：“幸运的是，爷爷我活得随性，从不计较风范这种虚的东西。”

仙子猛然抬头，似是被这句无赖的话给惊着了。

沉钰舒了舒衣袖，心安理得道：“其实你说得也对，本君也觉得你家公主不应该瞧上我。”他蹲下，就在我以为他要将那双仙子揍一顿的时候，就在那双仙子吓得一屁股蹲地上的时候，只见沉钰那厮嬉皮笑脸掏出一个折子，递给她们套近乎道，“爷爷我其实还干过许多坏事，远比你们知道得多，怕你们一时记不住都写在这个折子上了。你看，能不能回去告诉你家公主殿下，帮爷爷我劝劝她一定要擦亮眼，爷爷我这种神仙坏得很，让她离我远点。”

我瞄了瞄树底下她俩那惊魂甫定的小模样，十分不忍心。只听沉钰又阴森森补了一句：“若是你家公主还纠缠爷爷我，我别的本事没有，但是让你俩在天上混不下去这种小事做起来却是十分得心应手。”

说完这些，他头也不回，潇洒走了。那双仙娥吓得脸色蜡黄呆呆愣在原地许久没有回过神来。

我擦了擦汗，沉钰那厮这样吓唬人家，实属造孽哇。

本神君尾随沉钰走了几步，实在看不惯他“潇洒”若大爷的步伐，便跳到他前面走。忽然看见一簇萤火在前面漫然而舞，有几只轻柔而过落在沉钰的额发上，他抬眸瞬间，它们便往前飞，不过几步又折回来在沉钰眼前绕旋几圈便飞到前面扇着薄翼等他。沉钰愣了愣，便跟了那群萤火往前走。

一路上行。这天宫的小径，有些修得很是蹊跷，沉钰那厮走得倒快，本神君却磕磕绊绊走了不知多久才见那群萤火停在半空。低头才发现，脚下的鞋不知何时走丢了，但见光溜溜的一双脚，如今我还穿着六师兄的衫子，着实盖不住脚。

我直起身子，入眼处是一圈圈错落葳蕤、被数不清的萤火照得碧莹莹的仙木，仙木中间是一汪三丈见方晶莹透亮的宝蓝色泉水，幽幽萤火中，泉眼稀疏，缓缓升起无数夜明珠般莹润的水泡，升到水面，荡起无数轻柔的褶皱，慢慢晕散开来。

沉钰那厮就站在泉水旁的玉石上，静静而立，我突然发现他安静的时候确实也是个不可多得的美男子。

更多的萤火从满地的月亮花下升起，聚到蓝色水面上，原本清绿的光越积越多，竟生出涓涓温润，层层暖意。萤火们原本漫乱的舞步也渐渐安稳，仿佛在那泉水之上的夜空里找到了自己的位置，待所有的萤火在这里齐聚，我惊讶地发现，它们竟然用身体的点点光亮摆成了一个硕大的字——青。

萤火悠悠，青月沉沉。我便突然想到这句话。

“你来了，是不是？”沉钰喃喃道。

许是此时身处沉钰的神识的缘故，我竟清清楚楚听到沉钰脑海中拂过的欢喜却稚嫩的声音：“你看这萤火多好看。”

“你若是喜欢我给你养一群便是，到时候让它们给你跳舞。”那声音较之前的稚嫩童声略低，然而也是清雅之至，若清泉泠泠。

“你养这些怕是十分辛苦，只能来看却不能吃。倒不如养一些能吃的。”

“你爱吃什么？”

“芋头，我爱吃芋头。”

“那我养一群萤火给你看，种一片芋头给你吃，你觉得好不好？”

那我养一群萤火给你看，种一片芋头给你吃，你觉得好不好？

此刻眼角滑下的是不是泪水我也不大晓得。可是今日总想流泪。

有一只萤火落在了沉钰手指上，淡淡绿光萦绕生长，沉钰温颜笑道："爷爷我没白养你们。她在哪儿？"

沉钰话音刚落，只见宝蓝色水面上突然绽开一朵巨大水花，皎皎月辉之下，水花簇拥之中一位仙子若芙蓉探出脑袋，墨藻长发一半露在水面上一半浸没在水中，泉水从她头顶温顺而下，她螓首蛾眉雪肤凝珠，四周月亮花染了萤火一霎莹亮，温温萤火生暖意，若九天流水浸霜华铺在她脸上。

沉钰同我皆是呆愣愣站在那里，没敢挪动一寸地方，怕一动这幅美景便要破碎了。

四周这一瞬静谧，怕是都在等她的模样。

只见那泉水中的仙子微微抬眸，几滴清水被浓密睫毛挑开沿着眼角落下，她往这处轻巧一打量，直眉凤目，清雅绝代，若三万梨花破雪而出——

我赤脚登时站不稳，一下顺着泉边光滑的玉石落入水中。

泉水自头顶浸没，我仍然浑身颤抖，不是因为别的，而是这仙子那眉眼恰恰是我六师兄的模样。他不是活生生一个男人吗？！

我挣扎了会儿终于挪上来，惊魂甫定望了水中人儿一眼：宝蓝色泉水十分缥缈，可这依稀的身段果真是与女子无异的。

沉钰那厮却是十分沉得住气，仍然立在那里望着，没有靠近打量，只是安静观着这水中只露出脑袋的六师兄……好吧，先姑且称她是六师兄……我望着沉钰这坐怀不乱的坦荡君子模样，打心底油然生出一股浓浓的敬佩之情。

水中的"六师兄"好奇挑了沉钰一眼，灵气一笑，声音亦如女声一般清甜："你是谁？这样看着我，叫我如何出来穿衣服？"

沉钰终于开口，俯身望着水中人儿嬉皮笑脸道："如果四海八荒诸位神仙都晓得青月神君竟是个女神君，且是个如此美貌的女神君，不晓得他们会不会很兴奋。"

我只觉右心"噌"的一声蹦到嗓子眼儿，太阳穴突突跳得欢畅。我目瞪口呆看了看水中那仙子似我一样惊呆的模样，胸中骤然蹿出一阵火苗般燎得心窝生疼生疼，本神君如何也不敢相信——

我、我打还不能从一只小凤凰变成人形时就在一处同一个师父修行的六师兄，他、他、他、他竟然是个女人！本神君活了十二万岁，也就是认识他十二万年，朝夕相处这些个时日，沧海桑田也变幻了几度，我竟然眼瞎没有瞧出来他是个女人！

水中的六师兄眸子渐渐冰住，默了会儿镇静道："你口中的青月，我并不认识。"

"哦？"沉钰若无赖般咧嘴一笑，顺手使术拿起不远处的一身衣裳顺手一抖，烟青色绸衫飘逸绝尘，袖口墨色纹竹清然而立，"既然你不是青月，那这身绸衫我便捞回去还给他了。"

水中的六师兄终于装不下去了，脸色由青到白变换了一遭。纵然我十分不忍心看到六师兄这副模样，但不得不说，若是跟沉钰比耍流氓，我六师兄实在是嫩得不成样子。

沉钰又笑道："我听说打盘古开天地，九州分阴阳时，这天庭司命一职可是只有男神仙才可以担的。虽说你们青月一家打老祖宗开始就担着这司命一职，但也是只有你爷爷、你爹爹这样的男神仙才担得起的。你说若是天帝他晓得你是个女儿身之后，会不会大怒之下罢免了你打你祖宗手中将要接过来的司命星君呢？"

我六师兄神色又是一慌。

"你这副模样瞅着十分可爱，"沉钰挑眉笑了一笑，提了提墨色袍子，就势蹲下，道，"我竟不忍心到天帝面前告你状，嘻嘻，你不要不说话，你长得这样美，若是说什么我肯定是要听你的。"

六师兄沉了眸子，也沉了声音，道："你不要……不要去告诉天帝……"

"是了！那我便不去告诉天帝！但是我有个条件，这个条件好做得很……"

"什么条件？"六师兄打断他皱眉道。

沉钰登得跳起来，语气都带了极大的喜悦："你做我老婆啊！"

我实在不忍心看此刻六师兄的神情，不禁掩面长叹——沉钰哇沉钰！这就是你说的好做得很的条件？！你果然是个流氓！

过了许久，本神君才听得到六师兄颤抖的声音："……你是不是笨蛋……"

沉钰握着衣服"咦"了一声，像是挺稀奇六师兄称呼他是笨蛋这件事，十分轻快愉悦道："嘻嘻，你为何说我是笨蛋？我听师父说过打是亲骂是爱，月月你是不是瞧上我了？"

水中的六师兄打了个哆嗦，看着她那副宛若吞了苍蝇一样的表情，我便晓得，沉钰这厢果真是个自作多情的情种。

等等——他师父跟他说打是亲骂是爱？

天尊大人居然连这个也教他？只觉心中天尊大人高杳绝尘的形象悄悄崩塌……我迎风抖了一抖，十分凌乱。

六师兄纠正他说："并非……并非是打情骂俏……你若是要我做你老婆，那岂不是四海八荒所有神仙都晓得……晓得本神君是个女的……到时候不只司命一职做不成，怕是……"

"我不介意跟你'余桃情深'的！"沉钰喜滋滋的模样像是凡人得道升天了一般。

本神君实在是觉得这个年纪的沉钰智商令人着急成这副模样，若他俩果真余桃情深了，天上地下这些神仙怕也是不让他们好过的。

六师兄怕是跟我想到了一处，咬牙切齿几欲哭出泪来："你以为这些个神仙肯纵容我们余桃私情不成？！"

"怕那些作甚，我同你恩恩爱爱关他们什么事！"

他们俩就这样一句接一句争吵，若不是六月天气闷热，六师兄这样泡在水里怕是要受凉了。所幸沉钰那厮虽然流氓，但是对六师兄却一直都是真心的，他没忘了将六师兄的衣服给她兜头罩下。

看到此处免不了又一阵伤心，若此时的沉钰晓得最后竟是这痴情相对的六师兄亲自逼他服了绝情丹，他会作何感想。

变回男儿身的六师兄模样瞧着比泉水中添了几丝阳刚，不过同这副依旧美艳的面皮一折合，却是全然不起作用了。六师兄甩了甩衣袖，提步就要走。可沉钰哪里容她离开，他一把将矮一头的她拉过来抵上一棵葳蕤挺拔的仙木，自月亮花底升起的萤火稀稀疏疏围了他们俩一圈，从我这处瞧着他们俩情意十分缠绵。唯一有些扫兴的却是六师兄的表情，一副抵死相拼的贞洁模样，那模样像是在说：你敢动老娘试试！

沉钰那嬉皮笑脸的模样像是在说：我就是瞧上你了！

二人对峙了会儿，沉钰却严肃开口道："我晓得是你娘亲怕你一个女儿身做不成司命，打小将你变成这样的。但是月月，我不介意你如何，你若是想瞒着诸神，我便帮你瞒着；你若是想做司命星君，我便为你扫除万难，替你担着种种。月月，你且信我。”

月月，我不介意你如何，你若是想瞒着诸神，我便帮你瞒着；你若是想做司命星君，我便为你扫除万难，替你担着种种。月月，你且信我。

脑海中蓦地想起今晚梦境外沉钰被六师兄逼的绝望的话：“青月……我说过无数次愿意替你承担你的种种，你又有几次信过我？”

这一番实心实意的表白令本神君有些动容，可六师兄却是一愣，抬头皱了皱眉，说出了一句十分不应景不切题的话——

喀喀，我美艳的六师兄皱眉说的是：“你能不能先跟我说你是谁？”

本神君一个没忍住便笑了，沉钰那厮这闹腾了一番，却是忘了道清楚自己是何方神圣。

沉钰无奈一笑：“你忘了没关系，我是沉钰，你打今日只消记得你是我老婆就行。”

六师兄登时用脑袋往沉钰胸膛上撞了去，沉钰一时没反应过来，直直被撞出三步外。我英勇无畏若一条汉子般的六师兄薅下鞋紧紧握在手中，指着沉钰恐吓道：“我管你是条什么鱼，你若是再过来本神君便用鞋底扇死你！”

沉钰便又笑容满面凑近：“嘻嘻，打是亲嘛，你尽管揍，我一定不还手。”

六师兄目瞪口呆了。

沉钰一把握住六师兄的手臂，顶着融融萤火，正经道：“月月，我方才说的话你且记在心上。我沉钰不在乎其他神仙如何想如何看，我只晓得自己喜欢你，打小就喜欢你，只要有我一天在，我便好好待你，不让你受一点委屈。如今像我这样的神仙可是不多了，你当好好珍惜。”

六师兄一鞋底扇在他胸膛上，我明明都看到她眼眶红了几分，却还是听到她气急败坏道：“谁要珍惜你！你这流氓！”

“流氓？”沉钰又贴近她，突然将她环身抱住抵在仙木上，不由分说捧住六师兄的脸，照着她嫣红的双唇便啃下去。六师兄被这突如其来的一亲惊得瞪大了眼珠，甚至忘了推开。

越来越多的萤火从花底升起，载了无瑕的月光，十分具有灵性地围绕在他们身旁丈许处，漫漫飞舞不去打扰他们。

沉钰终于松开她，微微哑了嗓子，低头宠爱道："这样才是流氓，你方才说错了。"

漫漫萤火之中，六师兄的脸"唰"地一下通红了。她也终于反应过来，一只鞋狠狠砸过沉钰肩膀直直落入泉水中沉没，她广袖一甩，走得十分决绝。但是沉钰若在此时放她走了他便对不起流氓这个称号了。

他见六师兄走得这般决然，又要抱起我六师兄，六师兄忙伸手抵住他欲靠近的胸膛，正义凛然道："你也是一位神仙，当有知荣明耻，胸怀抱负，你缠着我干甚？！"

沉钰眼珠滴溜儿一转，面上装出一派难为情："月月，我染了一种毒，非要每天抱着一个人亲一亲，方能保自己不死。"

六师兄含着一包悲天悯人的热泪，默默伸手指了指近处的仙木："你瞧，仓灵众生于其本末都是一样具有生命的，你抱着它亲一亲应该也能解毒。"

沉钰眸子一亮，灿然而笑宛若星辰："你这番只穿了一只鞋，可是要自己走去看萤火？"

六师兄正要回答，神智却峰回路转，怔怔扯了扯他的衣袖问道："看萤火？"

穿过层层仙木，只见流瀑载满月辉顺着玉石自七丈高处倾泻而下，流入眼前宽阔清凛的蔚蓝色湖面，想来那玉石光洁至斯，并未激起多大声响。湖边围砌的青石板外五步处，直逼玉清界的高木郁郁葱葱，挺秀健拔，树冠茂盛，缓缓围绕，遮住了半圈湖面。数不清的萤火，此刻颇乖巧地围绕在湖边，带着油绿或幽黄的光，在湖边织成一个硕大的光环，温柔，宁静。

沉钰低头，面上映着柔软的萤火："你可曾潜在湖底看他们跳舞？"

六师兄摇头，"未曾"二字刚出口，便已被他环住腰身飞到湖面，他温润一笑，扶着六师兄的肩膀。我此刻亦是随他们站在湖面上，竟然也能感到足下沁凉。

"我养了许多萤火虫给你跳舞，比你想象中还要多。到时候我再寻块地方给你种芋头，你不用感激我，做我老婆便成。"

六师兄一阵恍惚之中，便由一双大手拉着缓缓潜进湖里。

此刻他们俩躺在湖心，面朝湖面，古木的树冠绵密茂盛，只是露出三十五天的一圈，一轮如盘明月隔着幽幽湖水映入眼帘。湖水凉爽，带着树木的清淡新鲜味儿，携了几缕梅香，缓缓流过他们俩身上，流过我身上，从发尖到脚底都是说不出的清凉舒服。

原本静候湖边的萤火一圈一圈围到湖心上方，满满汇成一个巨大的花盘，原本黄绿色的荧光，被蔚蓝色湖水映出一圈微微幽蓝的光晕，柔美至斯。

只见沉钰食指微收拇指往前一推，像是在琴上弹了个调子的手势，推开一阵细浪，那湖面上的萤火突如流星，天女散花般朝湖面八方散开，即将坠落之时又陡然回收，朝湖中央汇聚，慢慢凝成一个跃动的“青”字，柔美的光渐渐落入湖心，穿过微波荡漾的湖水，映入六师兄的眼睛。

六师兄明明是该开心的，却突然发现她鼻尖一颤，眼角缓缓落下泪，没入蔚蓝湖水中。

我其实并不晓得六师兄此时此刻在想什么，心窝却陡然一颤，竟也觉得眼眶微热。打我做了这姻缘神君起，见着的圆满情事多，大都是已经商量好的姻缘，我每每画个扇子，添上姻缘文示，拴个金线红绳玉扣，心情愉悦地去证一场亲事。可如今瞧见的，多是难落结局的，比如六师兄。

沉钰今晚说过他知道是六师兄的娘亲打小将六师兄变成男儿身的，我便有些喟然。我自是没有缘分在六师兄的娘亲活着时候见一面，只是在六师兄珍藏书房中的那幅画像中见过。那个样子之前有些模糊，如今落入这崆峒幻域，恐怕是原先落在这五万年前的记忆也渐渐熟络起来，如今想起那画像中的容貌，竟觉得就在眼前一样。

六师兄的娘亲，长得自然是十分美，可她又同许多女神仙不一样，她眼中露出的英气潇洒，怕是有些男神仙也比不得的，画中的她手执玉如意，双目炯炯，勾唇而望，我却是总觉得她手中执的是一柄剑一样。以前没有见过这幅画像的时候，大师兄曾同我说六师兄的娘亲是在大劫之中追随六师兄的父亲死去了，我那时候也曾好奇这女神仙是如何爱她的丈夫，竟然白白殉葬了。后来直到见到画中的人儿，只消一眼，便晓得了。这样好强这样英气这样爱丈夫的一个女神仙，自然会在晓得六师兄因是女儿身可能做不成司命星君后，就算是将六师兄变成一个男娃，也要替她丈夫这一家保住司命星君这个仙职的。

只是苦了六师兄，如不是今日沉钰梦中得知，她怕是一直要将这女儿身的事瞒下去吧。就算是同沉钰两情相悦，是正儿八经的郎情妾意男才女貌，却也要伪装起来，被处以余桃私情的罪责。天帝想追究便能追究，活得实在憋屈。而这想尽办法对她好的沉钰，却总是被她冷眼相对甚至拳脚相加，我六师兄怕是也苦不堪言。犹记得方才梦外枕边六师兄的话——

"沉钰，太上老君这枚绝情丹珍藏了三万年，不晓得他是为谁留着。我费了很大力气才讨了来……我跟他要了好多天，我这几天也在想，他晚给我几日吧，他再拖几日吧，他忘了我曾去求过药吧……这样，我就可以跟你多待一些日子，你就可以多记得我一些日子。我其实……还没来得及好好对你。"

今晚躺在这个湖中，竟又想起往日同六师兄的一桩问话。我瞧出来她对沉钰的情意之时也曾找她饮酒想诓一诓她的想法。

"六师兄，既然天帝大人到现在没有追究你们，睁一只眼闭一只眼由着你跟沉钰去了，你作何还要拒他千里之外？"

彼时六师兄灌了几口酒，抬眸望着明月平静到让你瞧不出丝毫伤情也瞧不出丝毫喜悦，宛若说着别人的事一样平和道："他若是果真要同我在一起，他们家恐怕要断后了。不孝有三无后为大，你年纪小且看得不深。"

我确然看得不深，只是笑道："你给他家生不出儿子，他也给你家生不出儿子。这样你们两家都绝了后，不是正好扯平了吗！"

那时候六师兄酒杯中的酒洒了不是两三滴，颤巍巍望着我宛若望着一个病入膏肓的傻子。如今我才晓得六师兄最悲哀的不是她作为一个男神仙生不出孩子，而是她作为一个女神仙却不允许生出孩子。

水中的沉钰侧脸看着六师兄，蓝色湖水里他双眼幽幽，声音也幽幽："你怎么哭了。"

六师兄右手胡乱摸了一把脸，清凉的湖水连同她几滴眼泪一同落入掌心，却是见她笑了笑："谢你这样的用心，看着这些萤火我很欢喜。可我晓得不该是我看到，我青月毕竟是个男神仙，你长得也俊朗，当有许多貌美仙子愿意做你的老婆。你且找她们来看吧。"

沉钰愣了愣，似是没想到六师兄这样说。他游到六师兄上方，蔚蓝湖水深深流淌，他们俩的发丝轻柔相聚彼此缠绕，湖上千万只萤火安然而舞，落下轻若鲛绡的荧光，铺在他们俩身上。他双手捧起六师兄的脸，认认真真道：“你是女儿身这件事，我沉钰记了几万年，却从未告诉过旁的神仙。如今我也会替你守着这个秘密，我不要求你同旁人的妻子那样相夫教子，你且陪着我，或者能让我陪你就可以了，我们看看萤火种种芋头。月月，你且信我一回。”

六师兄默了一会儿，便笑出声了，烟青色纹竹衣袖拂上沉钰的眉眼，宛若女子那样，却比女子更具清雅之气。“沉……沉钰对吧，我同你只此一面，何谈信不信你。你若是朋友，自然替我保守秘密。其实我今日不过是来天上报个到。今夜也是破了忌，竟然被这群萤火引来此处洗了澡，竟然还十分邪乎地化成女儿身洗了澡。但我青月至此并且此后都是一个男神仙，你当记住这一点。如今我并不喜欢这些萤火了，你得空便收了吧。”

沉钰脸色顿时不怎么好看了，却是强忍着笑道：“你不喜欢它们我便收了不让你再看到了。”忍到最后却是没有忍住，面容悲苦，自嘲道，“其实我当初发现这个地方是个养萤火的好地方，可这地方却是长诀天尊的。我便是冲着这一点才拜了他为师。”他从六师兄上方游下来，同她脑袋贴在一处并排道，“其实天尊大人并不打算收谁做徒弟的，他怕麻烦。当时同我一起拜师的还有两个神仙，师父不过吹了一首曲子，他们俩便被笛音控制顺着原路回家了。我死死抠住他清微宫的殿门槛，彼时满脑子想的便是这块地方，终于撑过来了。只是这个地方并不大适合种芋头，不过没关系，月月，我可以背着芋头种去你们大梵音殿种的。”

六师兄绕开沉钰破水而出，掺了一半月色的湖水溅起洋洋洒洒一群雪白浪花。她居高临下，风姿卓然清华：“沉钰，我师承因邈佛祖，修的是无欲梵行，你若是再纠缠本神君，休怪我不客气了。”说罢便要走。

她这一番话说得让我十分唏嘘，我六师兄曾经同我探讨起孟泽的小老婆时，从眉眼到身材，倒不像是个修无欲梵行的神仙。

沉钰旋身而出，扯了唇角笑了笑，正欲开口同六师兄讲什么，我手腕处的佛珠却忽忽闪了两下，师父的声音便传入耳中——

“小九，你如今看到的这些场景便是沉钰要忘了的场景，且拦住他俩莫要让他再想其他的了。”

我轰然一凛，登时回过神来。

湖上沉钰此时嬉皮笑脸道：“月月，我随你去见一见因邈佛祖啊，我要感谢他老人家照顾我老婆这么多年哇！”

我大震，当即冲出湖水想扯住六师兄跟沉钰的胳膊，手掌穿过他们俩，什么也抓不起来。

眼见六师兄拂袖欲走，沉钰亦要颠颠儿跟着她离开，只觉慌张若乱麻绕心生长，本神君这样一个虚空的元神，却是如何才能将他们俩留住。

我摘下佛珠反握在掌中，有血丝从佛珠上丝丝缕缕渗出，缠绕上我的手指，这掺杂的熟悉的气泽是师父没错。我不晓得他听不听得到，却是反复在在心中默念一句话——

“师父，您告诉小九该怎么做……师父您告诉小九怎么做……”

师父却是久久没有回答我，只剩佛珠上的血丝依旧沿着手指渐渐往上缠绕，诡谲得很。我不晓得师父此时施血是在做什么，也不晓得他是否安然无恙。我强迫自己震惊，追上沉钰翻身跃到他们面前十步距离。握着佛珠的手指拈了归心诀印上自己的眉心，我并不晓得这个诀用在一个元神身上是否有用，但权且一试。佛珠上的血越来越盛，有几滴竟然从眉心滑到眼睛里，视线一片绯红。

眉心生出刺痛，我握紧佛珠旋了半步狠狠撞上沉钰——

只觉脑海中佛光鼎盛轰然盛开，我全身虚浮，周遭被这金光照得看不清任何东西。外面传来六师兄的声音：“既然你不走了，就待在这儿吧，别缠着我了。”

“六师兄！别走！”我喊道，却发现发出的声音竟然是沉钰的。

六师兄的声音又传来，声音诧异不已：“你方才唤我什么？”

我陡然反应过来，在这虚浮的金光之中扑棱挣扎了会儿谨慎开口道：“……月月……你、你再陪我一会儿……”说完自己抖了抖。这一声月月叫得我自己心肝儿都差点打战奔出来。

“我凭个什么因由陪着你？你这是中了魔风了吧！”

此时我却真的不知道自己能编出个什么因由能让我六师兄留下了，我急出一阵虚汗，最后心一横道：“你难道不想知道你的师妹良玉犯了一桩……一桩大事吗？”

金光散去，我顶着沉钰的躯壳竟能缓缓看清六师兄眼珠若铜铃的惊讶模样。六师兄浑身一抖，颇不可思议道：“她一个不到两万岁的姑娘能犯什么大事？”

我厚着脸皮道：“你且在这儿陪我一会儿，我便……我便告诉你。”

六师兄登时警觉：“你怕是拿她诓我吧？！”

我试着动了动沉钰的胳膊，又甩了甩沉钰的手，然后一把拉住六师兄：“我没有诓你月月，你师妹，良玉她、她怕是早恋了。”说完我直想抽自己一巴掌。六师兄和沉钰哇，本神君为了你们俩的情缘连自己这张老脸都豁出去了。提到早恋，我登时想到那早恋的小凤凰木，心中十分酸涩，也十分挂念。不晓得它同睡莲妹妹怎么样了，不晓得苏苒姑姑有没有给它做荷包蛋吃。我摇摇头，眼眶有些微微潮。

六师兄却又是一惊：“莫不是小九抢了你的心上人……你怎么哭了？”

我登时热泪滚滚而下，使劲握住她的手：“月月，我这是、这是喜极而泣，良玉她终于有了心上人……而我的心上人是你，旁的神仙是入不了我的眼的。”

六师兄眼珠子似要奔出来：“你且告诉我她早恋上了哪位神仙，那个神仙是否……”她说到此处顿了一顿，又憋了一憋，最后十分肉疼地挤出四个字，“是否耐揍？”

我热泪盈眶，纵然少时常常揍我六师兄，但没想到给她留下这样深刻的阴影，亦是没想到她一顿一憋挤出来这四个字。打了十二万年光棍的本神君，头一次觉得这般无地自容。我硬着头皮回道：“她瞧上了我师父……应该十分耐揍……”

“你师父是何方神圣？”

“月月，你随我去水中一坐，我们观着萤火，我慢慢告诉你可好？”

六师兄一犹豫，竟然点了头。我晓得她对我是十分上心的。

我拉着六师兄沉入湖水中，借着沉钰的身体施了个结界严严实实罩在湖面上。这个结界本神君选得十分谨慎，特地选了个六师兄此时这不过三万岁的年纪还不会破解的结界。沉钰会不会破我不知道，但祈求他安安稳稳同六师兄在这儿待一晚，绝情丹看不到他同六师兄之后的种种，等明日他醒过来，绝情丹药效便散了，那这一关沉钰他就能过了，也就不会忘记他跟六师兄之后的情意。

本神君良苦用心，这湖中的六师兄却一点也不领情。她见着结界罩下来严严实实遮住湖面，不容分说便一拳轰上我的眼睛，虽然借在沉钰的身上，此刻却是我真真切切感到了疼。我活了十二万年了，这是头一回挨我六师兄的揍，我其实有些开心。我少时欺负六师兄良多，如今晓得了她是女儿身，便觉得以前自己欺负她的那些果真十分混账，不羞愧是不可能的。

所以不晓得是我说的还是沉钰说的，只是觉得这句话从脑海中一过便听到漫漫湖水之中，那有些开心的声音缓缓淌过："月月，你若是开心就多揍一会儿吧。"

等我终于借着佛珠之力从沉钰身体中出来，越过结界，又从沉钰梦境中摸索出来的时候，已然精疲力竭。枕边的六师兄依然静静偎在沉钰身旁，双眸轻合，那娴静的睡容，清雅不染纤尘，那及腰墨发亦是一丝不苟分列左右，徒留一束同沉钰的一束头发打了个结。凡间有句诗唤作"结发同枕席，黄泉共为友"，彼时看到这句并未有太多感触，如今瞧见六师兄同沉钰这副模样，如果不是虚浮元神，此刻怕要流眼泪了。床边有两根喜烛不晓得是六师兄什么时候点上的，此时正燃了一半。此刻看着他们俩，除了他们的衣裳一青一玄，有些太素单，其他都十分像一对新婚夫妻，一切都是结发到白头的模样。

我悠悠飘到后院厢房，十分顺当落回自己身体里，沉重感自四肢融入百骸，十分踏实亲切。只是此刻心中十分担忧师父他老人家，我低头看着那串沉香佛珠，同那日师父给的时候没有什么两样，可是我却不曾忘在沉钰梦中时，那缕缕而出的血水。我顾不得歇一歇，去六师兄厢房的喜烛中添了安神香，让她同沉钰好生睡一觉便奔了大梵音殿去。

大梵音殿千盏佛灯燃得彤彤，师父却是坐在我以前在大梵音殿时那个刻了《无量寿清净平等觉经》的殿柱旁的位置打坐。佛光忽明忽灭，我进门时候刮过一阵邪风。我不敢打扰师父，却觉内心如锥刺般疼。因为我看到如注血水染了金色佛光从师父他合十的手掌中流出来。这掌中血晃得我眼睛生疼，我没曾想过，师父他又用了这十分邪佞的寻引术。

我捂住嘴，连声音也不敢发出来，怕有丝毫声响就会让师父分神，也怕有丝毫差池，这个疼我的师父，这个把我从一只毛都长不全的雏凤养到这样大的师父，这个进了崆峒幻域只为替我找丢失的心脏的师父，就灰飞烟灭了……

大殿之中彤彤佛灯内火焰随风抖动，金色佛光渐渐湮灭，血气也渐渐厚重，金身佛祖也被幻漫的血雾笼罩。而殿外却忽然狂风疾驰，引了十里雷声轰然作响，万朵浓云密布，一道天火剪开云幕，雨水倾盆而下。电闪雷鸣之中，自九重天上刺下来一道紫光穿过层层狂风朵朵浓云道道急雨进入大梵音殿，擦过我的心窝，穿进师父掌中。师父掌心的血瞬息停止，他却微微颤了颤才稳住身子，身边围着的数十盏佛灯十分有灵性地朝他簇拥了几分。

我奔过去的时候，怕是带倒了无数佛灯，在跑过去的时候，我想着一定不能流眼泪，要说许多好听的话给师父听，想着要高高兴兴夸师父他又帅了许多，想着一定要告诉他将来小九好生孝敬您，想着许多许多却……却没承想开口时候竟然泪如雨下，也只是颤抖道了句："师父……您可无恙？"

师父脸色苍白，望了我一眼，神色一恍惚，却还是稳了稳神色平静笑道："小九，你怎么穿着你六师兄的衣服。"

我跪在师父身旁，拉过他的手，顾不得许多，扯下一块绸布给他擦掌心的血。话都哽在喉咙里，不晓得怎么开口，怕一说话眼泪又要流出来。

"小九，方才沉钰梦中，为师没有顾得上帮你。"师父语气有些无奈，却是让我心中又格外酸涩了一把。

我将绸布裹在他手上，轻轻包好，抬头笑吟吟道："师父，小九方才表现得可好？那归心诀用得怎么样？"

师父温柔地拍了拍我的额头，施术将我奔过来的时候带倒的佛灯一一扶正，和蔼道："为师记得你当初学这归心诀的时候，亦是不大用心。今日看你的归心诀用得却也可以……"他顿了顿，思量许久才重新道，"想必你是悟性比其他师兄高一些，今日潜进沉钰的神识里，其实不错的。"

我几斤几两其实自己清楚得很，那会儿撞入沉钰身体里时一片金光混沌，怕是师父他老人家伸了一把手，才不至于酿出祸。可师父那时候却是在用那不可分心的寻引术，还要一边帮衬着我。思及此处，又觉得自己少时修行太差劲，幸而师父现今没事，若是有什么差池，该叫我多后悔。

师父仰面望了望金身佛祖，眉眼沉肃：“小九，为师方才看到你那枚心脏的下落了，可是也有些拿不准。”

我暗暗抬袖揩了揩眼泪，拿捏着语气笑道：“师父当紧着自己的身子才是的。”

师父微微侧了侧身子，此刻鼎盛的佛光擦过他半边脸映入我的眼帘，那高雅俊美的模样，常常让我觉得，如果师父有一头乌黑青丝，当是这神界最好看的神仙了。

“小九，你可有觉得为师偏袒过你六师兄？”

我愣了愣，没有想到师父会问出这句话，赶忙拉住师父的胳膊：“师父，你早就知道六师兄是女儿身了对不对？小九宁肯你多偏袒一下六师兄，她……她十分不易。”

师父凝眉望了我一眼，宽慰道：“如今这枚紫玉的下落为师还……为师暂且不告诉你，待日后拿捏准确了再同你说，你去丹穴山换件衣服吧，你这样子总是让我想到小六。”

“那师父您……”

“为师在这儿坐一坐。”

我其实并不想走，本来打算无论如何也要照顾师父今日的，可他却是微微笑了笑，道：“你不想去凡间看看长诀天尊吗？”

我一惊一怔，慌张道：“他哪里比得上师父您，小九现在就是想看着您……”

“他为你受了不少苦，你日后便知道了。且回去休息一下吧。”师父说。

我嘟囔了一句，却还是遵了师父的话，回了丹穴山。

沐浴梳洗了一番，倒头睡了一觉。

第十二章

君临天下，幻域终见

我嫁给他的时候，没有穿这样好看的裙子，

也没有戴这样华重的凤冠，但是他也握住了我的手……他的手比我的大，

但是那双手今日要握住别的姑娘了。

第二日艳阳高照，我便生龙活虎奔上云头去了凡间。兴高采烈朝皇宫奔去，却没想到正赶上了皇宫内一场皇上加冕大典，亦是没想到这加冕大典还是跟大婚落在了一日。我摩拳擦掌，一路听着文武百官的唠嗑话跟了进去。一心想看看是谁这么有福气当了皇上，还这么有福气在当了皇上这一天成了亲娶了老婆。

但我还是十分眷恋天尊大人的，掐算了下距我上次来凡间已过了半个月有余，想到我心心念念的长诀大人已然长成个翩翩公子，我便觉得心神荡漾，直拐了弯奔了那处长着梨树的冷院去。却没承想，那处冷院外面已然修起高高的围墙，且墙门上落了一把硕大铜锁牢牢锁住了。纵身翻上墙头，却见那处院子如今却修葺了一番，纵然还是同往日那般有些破旧，仔细辨别却能发现崭新的铆钉木榫，将原本不大牢固的地方都加固了，可见修这院子的人的用心，他该是想尽量保留这块地方原有的味道。院子中的梨树也已经枯死了许久，树身周围用许多根棍子撑着才能勉强保它不倒。我有些难受，不想再进去看，转身跃出墙，往皇宫大殿处走去。

不晓得当日在殿中日日饮酒消愁的皇帝最后将皇位传给了哪个儿子，但我想一定不会传给长诀天尊投胎的那个唤作“文漫”的孩子，那日沉钰他告诉我皇帝觉得文漫不是他的儿子。想来天尊大人投的这一胎命途不大好。

可待我站在高墙之上，望着殿前高台上立着的那个身穿明黄华服的人，那墨发高束、广袖盈风的高贵模样，是长诀天尊没有错。我的心一提，既然加冕的是他，那么成亲的该也是他了。我蓦地想起那晚皇宫外，妃色身影的拂灵让本神君二十天后来凡间看一场好戏，还让我画个扇面带过来。

想到这里，我不由得想骂人。

昨晚，师父他老人家还说长诀天尊他为我受了不少苦，如今若不是我真的下凡来亲眼瞧一瞧，还真是不晓得他替我受了这么大的“苦”，呵呵，君临天下，娶妻生子，受他大爷的苦。

我恨恨一瞥，便瞧见百层汉白玉殿阶下，文武百官跪列两侧，中间身着曳地三尺的大红嫁衣的一个姑娘，头戴华丽凤冠，在一众宫娥搀扶下，一步一步朝他迈去。我定睛一瞧，这姑娘果然是拂灵，哈哈，果然真是他奶奶的一出好戏，只差本神君画个扇子来证个亲了。

不知为何，见到曾经喜欢的孟泽一个接一个地娶小老婆，本神君当时也是大大方方花了扇面和和气气去证了姻亲，没有气成今日这个模样。如今瞧见他们俩这要成亲的模样，竟然觉得怒火烧进肺腑，胸口一阵疼。纵然我早听了婧宸说他俩下来是度个夫妻劫，可看到这样的场景，心中不难受是不可能的。我仰面长叹，才发现自己喜欢长诀天尊到这种地步了。

既然是度夫妻劫，怕他们俩回了天上，不多日便要成亲了吧。果真是旁人连羡慕都羡慕不得的好缘分。我低头，正看到此时的长诀袍裾一扬，亲自下了殿阶去迎接他美丽的新娘，满脸温柔怕不是装出来的。忍不住内心又抽出一阵痛。低头瞬间却发现一处偏僻的角落里，有位素衣白裙的姑娘静静趴在一个宫娥怀里，她脸色苍白若纸，嘴角缓缓涌出一股血。待看清那面容，我只觉脑海轰然一声仿佛要炸开。

若是本神君没有看错，这姑娘竟……竟同本神君有些像。

我晃了晃神，拂袖而下，靠近了仔细一打量，又觉得不太一样：本神君比她要胖个一两分，这个素衣白裙的姑娘，有些太瘦了；本神君纵然丢了一块心，面色相比之前有些不大好，但总比眼前这位红润几分。如此一比较，我便心安一些了，长得像几分这种事是有的。你看六师兄如果再硬朗一些不是也同沉钰有几分像吗。

她一副安静的模样瞧着大殿之上，面上看不出悲喜，只是十分憔悴。但她身旁的宫娥却是梨花带雨，哭得肝肠寸断，声音却是极力忍着没有一丝哽咽：“夫人，您把血吐出来，把血吐出来就不会这么难受了，求求您，您听话啊夫人。”

我瞧着这个面容清丽脱俗的宫娥，心中不由得一软不知为哪般。仿佛几万年不见的故人，今日再次看到她，只恨光阴太长太曲折，未曾早日重逢。

这宫娥又道："夫人，咱们回去好不好？"

她怀中的素衣姑娘虚弱却固执地摇了摇头，又轻声笑了笑，声音极小却有些甜俏："琉璃你看啊，我嫁给他的时候，没有穿这样好看的裙子，也没有戴这样华重的凤冠，但是他也握住了我的手……"她顿了顿，眼睛有些亮光闪了闪，依然是笑着的模样，"他的手比我的大，但是那双手今日要握住别的姑娘了。"

那宫娥眼泪簌簌而落，胡乱擦了一把，轻柔地抚了抚怀中人儿的背："夫人，皇上他怕是有苦衷的。"

怀中的姑娘却是笑得轻快，那样的笑容在这虚白的脸上显得格外无奈："我知道他早就想娶赵以清了，我薛轻总比不上他真正的清清……哎哎，琉璃你不要哭了，你再哭沈素就不喜欢你了。"

本神君终于明白，如今面前这个唤作薛轻的素衣姑娘也是那文漫皇上的妻子，如今却是强撑了病弱的身子来看他娶旁人了。纵然他是长诀天尊，纵然这是命盘所写，但是本神君着实看不上这样的负心汉，于是顾不得凡间禁术这一码，念了归心诀进入这素衣姑娘身体里。

当我生龙活虎跳离那琉璃怀中的时候，琉璃显然吓了一大跳，我心一横，对她使了个定身术，自己一路疾行，只差点飞上了殿阶去亲自质问那个负心汉。分列两侧的文武百官看见我这番精神模样皆是一惊，反应过来的他们便呼啦啦涌上来几个将我拦住。我抬袖子轻松扫开了十几个，抬头便见金盔铁甲的羽林卫霎时涌上来，手执弓箭，在我身旁围了三四圈。

几声高呼响起："护驾——"

我望着高台之上，浑身一惊。

他凛凛若神站在高高殿阶之上，广袖一扬将拂灵紧紧护在怀中。我透过层层锋利羽箭，望着他看向我时冰冷绝情的模样，那一刹那，仿佛万里冰雪卷风而来，冰刃一道一道将我划了个体无完肤。我始晓得，天尊大人他绝情起来，只消一个脸色，当让你肝肠寸断情尽此时。这感觉不知道是不是沾了这薛轻本身的几分悲苦。

我在百层殿阶之下，望着他，执起裙摆，一步一步踏上殿阶向他跟拂灵走去，围堵我的羽林卫层层后退，满弓的箭却是自四面八方直直对准我，护驾的声音依旧此起彼伏。

我轻笑一声：若是本神君动用仙术，任凭你们千军万马仍不是我的对手，你们这个驾怕是护也护不得；可本神君现在顶着一具凡人躯壳，且是个如此孱弱的身子，只消一箭便可拂袖西去，你们又是护个哪门子驾。

高台之上他终于朝这些个羽林卫大喝一声：“退下！”羽林卫得令“哗”的一声收了箭。

此时，我距他不过十步殿阶，他将怀中的人护得严严实实，是不容旁人伤害她半分毫毛的样子。可如果我没有看错，他怀里的人儿勾了唇角望着我的时候，杏眸中的嘲讽怕也不是假的。

脑海中缓缓映出的画面，怕是他同薛轻成亲的那一日，是在一处并不算大的宅子里。她墨发簪花，一双玲珑眼睛望着他，语气冷然轻巧，裹了丝丝清甜：“萧漫，我今日要嫁给你了，你可好好待我。”

他没有搭话，只是满目温情一把握上她的手，转身牵着她走的时候，风姿翩翩高华若神。

可是今日，他却没有走下哪怕一步殿阶，来握住我的手，他满目的温情，也只是对他怀中的人儿。肺腑一阵翻腾，赫然涌上一股咸腥，凉风灌袖，我竟一个趔趄差点从这高高殿阶上滚下去。我拂袖擦了擦，这薛轻的身子着实不争气了些。

那拂灵，哦不，此时应该称她赵以清，却是瞪大了眼睛一副天真无邪的模样扯着他的前襟：“皇上！轻姐姐吐血了！”

他抚着赵以清的发将她的脸埋入怀中，轻声道了句：“你胆小，莫要看。”

你胆小，莫要看。

忍不住湿了眼眶，只是这眼泪，不晓得是我自己的，还是那薛轻的。低头一阵笑：薛轻啊薛轻，你怎的混得如此不济，你心心念念的丈夫娶了别人也就罢了，如今见到你吐血，不是上前关怀你一句，却是对另一个女人说“你胆小，莫要看”。这恐怕就是强求不得的情缘吧，你将他视若珍宝此生不换，他视你若破衣敝屣，弃之从不怜惜。

我稳了稳身子，吞了吞血水，一步一步走近他，此刻那些个官员侍卫得了他的令，终于不再阻拦我。其实我也不晓得自己是在做什么。

“萧漫，”我以为自己唤的是文漫这个名字，开口却成了萧漫，我微微颤了颤又道，“你若是不喜欢我了，能不能放我走？”说完又是浑身一惊，我不晓得自己是中了什么魔风，明明想质问他为何这样绝情负心，万没料到开口竟是说了这句话。这些薛轻的想法，仿佛封印了几万年此刻却破印而出，我突然不想问那些恩怨情仇，只想亲耳听一句你可愿放我走。

他剑眉倒竖，眸光一沉：“你要去哪？”

我抬头，眯眼望了望天上的云彩，又望了望远处的宫墙，转头笑道：“哪里都好，找个肯待我好的人嫁了，我其实还正是年轻的好时候。”

他似是没料到我竟说了这样的话，尚在惊讶之中，他怀里的赵以清却突然抬头看了我，惊恐道：“姐姐莫要胡说了，你尚且是皇上的妃子，怎能说出这样的话！”

萧漫终于回过神来，冷笑道：“你当初既是朕娶回来的，死也要死在这皇宫，你想再嫁给别人简直痴心妄想。”

我心一凉，不解道：“你娶了别的姑娘，却不准我再嫁给别人？”

他转身扶了赵以清去身后的椅子上坐下，又迈步到我身旁，负手而立，居高临下道：“你若是肯好好待在朕身边，朕保你锦衣玉食，富贵荣华。”

好一个锦衣玉食，富贵荣华。

今日看到这薛轻的模样，我便能断出她不过三年便要寿终正寝了，于是笑道：“我怕是活不得太久，要你锦衣玉食有何用，要你富贵荣华又有何用。”

他听到我活不长久这句话神色却是一滞，却旋即冷笑着捏起我的下巴：“你这是在威胁朕吧？朕不过让你为清清解个毒你便要这样记恨着，不过是你举手之劳，你却偏要同朕讨个要死不活的人情？”

我打量着他的神情，像是真的不晓得薛轻活不过三年这一桩事，忍不住心中一酸。我这一酸是想到了当初他娘亲就要死了的时候，他的父亲坐在大殿饮酒却死活不见他母子二人最后一面的情形。

如今看来这萧漫果真是像极了他的父皇，绝情至此，人间极品。只是苦了这薛轻。

我叹了口气，罢了，本神君终究不是这薛轻，她这样的命途也是造化使然，瞧上了这样的负心汉，是她命定里的劫难。正欲罢手回神界，却不料神识不受控制，转头对身旁的宫侍道："拿把空扇子来，我要为皇上跟赵姑娘画一幅扇面。"真真十分邪行，但所幸本神君方才说的是画扇面，若是说"扛一麻袋海鲜来，我要给皇上做海鲜火锅"，那还了得。

扇子不多时便呈上来，我挥笔作画本是十分拿手一件事，却因着这薛轻的身子弱，一幅龙凤呈祥的扇子画下来，额上虚汗已然大盛。我强撑着身子将扇子呈给他的时候，他只是轻轻打量了我一眼，面上无悲无喜，仿佛看着一个无关紧要的人，就算我立马倒地而死也激不起他半分情绪。但我还是笑着说："愿汝龙凤姻缘，白首至老。妾身福薄命浅，与君三日而别。"

我说的三日，是指神界的三日。

此时与他无关痛痒，对三年后的薛轻，怕是生离死别了。我转身走下殿阶时，其实什么都没有想，只是看着这高高的宫墙，觉得有些无奈有些可惜罢了。不知道是为自己无奈还是为薛轻可惜。我同她其实有几分像的，比如，我们俩都瞧上了一个早已看上了别人的人。

我回了天上准备去看六师兄跟沉钰的时候，凡间用了仙术那一报立马还了回来，一口血将自己今日才换上的白裙子给吐了。正打算去六师兄府上再换个衫子穿，却没料一抬头就撞上了慌张奔过来的婧宸，她泪眼婆娑地拉着我便到了她的府上。

"良玉，你晓不晓得沉钰他怎么了？"

我心登时一提，却是不敢声张绝情丹一事，只怯怯道："他出什么事了吗？"

她抹了一把眼泪，本神君第一次见她哭，着实有些慌了，却又不知道如何安慰，只见她眼眶通红道："今儿打司命府门口遇见他，我同他打招呼，我问他是不是又去见青月了……他、他、他问我谁是青月……"

我只觉得右心轰然跳离了心窝，难不成昨晚那湖中的结界没有将他困住？！那绝情丹果真起了作用？！我拉住婧宸，颤颤道："不能吧……他莫不是装的吧？"

"他、他以前那么喜欢青月，怎么会装作不认识呢？"她咬了咬唇道。

我擦了把虚汗，问她："沉钰可还认识你？"

她泪如雨下，摇摇头："不认得……"

这句话惊得我浑身虚软，若不是婧宸支撑，我几欲瘫在地上。

她扶着我坐在椅子上，啜泣道："我不知道他怎么了，便一路追着他到了北海。他后来仔细端量了我一遍，问我跟在他身边是不是他的老婆，若是他老婆的话就伺候他，脱了衣服跟他一块睡吧。"

我眼眶瞪得生疼，死死抠住椅子才未从椅子上落下来，唇齿打战道："那、那、那、那你是如何说的？"

她失望道："我二话没说便揍了他一顿，他现在还在北海躺着。"

"……"

她哭丧着脸望了我一眼，推给我一盏茶："你这个表情怕是在笑我傻吧……"

"怎么会！你揍得对极了！"

她瞥我一眼："我也知道自己喜欢他这么多年，就是想着有朝一日同他花前月下共赴巫山，可如今亲口听他说了这样的话，只觉得他是个混账流氓，你说他怎么能前脚刚喜欢青月，后脚就要跟本公主睡觉呢？"她怒目圆睁，咬牙切齿道，"你说他是不是个流氓！"

我赶紧道："他确实是个流氓，你莫要答应他！"说完偷偷揩了把汗，若是婧宸公主拿出当年强吻了沉钰的气势来将沉钰睡了，那天帝大人势必要逼迫沉钰娶了婧宸，这样一来六师兄跟沉钰之间怕是永无可能了，思及此处，忍不住给婧宸奉了杯茶，赞叹道，"公主殿下洁身自好，揍得好哇揍得十分好！"

最后竟是婧宸借了我一条红裙子，只是这大红颜色的裙子我许久不穿了，总觉得有些鲜艳。婧宸拍了拍我的肩膀："良玉，你这样穿着比那拂灵好看多了，我叔爷爷他眼神着实不济。"

我揉了揉眉心，长叹一口气道："莫要再提他了，等他从凡界回来，拂灵便成了你婶奶奶了，于我还有个什么干系。"

她拉着我的胳膊唏嘘道："良玉，你也是个可怜人……哎哎，不过你长得好，脾气也好，不愁嫁不出去的。"

分别时候，我仰面道："左右已经打了十二万年光棍了，顺其自然吧。"

婧宸瞪直了眼惊讶道："打了十二万年光棍？良玉你……你不是才七万

岁吗？”

我登时一慌：“喀喀，本神君预料到自己还会打个五万年光棍……”她还要说什么，我赶忙道，“我现在就去北海看看沉钰那流氓到底中了什么魔风了，公主殿下且留步！”说罢拂袖御风朝了北海奔去。走到半路转念又想，此刻应该先去看看我六师兄。于是叹了口气折道去了司命府。

六师兄府上的厨子跟书童、仆侍之类都已经回来了。但不知为何，如今瞧着这热闹光景，兜头罩下来的却是寂寞。

而我，是在酒窖里找到了六师兄。

在这之前，我从不晓得六师兄会这样抱着酒坛同大师兄一样，仰面灌酒，这样粗鲁的喝酒方式，同我温文尔雅的六师兄极不登对。可看到清凌凌的酒一股酒下来，冲上她白皙面庞，冲开她三千青丝，她背后成百上千的红泥酒坛此刻便都是摆设，你只看到得到眼前这绝世却放纵的容颜。我六师兄，就算醉酒放纵的六师兄，都美成一幅画，旁的神仙如何比得上。

她看到我，眼神清明，笑道：“小九，你来陪我喝一坛。”

我一跃而过，捞起地上一坛花雕便靠在她身旁，想说几句宽慰她的话，却不晓得该说什么。不知道说什么便喝酒吧，我打开酒盖，仰头便灌了几口。

六师兄喝了这么多酒，神智却十分清醒：“小九，我此生怕是同沉钰再无半分瓜葛了。”

我喉咙一哽，胡乱应了句：“嗯。”接着又灌了一口酒。

“他今日走的时候，抬头对我说了句‘叨扰星君了’……你说，”她望着酒窖口射下来的日光，轻笑道，“他之前明明那么纨绔那么难缠，明明那么讨人厌，为何他走了，他拂袖潇洒地走了，我却还要想他？”

“六师兄……你其实早就看上沉钰了吧。”我忍了很久，却还是说出来了这句话。

我没料到听到这句话的六师兄会哈哈大笑起来，只是笑着笑着眼泪就流出来：“小九，我还没有来得及好好对他……我占了他这么多便宜，却还没有来得及还回来……”

“没来得及好好对他为何就用了绝情丹？”

她抱着酒坛子的手一顿，抬眸望着我，似是不敢相信：“你……都知道？”

“我知道的不止这些，我还知道你是女儿身。”

她仰面躺在酒窖地面上，发丝散乱，她就望着那酒窖口射下来的那一片日光，轻声说话，仿佛是说给我听，又像是说给自己听：

“那个时候，我还爱看萤火，第一次见到他的时候，他身后万千萤火漫漫飞舞，他第一次让我做他的老婆。彼时，我只觉得他是个笨蛋。青月星君，是个男星君。也是那晚，我随口一说让他把这萤火收起来吧，他后来果真就收起来了，其实为了那个养萤火的地方，他生生受了长诀天尊一曲扰人心智的笛音，才有资格做了天尊的弟子，才寻到这样一处养萤火的好地方。小九，你这样喜欢长诀天尊，当晓得他的笛音若是让你身心愉悦极易，让你灰飞烟灭也是极易。其实你看，沉钰他是有些厉害的。

“后来他去大梵音殿种芋头，那是我最讨厌他的时候。可如今看来，那时的沉钰其实十分可爱，犹记得那一日突然暴雨倾盆，他怕大雨砸坏了芋叶，竟然专门给芋头弄了个结界，他自己却忘了钻进结界底下避雨，浑身都湿透了。我纠结了许久，却没有请他回屋喝杯茶。

“还有一回，我写的一桩命盘，个中劫数，得罪了南极仙翁的侄孙儿，彼时我做司命尚不久，仙翁他当着凌霄金殿的天帝和诸神，对我百般刁难，这司命星君几乎要保不住了。却是他求了他师父，长诀天尊几万年不干四海八荒的政事，那一日却破天荒出现在凌霄金殿上，拿着那桩得罪了仙翁的命格簿子，当着诸神的面，逐字逐句地赞我文采斐然云云，落笔生花云云。且后来，沉钰他替我出头强行摘了仙翁的长寿锁挂在了司命府大门上。我有些恼怒他纨绔的行径，他却自始至终都是为了我。”

我偷偷揩了揩眼角的泪，道：“你既然知道这样多，那为何还要强逼他服那丹药？”

她眼中十分悲苦：“小九，若是你，你会选司命星君这个职位，还是会选择沉钰这个心上人？”

“我比你……自由许多。”

“是了，”她笑吟吟灌了口酒，酒水像是变了个地方从眼角流下来，“你比我自由许多，从没有一个职位框着你，从没有谁留下遗言叮嘱你让你刻苦修行，让你尽心尽力担着这个司命星君。”她闭上眼，“可是，你六师兄我也会累啊，也会有七情六欲啊……”

我的眼睛酸涩不已，我知道她此刻心中更委屈的是自己明明一介女辈，却要被她娘亲变成男儿身，为着她家中这司命星君一职，鞠躬尽瘁。

“可我如今最对不起的人便是沉钰了。小九，其实我也晓得，神仙来生遥遥虚渺，但我也常常想，若有来生，我一定要先记住他，一定要对他好，忍着他的嫌弃，忍着他的拒绝，做他爱吃的菜，养他爱看的花虫鸟兽。”她仰头将酒坛中的酒一饮而尽，仿佛也将那种种悲苦一饮而尽。

可本神君也晓得，神仙哪里有什么来生。六师兄她此生只能挂着遗憾牢牢记着沉钰给的这些还不了的情意。

六师兄最后还是醉了，我安顿好她，便想起来还没去看看沉钰。

本神君以为沉钰那厮因着这桩事应该悲伤消沉几日，就算不是以泪洗面却也该长吁短叹一番。可万万没想到，本神君见着他的时候，他蹲在水晶宫里吃火锅吃得酣畅淋漓，那嚼着海虾兴奋满足的表情，让我浑身一震。

我眨了眨眼挪腾过去，心窝处暖流“哗”地一下涌上来，我愣了愣才开口道：“你……还认不认得我？”

他便蹲在地上抬头望了我一眼，那双凤眼依旧流光溢彩，俊美得不可方物。他跳起来拍了拍我的脑袋，哈哈笑道：“你是不是傻了，爷爷我同你几万年交情你怎么说我不认识你？你来得正是好时候，这锅海虾爷爷匀你一半！”

我彻底惊呆了，他不认识六师兄不认识婧宸，偏偏记得我？

本神君惊慌失措起来，扯了扯他的袖子问：“你认不认识青月？”

他瞧着我若瞧着痴呆一样：“认得。”

“那你为何装作不认识他？！”

他拍掉我的手：“你傻不傻，你难道不认识司命星君？爷爷我虽然认识他，但也不熟的，”抬眼瞧了瞧我又道，“不是我说你，大家都位列仙班，你好歹记一记，免得以后见着面不晓得如何称呼。”

我死死瞅着他那副认真模样，竟找不出丝毫装的痕迹，本神君废了如此大的功夫将他同六师兄困在结界中，以免绝情丹噬掉他的记忆，如今竟是竹篮打水一场空，他竟然还是全忘了，顿觉天地一黑，一下瘫在他身旁。

他扶着我坐在软榻上，诧异道："你是不是饿晕了？要不爷爷我让人送十斤海虾过来？"

我一把抓住榻木，竟硬生生抠出指印来，抬头只觉悲痛万分："你竟然把六师兄忘了，你为何还记得我？！"

他倜傥一笑："你追了我师父这样久，纵然他久久未回应你，但你这份痴情爷爷我瞧在眼中，天上地下所有的仙子怕都没有你这么死缠烂打的，爷爷我想不记住你都难。"

我抠着榻木悲伤地纠正他："姑奶奶我没有死缠烂打，你莫要血口喷人。"

他不以为然，舍了我继续去吃火锅，我望着沉钰如今的这个样子，内心十分悲痛，仰面长叹一声后，跳下软榻，跟他一起和谐地吃了一顿海鲜火锅……

可我万万没有想到，沉钰那厮竟然在火锅中下了瞌睡药。我吃完火锅便倒头大睡，再次醒来，已是三日后。我悔恨锤墙，北海却无一人应我。我手握玉渠剑，气急败坏扯住龟管家的领子破口大骂："你若是不同本神君道清楚沉钰那个浑蛋去哪儿了，我当下结果了你！"

他颤巍巍捂住领子，慌乱道："神君莫怪……君上他……应该是去见天帝了……"

我心下当即一凉。他这番给我下药，却让我也终于晓得他不是真的忘了六师兄，他果真是装的。

而三日后，九重天，凌霄金殿，我不仅见到了六师兄跟沉钰，而且见到了我打落入这崆峒幻域一来，第一次面对面见着他神仙尊身的长诀天尊。

我至少有五万年不曾到过这凌霄金殿了，当年落入忘川海，一度都忘了自己还是个姻缘神君。后来天帝他老人家颁旨下来，说是体恤我辛苦，日后只给一族之长证个亲即可，其他许多事都不用我操心了，包括之前每月来这凌霄金殿述职。

如今，我却是在这里，重新又见到了长诀天尊，他一派端庄坐在殿中侧首，他面前是跪着的六师兄跟沉钰二人，而金殿上首是天帝大人。当今的天帝虽然是天尊的侄儿，年纪却比天尊还要大一些，这些追溯到天帝阿爹阿娘、爷爷奶奶之辈的事，我们暂且不深究了。

天帝大人面色萧肃，正襟危坐道："之所以传神君前来，是要问一问拂灵偷看命盘之事，听闻神君晓得个中详情？"

我一愣，终于明白我六师兄为何要跪在殿中了，因为命盘是出自她手，她怕是要担一些过错。但婧宸不是说过拂灵偷看命盘大家睁一只眼、闭一只眼就包庇过去了吗？如今这个阵势，是要秋后算账？

但无论如何，拂灵终究是天尊大人的表妹，日后怕也要成了天尊的夫人，天帝这个问话想必是走个程序吧。我转头看了看长诀，却见他手执茶盏，捏着茶盖漫不经心拂着茶芽。他许是看出我在打量他的神色，悠悠抬了眸子，仿佛拂灵偷看命格簿子这件事跟他无关一样，道："你但说无妨。"

我竟忍不住自嘲道：好一个但说无妨。你这个但说无妨是几个意思，倘若本神君真的说了拂灵那不是，是不是出了这凌霄金殿你就将我碎尸万段，祭了你心尖尖儿上的拂灵？

我扬起裙裾，郑重跪在六师兄身边，仰面认真道："良玉从不知拂灵郡主偷看命格簿子这件事，还望天帝大人明察，不要污拂灵郡主的好名声。"

余光瞥了瞥天尊大人，只见他捏着茶盖的手一顿，茶水洒出两三滴。

我又道："倒不知此事与我六师兄何干。"

六师兄偷偷扯了扯我的衣角，示意我莫要问。天帝大人没有搭话，长诀却是"啪"的一声落了茶盏道："是青月星君写的这命盘，至于拂灵为何能看到，这件事他当知道得最详细。"

本神君一阵恍惚，这恍惚过后终于想起一件事。那是我落到这崆峒幻域的头一日，我六师兄便愁眉苦脸告诉我天尊大人将她写的命盘拿走了，拿走也就算了，还强行消了她的记忆，如今天尊大人却是要装傻了，命盘明明是他拿走的，现在反而说我六师兄知道得最清楚。可怜了我六师兄，她现在连那命盘中写的是什么都记不起来了，却还要在这儿苦苦跪着受罚！

我只觉怒气翻腾，正欲拂袖而起找长诀理论，六师兄却将我拉住，道："天帝大人！我方才已经招了，拂灵郡主那天确实来了司命府中，趁我不备偷走命盘，还将我……将我关于那命盘中记载之事的记忆消掉了……"

本神君目瞪口呆！

六师兄又道："天帝大人若是不信可问沉钰，他当日、当日在小神府上……饮茶。"

沉钰浅浅望了六师兄一眼，面色十分平静，纯良道："我同青月星君并不熟，何曾在你府上饮过茶？我不记得了。"

六师兄登时面色惨白，百口莫辩。沉钰如今倒是个演戏的好手！本神君恨不得一脚踹上他，看他记不记得。

天帝大人终于开口道："既然神君对拂灵一事并不知情，如今断不能凭借青月星君的一面之词定拂灵的罪……"

长诀天尊起身迈到我身旁，居高临下对上我的眸子，他手指轻轻触了腰间紫玉笛的几个笛孔，开口道："你怎么会不晓得？你明明亲眼看到拂灵偷看命格簿子了。"

我只觉一阵笛音从耳中钻入，逼得神智一下松散，视线有些模糊，我被那笛声牵住，颤抖几分开口道："天帝大人恕罪，方才……方才良玉说了谎话……良玉确实……确实亲眼见到拂灵偷看命格簿子了……"说完这句话后长长吐出一口气，神识归位，视线清晰，方才说的话已然忘了干净。

只见身旁的长诀转身道："如今已经有了良玉神君的证词，本天尊亲自状告拂灵偷看命格一事，天帝大人可是相信了？"

我一惊一怔，丝毫没料到形势是在如何发展，长诀这是唱的哪一出？金殿之上的天帝大人亦是一惊一怔："叔父您……您可想好了？"

长诀谨严道："偷看命盘这一桩，加之三月前伪造本天尊信物那一桩，又加之十年前偷食姑瑶山瑶草这一桩，如今三罪并处，还请天帝秉公而断。"

我并不晓得拂灵是伪造了长诀天尊哪一件信物，但是偷食瑶草这一桩实实在在骇了本神君一把。这姑瑶山的瑶草乃上古美艳的神女化身而成，这瑶草看之媚心，食之媚人。但瑶草早在几十万年之前便被神界列入禁药之中，我在大梵音殿修行时，师父还提过这一点，说这瑶草魅惑心神，当避而远之。我万万没想到，拂灵居然偷食过瑶草。

天帝大人十分为难，像是同我一样，不晓得长诀天尊这样说是否真要定那拂灵的罪，还是……

只听长诀道："偷看命盘，透露天机，这一罪当受荒火一十五道；伪造信物，损吾声誉，这一罪，当降位五品与妖魔鬼怪之长同阶；偷食瑶草，伤风败俗，这一罪当逐出神界，永生永世不得再入神籍。如今正巧姑瑶之境的妖族缺一个妖君，就让她去吧。”

听到此处，我跟六师兄已是瞠目结舌。沉钰那厮神色亦是有些起伏。

所幸天帝大人尚且清明，思索了片刻，点头道：“叔父考虑周全，那待拂灵从凡界回来便将她贬至妖君一位。”

从凌霄殿出来已是傍晚时分。我脑袋里仿佛熬了一锅粥，不清楚明明那般喜欢拂灵的长诀天尊方才为何会如此不留情面要将她逐出神界，为何非要拉上本神君和六师兄垫背。我一路走一路觉得不对劲，也不知哪里来的无名火，蹿得十分猛烈。本神君恨恨道：“你说他是不是魔怔了！”

背后传来悠悠一声：“谁？”

我还没来得及辨别那声音出自何人，一脚踹飞个石头，脱口道：“长诀那个王八蛋！”

身后又传来悠悠一句：“那王八蛋把你的情敌赶走了，你不开心吗？”

“你敢再说她是本神君情敌休怪我不客气！”本神君嗖地转身抡圆了胳膊便朝他撸去，手臂却在半空中被一把握住丝毫动不得。我咬牙切齿透过飘摇的衣袖看着浅浅月光下，那霜衣墨发、差点挨了我揍的神仙，登时右心蹿到嗓子眼，羞红半边脸色道：“沉钰跟六师兄……他们俩没跟上来吗……”

长诀大人勾了勾唇角，握着我的手臂，半眯起眼打量我：“一月未见，你脾气倒是长了不少。”

他不提一月未见这件事还好，他一提起来，这一月的种种便兜头照过来。方才那些无名火如今都找到了名堂，我气得不轻，用力抽出手臂，退了三步同他保持距离道：“天尊大人去忙吧！小神告辞了！”说罢拂袖便走。

他却又迈上前来一把握住我的胳膊，语气有些无奈：“小玉，你怎么了？”

我瞪大眼睛看着他，冷哼了笑道：“我怎么了？小神能怎么？！天尊不是忙得很吗？小神只是不愿打搅你罢了！”

“小玉……我不忙。”

我使劲甩了甩，却是如何也甩不脱他的手，于是抬头盯住他，气得浑身颤抖：“如今你不忙了，倒想着来找我了。当日……当日我初到这个鬼地方，见着了本应仙逝了却在这里生龙活虎的沉钰，见到了本该是妖君却称自己自始至终都是神界郡主的拂灵，说不害怕是不可能的。那时候唯一能找的人就是你，你且是我心中唯一的依靠。可我奔到三十五天去找你时，你闭门不见也就算了，但你单单见拂灵是为何？那时我想，你今日不见我，那我明日再来找你吧，可到了司命府，我六师兄对我说，你一个月都不会见我又是为何？你怕是从来都不想见我吧，若是觉得本神君纠缠你，你且明说，我良玉断不是那种死缠烂打之辈！”

他无奈一笑，抬手拂了拂我的额发，手掌滑到脑后，一个用力将我裹在怀中，轻柔道：“说完了？”

我却是对他这个动作泛起一阵厌恶，若是本神君没有记错，三日前凡界皇宫汉白玉殿阶前，我就是亲眼看见他这样将拂灵紧紧裹入怀中的。我猛地挣脱开，手掌抵住他胸膛让他莫要再靠近，义正词严道：“天尊大人当遵礼数，动手动脚成何体统！”

他眉头一皱，似是没料到本神君会有这样大的反应：“你我亲都亲过了，如今抱一下却是不成体统？”

“一桩归一桩！如今我看到你这副样子实在厌恶。”

长诀天尊疲乏地揉了揉额头，望着我叹道：“小玉，你是不是对我有什么误会……”

呵呵！好一个误会！我甩开衣袖稳稳站定，哧笑道：“你让清微宫的宫娥告诉我你闭门不见客是误会？你告诉我六师兄让我不要去见你是误会？你在凡间君临天下娶妻纳妾是误会？明明是你拿走了命盘最后却栽在拂灵和我六师兄身上这些都是误会？”

月辉清冷，花木重影，疏离萧索，长诀天尊站在我对面，眉眼中疲惫之色渐浓：“诚然你方才说的这些，都是事实……”

“那便是了！虽然你贵为天尊，但也请你稍稍体恤一下我跟六师兄这些位卑权轻的小神仙，我们并非像你一样跟天帝大人是亲叔侄，犯了错也没有谁能替我们担着，一不小心神籍就没了。如若你一早就没有看上我便不要在孟泽婚宴时候来招惹我，如若你喜欢拂灵到骨子里也请你珍惜她。”这番话在心里憋得十分难受，没想到说出来难受竟没减少一分。

他苦苦一笑，抬手想触一下我的脸颊，却被我躲过，他默了一会儿，语气染了些哀色，道：“小玉，你去过凡间了吧。但凡间那些事，不过是命盘所写，个中对错，当数当事者最清楚。不管你以后会不会看到这命盘……也请你要记得，这些，并非是我心之所想……”

凡间那一些，我看得不多。可是三日前那一场，我却真真实实觉得难过，纵然知道此时他都历劫回来了，纵然知道凡尘那些是命盘所书，可那七情六欲是真，那悲欢情仇也是真，于是仰面问道：“我只想问你，你为何要那样待薛轻？”

他身形一僵，似是没有料到我会提这个名字，皱眉望着我，沉默了许久。我以为他要同我解释一番那样对待薛轻的原因，可他却终究没有提那薛轻，只是开口道：“小玉，我有些累了……”

那时候，我以为他没有提薛轻，只是因为他实在太讨厌她，连提起来都觉得厌恶。

他拉上我的手，我想抽出来却被他紧紧攥住，他像极了要要流氓的沉钰，只是作风比沉钰更稳当，脸皮比沉钰更厚，神色装作无比委屈道：“小玉，我刚从凡界历劫回来，真的累……历劫总归要消耗许多修为体力的，今夜怕还要吐个血、发个烧之类，你若是忍心我孤家寡人这样自生自灭，便抽了手走吧，你若是不抽掉手，我当你今晚想陪我了。”

我一惊，慌忙使劲想从他手掌中把手抽出来，却没料到他攥得这样紧，我正咬牙切齿打算同他理论时，他低声一笑，牵着我边走边道：“我便知道你不舍得抽掉手，舍不得离开我。”

“……你是不是太无耻了？！”

“我却觉得这样刚刚好，无耻也只是对你一个人而已。”

“……你是不是流氓！”

“流氓也只是对你一个人而已。”

“……”

我随他到了清微宫，又见到了苏苒姑姑。她现今的模样，同五万年后没有什么区别，依然端庄美丽，慈眉善目。她热心地给长诀天尊和我准备了晚膳，我因被沉钰下了瞌睡药连寐三日，如今见着这样可口的饭菜，吃得十分欢畅。饭毕借着苏苒姑姑的体贴又欢愉地洗了个澡，只觉神清气爽。

苏苒姑姑一直在外面等候，见我沐浴出来却微微蹙了眉道："良玉神君，苏苒有个不情之请。"

我见苏苒姑姑这样客气说话，登时觉得不好意思起来，赶忙道："姑姑何须客气！但说无妨。"

"神君不知，今夜正赶着这三十五天倚罩园里的待宵花花期，苏苒今晚要趁着那待宵花开之前洒一层无根水，怕是抽不出身伺候天尊大人了。尊上方从凡界历劫归来，身心俱疲，今夜正是需要人照拂的时候。但若是那待宵花侍弄不好，天尊大人日后看到怕要不开心，旁人摸不得那些花的脾性，非得苏苒不可，所以想请神君替我照拂天尊大人一晚，不知神君可有空闲？"

"有空有空！苏苒姑姑放心去吧，小神当伺候好天尊大人。"我说。

苏苒姑姑感激一笑，冲我行了礼便匆匆离去了。她走了我才恍然悟得，姑姑并没有告诉我如何照顾那长诀天尊，我答应得容易，万一伺候不妥帖了可如何是好？

我扭扭捏捏进了长诀天尊的厢房。这是我第一次进天尊大人的厢房，不得不说，天尊大人住的地方比我的都要讲究几分。且不说那面翡翠镶银带的屏风，那洒金梅锦绣上暖玉的书桌方椅，单说那每处角落精巧安放的花草木植，就有一些我叫不上名字来。看来天尊大人五万年前就是养花种草的高手。

我一路观赏，绕过屏风便瞧见了宽大云床上的长诀天尊，他手执一卷书，霜色衣袍穿得十分正经。见我来了微微一笑，不染纤尘："你怎的来了？"

我撇了撇嘴，嘟囔道："苏苒姑姑托我来伺候你。"

"哦，苏苒想得周到。"他放下书卷，望了望窗外月色，心安理得道，"确实不早了，来伺候本天尊就寝吧。"

我一愣："你睡觉还要如何伺候？"

他也惊讶打量了我一眼，"苏苒没有教你？"

"她走得急……我忘了问……"

他低低一笑，冲我招了招手，我便凑过去："伺候我睡觉是十分讲究的一件事。"

我木愣愣望着他，打算认真听，却没承想他一把将我捞进怀里，我尚在震惊之中便由着他抱着我转了身，滚到床的内侧。一床柔软凉被罩过来，他手臂搭在我腰上，眸光璀璨，若银河星辰："但是有你陪着我，那些讲究便统统都是虚的，不要也罢。"

我不明所以，瞪大眼睛瞧着他，他却是闭了眼，轻声道："睡吧。"

本神君见他这样坦荡的神情，内心十分震惊，想提醒他我同他睡在一处十分不合礼仪，于是动了动身子打算撑胳膊起来，他却睁眼迷蒙道："怎么了？"

我看着他这人畜无害的疲乏模样，竟一下子动容，动容之余竟连累脑子顺便抽了一风，抽风之余又说了一句："你不脱衣服吗？"

他半眯了眸子，身子又贴近我半分，浅浅一笑："你要同我脱衣而眠？"

意识到自己说了什么话，我登时羞红了整张脸。幸好他没再揶揄我，又闭了眸子，道："乖，睡吧，我今日真的乏了。"

我见他这样疲惫，不好意思再打搅。纵然今日自己也生了他的气，但是看到他累成这样，心里终究是不忍的。于是尽量不动，怕他又被我惊醒。

一来二去，自己竟然也睡着了。

梦中却觉得有冰凉的东西在我左心上游走，摩挲着上面那道剜心时候留下的疤痕，前些时日因着受了孟泽那个混账的折腾，又落下几道口子，十分狰狞。

于是梦里并不想让他看到。

可我昏昏沉沉，说不清楚究竟不想让谁看到。

于是努力抬起右手把那冰凉的东西拂掉，不过片刻又觉它稳稳贴过来。

我又抬手，有冰凉的藤蔓缠住了我那右手，令我动弹不得。我估摸了片刻，左右也是动不得，于是便在这任人宰割的梦里愈发睡得沉了。

有清宁花香，悠悠转转落下来，带着细霜的冰凉。心上的疤痕微微生出颤抖，忽然觉得那缠住我右手的藤蔓僵硬了许多，我哼哼了几句，它马上恢复了先前的样子，十分温柔凉爽，我把脑袋贴在右手的藤蔓上磨蹭了几下，嗯，果然很凉爽。于是藤蔓从手上松开，缓缓爬上我的额头。

这真是一株善解人意的藤蔓，等我睡醒了一定把它拔出来栽到青瓷盆里悬在我床头。想毕，又颇不舍地贴着它蹭了蹭。有声音自头顶传来，凉薄清淡，带着微微颤抖："小玉。"

我含糊应了几声，又睡过去。

……

次日清晨，我眯着眼透过檀木镂花的窗格，望了望窗外，绿油油一大片瞧不出什么，却觉一派宁静安然，清凉舒适。

于是又合眼迷蒙着，摸到头上依然凉爽温柔的藤蔓，轻轻捏了捏，手感也很好，凉凉滑滑的，除了坚硬点没别的毛病。

温润的声音捎着一丝清凉贴着耳朵吹进来，惹得我一阵痒："醒了吗？"

我舍不得睁开眼，懒懒地应了一声，便缩着身子往墙上靠。却觉得今天这墙也很温软舒适……

忽觉不对，默然抬头眨了眨眼……

此番我正紧紧贴在一个男人身上。那人眉目流彩，包含万古风华，墨发若流瀑之柔顺，肤如月光之皎皎。

我低头看我除了襟口被蹭上去外，仍旧穿得板板正正一丝不苟的衣裳，再看看他身上除了雪白的里衫还松松垮垮地挂着，其他皆不知去向，一副受尽欺负的模样。我猛地摸到额头，摸下来的却不是藤蔓，堪堪是一只白白净净凉凉爽爽的手……

想着梦里我不住地往这"藤蔓"上蹭，心里留下千行羞愧泪，颤抖道："天尊大人，小神不是故意轻薄你的……"

还没说完便被他捞上去，躺在他的臂弯里，正对那双笑意满满的眸子："你睡得这样熟，怎的知道自己轻薄我了？"

我双颊烫得厉害，不受控制地蹦出两个字："直觉。"

他欲抚我脸的手顿了顿，嗓音低平却撩人："你直觉挺准的嘛。"还不及我搭话，他便抱着我贴床滚了一圈，利落地下地穿了件寻常的霜白袍子，袖口一处龙纹绕梅图饰绣得格外精致。

我便坐在床上呆愣愣望着他。他转头笑道："我有些想吃荷包蛋了，你可否煮给我吃？"

本神君几乎是想都没想就说："好。"

可本神君端着荷包蛋到大殿时却已经找不到长诀天尊的影儿了，唤了几声亦是没有人应。我盯着碗中的荷包蛋竟不自觉有些惆怅，要是换在往日，他爱吃不吃；但是现在，却十分想看他吃下去，最好还能夸我一顿。毕竟，今日我是专门为他做的。他倒好，现在连人都不见了。

我搁下碗筷，闷闷往清微宫花园走。夏日烂漫，处处是花团锦簇、芳草碧茵，他这花园里种的花也十分讨人喜，只是我叫不上名字的居多，认识的有些少。看着这满园子的花木，本神君觉得日后娶了天尊大人到丹穴山其实也不错，我丹穴旁的不甚出众，但是土地宽广肥沃，他若是对花草木植感兴趣那本神君便由着他可劲儿种就是了。

思及此处，心情不由得大好，看着这天气愈发晴朗，看着这花木愈发怡人了。本神君悠悠转转往园子深处走去，忽见墨绿梧桐叶掩映下，不远处一霜一墨两个神仙十分出众。我细细一打量，果然是长诀天尊跟沉钰那厮。

我现今看到沉钰，已经不知道是什么样的心情了。本神君辛辛苦苦进了他的梦中，凭借着师父的帮助才勉强将他跟我六师兄罩在结界底下躲过绝情丹的折磨，给他保全了同六师兄这一桩情。他不对本神君感激涕零也就算了，却还给我偷偷摸摸下了药。但也得亏他下药了，要不然我还真以为他忘了六师兄偏偏记得我了。想到这里，也便不怎么恨他了。

他们俩神色都是严肃的模样，像是在商议什么大事。我思索了许久，想到月余前这崆峒幻域外，我便是听了长诀天尊跟苏苒姑姑的墙脚话，才知道了长诀天尊打算独自去崆峒印下寻找我的心脏的心思想法，虽说最后本神君也没有帮上什么忙，还进了这个鬼地方，但好在是有难同当，总比他一个人来这里好一些。今日这墙脚，怕他又有什么要瞒着我自己偷偷去做，于是我下定决心——这一次的墙脚还是要听的，天尊大人你莫怪良玉我无耻，本神君不过是担心你而已。

却听沉钰的声音响起："师父，其实沉钰也不明白你这样做是为何。明明是你带走了命盘，青……青月他其实算是无辜。如今你真要让天帝治她的罪不成？"

我一哆嗦，治我六师兄的罪？

"沉钰，你当真以为，为师不知道你在凡界做阵将本该落在青月身上的劫过在你自己身上了？”

沉钰面色一僵，笑得有些凄苦，不若往日那般没心没肺，也不若往日那般明媚跳脱：“师父，我比她强壮许多，有个什么劫替她应着总比她自己来受要好。”

“若是替她受劫，会丢掉你的性命呢？”长诀天尊眉头深锁，语气裹了许多无奈。

沉钰却是勾了勾唇角，丝毫不犹豫道：“那也要替她受劫的。我活着时候能见到她就足够了。以前，我觉得陪在她身边就够了，如今服了那绝情丹，倒是觉得以前的想法算得上奢求，现在只盼能看到她安稳就够了。”

我右心陡然一颤。这一颤一是因为沉钰果然没有忘记我六师兄，二是因为他不但没有忘记，反而情比金坚。我方才是错怪他了。

“沉钰，这一次为师之所以将命盘一事栽给青月神君，也是想让她受一些劫。你可知你们两个神仙之间关系错综复杂，已然是一盘乱麻扯也扯不断了？你做了阵法将她的劫过在你身上，你可知她为了让你安心做北海水君、安然娶妻生子答应了天帝跟你父亲什么？”

沉钰恍然一惊，拉住长诀的袖子，急道：“她答应了什么？”

长诀天尊微微叹了口气，抬眸之间满目萧肃：“此生同你无纠缠，若有心中挂念情不自禁，当自服寤寐断肠丹。”

寤寐断肠丹，我脚下一软几欲栽倒。寤寐断肠丹是幽冥地狱一剂猛药，服药者，不管人神妖鬼，寤寐皆伤，肠断至昏晓。我六师兄对“情”这个字，向来决绝，但我以往只是觉得她对沉钰决绝，却没承想她也对自己狠成这个样子。若她真的像她平日所扮那样是男儿身也就罢了，可她归根结底不过一个女神仙，何况她满腹修行都是在书卷上，修为并不高深。

入眼处，沉钰若一尊石像一样呆然不语不动。有细风吹起他的额发，他着墨色衣袍默面上平静不作声的样子，看着竟让我觉得剜心般疼。

长诀天尊望了望远处：“你且要振作起来，你爹爹总归是想子孙绵延，他并没有太多错。”见沉钰仍是默然不搭话，他又道，“所以说，你同青月情缘纠缠，命格也纠缠，已经理不清谁的情多谁的情少，谁的劫多谁的劫少，但于这劫难而言，一个人经受得多另一个就经受得少。你日后怕是要有个大劫，为师担忧你，所以这次无论如何也要让青月受个劫，她替你担一分，也算护你一分周全。”

原来如此。天尊大人昨日之所以那样待六师兄，原来是因为这个。

沉钰终于抬头，神色十分疲惫，抬眸间像是几日几夜没有睡好：“师父，莫要为难青……莫要为难月月了，那劫若徒儿受得住便受得住，受不住就任自己灰飞烟灭了吧。我今生其实就想娶月月，娶不到她这一世便算是白活了吧，没什么可挂念的。”

我第一次见沉钰这般消极，忍不住泪水湿了眼眶。我想起来六师兄在酒窖中仰面流泪的场景，那此生无缘的悲苦模样，旁人怕是体会不得。可我毕竟是经历过五万年之后的事的，长诀天尊口中那一劫，怕就是沉钰以身祭崆峒印那一劫。我不忍心往下想，便奢求天尊想出个办法来，能让沉钰不要死，就算在这幻域外的真实仙境中得不到圆满，在这里面能让沉钰跟我六师兄得个团圆也好。

可是不能。

沉钰走后，长诀天尊亲口对我说：“因邈怕是也告诉过你，这崆峒幻域里最忌倒行逆施。”

我只觉悲伤灌顶，眼中雾水模糊视线，却还是不死心：“你是九上天尊，当年你被压九黎山下五万年都能出来，你这样大的本事怎么连让沉钰跟我六师兄在一起都不能呢？你也晓得，这里不是真的，我们难道不能……”

他将我按进怀中安慰道：“小玉，若是我们违反五万年前的仙路命盘太多，这幻域便要崩塌，彼时，你师父连同你我都要葬身此处，永远出不去了。”

我趴在他胸膛上，从没想到有一天自己会面临这样难的处境，这样不可那样也不可，不能强行为之，不能倒行逆施。这哪里是个幻域，这怕是一座坟墓吧。

他的手掌抚上我的头发，替我缓缓理了理，温言道：“小玉，如今已经有几处事情同五万年前不同了。所以之后的事情，你要万般小心，且不能由着性子来。”

我顿时一慌，拉住他的前襟道：“哪几处不同？师父明明告诉我让我顺其自然就好，怎么会有不同了？”

他笑了笑：“是我的过错，都怪我。”

我剜了他一眼，嘱咐道：“那你也长点心，万一你连累了我跟师父都葬身此地，那怎么办。”

“好好，我当点心。”

他现今这样圈着我的姿势，倒让我猛然想起来一件大事。我抬头道：“差点忘了问，我们俩当日明明是在崆峒印外，怎的一瞬就掉进这里面来了？”

他轻咳一声，故意转了话锋：“你方才煮的荷包蛋呢，我有些饿了。”

本神君怎么能轻易放过他：“你若是不告诉我，我以后就只给小凤凰木做荷包蛋，可没你的份了！”

他拗不过我，长叹一口气道：“你还记不记得那晚在崆峒印底，你念了个什么诀语？”

我心中一咯噔：“我用云界珠罩了苏苒姑姑，那个诀语是收云界的……”

“你可知那个诀语就是进这崆峒幻域的诀语？”

本神君登时欲哭无泪：“不知道……”

他眼神无奈，皱眉想数落我一顿，可看到我这副模样，却又不舍得骂我，轻轻拍了拍我的肩膀：“终归进来了，便当是游玩了。”

后来，我常常想，如果那日我听到天尊他说“总归是进来了，便当是游玩了”的时候能够多长个心眼儿，能够多留意一下他的神色，该多好。

可那时候，我满脑子只想着沉钰跟我六师兄的劫，心里装的不过是怎样让他们两个落得团圆美满这件事，甚至有些埋怨长诀天尊，埋怨自己念了那诀语，进了这崆峒幻域。

然而我却忘了，五万年前，长诀天尊的那个劫，惊动九州，震延四海。

可我为什么偏偏忘了呢？

那是拂灵从凡界归来的时候，天帝大人一五一十将她偷看命盘、偷食瑶草、伪造信物三桩罪责说了一遍，如那日凌霄金殿长诀天尊最后给的建议，将她贬为妖族之君。可偏偏赶上妖族大乱，十万邪妖从姑瑶之境兴起，一夜之间杀伐无数，白骨森森，扬言要渡过神界忘川海，血洗神族。天帝将神物九黎炼妖壶交到拂灵手上，下了旨意——若妖君拂灵能收服十万邪妖，三年之后便可再入神界，请四海八荒的诸神为证。

领旨归来的拂灵并没有先去收服邪妖，却是先到了三十五天清微宫。我原以为，她会梨花带雨问长诀为何这样狠心待她，或者会黯然神伤问长诀一句你为何这般舍得。可她都没有，她转头时候冲我轻轻笑了一笑，彼时，我躲在长诀殿外，看着这一笑竟一阵恐寒袭上心头。

果然，她莲步轻移迈入殿中，冷然一笑，道出一番话令本神君若受了五雷轰顶之刑。

“哥哥，你这步棋走得十分妙，这样那良玉就能信任你了吧，你也知道她是命定里的姻缘神君，她的心脏是情缘宝物，可有许多用处。如今打消了她的疑虑，抽掉她的防备之心，怕是不费吹灰之力就能让她心甘情愿献上来，到时候你我有那心脏庇护，便是神仙眷侣，逍遥自在。哥哥说是也不是？”

我怪自己听这番话听得太清楚，一时怒火汹涌，甚至来不及听长诀要如何回答，就红了眸子乘风一霎袭进殿内，揪住端坐殿首手执折扇的长诀的衣襟，悲愤如赤红烈火席卷心头，大怒道：

“你原来是打的这样的主意？姑奶奶我就算是死，你也别想拿走我这仅剩的千疮百孔的右心。你个混账！”

恨自己不够硬气，热泪夺眶而出，他只来得及颤声唤我一句“小玉”，我已经纵身奔出殿外十里。

我一路南行，歪打正着到了邪妖肆虐的忘川海。他亦是追我追到忘川海。

可我这样傻，偏偏听了那拂灵的一句话，痛彻心扉。

记忆中风平浪静的蔚蓝色忘川海，此时因南岸陈列了十万邪妖，电闪雷鸣，巨浪扬起七丈，滚滚而来。我贴着浪头急行，骤雨打湿了衣衫，几乎撞进邪妖阵中，他一把将我拉回来，拖到忘川海中央。隔着层层雨幕，我凄凉问他：“你当我良玉是什么？”

他双眉紧锁拉我进怀里，我死命挣脱，他便抱住我的脑袋，用力啃上我的唇。他大殿之中手里握着的扇子依然还在掌心，按着脸颊泛起一阵疼。大雨贴唇过，唇齿相碰之中，腥味越来越重，肺腑翻江倒海一阵恶心。可他渐渐温柔起来，冰凉的唇一遍一遍拂过我的唇畔，我睁眼的时候，他近在咫尺的容颜，就这样悄无声息在我心上落下一个深深的印子，此生怕是灭不掉了。

可我没想到拂灵也尾随而至，她手上天帝将将赐的九黎炼妖壶变大，巨硕若山般朝着我头顶倒扣过来，七丈水浪拍打铜壶轰隆作响，千钧一发，他的唇终究远离，他手中来不及放下的那一把折扇乘了他的掌风朝我袭过来，一霎将我推至百丈外。我便是隔着厚重大雨，看他来不及躲闪，被那铜壶渐渐遮住。倘我没有看错，他在被那铜壶淹没之时，朝我安然而笑。

我重重跌入忘川海中，蔚蓝海水没过头顶，我只觉热泪迎着海水，滚滚而出。不久前心窝上缝合的线一根根断裂，我闭上眼，不再挣扎。

那时候，我脑海中只有一个想法：长诀，我愿意随你去了，你可愿意让我陪你。

说来终究怪自己，为何会信了拂灵的话，为何会这样冲动，为何连累他落入九黎壶中。

可我最终没能陪他去了，海水灭顶之时，一只大手将我拉上海面、落入云头，我抬眼，跪在他面前，泪水不由得落下。

“师父，长诀天尊……他被压在九黎壶底了，你救救他……”

师父俯身，将大氅披在我身上，叹息道：“小九，壶入海底化成山，为师来晚了一步。”

我软了身子往下打量，蔚然一座山立在忘川海中央。

我心中凄凉，跳下云头本想自寻短见，却又被师父拉上来，师父哀言道：“小九，你若是这副样子，天尊大人便永远回不来了。”

我扯住师父的袖子，泪如雨下：“师父……都怪我……”

可师父没再听我说，他右手拂上我的眉心，我便神识涣散，睡了过去。

我在梦里梦到了长诀天尊。梦到了拂灵去三十五天清微宫说了天尊接近我不过是想取走我的心脏那一幅场景，我笑着走进殿去，长诀天尊手中正在把玩一把折扇。

我开口同拂灵说：“天尊大人不会这样做的，我不会信你方才所说。”

拂灵气道：“你怎知道他不会这样做？”

我仍是笑着道：“他不会这样对我，他在忘川海上亲了我，他宁肯自己被九黎壶压住，却在危急关头将我推开了，他不会骗我……”

可越说越心痛，眼泪簌簌而落。

我骗不了自己，长诀天尊被压九黎壶底了，九黎壶化成了山，死死压在了忘川海中央。是我害他落入九黎壶底的，我不能原谅自己。满脑子都是他曾说的话，一字一句，我记得清清楚楚。

他曾笑意拂面："你要同我脱衣而眠？"

他曾一本正经："但是有你陪着我，那些讲究便统统都是虚的，不要也罢。"

他曾欢脱愉悦："我却觉得这样刚刚好，无耻也只是对你一个人而已。"

他曾故意揶揄："那王八蛋把你的情敌赶走了，你不开心吗？"

他也曾严肃叮嘱："小玉，如今已经有几处事情同五万年前不同了。所以之后的事情，你要万般小心，且不能由着性子来。"

我想着神仙里怎么会有这样一朵奇葩，他性情多变，他端庄高华。想着想着便总会想到忘川海里，他用扇子隔开我，被压九黎壶下……

梦醒时候，枕边湿了一大片。

师父用绢帕替我擦脸，就像我幻想中的爹爹一样温柔。我望着窗外，已是满目萧索，花木枯黄一片，不见生机。

他们说，长诀天尊对阵十万邪妖的时候仙逝了，九州花木一瞬凋谢只为他。彼时，我也曾把这当过茶余饭后的谈资；也曾笑话过他堂堂一个九上天尊竟不敌十万邪妖，八卦他竟然不近女色；还曾化成大师兄的模样去赴了纪念他仙逝五万年的仙会，我还在去的时候点了香，告诉他良玉并非有意打搅他，实在是因为不忍心看我大师兄打光棍。

我后来也知道那时候的长诀并没有死，五万年后他又活过来了。他亲自去了魔界玄魄宫，他手执玉笛，足踏百花，他头顶上仙鹤彩鸟翩然起舞，他扬起的墨发飘起的霜衣是亘古绝代的风华。

他说："小玉，我来找你了。"

可是如今却是在崆峒幻域，我算来月余不过见了他这几天，他就这样了。且这里忌讳颇多，我除了顺其自然，什么都不能做。可我还是拉着师父说："师父，我想在这里待五万年，五万年后我要同他一起回去。"

师父眉目如寒秋："幻域中三年恰是幻域外一年。小九，若是找不到你的心脏，你在崆峒幻域外活不过三年，在这幻域里也活不过十年的，你如何同他一起回去？"

是呢。我忘了自己这寿命了。我忘了自己的右心撑不过幻域外的三年了。

这真是个鬼地方，我想陪着长诀天尊，想看到他出来，竟也不能。我趴在师父怀里，泪水汹涌止也止不住："师父，该怎么办……"

师父抚了抚我的额头："小九，你晓不晓得这幻域里已经有几桩事同五万年前真实的神界有所不同了？"

我点点头。

他又说："想必天尊大人也是为了保住这幻域不崩塌，才按照五万年前的仙路，心安地被压在九黎壶中。而现在你要做的，也是要按照五万年前的路走一遭，如此，或许天尊大人，连同你我还能有机会出去。"

我已经听不懂太多话了，可独独听清楚了师父说天尊大人还有机会出去。我激动地扯住师父的衣袖，颤抖道："师父，您方才说他还有机会出来？"

师父清淡一笑："五万年前你在忘川海泡了三个月。如今，你的任务便是去忘川海里待着，连浸海水三个月。你可受得住？"

我许久不晓得欣喜若狂的滋味了，猛地点头，开口却是哽咽："受得住，受得住……"

打那之后，我日日去泡忘川海，整整三个月，一天也没落下。其间，天上传来两件事，一件是那十万邪妖被魔族一个英勇少年郎给灭了个精光，另一件是天帝大怒，拂灵永不得回神界。

这两件事打耳中过了一遭，其实都与我无关了。师父说我暂时不能见其他师兄，于是我每日清晨来忘川海，夜深之时离开。有时候看着海中央光秃秃的九黎山，就觉得很开心。我想的始终就是长诀天尊能出来，能早些出来。我们连同师父一起出了这崆峒幻域。至于我那心脏，寻不到便寻不到了。

我有时候会想，那心脏化作的紫玉本来就不该找回来，我挂了就挂了，连累师父跟长诀天尊进来，是不应该的。

可师父却总是说："小九，你不会只活三年的。"

每次听到这句话，也会想在这神界多待几日。我其实也舍不得。

在忘川海三个月的最后一日，我照例潜进海底，却发现海底曼曼珊瑚之中，静静躺着一把折扇。我大惊，甫忆起那日长诀是凭着一把扇子将我推至浪中，我捡起扇子往岸边游去，不料师父连同诸位师兄一起在岸边，六师兄见我上岸，满目悲凉道：“小九，我们寻了你三个月，没想到你竟然在这处……”她伸手指了指蔚蓝的忘川海那边的一九黎山，哽咽道，“小九，长诀天尊在那里，仙逝了……”

我望着扇子的眼里有湿雾漫上来，扇面上原本描着的画被忘川海水浸成大片紫色，扇中央残留着一红一白是什么，我分辨不出来。可就是瞧着这把扇子，眼泪流出来。师父之前已经叮嘱过我，说：“小九，按照五万年前的命格，你打忘川海出来，旁人应知道你忘了长诀天尊了。”

于是，我歪着脑袋，装作真的忘了长诀天尊的模样，问六师兄：“长诀是谁？”

师父眼中皆是无奈。他大抵也是觉得心伤，朝着西上天合十而拜：“慈悲喜舍，无定无常。阿弥陀佛。”

亲爱的长诀大人，从现在开始，要装作忘记你了。我这样听话，这样遵循着五万年前的仙路走，你能不能早些出来？

之后的每天，便是师父熬了大补的药让我饮。师父怕我的右心支撑不住，早已施了术护着，是以我泡忘川海三个月并未如五万年前那样伤痕裂开灌了海水。这便是又有一桩同五万年前不同了。于是这大补的药，我是必饮不可的。

此时，终于晓得虚不受补的滋味。常常在睡觉之时，觉得鼻下汹涌，抬手一摸，摸下一把鼻血。起初还颇不适应，后来就渐渐习惯，任鼻血肆虐，我睡得昏沉。醒来时候摸一摸脸，鼻血已经结痂凝固在脸上。我便对着铜镜一点一点抠下来。

六师兄几乎日日来陪我。她觉得我是个可怜的神仙，泡了忘川海三个月，把自己的心上人也泡得忘记了，每日还要喝这大补的药，喝完还要呼啦啦流鼻血。她十分心疼我。可每回看到我对着铜镜将贴在脸上的鼻血痂抠下来的场景，总是忍不住嘴角抽搐：“小九，你这个姿势……不太雅吧……”

我瞥她一眼："你要笑便笑，憋着总是不舒服的。"

她便哈哈大笑起来。

师父嘱咐过我，六师兄是女儿身这件事我也要装作不知道，跟六师兄相处时候还应该如同往常那样，该揍还是得揍。我于是颇不忍心地踹了她一脚，当然拿捏住了力道。

有一日，喝完补药，大师兄同我讲，有个如花似玉的少年郎趴在大梵音殿我厢房那处的墙头上，且趴了五六天了，经过他东荒战神细心侦察，那少年郎八成是瞧上我了。我忍不住哈哈大笑，觉得他逗我也不该如此。若是有人看上我，我便不用打这十二万年光棍了。

可我还是好奇跑了过去，发现果真有人卧在墙头，一双明媚跳脱的桃花眼直直盯着我看。

我当下惊出一身汗。

我竟然差点忘了，我在瞧上长诀天尊之前跟他还有过一场情。

可如今我已经记住了他的名字，且是此生忘不掉的名字——孟泽。

这崆峒幻域还真是它八辈祖宗的较真儿，连孟泽这混账都出来了。我耐不住冷笑，笑着笑着就觉得鼻涕怎么吸也吸不住，低头一看，前襟已经被鼻血染红一大片了。此时的孟泽还是晕鼻血的，他看到我这副模样当即直勾勾从墙头掉了下去。我觉得身心舒畅，想着改日应该把墙头加高个十几丈，他掉下去摔个残废也好。

那之后，常常见孟泽趴在墙头，白日还好，可夜晚，看着墙上溜溜一个人头，总要骇一跳。我实在忍不下去，跑去找师父商量给大梵音殿加高墙头的事宜，师父捻过一颗佛珠，跟我说五万年前大梵音殿的墙头就是这么高，且五万年前我对孟泽那厮心中并无芥蒂，所以为了保护这幻域不崩塌，我得忍着。

我戚戚焉。本神君不仅不能结果了他，还得心无芥蒂和颜悦色地对他。这崆峒幻域真他大爷的是个铁框框，专往本神君头上框。

那日艳阳高照，我路过那墙头打算去厢房睡个午觉，没料到墙头上趴着的孟泽突然开口问："你是尼姑吧？"

我停下脚步，冷哼哼道："你哪只狗眼看到我是尼姑？你才是尼姑，你全家都是尼姑！”说完才想起来本神君应该和颜悦色待他这件事，于是费力扯了扯面皮，硬生生挂上个僵尸般的笑容，展唇道，“不知这位施主为何以为在下是个尼姑？”

他估计也是被我这变得太快的脸色给惊了一跳，跳下来的时候步子没有站稳，打了个不大不小的趔趄，打量着我琢磨道：“你既然是那和尚的徒弟，自然是个尼姑了……可是你又没有削发，看着又不像尼姑……”

本神君以自己十二万岁的阅历，十分瞧不起此时孟泽的智商。

但他此时的样子已经俊朗初具，同他五万年后没有太大区别了。他低头安安思量了一番，终于下定决心抬头的时候，笑容纯真比日光还要艳几分：“我瞧上你了，你若是个尼姑可不可以还俗跟我成亲？”

听了这句话，我一口老血从鼻孔里喷出来，边喷边指着他鼻子骂：“谁要还俗跟你成亲！你给本姑奶奶滚！”

可他终究没有滚成。因为他看到我这副样子，白眼一翻两腿一蹬就晕了过去。

我想，如果神仙有上辈子，那本神君上辈子一定是将孟泽这混账千刀万剐、削了肉片、煮了火锅吃了，是以这辈子受他这番折腾。

来照顾我的六师兄看到孟泽这个“天真无邪俊美无双”的少年郎，十分开心，她觉得本神君因着心上人长诀天尊仙逝了十分可怜，纵然我已经失忆忘了长诀，但也是十分令人同情的。而此时恰来一个美男子，正好可以带本神君走出苦难，共度美好余生。当然，“天真无邪俊美无双”是她形容的，也当然，她这个想法并没有同本神君明说，而是偷偷摸摸告诉了师父，我只是恰好听见罢了。

六师兄每日都用所有可以用的借口让孟泽在大梵音殿留宿。

譬如：“今日阳光灿烂，孟泽，在大梵音殿住下陪小九一同赏赏日光吧。”

譬如：“今日细雨绵绵，孟泽，你在大梵音殿住下陪小九执个花伞观个雨吧。”

譬如：“今日小九吃得格外饱，孟泽，在大梵音殿住下陪小九溜溜食吧。”

又譬如：“今日小九起得有些早，想必是想你想得厉害，睡不着了，你去看看她吧。”

本神君从来便是一脸僵尸笑，只消调聚内火往脖子上方一引，鼻血便总能天时地利地哗啦啦流出来，一招制敌，所向披靡，孟泽，战无不胜，攻无不克。孟泽摸上我这个战术来之后却依然十分固执，常常来我大梵音殿，只是每回都记得带上他玄魄宫两个虎背熊腰的宫娥，待他一晕鼻血，好把他顺当扛回去。

我有时候也会站在那里，望着他被宫娥扛回去时候的憔悴背影，暗暗想，本神君五万年前的记性到底差到什么地步，竟然花了一万年时间才记住这个如此有特色的孟泽少年郎，真是他奶奶的记性不好。

我自己其实也说不清楚什么时候看上了长诀天尊，情这东西，诚然是个不知所起的新奇物什。我做了这么久的姻缘神君，其实也并没有看透。可是，当你瞧上一个人了，你心中便满满当当都是他，你记着他的话，你记着他的好，你甚至也记得那些争吵。可就算是这样，你想到天荒地老便总会想到他，你觉得他才是那个可执你之手，陪你白首的人。

而现在，我心中这个人便是长诀天尊了。

于是，我瞧着孟泽远去的背影，并不怎么恨他了。反而有时候也会感激他，毕竟因为他的抛弃，我才遇到了长诀天尊。

恐是我心里十分眷恋长诀天尊，三年时光觉得过得十分漫长。六师兄常常来找我，这三年，我因为要装作重病在身，一直窝在大梵音殿灌补药流鼻血，竟没有再见到沉钰一次。六师兄闭口不提他，我也便不好再说什么，只是盼着他俩能和好如初。

有一日醒来，发现窗外一株早在三年前就枯死的桃树竟然抽出了鹅黄嫩芽，迎着烂漫日光，芽叶缓缓抽出来，接着，鲜活的绿色从一个枝头绵延到另一个枝头，一道清风吹过来，整个树冠竟都长出绿叶！我欣喜地一下跳起来，钻出窗外，纵身飞上大梵音殿殿顶。忽见大梵音殿后山千万株桃花迎着明媚日光，竞相绽放，一霎光景，桃花香艳百十里，连同往日沉钰在桃花中央种的芋头都重新长出来了，芋叶摇摆，如绿波荡漾。

我满心欢喜往下看，便见师父他素色衣衫身处万千桃花之中，他缓缓回头，似也看到了大梵音殿顶上的我，微微展唇浅浅而笑，那绝世的容颜比此时的桃花更美几分。

“师父，九黎山下的长诀天尊是不是已经苏醒了，你看这花木都活过来了？”我站在殿顶，哽咽道。

明明隔了那么远，我却真真切切听到师父的话：“小九，长诀天尊已经醒过来了。”

清风吹过，眼泪吹干了一遍又一遍。听到师父亲口说长诀天尊醒过来了，这样的心情，旁人怕是体会不得。我心爱的长诀，他醒过来了。他这样厉害，一定能从九黎山底下早点出来的。我信他。

我收拾了一番，正要奔去忘川海看一看，三年不见的沉钰，却突然出现在了大梵音殿。我一时没有反应过来，却觉五气汹涌，三花鼎盛，鼻血以猝不及防之姿喷薄而出，直直招呼了沉钰一脸血沫子。他摸了一把脸，惊奇道：“丫头！你这是欲火攻心哇！”

我知道，他是来求我画一幅扇面的。他掏出一把折扇，十二根梨花木扇骨还带着淡淡木香，玉玦扇坠青碧无瑕。他说的话也是同那回一字不差——

“你扇子画得好，你给爷爷我也画个扇子，就画我跟月月。”

可我再也不是当日画那幅扇面时候的心情。

我知道，今日一别，我怕是再也见不到面前这个向来纨绔不羁、只待我六师兄温柔的沉钰了。可我仍旧拿捏着语气，想着五万年前的这个场景，如那时候一样，装作闷闷不乐的样子，道：“我为什么要给你画。”

他果然还是轻蔑地笑了笑，那神情仿佛胜券在握：“如今七月，北海的虾蟹肥美，正是做海鲜火锅的好时候。”

我颤巍巍接过他的梨花木折扇，认真看了他一眼，往书房走去。我生平第一次觉得画扇面是这样困难的一件事。研磨时候在抖，调彩时候在抖，下笔时候也一直在抖。

“丫头哇，你用心点儿画！”

我便扯出绢帕，擦了擦掌心的汗，循着五万年前的记忆，在扇面上画出那一青一墨两个神仙。烟青色绸衫的少年是我绝尘飘逸六师兄，墨色华服的公子是英俊朗朗的沉钰，他们这样登对，可我却知道，他们落不得团圆。

可这幅扇面依然令沉钰异常开心，他离开大梵音殿时奔向天庭司命府，是归心似箭的形容。

第十三章

心补魂魄，血祭崆峒

“水君沉钰，功德无量，赐昆仑冰域圣境安存仙体。”

这样自幼纨绔不羁的一个北海水君，他最后果真做了英雄。

沉钰走后，我便再也忍不住，跑去找师父。

袅袅香雾之中，师父凝眉又问我："小九，你可有觉得师父偏袒你六师兄？"

我一怔。如果我没有记错，三年前我初来这幻域之中月余左右，师父也曾问过我这个问题。那时候我将将从沉钰梦中出来，师父在大梵音殿用了取掌心血的寻引术，替我找落入崆峒印的那枚心脏。

"师父，你此话怎讲？"

师父手中的佛珠毫无预兆，"啪"的一声断裂，被汗脂滋养得盈润的菩提子"哗啦"一声散落在地上。我大惊："师父！您怎么了？！"

师父原本握着那念珠的手一顿，抬眸时候目光添了深深无奈。

"小九，为师接下来同你说的话，你要认认真真听，仔仔细细想，莫要急着回答我。"他说。

我被师父这样严肃的模样给吓住了，茫然点点头。

他望了一眼窗外，那时候我其实不晓得他在看什么，只觉得他望着窗外望了好一会儿，而我也不敢打扰他。直到后来才知道，那时候的师父其实并没有看什么，只是在想该如何告诉我那件事情。

"小九，为师告诉过你，你的心脏是可修补情缘的宝物，左心化成的那四枚紫玉分散各处，可能就会补了旁的神仙的情缘。"

"我知道……"

"其中一枚在拂灵手上，她掌握着那枚紫玉，本来想修补她同长诀的情缘，可是长诀天尊临危关头情魄死命挣脱开来，如果当时为师晚去一步，天尊大人的情魄怕要被伤得支离破碎了。"

我愣愣点头，这一桩事，我晓得。当时长诀本是去替我要回那紫玉，却被伤了情魄。他真是傻，要不回来就要不回来了，毕竟还有三块。

师父没有看我，又开口道："我也是打那时候才晓得你那心脏化成的紫玉竟是这样厉害。为师也曾想，那紫玉究竟如何补仙人情缘，如今却晓得一些眉目了。"

我也是好奇，自己的心脏这样厉害，到底是如何发挥作用的，却听师父问我："小九，为师问你个问题，在崆峒幻域外的真实神界，如何才能让六师兄跟沉钰的姻缘圆满？"

我想都没想便脱口而出："只有沉钰起死回生才可以啊……"说完却如落油锅一般只觉浑身皮肤几欲炸开，我惊恐道，"师父您……您是说……"

师父望着我，满目哀色，声音沉沉："小九，你那枚心脏远比想象中更要厉害几分，它堪堪落在了这崆峒印底，歪打正着进了崆峒幻域，正一点一点聚积沉钰的三魂七魄，怕是要修补了他跟你六师兄的这桩情缘。"

怪不得，怪不得打我进入这崆峒幻域以来，每次跟沉钰靠近一些都会觉得左心窝涌上一股暖意，他离开时候就会瞬间归于冰凉。这感觉不轻不重，只是后来习惯了，觉得稀松平常也并未在意，原来只因他身上有我丢失的一枚心脏。如今，如今却听到师父这样说，我只觉全身上下皆是一震。

"师父没有早些告诉你，怕是对不起你了小九……这件事沉钰他自己也不知情，你六师兄更不知道。小九，为师并非想偏袒你六师兄，你若是想取回你的心脏，趁沉钰还未真正起死回生，为师可帮你将这聚积起来的沉钰的魂魄打碎，重新归于……"

"归于我的心脏吗？师父，"我抬头打断他的话，笑道，"这样不是很好吗？小九并未觉得你偏袒六师兄，反而觉得你处处为了我，我却还这样折腾，连累你进了这个鬼地方。六师兄若是有沉钰能陪着她，该多好。你也晓得她不过是个女儿身，却打小乘了父母之命化成男神仙，千辛万苦做上了司命星君。遇到自己喜欢的人，也不能将真心表示出来，稍微走得近一些，还要被诸神讥笑成南风之流。她吃的苦，旁的神仙怕是永远也体会不到。而我比她自由许多，你看，我喜欢天尊大人就去喜欢了，我比她幸运千万倍。"

这番话是字字真心。沉钰能起死回生了，他又能为六师兄种芋头了，六师兄会很开心吧，她的心上人终于能陪她了，这样多好。我这一枚心脏，补仙人情缘补得恰到好处，给我这个姻缘神君脸上增光添彩了。

师父面色仍然肃穆：“小九，你可……想好了？你若是再失了这一枚心脏……”

我欣然一笑：“没什么好想的，师父，失了这一块不还有两块吗！等咱们出去了，就接着去找，总会找到的。然后我们就催着沉钰跟六师兄成亲，到时候我画姻缘扇去证亲。”

师父望着我，并未搭话。我低头望了望鞋尖，是前几日我心血来潮自己绣上去的紫菀花。

“师父，出去后，莫要将这件事告诉六师兄和沉钰，不然他俩会自责的。他们好不容易才破了这生死劫难在一起，日后应当欢欢欣欣，不该为了这件事忧愁遗憾。”我却还是没忍住哽咽了声音，只因为我想到了他，“师父，也别同长诀天尊讲……”

师父抚了抚我的额头：“小九，你懂事起来，直让人心疼。”

我擦了擦眼睛，得意扬扬道：“师父，小九是不是你最好的弟子，哈哈！我这样的徒儿哪里找，幸而当年师父眼尖，发现了我这个连毛都没长全的小凤凰。”

师父清淡一笑，眸光却是掩不住的哀伤。他俯身去捡地上的菩提佛珠，我便陪着他一起捡。其实，这幻域里也有这样好的时光。我这一趟来得值了，亲眼看到了生龙活虎的沉钰，还有比这个更好的吗。

那日晚上，师父找到我说：“小九，按着五万年前的今日，为师要闭关了。但是三日后，便是崆峒移位大劫。你、我连同长诀天尊唯有这一次机会，趁着这幻域中的崆峒移位出去。你可先收拾收拾，早些去崆峒印那处候着。”

我一惊，慌忙道：“师父您是什么意思？”

师父理了理衣袖，淡定道：“为师要跟五万年前时一样，今晚闭关。”

“那到崆峒移位时候，你如何出去？长诀天尊又如何出去？”

师父望了望北上天，伸手指给我看：“长诀天尊如果出来，北上天的紫微帝星便会大亮。”我顺着他的手指，确实看到北上天一颗孤星光灼甚微，师父又道，“紫微帝星掌帝相尊威，它同长诀天尊命理相连。这三年，九州花木还处在颓败之中的时候，这颗星是不亮的。今日花木重新盛开，这帝星便也重新有了辉光。长诀天尊已经醒过来了，为了护佑这崆峒幻域的周全，为师必须按着五万年前时候那样，闭关一阵子。三日后崆峒移位之前，我去忘川海搭救长诀天尊一程。彼时你务必在三十五天守着。”

我拉住师父的衣袖，担忧道：“师父，你可不可以不要闭关……小九怕来不及……”

师父拍了拍我的肩膀，淡然笑道：“五万年前同为师关系重大的便是这一次闭关。如果为师不这样做，这幻域不时便要崩塌了。”

我吓了一跳：“小九这三年处处遵着师父的嘱咐，小心按着五万年前行事，应该没什么大问题吧……”

“可你忘了小九，你五万年前时的劫远比现在要重几分。其实长诀天尊初来这幻域时，便早早替你改了许多。他其实对你用情至深，你要记在心上。”师父道。

我呆愣了许久才怔怔道：“是不是那已经跟五万年前不同的几件事都是与我有关？”

师父却讳莫如深道：“你如今忘了五万年前的许多事，也是造化使然。无须记得。为师且去闭关了，你多加小心。”

师父终究还是去后山闭关了，我在他那关口立到天明。身后万千桃花树开了一整夜，三月末的后山，夜里露水当盛。

凡间有位曾看上他表妹的一位诗人写过这样一句诗：“似此星辰非昨夜，为谁风露立中宵。”纵然我对师父并非男女之情，可当下却在漫漫星河之下，想到了这句话。

我其实也鲜有这样的心情。活了这么大岁数，我是第一次为师父守关。我亲眼看着他进去时模样是波澜不惊的轻松淡然。我便是站在这里，不止一遍地想，如果崆峒移位了，师父跟长诀天尊没来得及去三十五天怎么办？可我又一遍一遍告诉自己，师父他是受诸神尊崇的因邈佛祖，他本事大得很，他一定能救出长诀天尊，一定能赶得上，我们三个一定能出去。

风露打湿了我的衣裙，身后三千桃花在万里银河下翩然起舞，是我在幻域外不曾见过的微孀妖媚的景象。

我惶惶在大梵音殿过了两日，纵然师父让我早些收拾收拾去三十五天候着。可我也知道，五万年前这时候，我是在大梵音殿里等着沉钰归来带我去吃火锅。师父之所以那样说，是给我留了足够时间去那里，让我不致仓促着急。而我想，我晚去一分，这幻域里的事情便又同五万年前的真实事情相似几分，如此，师父跟长诀天尊也能更平安几分。

这两天，六师兄没有再来。我不知道沉钰拿着我画的扇子是否真的去找了六师兄，他们又发生了什么。我心中惴惴不安。

最后一天的时候，孟泽却又来大梵音殿了。他身后依然跟着两个五大三粗的宫娥。

他见到我十分欣喜，笑容明媚而欢脱。许是要离开这里，我如今看到他竟也没有多厌恶了。

他拉过我的右手，在手心放了一个玫红宝盒，那双盯着我的桃花眼明亮如炬："阿玉，这是我送你的定情信物！"

我右手连同身子皆一抖，已是被"定情信物"这四个字雷得外焦里嫩。这宝盒登时变成一个烫手山芋，被我一下扔进他怀里。

他握着那宝盒，包了一汪泪花可怜楚楚望着我道："阿玉，你就收下吧……"

我望着他这副若被虐了一番的小兽一样的表情，向来隐藏很深的母性打心底抽出来一丝，迅速缠上理智，我颇不舍得地又伸出手："……那你拿给老娘看看吧……"

他那汪眼泪登时消散得无影无踪，一下子蹦过来，眸光比方才还要亮几分，笑容比方才还要欢悦几分，他打开宝盒便道："阿玉，这是当年我太爷爷跟我太奶奶定亲时候的东西，可宝贝着呢！"

我颤巍巍望了盒子里那东西——一枚幽绿无瑕的翡翠戒指，翡翠身上极小的地方镂刻着一龙一凤，戏珠而望，那珠子是枚极小的夜明珠。

"……这是你太爷爷送你太奶奶的？"

他笑着点头。

我一手拍上他的脑袋，恨铁不成钢道："那你拿来给我干什么！你敢动你老祖宗的东西，这是大不敬！"

他被我这一拍给拍愣怔了半刻，握着那宝盒，一动不动盯着我。我心一提：莫不是拍到要紧处把他拍傻了吧？！

正不知所措时，他突然笑得开心一把抱住我，低头将脸颊埋在我肩窝里，哽咽道："阿玉，你第一次主动碰我，我很开心。"

肩窝处慢慢有温热生出来，这感觉一阵恍惚。我记得他带着我冲出大梵音殿那间失火的厢房的时候，也是如今日这个姿势一样，脑袋窝在我肩窝里，声音哽咽却是记挂着我："你没事啊……你果然没事啊……"

我没有忍心推开他。过了会儿，他终于抬起头，眼睛亮亮的，又将宝盒郑重交到我手上，开口道："这是我的家传至宝，我送给你，你就是我预定下的妻子了。"

我终于反应过来，慌忙又将盒子塞给他："你且不要这样说，我不能收你家这宝贝。"

他拧眉看着我："你是觉得这礼物轻吗，还是……"

我擦了擦额头上的虚汗，思量许久，不知如何暗示他：你将来要娶二十七八个老婆的，可那二十七八个没有一个是本神君。

因着我不能违背这五万年前的事情。五万年前如果有个神仙肯把他家传至宝送我当定情信物，我估计会很高兴吧。哎，反正本神君也要从这幻域中出去了，于是硬着头皮撒谎道："我并非觉得这礼物轻，而是我这几天因为有事在身要出去一趟，怕……怕拿着这宝贝会丢了。这样吧，你过两天再来找我，到时候再给我可好？"

此时的孟泽，听到这句话笑容满面，如花似玉，纯良道："好呀！"

当晚，我便简单收拾了一番，在孟泽的目送之中，乘了祥云，直奔了天上去。三十五天依然宁静，花木依然繁盛美好。崆峒印却还是同往常没有什么不同，想必距离那移位还有一些时间。我便打算去六师兄府上瞧一瞧。

可没想到，路过凌霄金殿时，虽已是午夜子时，那里竟灯火通明。我往里一瞧，却是二十余位神仙齐聚殿中商议大事的场景。我当即念了隐身诀，打算进去听一听。

神仙簇拥之下，却是见到了沉钰。他面前是一面神镜，瞧着像是原本立于昆仑九天之上的太乙昆仑镜。

大殿上首端坐的天帝大人此时眉目肃穆，重重叹息一声，吩咐太乙真人道："给他看。"

太乙真人唯唯诺诺，赶忙写好命符投进镜中，仙气汹涌之后，镜中一派血雨腥风，赫然显现出一个青蓝色身影，像是个少女模样，疾风扯着她的裙袂、扯着她的长发上扬，她似在急速下坠，她周身数条青龙盘旋相撞，有龙尾重重扫过她的头。那青衣少女的头被龙尾重伤，血水从她额头蜿蜒而下，越涌越多，模糊了原来苍白的脸。只剩一双凤眼呆呆地望着什么，似乎连转动一下的力气都没有，只是控制不住地往下落。

那少女撇过头望向镜外。我只觉心在一瞬间缩紧，纠在一起，绞得心痛不已。

因为，那眉眼，那唇鼻，都是我六师兄的样子……

镜中的她终于在鲜血淋漓中踉跄落地，她唇角浮现淡淡一笑，随即双掌合十唇角微动像是在念诀语。耀眼青光从她身上生长散开，一霎冲向上空。可无尽的白光已然从她脚底满满盈上来，她身穿的青蓝色长裙上点缀着晶莹的珍珠。我想起来，这条裙子我曾在六师兄的厢房中见过。

可是白光却漫漫而上，快要将她彻底淹没时候，她缓缓回头，冲着镜外某一处展唇而笑，在墨发飞舞之中，那笑容清甜而温柔。白光乍亮，便再也寻不到一丝身影，连那笑容也被淹没了。

殿中央是众神此起彼伏的唏嘘声。我看向太乙昆仑镜前的沉钰，他额上青筋毕现，双拳紧握，骨节泛白。

年尊的南极仙翁斟酌一番，颤巍巍开口道："这是昆仑镜预知的场景，依老夫卜算的卦象来看，不日崆峒便要移位，将有一场吞天噬地的大劫啊。说也奇怪，镜中的姑娘长得同青月星君竟有些像，但这昆仑镜既然这样显示怕也是有原因的，其实青月神君长得确实温婉一些。他恐怕要做一回苍灵万物的救星。"

沉钰面若冰霜，良久才听到他凛凛的声音："仙翁所讲是何意？"

太乙真人小声补了一句："此次可能要让青月神君殉劫……"

他冷冷笑道："连爷爷我这眼神向来不济的都能看出来镜中显示的是个女子，你们这些神仙都瞎了眼吗，竟然说她是青月。"

上首眉头紧皱的天帝大人终于开了口："确如你所说，那昆仑镜所示是女子没错。但是你怕是不晓得，令崆峒归位的诀语只有站在印底封玉处念才可以，这就势必要穿过九龙阵……”

“为何不能提前候在印底封玉处，到时候便可以不用闯这九龙阵了。”沉钰肃然道。

太乙真人胆战心惊道：“水君有所不知，这崆峒移位时候方圆百丈所有生灵都要被那印底金光冲断的，提前候在那处，怕只有一死……”

天帝大人点点头：“而且这诀语只有三个神仙晓得，也只有他们三个念出这诀语才能奏效。”

沉钰冰了眸子：“哪三位神仙？”

天帝大人望着他，长叹道：“已经仙逝的长诀天尊，前些时日闭关了的因邈佛祖……”

我恍然大悟。

师父说的这跟他唯一有重大关联的闭关竟是为了这件事。

“还有一位是谁？”沉钰挑眉问道。

南极仙翁又不知死活地补了一句：“还有一位便是青月星君，他司命盘造化，主仙途路数，同这上古崆峒印记录神仙命途的能力有几分牵扯……”

天帝揉了揉额角，面色十分疲惫道：“沉钰，天尊已逝，你又舍不得青月，现在只剩因邈佛祖……”

天尊话还没说完，殿中诸神已然大惊失色，登时响起一派阻拦之声：“佛祖功德无量，这几十万年来护佑我神族度过种种劫难，如今闭关修行，我辈却要请他出来殉劫，岂不荒唐！”

听到这里，沉钰怕是总算明白，这帮神仙都认为，如今只有我六师兄可以拿来殉劫了。

他微微思索片刻，漫不经心地装傻道：“可这镜中明明是位姑娘，并非是青月。”

一众神仙皆缄默不语，左瞅瞅右望望不知道如何劝说沉钰。只剩东海水君不知死活惊奇道：“这位姑娘不会是青月星君男扮女装吧？”

沉钰登时祭出北冥月影剑，贴着那位东海水君心脉间的空隙穿过去，虽有鲜血汩汩流出，却毫无性命之忧，只让人看着分外胆寒。他一字一句，掷地有声：“水君可看清楚了，这镜中女子到底是不是青月！”

那东海水君此时却是动也不敢动。这水君也真是倒霉，如果本神君没有记错，后来正是因着孟泽单挑了他两万虾兵蟹将，我跟大师兄一起蹭了一顿火锅，这位水君气得大病一场、卧床三年。

其实沉钰这把剑得来不易，他为了同西海那殿下抢来这把剑几乎被他父亲揍掉半条性命。是以他很少使剑，从来都是拳头能解决的便用拳头解决了，鲜有人能真正惹怒他，更鲜有人看到他使剑。

四周一派倒抽凉气之声，连殿首的天帝大人都忘记阻止。冷汗从额鬓流下来，东海水君才颤抖道："刚才……刚才是小人看错了，把她误看成水君心爱的青月星君……请水君饶恕……"

他"嗖"的一声拔出剑，剑重新归于无形。他扶住东海水君要倒下的身体："水君可真爱开玩笑，爷爷我心爱的人一向是天帝大人的掌上明珠婧宸公主。"他望向殿首的天帝大人，"还希望天帝大人赐婚，择个好日子我跟婧宸便把这婚成了吧，到时候在场各位可别忘了来吃喜酒。"

天帝眉目肃然。那东海水君已是满脸汗渍，捂住胸口，除了不住点头，竟再也说不出别的话。

"诸位可听到了，本君并不认识这位姑娘，她也跟青月没有半分关系。天地大劫，我等理应身先士卒，岂能妄图让司文职的青月星君来拯救三界。诸位生受凡界香火数万年，修为个个都比青月星君高深，权力也个个都比他大，然而却身在其位不谋其政，丝毫不觉羞耻吗！"

我是第一次听到沉钰说这种大义凛然的话。他平日吊儿郎当惯了，有时候他突然一本正经起来我总觉得别扭。可是今日，这凌霄金殿之中，听到他说这样的话，我觉得眼泪都要掉下来了。不为别的，只为他护我六师兄护得这样周全，不容旁人欺负半分。

可崆峒移位的大劫将至，这关乎诸位神仙性命的事，谁也不敢掉以轻心。天帝大人想必也是思虑许久，才开口问："不晓得诸位谁有好的法子，能让这崆峒归位，使六界免于涂炭。"

诸神垂首，无一敢应。

又是沉钰仰天大笑一声道："哈哈！沉钰自有法子，不就是归位嘛，且看爷爷我如何做济世化劫拯救苍生的英雄。"

此时却是没有哪个神仙愿意相信他，相信面前这个纨绔子弟会是那济世化劫的大英雄。

可是我信。

我清清楚楚记得，天帝一道昭告，震动九州，其上有一句话："水君沉钰，功德无量，赐昆仑冰域圣境安存仙体。"

这样自幼纨绔不羁的一个北海水君，他最后果真做了英雄。

我尾随他出了凌霄金殿，行至无人处才慌忙现身。他看见我并未太吃惊，咧嘴笑了笑："你打地底下钻出来的？改日跟天帝辞了姻缘神君这个差职，去做个土地吧。"

我却是没心情听他开玩笑，纵然我晓得之后的事，还是不受控制拦住他问："你真打算去做那种用性命换回来的英雄？"

他深深望我一眼，拍了拍我的脑袋嬉皮笑脸道："你原来都听到了哇，怎么样，爷爷我是不是很厉害！"

"……"

"哎哎，你哭什么啊……"他抬袖子给我擦了擦眼泪，终于收了那嬉皮笑脸的样子，抬头望着月亮，月辉便有灵性般轻缓铺在了他脸上，他开口认真道，"其实我也清清楚楚地明白，这帮神仙已然断定镜中那神仙便是月月。否则那日不会我刚到司命府，便被一道追天令给追上。这三日内，追天令连催十二道。今晚正好哄着月月睡了，我才被这追天令带到凌霄殿来。而且我还晓得，各路神仙他们如今的安分，只不过暂时妥协于爷爷我大殿之上做出的杀鸡儆猴的威凛；我更晓得，这帮神仙个个都是贪图安逸的主儿，如果知道了安然度劫的法子，必然不会放手，可恨他们居然个个还打着拯救万物苍灵的幌子。真他爷爷的不是东西。"

他面色舒了几分，笑得欢愉恬静，他便是有这种魔力，一静下来，那种俊美非等闲神仙可比拟分毫的。

"可我怎么能让他们伤月月分毫呢。"他说，"只是我好不容易，花了三天时间才将月月哄好，如今却又要离她而去，丫头哇，你说爷爷我该找个什么理由再离开她，且离开她后她能忘记我，好好过。"

我偷偷揩了把眼泪，开口声音却依然存了几分哽咽：“她怕是忘不了你的。她其实那么喜欢你……”

他转头冲我狡黠一笑，三万星光都比不得他眼中璀璨：“你是说真的？她果真忘不了我？”

我点点头：“千真万确。”犹记得幻域外，沉钰仙逝十年的忌日，我亲眼见六师兄将大梵音殿后山所有芋头都拔光了。彼时她满脸是泪，说的话也曾让我泪如雨下——

“我吃不惯旁人种的芋头，你若是睡过去那我便不再吃芋头了。我会一直一直等你醒过来，醒过来给我种芋头吃……可是十年了……沉钰，你果真是个流氓，你至今都在耍赖，你不会醒过来了，是不是？”

甚至之后的五万年，六师兄也没有一天忘过他。

沉钰脸上的笑容渐渐无奈：“可我又希望她能忘了我。我毕竟不能同她共历沧海桑田，也不能陪她直到地老天荒。她若是一直记得我，该有多孤单。”他抬起胳膊压在我肩膀上，满面春风套近乎道，“到时候你别忘了劝她一劝，月月是个耿直性子，很多时候不晓得转弯，纵然爷爷我潇洒倜傥，千载难逢，但也勿让她在我这棵树上吊死。”

我望着他，有千万句话憋在心口，难过得说不出。可左心那渐渐生出的暖意却适时提醒了我，沉钰他还有起死回生的可能。希望这一次他不会这样死去。

他直起身子，挑了挑眉毛，笑若三千桃花，开口道：“走，跟爷爷我去司命府。你长个心眼，适当的时候能帮我把月月困住。这怕是爷爷我最后一次护她无虞了。”

到了司命府，已是寅时。

六师兄挑了盏八角灯立在中庭，她只着了素色中衫，发上随意别了一只木簪。从大门远远瞧过去，那身影十分单薄。身旁的沉钰微不可察地颤了一颤。

六师兄已经瞧见我们，她直接略过本神君，呆呆望了望沉钰，眉心微蹙，手中的八角灯温了她半边容颜，她声音掺了些委屈：“你去哪里了，醒来就不见你了……”

我曾幻想过很多遍。此时的沉钰如果不曾看到过那太乙昆仑镜预示的画面，如果不曾看到过那急速坠落的身影，如果不曾决定去替我六师兄做那拯救苍生的英雄，他一定会奔过去，一定会把她拥入怀中，温声安慰她：“我在，月月，你别担心。”

可是那一夜。真实的场景，远比当初六师兄逼沉钰服绝情丹时更让人心痛。

我不知道沉钰是怀了怎样的心情，将六师兄围困在厢房中，装作不在乎、装作薄情、装作愚弄，装出一副凶狠的模样告诉她，他如今的心上人是婧宸，日后也只会是婧宸。这三日，那些对她的好，不过是报复她当日亲手逼他服绝情丹的那一场恨罢了。

我是第一次看到六师兄这样的神情：泪水从眼眶簌簌掉下来，眼珠一动不动地望着沉钰，里面全然都是震惊和恐惧。却生生忍住没有一点声响，没有说一句话。原本殷红的双唇被咬出道道白印，继而涌出一点猩红，最后血水竟顺着唇角留下来。

其实沉钰从不舍得她流泪，看到她这副模样，应该也是心疼得想把她揉到怀里安慰她莫要流泪了刚刚说的都是谎话都是不作数的。可是这一次，沉钰为了六师兄能安然活着，为了她能长长久久地活着，纵然不舍，不舍又能怎样呢。

“我这样做，不过是让你见识我沉钰并非是你青月想要就要，想舍就舍的。一报还一报这种东西，爷爷我比你懂得深刻。而且我也要告诉你，如今这神界贵族也是不择手段得很，打着拯万物度苍生的幌子，如我这般道貌岸然者甚众。青月星君，你活了不过八万年，往后活不活得过去，全然靠你自己。你从爷爷我这儿吃了一堑，日后长的那一智，便当是我同婧宸成亲时给你的回礼。”沉钰道。

即便是我这个局外人，此时听到这些话，都几欲落泪。苦了我六师兄，也苦了沉钰了。

六师兄死死攥住双拳，良久才凄凉一笑：“你这样恨我吗？”

沉钰松开六师兄，打开她盛衣服的箱子，轻松翻出来那件珍珠做饰的青蓝色长裙，转身对着六师兄面色轻松道：“这件长裙，我曾经送给你，盼着有一天你能穿给我看。可如今，我却对你无半点兴趣了。所以这件裙子，还是毁了的好。”说罢手指拈出文火往裙子上一点，不过一瞬，那裙子便被烧了个精光。

我知道沉钰将这件裙子毁了，是因为太乙昆仑镜中我六师兄便是着了这件裙子穿过九龙阵落入崆峒印底的，倘若其他神仙果真在司命府发现了这件裙子，那时候我六师兄便被坐实了是那镜中神仙，怕是骑虎难下谁也救不了了。

可六师兄并不知道，她身子陡然一软，我慌忙撑住她，她才没倒下。她脸色惨白如纸，却是凄惶笑了笑，拂了拂衣袖，离开我的支撑，轻声道："小九，我去外面走走。你代我送水君一程。"

沉钰一把将她拉回来，阴鸷一笑："青月星君还想去哪里走走？你先在这里好好待着哪里也不要去，三日后，爷爷我亲自来接你，去看我同婧宸的婚礼。"

他说完便扯起结界将六师兄困住，然后疲倦地使了个眼色给我。我心中若勒了千条铁索，喘息不得，痛不欲生。却是仍旧接过他的眼色，硬着头皮劝六师兄道："六师兄，你且不要为他北海水君这样的混账伤心，你还年轻，总会遇到更好的神仙，肯好好待你。"说完自己竟先哽咽了。

结界中的六师兄表情木然，不晓得她在想什么，不晓得她有没有听到我的话。

沉钰走的时候，十分有良心，面上凶神恶煞将我顺带着拎出了司命府，否则我真的不知如何同我六师兄解释，也实在是怕六师兄让我将她放出来，怕她出了那结界后真的被诸神拿来祭了崆峒印。

出了司命府好几里，沉钰才狠狠抹了把脸，我晓得他流泪了。

是夜，黎明未至，崆峒印果然移位，九龙现身，焦灼躁怒，三十五天玉清境几欲崩塌，曾经紫云为阁碧霞做城，花木繁盛始气凛然的场景已然不复存在，雷电嘶鸣之中，残垣断壁轰然落下。东南方千丈高处，原本蔚蓝色的玉清海已浑浊不堪，飞刀流箭般簌簌而下，将一众擎天的仙木劈得东倒西歪。诸神合力筑起的千丈结界已被那九条青色巨龙撞得支离破碎。一道闪电从百丈高处直直劈下来，惊得巨龙双眼狰狞，长尾横扫，拍在结界上，巨响之后，天地为之一震。

我站在百丈之外，望着昏暗的北上天，那颗紫微帝星依然明灭难辨，师父跟长诀怕是还未出来。我只能轻声替他们念安生咒，方能换回微弱的心安。

而此时的沉钰墨色华服，血肉模糊的手紧紧握着北冥月影剑，在九龙缠绕之中，那华服的白色襟口连带脖颈处已然一片血红，雷雨拍打在他身上，他发丝凌乱，脸色惨白，双唇血色全无。一条巨龙横空扫过，轰然袭来，他手中的月影剑划出一道冰凉月影，直直刺向眼前的巨龙，却不料身后亦蹿出一条，龙尾重重扫过他脊背，赤色的血当即从他脊背汩汩流出，我站在远处看得心惊肉跳，却是没见结界中的他皱一下眉头。

我敬佩沉钰。他仅凭一人之力，独战九龙。在青龙嘶吼轰鸣之中执剑而行，无半分慌张。

他在进那围困九龙的百丈结界之前，我曾拉住他问：“沉钰，你又不懂那崆峒归位的诀语，要如何做？”

他嬉皮笑脸地拍了拍我的脑袋对我道：“爷爷我自有办法。只要闯过那九龙阵，其他就好说了。”他往前走了两步，回头笑容明媚如春，“你莫忘了替我照拂一下月月，你吃了我北海这样多海鲜火锅，算是补了饭钱。”

结界中沉钰那把月影剑，像是通晓了他的心意，剑身变成一掌宽，刺破层层雨雾，载着他直逼崆峒印底。此时血雨腥风弥漫，却有一条青龙张开血盆大口朝他袭来，三尺长的獠牙蓦然出现，我眼睁睁看他躲避不及，右肩被这獠牙生生撕去一块，白骨乍现，便呼啦涌上大片鲜血。

恰在此时，一声笛音乘了巨大力量直直穿破结界，刺中那青龙昏黄而狰恐的双目，青龙登时仰天嘶吼，伴着血雨急速坠落，结界碎裂之声传来，紧接着扬起一声吞天灭地的巨响。雷雨倾盆之中，我猛然抬头，却见紫微帝星骤亮，照得北上天通明若白昼。

我慌忙转身，发丝被风吹过，撩至双眼，扯出一阵疼，模糊之中，我终于看清身后的人。

他依旧霜衣墨发，紫色玉笛光芒流转，步履间无上风华。

他身后的神仙，颈上菩提佛珠光亮莹润，素灰衣衫缥缈绝尘。

他走过来，手指轻轻理了理我的发将我拉进怀里。他怀中花香清宁，耳边是青龙嘶吼、电闪雷鸣之中掩不住的温柔声音，若倾颓冰河之上明媚向暖的渔火——

“小玉，我来了。”

鼻子一酸，就没忍住又落泪了。

我抹了把眼泪，冲师父和他笑一笑，已说不出话。

却见长诀天尊又吹出一声笛音，透过厚重瓢泼的大雨，透过层层雷电，直直刺入阵中青龙那狰狞的面庞，惊天动地一声嘶吼，那青龙重重砸下。沉钰双眸通红，趁那青龙被击中的空当，扯了疾风，御剑而下。

他一个踉跄之后，终于落入崆峒印底。

可就在此时，一阵剧烈的震动陡然兴起，颠簸甚剧，耳边是数不清的冰玉破碎的声音，盖过方才的雷雨轰鸣。我一惊，便听到师父道："这幻域怕是撑不住了……"

长诀天尊抚了抚我的脸颊，安慰道："莫怕。"

紧接着，整个玉清境安静起来。我却真真切切知道它从不曾安静，雷雨的拍打声，青龙的嘶吼声，结界的碎裂声，仙木的断裂声，众神的唏嘘声，连同这崆峒幻域破碎之声，只是在耳边诡谲地隐于安寂。长诀拥着我直奔印底而去，师父紧紧跟在我们身后。

我终于看清了此时就在我们不远处的沉钰。血雨重重打在他脸上，狂风扯乱了他的长发。他手中的长剑，光冷如月影，锋刃血流缕缕，却又在瞬间归于无形。

他朝司命府方向望了一眼，一双凤眼明亮万分。万物无声之中，我清清楚楚看到他唇角微动，映出的口型是——

"月月。"

紧接着，他祭出所有修为拼力朝崆峒印推去，电光火石之中，他身上堇色元神我看得一清二楚，他脚下白玉之上因着他强劲的步子划出两道沟壑，血水从他脖颈一路流进那白玉之中。我曾记得，幻域外的崆峒印底，白玉之上两道狰狞沟壑，如此时一模一样。果真是沉钰留下的。

他说爷爷我自有办法。

我却从没想到他是拼尽所有修为推着崆峒印归位的。

冰裂碎响之声自四面八方涌上来，这幻域终究是要崩塌了。

师父念诀迅速将沉钰那堇色元神收入袖口，此时沉钰推着崆峒印缓缓归位，白色巨光混着吞天噬地的声响自印底喷薄而上，漫漫无际，唯有惊响。

我记得最后一眼，沉钰血肉模糊，苍白唇角带了骄傲的笑意。若我没有看错，自百丈高处扯疾风而下的神仙，烟青绸衫，素雅倾城，墨发被狂风吹散，身形湮没在无形白光之中，只剩那一声撕心裂肺的呼喊在耳边久久不散——

"沉钰——"

番外篇

沉钰

我晓得，天尊大人那里有处好地方，正是适合养萤火。
可我那时候并不知道，这一别，竟是十余万年的离合心酸。

故事要先从我爹讲起。他是四海八荒最有名的一条战蛟，自十万岁的时候便开始掌管四方水域海川，且一干就是二十万年。我常常想，他估摸着是当战蛟当糊涂了，到了卸任时候，才想着娶老婆生孩子。但好在他眼光不差，去南海溜达的时候，一眼便发现了我娘亲。那时候我娘她还是南海最小的公主，不过五万岁。我爹死缠烂打五万年，等着我娘到了十万岁，最后，不晓得他用了什么手段，终于娶到了我年轻美貌的娘亲。然后，在他三十五万岁高龄的时候，生了风姿翩翩、倜傥非凡的我。

我便是受了他的教训，自小便知道，谈恋爱要从娃娃阶段开始。若是让爷爷我等到三十五万岁才结婚生子，岂不是太悲摧。

是以，那年我将将两万岁的时候，已经有了自己的心上人，我发誓，今生非她不娶。

不过，那时候，我的心上人，她还小，不过两百岁年纪。

当年的爷爷我，还是个打架斗殴的好手。毫不吹牛地讲，我每天清晨出去，带上几斤海虾做干粮，能在外面酣畅淋漓打一天。可那时候我还揍不过我爹，于是还是很听话地每天打完架回家。吃饭之前，我爹通常会为了我白天打架这件事再揍我一顿，我娘在旁边看得胆战心惊，我却觉得自从每天挨了我爹的揍之后，身体更强壮，体格更健硕了，于是我抬头对我爹讲："你今天挑着我右肩那个地方揍一揍哇，我觉得那个地方肉不够结实、骨头不够硬，欠揍。"

我爹一边骂着"兔崽子、混账儿、败家子"一边揍得兴致高涨、眉飞色舞。

这一揍，便是揍到我两万岁的时候，碰到一个劲敌——我的师父，天尊大人。

爷爷我混迹打架斗殴界两万年，虽是阅敌无数，但偶尔也有不开眼的时候。彼时，我看着霜衣墨发文绉绉的一个年轻公子模样，便故意上前调戏道：“小哥长得不错，愿不愿意跟着爷爷我混？”

这句话的后果便是——

爷爷我被他手上的一支紫玉笛打回白蛟原形，浑身是血地落到了某处一个小山沟里，半死不活蜷缩在那儿三天三夜也没见到半点儿人星子。

到了第四天时，我隐隐听着一个稚嫩童音打身后传来，她咿咿呀呀唱着一支什么歌。我于音律上的造诣还不足以让爷爷我能够记得住那个调儿，只是觉得那声音从她口中传出来，清澈，好听。

彼时，爷爷我蛟龙元身蜷缩一处，并不占多大的地儿。可她偏偏从我身旁走过，脚下一个羁绊，整个便扑在我身上了，几枚圆滚滚的东西呼啦啦砸到我头上，我还没来得及虚弱地哼哼两句，一只竹筐便兜头罩下来。

爷爷我常想，这恐怕就是所谓的缘分。你看这么个山沟沟里，我只占了这么小一块地方，便偏偏把路过的她绊倒了，何其有缘，简直有缘！

只是我当初被天尊大人他揍坏了脑子，明明绊倒她，这件极其有缘分的事，竟让我感觉十分悲壮且委屈。那种心情，大抵是这样——

他奶奶的！爷爷我落到这个鸟不拉屎的地方也就算了，这么大的地儿，你他妈的是不是没长眼睛，竟然敢绊倒往爷爷我身上扑！

那娃娃身量不大，趴在我身上愣了会儿。然后怯怯地伸出手指戳了戳我腰上的肉，又愣了会儿，然后蹑手蹑脚拿开罩在爷爷头上的竹筐，趴在我身旁又戳了戳我的腰，终于开口，声音甜嫩，只是那个称呼，让爷爷我几欲落泪。她说的是——

“小白，你疼不疼？”

爷爷纵横斗殴界这么多年，沉钰名号声动九州，令敌人闻风丧胆，今日竟然被一个奶娃娃喊作“小白”？！

我气得蛟须都颤了颤。

她的小手又轻轻捋了捋我的蛟须。“小白不哭，姐姐救你。”她说。

彼时，爷爷我已经快要气昏过去了。可她却果真用一坛沁了白芍的药酒涂在我伤口上，救了我。后来我才知道，那是她娘亲在附近埋下的，怕她有一日受伤。

可她给我擦了药酒，并没有就此作罢，嫩声嫩气道："呀，擦了药酒你身上都脏了，小白。"

"……"

"小白不哭，姐姐给你洗澡。"

你哪只眼睛瞧出来我堂堂一只白蛟哭了！

可我没有料到，这娃娃竟然费力把我的爪子圈到一处，团成球状，哼哧哼哧推着我，将我滚到一个泉边，然后——推了下去！

爷爷我那时候也不晓得那个泉唤作"月寒泉"，不晓得这泉水寒凉彻骨啊！

我一落水便冻得跳到一丈高然后体力不支又重重落进水里，结果冻得浑身哆嗦便又"呼哧"一声跳出水面。这次高度达到三丈高，爷爷我在半空里化成个人形，身上仍是平日里穿着的白色衣裳，只是头发已经散开到腰上，我忍不住祭出银光闪闪的宝剑，直朝那娃娃逼去。

彼时，她瞪着清澈的眼珠子，小胳膊板板正正放在膝上，坐在泉水旁望着我。

爷爷我一霎愣住，剑尖停在她粉嫩的下巴前。

话说，爷爷我是第一次见到这么好看的小姑娘，粉雕玉琢，眼神清澈，头发松松散散绾成一个丸子在头顶上，说不出地可爱乖巧。

她依然望着我，目不转睛。我不自在地收了剑，打了这么多年架从未手软的爷爷我，第一次觉得拿剑对着旁人不大好。

清风吹过，我浑身透湿地打了个寒战，正欲问她哪里有火炉让爷爷我暖一暖。结果她终于反应过来，撑着小细胳膊翘着屁股爬起来，吭哧吭哧抱住我的大腿，哭得昏天黑地——

"娘亲！娘亲！月儿好想你啊！呜呜呜……"她头上绾起的小丸子随着她哭的动作，一颤一颤，似委屈得不得了，"娘亲，是不是月儿做错了什么事，所以娘亲拿了剑要杀月儿？呜呜呜……娘亲，月儿乖，你不要杀我……呜呜呜……"

我仰天一声悲号，拎着她的肩膀将她提到眼前，一板一眼、认认真真给她普及道："爷爷我，是个男人。你知不知道什么是男人，嗯？！"

她哭得一抽一抽，小鼻子通红通红，不自意流出两道清澈鼻涕，又害怕地缩回去。小手指搭在一处捏了捏，包着一汪泪花，委屈地望着我。

我觉得自己方才语气有些重了，于是想了想我娘亲平日里说话的样子，尽量轻柔道："……你知不知道什么是男人呢？"

她呆了一呆，小胳膊突然盘上我的脖颈，嫩软软的脸颊在我肩窝里蹭了一蹭："月儿知道，男人就是爹爹。娘亲，月儿很聪明对不对？"

"……"

因着月寒泉里这一泡，爷爷我伤风了半月有余。

那娃崽子十分贴心，天天给我带芋头过来啃。吃惯海虾啃惯海蟹的爷爷我，大名鼎鼎的沉钰，被迫啃了半月芋头。

只是她一口一个"娘亲"的孝顺模样叫着，每每要噎死爷爷我。我实在忍不住，揪了揪她头上绾起的小丸子，蹲在她面前，再一次认认真真普及："你看看，你看看爷爷我……剑眉朗目，孔武有力，哪一点像你的娘？"

她眼珠子一动不动望着我，小手里紧紧攥着一个刚刚烤熟的芋头，把她的爪子染得乌黑。想了很久之后，就在我以为她终瞧出来爷爷我同她娘亲的区别时，她拉过我的手，将那个芋头小心翼翼放在我的掌心，十分疼我道——

"月儿刚烤好的，给娘亲先吃。"

爷爷我一口老血几欲喷出，直接跪在她面前，活了两万岁头一次觉得眼泪都要奔出来，那时候模样大抵是悲痛欲绝，声音大抵是声嘶力竭："你哪一点看着我像你娘啊？你知不知道爷爷是男人啊？你这是多久没有见过你娘了啊？你是不是见谁都喊娘啊？！"

她见着我这副样子，眼睛眨了几眨，绞着沾满炭灰的手指，有些手足无措。

我一个烤芋头糊上自己的脸，内心十分挫败：这娃娃……果然是男女不分……

"娘亲……"她怯生生开口，白嫩的小乳牙咬了咬下唇，板板正正立在我面前，道，"娘亲，她穿着白衣服……"

我抬头，瞪眼。便是打那时候，发誓此生再也不穿白衣服的。且为了不让旁人再把我认成她娘，爷爷我穿了十几万年黑衣裳。

“我很久没有见到娘亲了……你如果不是，那我娘亲，是不是死了？”她小手拽了拽我的衣角，抬头，认认真真问。

我愣了愣。

“那你，能不能，先养着我？”她又拽了拽我的衣角，盯着我的那双眼睛，是纤尘不染的清澈。日光从山头穿过来，灿然落在她粉嫩的小脸上，她睫毛轻轻忽闪的时候，爷爷我第一次觉得心里一大片地方，不，应该是心里所有的地方在一瞬间被攻城略地，山河不复，城池倾塌。那种感觉，怕是只能用一个词来形容——万劫不复。

我瞧上这个娃娃了。

爷爷我到现在都佩服自己遇见喜欢的人的时候，那种拼命扑上去、不给其他人留任何机会的勇气。于是，日光灿烂之中，我跪在她面前，低头同她目光平齐，心花怒放道：“你叫月儿是吧？”

“我娘亲叫我月儿，我名字叫作青月。”

为了跟她娘做区分，好吧，为了她再把我当成她娘，我故意道：“月月，我叫你月月好不好？”

她怯怯点头，虽然看上去不明所以。

我拉住她的小黑爪子，笑道：“你愿不愿意做我的童养媳？”

她不假思索点点头，笑得开心而单纯，小乳牙齐刷刷亮出来：“好呀！”

爷爷我心里乐开了花，正欲抱起她来亲一亲，不料她又甜甜开口——

“什么是童养媳呀？娘亲。”

“……”

自此，我同打架斗殴界暂时金盆洗手了好多年，只为了养这娃娃。从那以后，我再没有穿过白衣服，她也渐渐长大，晓得了我不是她的娘亲。顽劣不化的沉钰，有一日也能在肩膀上、怀里安放一个漂亮的小娃娃，曾经被我揍过的神仙，个个惊奇不已。

如果，不是后来她被她亲娘带回天上，我怕是会一直养着她。像我爹那样，等我娘亲长大成人，再娶她为妻。可是，世事难料，神仙也有无奈的时候。

我仍然记得，那一晚，小山沟里月寒泉旁，一群萤火跳得欢畅。

长大几岁的月月靠在我怀里，嫩嫩开口道："你看这萤火多好看。"

"你若是喜欢我给你养一群便是，到时候让它们给你跳舞。"我说。

"你养这些怕是十分辛苦，只能来看却不能吃，倒不如养一些能吃的。"

"你爱吃什么？"

"芋头，我爱吃芋头。"

"那我养一群萤火给你看，种一片芋头给你吃，你觉得好不好？"

她小乳牙咬了咬下唇，搂住我的脖子，笑意吟吟："好。"

于是，第二日一大早，她还没睡醒的时候，我给她煮完芋头，便奔上了三十五天，我晓得，天尊大人那里有处好地方，正是适合养萤火。

可我那时候并不知道，这一别，竟是十余万年的离合心酸。

第十四章

子月何沉，玉扇长安

“心尖尖儿上的沉钰，我愿嫁你为妻。”
她轻声唱道，唱着唱着就泪流满面了。

再次醒来时，脑中已是混沌一片，不晓得自己身在何处。窗外仙气凛凛，清风从镂花窗格吹进来，送我几分清明，窗上一盆挺好看的花，舒卷的叶子，似羽毛的花瓣，香气清远袅袅，闻着令人身心舒畅。我翻了个身，便瞧见一面翡翠镶银带的屏风，那翡翠屏风上刻着挺奇怪一只小肉球，稀稀疏疏几根毛，像小鸡又像小麻雀。我有些茫然，不晓得现今的神仙品位怎么这样奇怪，好好一面屏风，偏偏刻了这样丑的一团肉球，简直暴殄天物，本神君不太能忍。

我挪下床，抬头往屏风后打量，就见这厢房每处角落都安放着精巧的花木，却是错落有致，点缀得当。其中我叫不上名字的居多，除了那水青色暖玉的书桌上那盆紫菀花我清清楚楚认得。忽然觉得这厢房有些熟，怕是在哪里见过。回头打量了一眼床，也好像在哪里睡过。

我正苦思冥想究竟是在哪里见过这里的时候，霜衣墨发的公子端着一只玉碗便走进来了。我傻傻盯着他看了半刻，才恍然开口：“长诀……长诀天尊？”

他挑眉打量我一眼，浅浅笑道：“醒得正是时候，来，先把这碗药喝了。”

我怕是被他这花容月貌给蛊惑了，听话地接过玉碗，眼珠子盯着他便咕咚咕咚把药灌下去了。他摸摸我的脑袋，盯着我的唇道：“从那幻域出来你便连睡七日，身子骨实在太弱。虽说睡着的时候给你喂药是件难事，但如今你醒过来我却也觉得不太合心意。”

我抬眸狠狠剜了他一眼，本神君醒过来他竟然说不合心意，我闷闷道：“真是辛苦天尊大人了，我睡着还能给我喂药。”

他春风满面，手指似有若无地划过我的双唇，低头笑得缱绻迷人：“若是搁在旁人，我便捏着下巴给他灌就是了，但是小玉，我对你是不同的。”

我惶惶打了个寒战，颤颤道：“你……你是如何喂药的？”

他眸光粲然：“不过是唇齿相贴，亲自哺渡给你。”

天尊大人这句话从我脑子里过了一遍，我只觉浑身血水嗖嗖往这面皮底下蹿，火烧一片，直接燃到心肝儿，激起一阵微痛。被心上人亲自哺渡喂药真真是让人心花怒放的一件事，本神君强装镇静，干干笑了笑：“怕是占了天尊大人便宜，改日良玉定还上。”

说完不仅为自己机智过人的头脑自得一番——我再还回去岂不是又能亲他一番？

怕是这想法没有收住，一不留神唇角抽了一抽，便听他道：“小玉，你这个样子像是很高兴。”

我赶忙否认，一派正直道：“哪里哪里！”

他低低一笑，拉着我便往外走：“方才那哺渡给你的话不过是说来诓你的，我不过是温柔地捏住你的下巴，再强行给你灌药罢了。”

“我……”

“打那幻域出来你就睡，现在饿不饿？”

我正欲狠狠瞪他一眼，愤愤说一句“老娘不饿”，却是突然反应过来，慌忙拉住他问：“打幻域出来？我们打幻域出来了？！”

他极顺手地拍了拍我的脑袋，唇角含笑：“自然是出来了。”

本神君几欲泪奔，望了望四周这一片花木，望了望天边烂漫云霞，忽然觉得心里十分踏实。“当初在那倒霉幻域里，总觉得心中恍惚，看着所有东西都不敢太接近，因为晓得那些都是虚幻的。如今出来了，看到这些实实在在的景象，觉得真好。”我说。

他点点头，十分能体会我的心情。

“对了，沉钰呢？沉钰怎么样了？”我问。

他皱眉道：“小玉，你同我说实话，在幻域崆峒印底，你师父收的沉钰身上那堇色元神是不是那紫玉化成？”

我一怔，便想起来这件事了。但不想让他知道，也不想让他担心，于是拉了他的胳膊往殿中走去：“那元神不过碰巧是堇色的，你便想到那紫玉了，实在是多想。我睡了这么久，确实饿了，我要吃十斤海虾补一补。”

见身后的他默不作声，我便故意逗他，转了话锋道："你那厢房的屏风实在有特色，原本好好一块翡翠，作何刻上那样丑的一团肉球，哈哈！"

他终于忍不住望着我唇角抽搐道："是嘛，我也觉得它很丑，只是看到这样丑的模样就想乐罢了。"

本神君终于找到一个千载难逢的机会揶揄他："天尊大人的品位如此怪异，哈哈，我辈望尘莫及！"

他望了我一眼，但笑不语。天尊大人果然是一朵奇葩，听了这样揶揄的话居然还能笑出来，我佩服他。

苏苒姑姑已然候在殿前，我望着姑姑慈眉善目的样子，觉得有些对她不起。如果我没有记错，本神君进入那崆峒幻域之前亲手施了云界珠将她罩在了结界底下。思及此处，忍不住羞愧于心。

然而苏苒姑姑她却是亲切地挽上我的胳膊，声音和暖关切："一年不见了，良玉确实瘦了许多。"

是啊，我们在那幻域里三年的光景便是这里一年。当初在幻域之中，长诀天尊被压九黎壶下，我同师父说想在那里待五万年同长诀天尊一起回去的时候，师父同我讲我若是找不到那丢掉的心脏，在崆峒幻域外活不过三年，在这幻域里也活不过十年。

这样算来，如果不赶紧找到那仅剩的两瓣心脏，本神君怕是仅剩两年神仙光景了。

"良玉，你面色不大好，可是有不舒服？"苏苒姑姑关切道。

我赶忙摇了摇头，正欲同她讲我没事，不料有碧莹莹一棵仙树自斜上方"嗖"的一声跳下来，柔嫩树枝死死环住我的身子，树身往上一提一扭，直挺挺挂在我身上不动了。

我呆了一呆，着实被这场景骇了一跳。

怕是见我呆愣没有理会它，它那小树身竟然颤了一颤，树冠窸窸窣窣往我肩窝蹭，委屈的小模样让我忍不住一阵动容。我还没来得及好好安抚它一番，长诀天尊已经将它从我身上拎下来，面色冷肃道："你莫要这样缠着她。"

小凤两根树枝搭地身前，扭头看看他，又扭头看看我，树枝一下耷拉下来，想要同我亲近却又不能亲近的凄惨小模样直让我一阵心疼。我瞥了长诀一眼，俯身捋了捋它那碧绿的枝条，笑道："一年不见，小凤你长高了嘛！"

小凤便"唰"地一下生龙活虎起来，杉杉树叶起初羞答答，后来就大胆奔放缠上我的脖颈，心神荡漾同我亲昵地蹭了蹭，又吭哧蹦开一步，柔嫩的树枝缠上我的手臂，拉着我便往外走。我不明所以，长诀天尊无语扶额，道："它怕是要拉你去见它心上人。你这姻缘神君做得十分称职，连养出来的树苗都是个姻缘情种……"

我登时一乐，连忙同小凤朝那宫外碧玉池奔去。

不得不说，小凤眼光不错，嗯，实在不错。睡莲妹妹依然亭亭玉立，鹅黄花苞虽是幽闭的模样，却已是晶莹剔透，花身熠熠光彩，清妙的姿态动人万分。我低头看了看小凤，小凤已是娇羞不已，完全不见方才拉我过来时迫不及待的生猛模样，树帘子已经羞答答遮住脑袋，俨然没个正形了。

本神君轻轻推了推它，点化道："我姻缘神君养出来的树苗，若早恋就是早恋了，喜欢就下手，羞什么羞。"

眼风扫过，长诀天尊嘴角又是一阵抽搐。

眼皮子底下的小凤却是十分受教，感激地瞧了瞧我，遂下定决心，挑了根柔软的枝条朝睡莲妹妹那花苞伸过去。还没碰到，却见那碧玉池中田田莲叶哗地翻了个身，扬起一波池水，朝小凤兜头洒上来。凉爽池水带了莲花清雅的香气自小凤树冠浮上来，小凤被这架势镇住了，伸出去的枝条直勾勾僵在那个地方一动不动……

呃，本神君竟然忘了这睡莲妹妹打她老祖宗传下来的脾气，当日我初到崆峒幻域，她老祖宗便是泼了我一脸池水。我心一提，方才，对小凤那一番点化……怕是点化错了……

不料小凤却颠颠地乐了一乐，吭哧吭哧转了半圈，然后伸出树枝将那碧玉池的台面给仔细擦了一遍，将方才溅出来的池水一一抹干净，直到光可鉴人才乐呵呵收了手。

本神君忍不住羞愧掩面。

小凤你果然是棵生机勃勃的情种。

当晚，我甩开天尊大人，撇开小凤，乘上云头，一路向西便朝大梵音殿奔去。

师父怕是料到了我会来，点了佛灯在殿中等我。

“小九，你可想清楚了？”

我点点头：“沉钰那仙体还在昆仑冰域圣境吧？赶快让他活过来，再让六师兄等，我都要心疼了。”

师父深深望了我一眼，面上悲喜难辨。

我便笑道：“师父你千万别觉得这样做偏袒了六师兄，你佛理修得比我深刻千万倍，诚知道这是因缘造化使然，同旁人没什么干系的。”

师父并没有答我的话，右手捻过一颗菩提佛珠，又亲自为大殿金身佛祖点了香，那三支香燃了一会儿，呈了平安吉祥的预兆。我心中总算踏实了一些，开心道：“师父您看，平安香。”

师父念诀给那香送了一个护佑的结界，理了理袖子，抬头微微道：“随为师走吧。”

我已经好几万年不曾到过昆仑山了。上一次来，还是随六师兄来送沉钰的仙体。彼时大雪肆虐，冰凌高达十丈。当日的心情，直到现在想起来依然悲痛灌顶，直叫人连站都站不稳。六师兄扒着冰棺，不哭，不喊，只是死死抠住棺盖，不允许任何人将那棺盖盖住。我同一众神仙站在他身旁，包括沉钰的爹爹，都束手无策。

最后还是沉钰貌美如花又甚识大体的娘亲上前，轻轻拂掉六师兄发上的冰雪，纵使面色惨白双眼通红，却依然拿捏了声音温言细语道：“我晓得钰儿喜欢你，可他没有那个福气真的同你在一处。你若是不嫌弃，可代钰儿唤我一声娘亲。”

当时，只记得除了我六师兄，在场所有神仙连同沉钰那向来刚硬的老爹听到这句话都暗暗落泪了。我六师兄呆呆望了一眼沉钰的娘亲，依然不声不响。纵身跃入冰棺，跪伏在沉钰身旁，从衣领到鞋履，从发丝到手指，一一整理，连衣服细微的褶皱都一一抚平。她跪在他身旁，烟青绸衫在大雪之中更显绝尘。她动了动唇，轻声哼了一首歌，那调子极轻极缓，声音渐有渐无。直到看清楚她的口型，我才发现是在哼当初沉钰为她唱的芋头之歌。只是把里面的月月都换成了沉钰。

“心尖尖儿上的沉钰，我愿嫁你为妻。”她轻声唱道，唱着唱着就泪流满面了。

那曾经直白奔放、曾经扰人心神的一首歌，被六师兄轻声哼出来，竟觉得五脏肺腑都颤了颤，连呼吸都不敢，怕惊扰他们两个。

如今的昆仑冰域圣境依然大雪纷飞，浩瀚苍原逼着劲风绵延千里，望而无垠。忽见不远处两个大红衣衫的神仙迎着风雪走过来，身形瞧着是一男一女。

师父轻轻唤了一句：“千颜。”

“千颜？”

师父眯眼望了望：“他便是三万年前上任的昆仑神君。”

“是那个姑娘？”

师父含笑摇摇头：“是那个公子。”

我点点头，便听见一个悦耳男声，语调轻扬若优雅笛音：“佛祖别来无恙！”

直到他同那姑娘走近，我才从漫漫飞雪之中瞧清楚他的模样。忍不住倒吸一口冷气，这个公子……这个公子我怕是见过……如果我没有记错，幻域之中的凡界，他曾经带我找到了“上当居”，彼时他还同本神君说过“有缘可再见”这句话。

可他又同在凡界时有些不同，如今这手执檀香木折扇、大红绸衫的风流模样，比当时倜傥了一万倍，模样也是俊美得有些不太真实。

他瞧着我却是思虑了许久，想必这真实神界已经过了五万年，他不记得曾经还在凡间同本神君见过一面，却是他身旁红衣翩跹的姑娘先开口——

“良玉神君？”

我一愣，望着她清灵脱俗的模样，惊讶道：“姑娘认识我？”

她冰清一笑，身后的衣袂飘飘，红纱一瞬灵动：“神君，我是长宁。”

我打脑子里过了好几遭，都没有寻到长宁这个名字，尴尬之中便听到师父道：“如今来是要助沉钰醒来的，还望千颜神君护佑一番。”

那千颜扇子一展，潇洒笑道：“佛祖客气了。”

我望着他手执折扇的样子，突然生出一阵感悟：得亏了是这样俊美的一个公子，在漫天飞雪之中摇着扇子竟别有一番景致。若是换了旁的神仙在大雪天里摇一把折扇，我怕是会觉得他有病。如此可见，颜，对一个神仙来说，且是对一个风流倜傥的神仙来说，多么重要。

沉钰那仙体被这冰域圣境护佑得十分好，那眉眼那朗面一如五万年前的模样，只是死死躺在那里仍然让人有些心痛。师父望了望圣境外替我们守关的千颜跟长宁，低头看了我一眼，手中柔光滋生，变一只玉瓶，道："小九，过会儿这由你的心脏变幻织聚的魂魄便要附在沉钰身上，你便要彻底失去它了……可能会有些痛，你若是撑不住便同师父讲。"

我看着玉瓶之中堇色微光，点点头。

师父像是下了很大决心一般，打开玉瓶，洁白冰雪相映，沉钰那堇色元神清晰可见。师父广袖一扬，双掌合十，柔融通透的紫光从他掌心缓缓升上来，顺着修长指尖往堇色元神上流去，进而紫光渐盛，光辉暖了整个圣境。

左心里从那崆峒幻域中带出来的些许暖意，便因着这紫光的盛兴，一点一点被抽离。我死死捂住胸口，怕被师父瞧出异样而打扰他，不得不朝后轻轻退了几步。

师父念了诀语指引那元神往冰棺之中走去，金光自冰棺中仙体的眉心一霎散出，漫漫紫光之中，这骤然一道金色直冲圣境之顶，打在冰雪之中，光亮而璀璨。

元神顺着金光所出，缓缓挤入眉心。一阵剧痛从左心底抽离，我连呼吸也不敢。

终于见那元神完全进入沉钰的仙体，冰域圣境光芒璀璨，漫漫紫光渐渐消弭，归于冰雪。我听到冰域外有急切且愤怒的声音传来——

"给本尊让开！"

我只来得及唤一句"师父"便栽入冰雪之中。

一个月后。

本神君终于能下床走路了。只是一直照顾我的天尊大人依然面色不善，说话冷言冷语，有时候甚至什么都不说，只是冷冷望着我，眼神像是要把我千刀万剐了一样。

虽然我确实是理亏，当日不该甩开他跟着师父偷偷去了昆仑山救活沉钰，但是毕竟一个月了，我都没什么大碍了，他依然这样的脸色，天天使给我看。我难免不大舒坦，憋了一肚子火，却每每看到他冰冷的神色，又不敢对他发。

我凄凉地窝在被子里，想聚起来几滴泪流给他看看，让他晓得我委屈。却是憋了许久除了憋出来一包鼻涕，眼里却连个泪花花都没憋出来。

他端了药来，硬生生递给我，甚至连当初诓我“亲自哺渡”的心情都没有了，声音若三冬寒冰：“喝下去。”

我想了很久，本神君此时应该厉声抗议：“凭什么你让我喝我就喝！我偏偏不喝！你奈我何！”

可将将鼓足勇气抬起头，碰上他冰窟似的眸子，本神君便颇没志气地蔫了，乖顺接过药碗，嬉皮笑脸道：“今日这个药少啊，小神喝得快，嘿嘿，天尊大人只消一眨眼，小神就灌下去了，嘿嘿……”

我话还没说完，便听他冰凉的声音兜头罩上来：“还有三锅药，苏苒正在煎着。”

“……”

本神君望着他翩翩离去的身影，内心泪水汇成河，飞流直下三千尺。

犹记得那日我将将醒过来，抬眸便见天尊大人伏在床边，衣衫虽然干净，却有些皱乱，不像他平日清远高华一丝不苟的风格。他觉出我的响动，抬头望了我一眼，有几束发丝散落下来，双目全是疲惫之色却依然掩不住关切。他手指轻轻触了触我的脸颊，开口的时候，声音沙哑得都不像他。

“小玉……”

我左心只是空空荡荡的，却并不觉得多疼了。于是冲他明媚一笑，亲切和蔼地打了个招呼：“嘿！公子好生俊美……”

然后……

然后天尊大人登时冷了脸色，广袖一甩，头也不回便出去了……

我望着他离去的背影，傻了眼。

且他这一个月了都是这样的脸色，我有时候也会窝在床上，戚戚焉地想：莫非当日本神君笑得太过明媚，天尊大人他觉得我还能笑得出来便生气了？

想到此处忍不住肠子都悔得铁青，会哭的孩子有糖吃，如若本神君醒来时候柔弱地趴在他怀里梨花带雨哭一场，兴许就不是现在这个样子了。

沉钰和六师兄来看我。起死回生的沉钰十分精神，笑容十分璀璨，凤眸依旧迷人。六师兄也依然清雅绝尘。沉钰并不晓得本神君那心脏救活了他，我之前也央了师父莫要告诉他们俩。他一手拍上我的肩膀，把我拍得浑身一震，他阔气得不得了：“丫头哇，你这身子着实差得不成样子了，爷爷我死了都活过来了，这样的身子骨当是你的榜样！丫头哇，你快些好起来，我在北海为你摆一桌海鲜宴！”

六师兄狠狠拍掉他搭在我肩上的手，凶道：“你拿捏住手劲行不行，小九还在养伤。”

我剜了沉钰一眼，看在那海鲜宴的分上，没同他计较。

其后又是接连十天，天尊大人一直对我冷冰冰的没有好脸色。本神君内心十分沉重，没想到他堂堂一个天尊，度量竟然这样小，怒火竟然能连烧四十余天，丝毫不见熄灭迹象，我真佩服他八辈祖宗。他现今既然如此不待见我，所谓眼不见为净，我还是早早离了三十五天的好。于是在月黑风高某一日，留书信一封，便连拉带扯最后抗了小凤回了丹穴老巢。

小凤离开三十五天的时候，对着碧玉池中夜晚开得正盛的睡莲妹妹，一步三回头。

本神君心中其实是有些怨气的。

长诀天尊他这四十余天费心照顾我是一回事，我感激他；可他一直这样冰着脸色，仿佛本神君欠了他多少钱一样，便又是另一回事了。我恨不能照着他的脸一拳对付上去，大喝一声：“给我笑一个！敢不笑？老娘揍你！”

我抬头深深望了一眼丹穴山的月亮。其实我也明白得很，有些事仅仅是可以想想的。比如揍他这件事。

于是，我在那留给他的书信中客客气气谢了他这四十余天废寝忘食的照顾，本神君感激涕零云云，内心温暖云云，日后愿当牛做马报答他的恩情云云。当时写着都忍不住手抖，几欲抽自己几个耳刮子——

编！接着编！

小凤心心念念挂着它的睡莲妹妹，立在殿外望着天上，十分痴情。于是我当晚忍着对长诀天尊的满腔悲愤，挑了把扇子，寻着睡莲妹妹的模样画了幅扇面给它，它方愉悦几分，抱着扇子去睡觉了。

我顺手又画了一幅长诀天尊的画像，画的时候就想着画完之后一定给他白净的脸上画个大花脸，好好折腾他一番。可是画完之后，望着那高华的样子，我那心爱的眉眼，握笔许久却不忍心动手了。坐在椅子上望着这幅画，心中千万情丝悠悠潺潺，不舍离去，最后竟和衣在这画旁睡了一整晚。

醒来时候，窗外云淡风轻，紫菀向暖，自山顶吹下的风带了淡淡的九里花香。

我揉了揉眼，浑身僵麻，裙子已经皱得不成样子，我赶忙起来认真瞧了瞧长诀天尊的画像，呼，还好，并未皱折。

身后轻飘飘响起一句："睡醒了？来把这药喝了。"

我惊魂甫定朝着身后看去，四十多天不变的冰冷神色稳稳当当扎在那张脸上，不是长诀天尊那个奇葩又是哪个！

我皱眉想同他说道一番，却见小凤吭哧吭哧跑进来，呆愣愣望了望长诀天尊，然后伸出树枝忽高忽低同我比画了一场，然后指了指窗外。

我搭眼一瞧，窗外一位公子负手而立，蕴金盘领襕衫迎风而展，风姿卓然而高雅，我不由得心神荡漾，急欲奔出去会一会这客人。

身后的长诀天尊凉凉道："先把药喝了再出去。"

本神君发誓，我再转身之前心中想的是一拳挥上他冰块似的脸，然后气势汹汹告诉他："姑奶奶不喝！打死我我也不喝！"

可我一转头，透过氤氲药雾看着他的脸，气势一下子消亡，颠颠儿凑过去双手接过碗，嬉皮笑脸道："嘿嘿，哪里好意思要天尊大人费心呢，小神喝，现在就喝，嘿嘿……"

如果我没有看错，袅袅而上的药雾里，长诀天尊终于微不可察地抽了抽唇角。

来人竟然是九重天的予祁太子。我着实吃了一惊，毕竟我同他不太熟，脑海中唯一有些印象的是他曾经亲手制了一把玉骨折扇，请本神君给他画了一幅扇面。具体画的什么，毕竟几万年前的事，我想不大起来了。

他广袖一展，极重礼数地给长诀拜了拜，又给我拜了拜。本神君有些承受不起，赶忙冲了上好的九里香花茶招待他。

予祁太子倒是开门见山："十一月初九，在下的婚礼希望能请到神君画扇证亲，不知神君可得空闲？"

长诀天尊微微皱了眉，我不晓得是为什么。但是太子殿下成亲，确实是四海八荒一大喜事，我身子已然养得差不多了，画个扇证个亲实在是小事一桩，且是我的本分职责，于是欣然答应了。

他笑得谦润又不失高贵，俨然天家的风范，只是执起茶盏，捏开茶盖那一刻手指却是突然一顿，滚烫的茶水尽数洒在他襕衫上。

我慌忙掏出绢帕递给他，他并未接过去，只是抬头抱歉一笑："浪费了神君的九里香茶了。"

"无妨。"我说，执起茶壶正欲给他再斟一杯，他却是抬手阻止了："在下……不喝九里香茶。"

"哦？"本神君有些惊奇，九里香花茶不腻不涩，味道清甜，饮毕便有清幽香气自肺腑而上，实是好茶。大师兄他们来我丹穴常常点名要喝九里香花茶的，如今本神君却是第一次碰到不喝这茶的神仙。

长诀天尊懒散地将他手中的茶盏递给我，声音凉薄，惜字如金："斟一杯。"

本神君当着他侄孙，给足了他面子，客客气气倒了一杯，双手奉给他。

予祁太子并未久留，留下他大婚的请帖，便客客气气告辞了。我望着他打丹穴山上那株九里香花树上飞过，身形迎风晃了一晃。果真是个怪人，竟然连瞧见这花树身子都能不自觉一晃，何况是让他饮那花茶了。

四十余天不带半分温意同本神君讲话的长诀天尊破天荒开口了，语气终于有了些温度："你果真打算去给他证亲？"

我赶忙点头，生怕过了这村儿没这店儿，长诀天尊那脸色再冰起来。

他抬头瞧了瞧天上，漫不经心道："这孩子也是苦。"

"他就要成亲了，苦什么？"

天尊大人望了我一眼，没有回答我的话，却是转了话题问我："你觉得五万年前，沉钰还未身归崆峒之时，青月苦不苦？"

我一怔，脱口而出："不能同自己喜欢的人在一处，自然是苦。"

他便转头又望了望天上，淡淡道："那便是了。"

彼时，我并未明白长诀天尊话里的意思。本神君早就交代过，我同那予祁太子并不熟识，唯一有过渊源的一桩事便是曾经为他的一把玉骨折扇画了扇面。可是那把折扇画的是什么，我却如何也想不起来了。心中隐隐生出一丝不安，便越想记起当初画的是什么，可越想越是模糊。只是记得那折扇，十二根长安玉骨，莹润无瑕，光洁如凝脂，根根都是打磨出来的精致，入手时候甚至带了沁然舒凉，若霜雪落手上。我阅扇无数，画扇无数，却从没有一把能像予祁太子那把扇子一样，鲜活灵动得像是要幻化成一个貌美仙子，玉骨长安，赤脚立在万里孤雪之上，倾世而倾城。

不过将将入夜，我跟长诀天尊在月下漫步，婧宸公主便扯了紫云忽忽落到我丹穴山了。今儿丹穴山果然是蓬荜生辉，长诀天尊，予祁太子，婧宸公主……都来了。

我提着琉璃灯打量着她慌张的神色，还没来得及说话，她便拉住我的胳膊开口直截了当："良玉，今日我哥哥的话你莫要听。"

我眉头锁了锁，为难道："可是我已经答应他了……"转念一想又觉得不对，她亲哥哥结婚她这是什么意思？于是问，"为何不要听他的话？"

她急得跺脚："虽然我这五万年同你联系不多，但是之前我们俩不是可好着呢吗，怎么现在连个忙都不肯帮！你难不成忘了五万年前凡界时候，本公主带你去凡界上当居，还分了你六个小倌哥那一茬了吗？"

我被这"六个小倌哥"惊得身子一软，慌忙回头望了望长诀天尊。只见他微微疑惑，继而冷飕飕看了我一眼，那语气仿佛在说："你还找过小倌哥？竟然还是六个？！"

本神君登时面色一红，这厢怕是跳进黄河也洗不清了，于是转头同婧宸颓唐道："公主哪里话，您能否指示明确一下，要我如何帮？"

她愉快地挑了挑眉毛，同我勾肩搭背道："好说好说，你不要给他画姻缘扇，不去给他证亲就是了。"

我觉得这样不太妥，正想问她一句是否对她哥哥或者对她未来这位嫂嫂有什么偏见，不料身后传来凉凉一句话，带了不容置疑的威仪——

"就算小玉她不画扇不证亲，你哥哥同婉茗这桩亲就不能结了不成？"

婧宸勾住我肩膀的手登时一颤，愉快的面色唰地掉下来，她整个人都像失了色彩一样，盯着脚尖，黯然神伤道："叔爷爷你说得对……不管怎样，他终究是要娶了婉茗……"

我有些不知所措，悄悄打量了长诀一眼，他也瞥了瞥我，撂下我同婧宸，独自往山顶那九里香花树去了。

婧宸抬眸看我的时候眼里已有些泪雾，只是长叹一声，复而勉强回了我一个俏丽的笑容："倒是麻烦你了，我想得过于简单。其实这不关你什么事的，替别人证姻缘本就是你的职责。我唐突了，改日送你几个小倌，算是赔不是。"

我登时头皮发麻，琉璃灯在手中晃悠了一番，本神君干干一笑："不……不用不用……"

那一晚，婧宸在我丹穴山住下了，且是要黏着我睡，那时候，长诀天尊的脸色不大友善。我打崆峒幻域出来，就格外喜欢婧宸公主这个姑娘，撇开她当初分我六个小倌哥的仗义不说，单单是她能对沉钰拿得起放得下，从未掺和我六师兄跟沉钰的事，我就十分欣赏。

她俨然也十分信任我，拉着我回厢房的时候说："良玉，我只是想同你说一说罢了，憋在心里终究是太难受。"

于是，我从她口中听到了一个故事，是关于她哥哥予祁太子的。

这故事还是要打一块长安玉说起。

大荒以南，有座赫赫有名的尧光山，山南玉石甚多，守山的便被称为玉神。我少时曾去那里求过一块暖玉，给师父他老人家刻了一串佛珠，做了寿辰的礼物。那玉神是个须发花白的老头，真切模样我记不大清楚了，只还记得那是个十分和气又慈祥的老头。当初我去求玉，他曾对我说过一句十分有哲理的话，大致是这样："这玉同万物一样，也有生长老去。你来找它的时候，可能恰恰赶上一块玉长得最好的时候，那这块玉便同你有缘，像两个人有缘一样。正所谓，情有缘，玉相引。"是以当初我还没说什么，他便亲自挑了一块玉给我，温润质地，握在掌心有丝丝暖意，恰是我要求的那一种。我自是千恩万谢，奉上一把扇子作为报答。

婧宸说，她哥哥当年路过尧光山，也曾去向守山的玉神讨过一块玉石。

予祁太子在芒芒玉石之中，一眼就瞧上了剔透无瑕的一块白玉，似花似雪，只一眼便喜欢上了。而恰好，玉神取下这块玉石，交到他手上，说的话跟当初对我说的那一番差不离，唯一多加了一句话说得十分玄乎——"情有缘，玉相引，生仙骨，长安玉。太子殿下如若打算把它做成扇子，有一日它幻化成仙也说不准啊！哈哈。”

我打断她，惊讶道：“长安玉？”

婧宸缩在被窝里，点点头：“四海八荒唯一的长安玉，十分稀罕的。”

我想起予祁太子曾拿给我画扇面的那一把，十二根长安玉扇骨根根精致，不假思索道：“你哥哥莫非是将它做了扇子吧？”

婧宸瞪大眼珠子望我：“你知道？”

我皱眉道：“我只是替太子殿下画过一幅扇面，十二根长安玉扇骨十分精致，不过却早就忘了当初画的什么了。”

婧宸听到这句话，眼泪一下子蹿上来。我一下慌乱，不知如何是好。

“那上面画的该是九里香。”她哽咽道。

我恍然忆起！

是了，当初我隔窗遥望，恰好看见山顶三丈高的九里香花树，白色花瓣盛满枝头，冰清似玉。我当即执笔画了一幅九里香，以为只有这花才配得上那长安玉做的扇骨。

“后来呢？”我问。

婧宸用被子蒙住脸，话音微微颤道：“这扇骨是哥哥一根一根精心打磨的，他以前当这把扇子是宝贝的。”她默了一会儿，又道，“你不晓得他宝贝成什么样子。从前哥哥是佩剑出行的，打他做了这把扇子，便时时刻刻将它握在手心。握惯宝剑的手，突然喜欢握折扇了，当时九重天人人都新奇，且他这一握便是几千年。上面的九里香花枝栩栩如生，我有时候看到，常常会觉得那扇子会变成一个仙子，穿着九里香花衣，美貌无双。他为这把扇子取名‘长宁’。”

我皱了皱眉，长宁这个名字似是在哪里听到过。我想了一会儿又觉得这名字不太熟悉了，默了半刻开口问：“予祁殿下可喜欢那九里香扇面？”

“喜欢，他喜欢那扇子的每一处地方。”

“可这就不对了，今日……今日他来我丹穴山，那扇子已经不在他身上，我为他冲了九里香花茶，他说他不喝九里香。”我长叹一口气，“而且他像是对九里香格外……厌恶也谈不上，只是有些过分在意。他打丹穴山离开的时候瞧见那山顶上的九里香身形都是一晃。”

后来，婧宸同我解释了一番，我才晓得那予祁太子为何会这样。

我如何也没能想到，玉神那句话，不过千年就应了。长安玉，生仙骨。那把扇子果然幻化成一个貌美的女仙。婧宸只是略略描述了一番，那女仙还是被唤作“长宁”，她身着九里香纹饰的素色云裳翩然起舞，冰洁的模样宛如自九天昆仑漫漫而落的飞雪。

我一怔，忽然想起来那日随师父去昆仑山救沉钰，隔着漫漫飞雪，那红纱灵动，衣袂翩翩的姑娘，冰清一笑却如飞雪落九天，那声音微凉却也带温柔：“神君，我是长宁。”

果然，婧宸说那长宁阴差阳错落入了昆仑山，自此再没有回过天上。

我疑虑颇多，不明所以。

只听婧宸声音微颤，告诉我，那长宁本是喜欢他哥哥予祁的，可是她哥哥却在那扇子变成仙子之后突然不喜欢了，处处远离不说，甚至好几次都让长宁陷入危难。她越来越不理解他这个哥哥了。

我也纳罕：按理说那扇子幻化成仙子，且是个貌美仙子，这是件极好的事，予祁既然之前这样喜欢这扇子，不应该说不喜欢就不喜欢了啊……脑海里突然蹦出一个想法，把我吓了一大跳，我颤巍巍问婧宸：“扇子变成女仙了他便不喜欢了……你哥哥该不会好南风吧……”

婧宸从被窝里扒拉出脑袋来，剜了我一眼道：“他若是好南风，为何会去娶那婉茗！”

我方忆起来这一茬。

“我其实很喜欢长宁，我觉得她做我的嫂嫂是很好的一件事。可是父君不这么想，诸位仙官不这么想，最重要的是，我哥哥他不这样想。他对长宁的绝情，常常让我胆寒。我常常想，从小跟我一起长大的哥哥，为何会变得这样。后来我发现，他只是对长宁这样。”

她这句“只是对长宁这样”让我觉得心中如压了千斤铁锤般沉重。我这一沉重，想起来了崆峒幻域里，凡间的薛轻。不知道为何她便从脑海中浮现出来，我不知道为何这样了解她的心思，只是十分想问一句那长诀天尊转世的文漫，为何偏偏只对那薛轻这样。可凡间时候我并没问出什么，回了天上再问长诀，他面色便不大好，一副厌恶到连这“薛轻”的名字都不想提的样子。

恐怕是我做姻缘神君这些个万年，姻缘文示写了这样多，寓意美满的扇面也画了不少，总希望，这神界的情缘能得圆满。于是也愿意相信那些故意的折磨是有苦衷的。你看我六师兄也曾为了沉钰逼他服绝情丹，你看沉钰也曾为了护六师兄周全而诓她将曾经送她的青蓝长裙烧了个精光。

我同婧宸讲：“你哥哥怕是有苦衷的。”

婧宸却红了眼眶对我说：“良玉，你同长宁并不熟，所以不晓得她受过的悲苦，所以你相信哥哥他有苦衷。可是我却不信了。”她重新将脸埋入被中，我甚至能感觉到她难过得身子一抽一抽，喑哑的声音从被中传来，“良玉，你晓不晓得，长宁她是一把神扇，她有生命有知觉。长安玉沁凉怡人，是消暑的上好玉石。那时候正值炎夏，哥哥很疼我，将那扇子放在我身边一个月，要给我消暑。她便是在那时候幻化成仙的，是以我是第一个知晓的。”她顿了顿，长叹一声道，“她虽能幻化仙形，但毕竟没有多少修为。可就算是这样，那时候她却曾从我手中一跃而出，凭着扇子元身豁然一个扇展，替哥哥挡下了百枚致命银箭。那时候长宁顶着身上残破的窟窿，央求我带她去看哥哥。长宁那时候是将这一面当作此生最后一面的。”

“当时你哥哥他……他怎么说？”

“彼时……恰好碰见哥哥捧起婉茗的脸，说：‘谢谢你救了我。’”

我大惊：“可救他的明明是长宁啊！”

被中的婧宸不搭话了，身子扔在抽搐，想必是伤心到了绝处。我没曾想过俏皮大胆、同沉钰一样玩世不恭的婧宸公主，有朝一日竟会为了旁人这样伤苦。

过了许久，被中的人儿渐渐缓和，不声不响，我以为她睡了，于是慢慢起身，吹灭了烛灯。月光翻过窗纱照进来，有疏影斑驳，十分静谧。

婧宸却又轻声开口道：“我也同哥哥讲过，救他的是长宁。”

晚风吹过中衫，我身子一僵：“那你哥哥他……他信了吗？”

“哥哥在给婉茗喂药，甚至连头都没有回，漠不关心道：‘她不过是把扇子。’”她顿了顿，“良玉。我今日讲的这些，你莫要同旁人说。天庭那些个神仙，都不喜欢长宁的。没有谁可以帮她，也没有谁可以帮我。若不是今日哥哥来请你画姻缘扇，我也早就忘了五万年前同你还有些情谊了。叔爷爷说得对，纵然我不希望哥哥同婉茗成亲，纵然你不给他们画姻缘扇，他们终究还是要在一处的。我同你讲一讲，也算舒了这几万年的一些愁苦罢了。”

我应了一声：“我自是不会同旁人讲……时辰不早了，早些睡吧。”

可一整晚，我都晓得她没睡着分毫。第二日天没亮，婧宸就回天上了，临走时候眼眶通红，谢了我昨晚上的照拂。

我瞧着她乘云从山顶九里香花树上飞过的时候，身形也是略微一晃。

时辰尚早，天尊大人跟小凤好像还没有起床，我便打算去厨房里煮一锅荷包蛋。不承想天尊大人已经在厨房了，执着一柄长匙，弯腰认真地煎药。我盯着他看了许久，心里也暖了很久。他其实待我很好，只是前些日子他的好一直被那冷冰冰的脸色给遮挡住了。

他也看到了我，抬眸打量我一眼，凉凉道：“再去睡会儿吧。”

我讨好一笑：“天尊大人想不想吃荷包蛋？我去给你和小凤煮一锅可好？”

他面无表情，极熟练地端起药锅，斟了满当当一碗，顺手递给我：“喝了再说。”

本神君内心有些凄惨，不是为别的，而是我真真是要喝这药喝吐了，我仿佛就是一个药罐子，他长诀天尊每日三次往里灌药十分准时，我现在浑身都是一股药味。我戚戚焉道：“你看我现在已经没有大碍了，这药可不可以……”

他没听我说完便挑眉看我，眸光凛凛：“你不想喝？”

我实在忍不住，但还是拿捏着语气，尽量不想违逆他：“我只是觉得自己已经好了……哦，当然，再喝几天巩固一下也是好的……但是，天尊大人，你觉得我就算将这些药都喝掉，我的右心就能跟以前一样吗？我的左心就能长出来吗？”

他执药碗的手一顿，洒出的几滴深褐色药汁落在他霜白的衣袖上。

见他这样子，我索性豁出去了，继续道：“天尊大人，你这四十余天给我这样的脸色，我心中也是十分难受的……我知道不该瞒着你将自己的心脏给了沉钰修补魂魄，我本自始至终都不打算告诉你，因为知道你肯定会十分介意这件事，或者还会阻止我……可是天尊大人，撇开我对六师兄这十二万年的情谊不谈，难道你不希望你唯一的徒儿起死回生吗？”

他静静望着我，面上悲喜难辨。我又把方才的话从脑海中过了一遭，觉得自己说的全在情理之中。

“两年。”他动了动唇，缓缓道。

“嗯？”我不明所以。

他放下药碗，贴近我，将我缓缓拉入怀中，手掌顺着脑后的发一直抚到脖颈处。隔得这么近，我仍是觉得他身上凉意未消，连他说话时候吐出的气息都带了冰寒。

“小玉，”他说。我真真切切打了个激灵，不为别的，因着这是四十余天来他第一次唤我小玉，像以前一样唤我小玉，“若是再找不到剩下的两枚紫玉，你便只有两年可活了。”

这句话直让我落入黑压压的深洞，憋得半晌都透不过气来。是了，在崆峒幻域那里消磨了一阵子，如今出来，我便只有两年寿命了。我一直不想考虑这个问题，可是现今却是如何也逃不开了。如果，如果这两年我找不到那两枚紫玉，那果真就要……

我干干一笑，身子挪开了两分，好不让他觉出我在颤抖：“天尊大人，虽然我少时候不大懂事，但你看我没有做过什么大的亏心事，这几万年来，在姻缘神君这个位子上，虽然没有做到鞠躬尽瘁，但起码也是本本分分尽了该有的职责。老天爷恐怕也不会就这么让我挂了的，毕竟……毕竟我自认为是个好神仙。”说完竟觉得十分虚缈，连自己都不信几分。我隐隐记得凡间有句话曾说得十分贴切，“君让臣死，臣不得不死”，在这仙道之中，便是命盘路数让你死，你不得不死。其实神仙同凡人一样，慈悲哀乐，总不是自己能掌控的。

长诀天尊默了许久才看着我认真道：“小玉，有我在，我不会只让你活两年的。”

我其实看着他那副严肃认真的表情，就猜到他要说这句话。如果我没有记错，一年前，在大梵音殿之上，他广袖盈风，卓然风华，也是如今日这般，伸出手将我拉进怀里，微凉的手指滑过我的脖颈，他轻声道：“你不会只活三年的小玉，有我在。”

我笑了笑，没有搭话，抬手端起药碗，饮了个干净。

那日小凤缠着天尊大人缠得厉害，吭哧吭哧蹦跶着，在他身旁比画，见长诀天尊皱眉，它便欢畅地将藏在树冠中的折扇拿出来，伸着树枝指着上面的睡莲妹妹，小模样全是激动。

我无奈扶额："它怕是想睡莲妹妹想得厉害了，要不天尊大人带它去三十五天解解相思？"

天尊大人终于恢复了往日的样子，悠悠一笑，目光璀璨："我带它去三十五天，那谁来给我解相思？"

"……"

"你脸红得怎这样快？你要不同我一块回三十五天？"

"不……不用了，我昨天刚从那里回来……怎么好意思再去叨扰苏苒姑姑……"我赶忙道。

小凤登时生龙活虎，一个跟头翻过房梁，那心切的模样，连我瞧着都十分动容。天尊大人临走时候拂了拂我的头发道："你不愿意去三十五天就罢了，我晚上再来找你。"

我欣欣然点了点头。

晌午时候约莫迷糊了会儿，将将起床，抬头便从窗外瞧见了他。我着实骇了一跳。

他隔着窗子同我笑的时候，笑容依旧明媚而灿烂，只是瘦了很多。

我一霎晃神，有些分不清此时是在那幻域之中还是在真实神界。直到他终于开口，道了一句："阿玉，一年不见，你好不好？"

我方如梦初醒，脑海中想了几遭该以什么样的表情对他，又该以什么样的语气同他说话。在那崆峒幻域之中，我瞧着他少年时候明媚纯良的模样，早已经没那么恨他了。可又想到一年前，我那原本好端端的右心便是因他而痛伤熬不过三年，我便觉得悲苦又涌上心头，连看也不想看他一眼。

于是皱眉，沉了声色同他道："孟泽玄君，若没其他事，就不要再来找我了。"

秋风有些凉，吹着窗纱，吹到心房。

窗外的他抬了抬手又放下，勉强笑道："阿玉，你不想见我？"

我点头："嗯，我确实不想见你。"

他身后大片大片的紫菀花不曾凋谢，秋阳散漫。他置身此地的场景，让我有些恍惚，此时是在大梵音殿和玄魄宫之间的十里紫菀花之中。

他朝我迈近了两步，我一惊，心想莫不是这混账又要将我掳到玄魄宫折腾我一番吧！慌忙后退几步，拔出玉渠发簪紧紧握在手心。他望着我，神色一滞，旋即怔在那里，不敢上前一分，过了良久才尴尬地一笑，道："阿玉，你是……怕我了吗？"面上那悲愁自嘲的模样，仿佛本神君欺负了他一样。

可我深深知道，本神君如今才是处在人为刀俎、我为鱼肉的境地。一年前，我右心完好也不是他的对手，如今右心也渐渐不顶用了，除非老天爷落下个金刚罩护住我，我怕是如何也敌不过他孟泽了。

他长叹一口气："阿玉，你这一年去哪里了？我到处找不到你，以为你……"

"以为我魂飞魄散了还是以为我仙迹无存了？"我问。

"阿玉……"他望着我道，"我很担心你。"

我听到这句话再也忍不住，耻笑道："玄君担心我？你一年前下手的时候怎么不见你担心过？"

他被我这句话一噎，面上神色又是一顿。我攥着玉渠发簪的手从不敢放松，掌心出了虚汗，一片湿腻。

他终究没有动手，反而眸光温柔，语气也温柔："阿玉，一年前那次……是我错了。"

我以为自己听错了。他堂堂孟泽玄君，有朝一日竟然也能说自己错了。而这句话竟然是对本神君说的。

"你肯不肯原谅我？阿玉。"他问。

我看着他，紧紧攥着玉渠发簪，默默念了好几遍祭剑的诀语，做好了万全的防备，才道："玄君哪里话，良玉本就同你没有多少情谊，原谅如何，不原谅又如何？我们终究不是一路的神仙，'原谅'一词当用不到我们两个身上。"

他身形一晃，凄凉问我："你方才说……我们不是一路的神仙？"

我冷冷望着他，没再搭话。

"阿玉，你恨我便是恨我，怪我便是怪我。我们也曾欢喜过一场，我这几万年也从不曾忘记你，你为何说我们不是一路的神仙？你……”

“玄君莫要再说了！”我厉声打断他，“你有你的二十几房姨太太要养，我也有我的心上人去喜欢，我们二人确实是不在一条道上了，今日万不要再冲动，那你我日后相见还能做个点头之交的仙友。”

他唇角动了动，缓缓道：“阿玉，你的心上人，一直都是他吧。过了这么多年，你终究还是没有忘掉他吧。”

我没有心情再同他纠缠：“玄君请回吧。”

他却还是无动于衷，稳稳扎在那里，问我：“阿玉……是不是找回你以前的心脏，你就不会……”

“不会怎么？不会只活两年还是不会死？”我说，不料却突然抓住了他说找回以前的心脏的话，惊道，“你如何知道？”

他如实道：“我找不到你……月余前曾偷偷去司命府你六师兄那里，无意中听他说的……还有，我想告诉你，沉钰他……”说到此处，他顿了顿，才道，“你应该早就知道了，沉钰他又活过来了。阿玉，你心里一直记挂着的这桩事，应该放得下了。”

听到他这样说，我竟有一丝动容。当年我初同孟泽在一处的时候，常常为了不让我六师兄看见我俩成双入对的模样而难受，便对孟泽约法三章：不许在我六师兄面前同我说话，不许当着我六师兄的面同我拉扯，若是我六师兄在我身旁，他最好还是回避。当然最后一条做到了，前面两条也就不是问题了。那时候的孟泽还是个纯良明媚的少年郎，虽然我为了照顾六师兄的心情对他这样苛刻，他却并没有因此而疏远我，他晓得我对六师兄并非男女之情，他也晓得六师兄只有沉钰这一个心上人。

可这一切不过是当年。

我只听自己声音凉薄：“我六师兄的事，不劳玄君费心了。”

他浅浅应了一声。临走时候抬头望了我一眼，笑容一如五万年前明媚欢脱，却没再说什么。他今日始终没有进本神君的厢房。

我忍不住舒了一口气，望着他远去的背影，脑海中浮现出的竟是那崆峒幻域最后一晚时候的场景。那时候，他将他太爷爷送他太奶奶的翡翠戒指送给我当定情信物那一回。我那时候想着反正也要从这幻域中出去了，同他撒谎说让他过两天再来找我，到时候我再收他的定情信物。可那时候，我明明白白知道我同他根本没有两天后却依然撒谎诓了他。那时的孟泽，听到这句话却也如今日这般笑得纯良明媚：“好呀！”

不晓得那幻域之中的孟泽，两天后是不是真的去找我了，有没有见到我……

掌心里的汗从未断过，恐是攥得太紧，玉渠发簪将我的手硌得生疼。我摇摇头，镇静下来：那只是崆峒幻域里的场景罢了，现在的孟泽依旧危险，一不留神本神君的小命就有可能被他取了，今日权当我幸运。

第十五章

天兵围攻，血染昆仑

你以为四海八荒除了本君，谁还配得上良玉。

这句话在当时，曾令我开心了好几天。

可是最后，我们俩还是分开了。

孟泽走后，我竟又迷糊了一觉，不知道这算不算秋乏。这一觉，不出意外地梦到了孟泽。

那时候，他果真是一个明媚如花的少年郎，除了打起仗来，否则站在哪里都是一副让人想入非非的貌美模样。是了，他打架十分厉害。

我见过一次，那一次他是替我出头。

算起来，本神君也是打被孟泽甩了之后，思想才真正成熟了一些。之前的我，活在师父的照拂下，活在诸位师兄的忍让下，过得十分不知死活，十分善良纯真。说白了，就是十分傻。

自天帝大人颁布了天旨，让我只为一族之长证姻亲以来，许多神仙便十分体恤我，不大来找我了。但也会有些例外。我记得那神仙，是轩辕台的长公子，复姓东里，单名一个允字。东里公子长得什么样我记不大真切了，总之看着那面皮，是人模人样的，就是皮色有些灰黄，俨然肾虚的症状。

就是这人模人样的长公子有一日来我丹穴山，礼数客气而周到，央我去他轩辕台为他堂兄证个姻亲。我自觉是小事一桩，没怎么思量便答应了。

可当时尚且善良纯真的本神君却没想到那根本就是个圈套，东里公子根本就没有堂兄，那轩辕台也不见几个活神仙。如若我当时多长个心眼儿，也就能瞧出来异常，也就不进去了。但是我竟然傻到以为他们轩辕台大婚的日子就是忌讳热闹，就是有这种空荡荡的习俗。如今想来，我依然都能傻出自己一身冷汗。

那东里公子便坐在轩辕大堂之上，退下那人模人样的皮相，从发尖到手指头都透出一股讨人嫌恶的流俗之气，那灰黄的皮色被他这流俗样子一映，俨然不堪入目。东里公子说的话我还能记得住，如今想来也十分有意思，他是这样说的："良玉神君，我轩辕台广延百里，物产丰饶，你若是嫁给本公子，是不愁吃穿的。”

我当即便笑了，约莫思索了一番，虽然少时候住在大梵音殿，伙食清淡，衣着朴素，但没愁过吃穿。后来居于凤凰首山丹穴，底下的小神仙年年供着我，纵然不是大富大贵，却也没少过吃穿。

但是东里公子却不在意本神君这个笑，依然扬扬自得道：“虽说本公子身旁已有七个妾侍，但是这正妻的位子还是空着的。我前年有缘见过神君一面，便觉得这正妻的位子你来坐十分合适。”

我当即便悟了：七个妾侍伺候他，怪不得面色灰黄，果真是肾虚得很了。

但本神君当时想着，同这东里公子毕竟同为神仙一场，说话还是要客气一些，于是拿捏了礼数道：“良玉我已有心上人了，也祝你同那七位姑娘恩爱至老，若是没有其他事，良玉告辞了。”

我转身，正欲打道回府，却不承想大门登时被关上了。我凛凛转身，只觉一把媚香扑上脸，我心下一个恍惚，东里公子已经拂袖从大堂而下，伸手触上我的腰。而本神君在那媚香侵扰下，身子陡软，连玉渠剑也使不出来了。

那东里公子涎笑贴近，本神君孤身一人，无从求救，已然吓得一身冷汗。

恰在此时，身后墨玉大门“轰”的一声，在无数道火光之中，被炸开一个硕大窟窿。东里公子一震，本神君也一震，虚汗从额头滚滚而下。玉石粉末被炸得四下散开，尘火弥漫一片。我还没有反应过来，便听身旁东里公子一声直冲房梁的惨叫——“嗷——”

那叫声大致只有惨绝人寰四个字可以形容。漫漫玉尘落下，只见手执钺襄宝剑的孟泽，剑锋贴着东里公子的头顶，东里公子头顶正中央的长发已经被剑锋削得干净，露出白花花一圈头皮。那个发型我至今想起来都忍不住笑得肚子疼，头顶正中央白花花一片，周围一簇一簇拥着数千黑色长发……

且这还不算完，东里公子估计是同他那七个侍妾风雨过得太充足，浪费了许多体力，与孟泽对抗起来，完全不是对手，呃，应该是完全来不及伸不出手。纵然当时本神君也曾想，看着孟泽同东里公子为了我打一场也好，毕竟还没有两个男神仙为我大打出手。可无奈的是，那东里公子这样不济，场面便从一开始到结束都是孟泽在单打。

从头顶到脚趾，孟泽挨着折腾了他一遍。尤其是脸部，其实好几次我都有些心慌，怕孟泽万一将他鼻血揍出来，就两腿一蹬昏厥过去了。但是孟泽那手法却是十分好，只是揍得那公子浑身青紫，却自始至终没有见一点血。

“你以为四海八荒除了本君，谁还配得上良玉！”临走时候，孟泽龇牙咧嘴道。

你以为四海八荒除了本君，谁还配得上良玉。

这句话在当时，曾令我开心了好几天。

可是最后，我们俩还是分开了。他甚至比当时那东里公子更流于俗，娶了二十几位妾夫人，个个都是本神君去证的姻亲。这算不算因果轮回我不知道，只恨时光太荒唐，当年明媚纯良的少年郎如今却是让本神君提心吊胆的狠戾玄君。

醒来时候，睁眼翻身便看到长诀天尊。身旁烛火悠悠，烛泪洒了一路，沾满了烛台。这个梦让本神君做得十分伤神，如今睁眼便能看到霜衣墨发的长诀天尊，我只觉得很安心，也很安全。

我冲他一笑：“什么时辰了？”

他原本微皱的眉头，在看到我醒来那一刻瞬间舒展开，抬手替我遮了遮被子，温声道：“丑时了。”

本神君当下一惊：“丑时了？！我不过是眯一会儿怎么到了丑时了？”

他低头抚了抚我的脸，安慰道：“不要怕，你……你不过是昨夜没睡好。你忘了，昨夜婧宸跟你住在一起。”

我盯着烛台想了想，长诀说得对，不过是昨夜婧宸在这里，她一夜没有睡着，我也跟着睡不太踏实，遂用脸颊蹭了蹭他的手，笑道：“你晓不晓得，在崆峒幻域的时候，我觉得你这手指凉凉滑滑，十分像藤蔓，梦中还曾想挖出来，栽进盆里悬在我厢房头顶上。”

他缓缓俯身，上身贴近我，给了我踏踏实实一个拥抱，那稳重的呼吸萦绕在我额头上：“小玉，你若是喜欢我的手，不用栽到盆里，我可以候在这里，看着你睡，看着你醒过来。一日复一日。”

我愣了半刻。

其实，长诀天尊说起情话来，十分容易让人动心。我不知道两年后我果真仙逝了，哪个姑娘会有这样的福气，能陪天尊到沧海盈枯，桑田丰谢。

微凉的手指缓缓拂过我的脸颊，他低头时候，唇角只与我有一指宽的距离，他语气轻缓：“不好吗？”

我抬了胳膊环上他的脖颈，只消一瞬，双唇便贴上他的。他也只是微微一愣，便箍住我，深深吻了上来。

本神君今晚，终于如愿以偿，主动将天尊大人给亲了。

那晚，我第二次同天尊大人睡在一张床上。他只是从背后浅浅抱着我，并没有进一步的动作。

三天后，我竟再一次见到了昆仑神君，他身旁却没有跟着长宁。

彼时我同长诀天尊在玫瑰椅上喝花茶，远远便瞧见他往丹穴山这边飘来，他大红绸衫，步履风流，走到哪里都十分显眼。

我没想到，他也是来请我画扇面，证他同长宁的亲事。我也没有料到，他大婚的日子也在十一月初九。我这厢自是十分抱歉道：“十分不凑巧，前几日我将将应了予祁太子，他也是在十一月初九大婚……”

千颜只是微微一愣，紧接着十二根檀香木扇骨迎风展开，他倜傥一笑，似飞雪流霞：“神君无须挂怀，本就是先来后到之礼，千颜来晚了，自是怪不到神君的。”

我赶忙掂指掐算了一番，道：“十一月初六也是个宜婚宜嫁的好日子，千颜神君觉得这一天可好？”

他笑着点头：“神君说好就好。其实论职务阶品，千颜自知是请不到神君的，但长宁愿意嫁给我，我自要给她这四海八荒最好的婚礼。如此，要多谢良玉神君费心了。”

千颜这样说倒让我有些不好意思起来，毕竟那日，师父救沉钰出来之后，他昆仑山的冰域圣境就毁了。我依然觉得羞愧，却不敢再当着天尊大人的面提救沉钰的那一桩事，于是双掌合十朝他拜了一拜：“还要谢一谢神君肯信任良玉，我自会尽心画一幅姻缘扇，祝你同长宁得个美满姻缘。”

他客气地回了我一个礼，又同长诀天尊抱拳致意才离开。

看着千颜朝昆仑山奔去的背影，我觉得，在天界予祁太子手中受过许多苦的长宁，终于迎来了她幸福的日子。

可身后的天尊大人语气颇有些沉重：“可小玉，我隐隐觉得十一月初六可能并非是最好的日子……"

我骇了一跳："你可是算出了什么？方才怎么不早说？"

他拍了拍我的肩膀安抚道："莫要慌，只是觉得十一月初六同初九隔得太近，怕你累着罢了。"

我舒了一口气："你看我生龙活虎的哪里这样容易被累着。我就怕初六不是个好日子，让长宁受了委屈。"

"……你为何这样关心长宁？你认识她？"天尊大人皱眉问我。

我望着他墨玉似的眼睛，道："你可知道长宁当初还是一把长安玉骨做的折扇的时候，那扇面便是我帮予祁殿下画的？"

他放在我肩上的手一顿，脸上惊异之色一瞬闪过，然后温柔笑道："怪不得长宁仙子长得比其他仙子美一些，原来是你画的扇面。"

"长诀，"我郑重道，"你是不是有什么事情瞒着我？"

他那笑容依然挂在脸上："小玉，你是不是想多了？"

我却不想再去从他那笑容里分辨他有没有在撒谎，于是低头看了看脚尖，道："嗯，可能是我想多了。"

他拂了拂我的头发，动作轻柔。"小凤有苏苒照顾着，我便在丹穴山陪着你，其他你都不要想。你且保重自己。"他说。

此时，距离十一月初六，还有一个多月的时间。我没有其他事可做，便一直在琢磨如何画这两把姻缘扇。

长诀天尊一直陪着我，他闲着便看看书，也会替我研墨。长诀天尊研的墨浓淡均匀适宜，掺了几丝他身上特有的清宁香气。我望着这墨，便突然想到崆峒幻域之中，六师兄嫌弃沉钰研的墨太差劲，当时我还觉得这并不奇怪，沉钰爷爷在六师兄跟前总不能安安心心做事的，他眼里心里满满当当都是六师兄。如今瞧着天尊大人替我研墨，且研得这样好，我难免觉得几分失落。想来应该是本神君之于天尊大人的魅力不如六师兄之于沉钰的魅力，是以长诀天尊从不分神，从不将注意力分到本神君身上。

没错，本神君这阵子矫情得厉害了。

但矫情应当是有资本的，我深知自己几斤几两，是以矫情也就只是在心里折腾个一时半刻，从不显现在脸上，待到长诀天尊开口同我讲话时，便又心花怒放喜不自胜了。

“你那日是不是画了我一幅画像？”他开口道。

我一怔：“什么时候？”

他放了墨块，擦了擦手，漫不经心道：“应该是你自清微宫回丹穴山那一晚。”

本神君当即想起来了。

“改日我打磨一个玉框，将那画像挂在你的书房。”

我颤巍巍道：“不用吧……”

他笑吟吟道：“如何不用？若哪一日我不能陪着你，你看着那画像也好。”

“……那就挂上吧……”他说有哪一日不能陪着我，我便觉得心里有些难受了。

“你这副样子瞧着颇舍不得我，我现今打算一直都在丹穴山陪着你。”他笑道。

“你哪里看得出我舍不得你？”

“若我没有瞧错，当日你和衣在书房睡着，醒来时候神色十分慌张地去打量那幅画有没有被压皱，难道不是舍不得？”他春风拂面，笑得十分自信。

我当即一笑，若是天尊大人晓得我当初画了这画像是为想把他涂成花脸以泄心头之恨，怕就不会有这样的笑容了。本神君也十分顺了他的心意睁着眼睛扒瞎道：“是，是十分舍不得天尊大人，心心念念的可都是您呢。”

他但笑不语。

长诀天尊说话十分算数，天天在丹穴山待着。我总觉得他这副模样太过清闲，总觉得他表面这样云淡风轻的自得模样让我有些不安，可又瞧不出什么地方不对。除了有一次，他站在殿外，手指捏着那支紫玉笛，我清清楚楚看到有凌厉笛音从笛孔里一霎刺出来，他手指当即被割了一道口子，血水汩汩涌出。我大惊，慌忙跑出去，拉起他的手，却发现手指完好，仿佛根本没受伤一样。他还笑着拍了拍我的脑袋：“慌什么？”

“你刚才手指明明……明明流血了……”

他一副惊讶的样子，脸不红心不跳说道：“真的吗，我怎么不知道自己手指流血了？你是不是看错了？”

我怔怔望他一眼，又抬起那只手仔细打量了一番，果真没瞧见丝毫伤口。

“可能确实是我看错了。”我说。

惶惶不安地过了几日，天尊大人再玩他的玉笛的时候都是躲着我。我便越发不安了，可他却总是笑意盈盈的样子：“你这是怎么了，小玉，再皱眉要出皱纹了。”

直到有一天，沉钰和六师兄来丹穴山了。

六师兄颤巍巍打量我一眼：“小九，你面色不善啊……”

沉钰趁着天尊大人在殿外的空当，揪了揪六师兄的袖子，一本正经道：“月月，方才你‘面色不善’这个词怕是用得不大妥当，我觉得这丫头明明是欲求不满的样子哇……”

如果本神君现在还有能指引鼻血流出来的本事，一定招呼他一脸血沫子。

六师兄怕是打沉钰诈尸归来那一日起智商就飞流直下三千尺，降得不成样子，竟然觉得沉钰说得十分有道理。她转身瞧了瞧殿外的长诀天尊，又回头皱眉望了望我，面上的担忧怕不是假的，她沉思许久才包了一汪悲天悯人的热泪怜悯道——

“小九……天尊大人……天尊大人果真满足不了你吗？”

我嘴角抽了几抽，强撑住身子才没倒下去，如今他们二人果真是神仙眷侣，夫唱妇随到这般地步了吗。

六师兄看着我担忧之色不消反长，惶惶道：“小九，若是这样日后你怕是也不会幸福的……趁着现在你同天尊大人还没成亲，要不……”

沉钰赶忙拦了她：“月月你这样想就不对了，我倒是觉得良玉这丫头欲求太强……”

听到此处，本神君再也顾不得什么形象之类，准备默默脱了绣鞋，握着它照着沉钰稳稳揍过去。

可还没轮得到本神君脱鞋，六师兄的小火苗就蹿上来，同沉钰顶撞道：“明明是你师父的错！为何要怪到小九身上！”

纵然六师兄实在是想多了，但本神君仍因她这护短的形容而心中一热。

沉钰皱眉道：“不是月月，纵然她是你的师妹，你也不该偏袒她而不给我师父留一点颜面吧！”

六师兄踹他一脚，咬牙切齿：“你这流氓若是再敢这样想，休怪我不客气了！”

沉钰那厮愣愣道：“你打算如何不客气？”

六师兄咬牙，瞪眼：“今晚你若是敢迈进我的厢房，剁脚！”

“月月……”

“剁脚！”

“不是月月，我错了，你……”

“剁脚！”

“月月你听我解释……”

“剁脚！”

“……”

本神君戚戚焉灌了一杯凉茶，不晓得他们两个何时才能结束这个争吵。我终于明白所谓欢喜冤家的意思：就是你死了，我也不想活了，最后虚度这么些年，心心念念全是你；但是你如果活着，必然要可劲儿同你吵。不晓得当初是哪个神仙狠下心肠喂了心上人绝情丹，又是哪个神仙泪流两行说我其实还没来得及好好对你。

长诀天尊一直在殿外，不晓得在干什么，只是右手一直捏着那紫玉笛，手指有一搭没一搭地点着笛孔。沉钰似是也注意到了，给我六师兄倒了茶水，又为自己添上，才赞叹道：“五万年不见，我师父他老人家依然这么厉害。”

我默默无语瞥了沉钰一眼：他立在那里一动不动，你哪只眼瞧得出他厉害。

沉钰体会到我这缥缈的眼神，放了茶盏特意指给我看：“你瞧我师父那手指，你看着他是在有意无意点着笛孔，怕是听不到那传出来的笛音吧？”

我觉得沉钰说得有些邪乎，疑惑道：“笛音不是吹出来的吗……再说我反正听不到，怎么知道你说得对不对。”

他呵呵一笑，颇瞧不起道：“你若是听到了，现在早就不在丹穴山里跟我和月月喝茶了。”

“那我在哪儿。”我恹恹回他。

他抬手往西天一指："你们这些修梵行的死之后不都是在西天挖个坑埋了吗。"

我一怔。

沉钰又道："其实我也只是能略略听到师父他这个曲子的几个音罢了，不晓得师父是想把谁干掉，用了这么狠的招数。"

我便想到几日前殿外他的手指被一声凌厉的笛音刺破的那一茬，慌乱道："他这样……他这样若是伤到自己怎么办？"

六师兄宽慰我道："小九，天尊大人这样厉害，你莫要担心。"

沉钰也是附和："你未来就是爷爷我的师母了，若是这样不信任师父他的能力，可不大好。"

我默默饮了口花茶，心中还是慌。什么是担忧，不是因为你觉得他不够厉害而受伤，而是你觉得他应当远离所有危难，平安无恙。我自然晓得天尊大人的能耐，可也并不想他去接触任何能伤着他的东西，只愿他安康。

六师兄默了一会儿，嘱咐道："小九，你现今身子还没完全恢复，最近天上有些动荡，你还是待在丹穴山哪里都不要去了。"

我当即大惊："天上有什么动荡？！"

沉钰一口没咽下去的茶水登时喷出来："丫头哇，你莫不是连天上这样的大事都不知道吧？"他看我愣怔没有反应，道，"你晓不晓得中天战神商钺？他可是你大师兄的顶头上司。手下百万天兵，个个骁勇善战且听话得很，唯商钺之命是从。"

这个商钺我虽未见过面，但有耳闻，大师兄做东荒战神这几万年，手下攒了十万天兵，但是较之中天战神商钺却还是有许多差距，大师兄有时候喝醉酒也常常念叨，位职中天那一日，他要指引百万将士，为他的阿云敲战鼓告白。我那时候只是想着百万天兵齐奏战鼓，这样震撼的声音，非一般姑娘不能接受。后来大师兄没等到位职中天战神那一日便向阿云表白了，他率着十万天兵去羽宿山跟阿云表白时，战鼓擂得若山崩地裂，阿云满目泪水奔上云头，一个耳刮子照着大师兄的脸上招呼上去，凄凉道："你这是带了天兵来对付我吗？阮饮风，亏我这样喜欢你。"

思绪再扯回来。"商钺手下百万天兵，这怕不是什么新鲜事吧？"我问。

六师兄皱眉道："可是小九，你不晓得西、南二荒的战神也是听命于他吗？"

我微怔："什么意思？"

"意思就是他若是造反起来，率着这百又二十万天兵能将天帝大人从凌霄金殿的宝座之上推下来。"沉钰说。

我一瞬惊起，手中茶盏应声而落，慌忙往殿外瞧了瞧天尊大人，见他还在那里不曾听到这里面的响动，于是转头压低声音对沉钰道："你这话可不能乱讲！"

沉钰仍是天不怕地不怕的样子，六师兄也觉得不妥当，伸手扯了扯沉钰的袖子。沉钰那厮微微一笑，右手落在六师兄扯他袖子的手上，安慰道："月月你不要担心，我自是知道分寸的。但是你是司命星君，主仙路命盘，应知道神权颠覆也不是不能之事。"

六师兄双眉紧锁："你这话还是少讲的好，莫说商钺现今已经有了那大逆不道的心思，就算他真的要谋逆，你我也应当誓死拥护天帝大人，万不可说这样的风言风语……"

沉钰那握着六师兄的手并未松开，只是笑吟吟道："你怎知道他商钺有了这样的心思？这样的心思一旦有了，怕是百八十年都会有。月月，你善良得有些过了，你以为他把自己的女儿嫁给太子，就表示他忠心耿耿、不觊觎天帝这六界共主之位了吗？"

六师兄还没搭话，我却抓住沉钰的话问："他女儿嫁给太子？是哪个太子？"

沉钰冷飕飕补了一计眼刀给我："这五万年过去了，你这脑子却是没长多少，九重天还有几个太子，不就是予祁吗……"

"那、那商钺的女儿可是唤作婉茗？"

"嗯，就是叫婉茗，我其实不大喜欢那个姑娘。当然我就只喜欢你六师兄一个人，其他姑娘看不上眼。但是予祁太子竟然喜欢。"沉钰说完，望着六师兄，怡然自得地灌了口花茶。

六师兄却是没有理会他，却猛然想到一件事："听说予祁太子跟婉茗仙子的婚宴定在十一月初九，小九，太子殿下他可是来过让你画扇证亲？"

我点头："十一月初九，总共不过十几天了。"

"方才沉钰说的这些话其实并非没有道理，自打你从三十五天天尊那里回来，天上便不大安分。幸好你没在天上待着。如今你就要去证亲了，也当注意一些……"

我恍惚道："打我回丹穴山就不大安分？"

六师兄点点头。

而我却终于悟得天尊大人为何这些日子都在丹穴山陪着我了。与其说他陪着我，倒不如说他故意将我困在丹穴山，哪里也不去。他是怕我出什么事吧。

我望了望殿外，恰好沉钰也望着殿外，沉钰那厮眯眼道："你说，师父他老人家此时是不是在对付商钺呢？这么狠的笛音，怕是除了我这嫡亲的弟子和因邈佛祖这种能耐大的神仙能勉强听个几句，没有哪个神仙能撑得住了……"

"……那商钺……那商钺本事如何？"我颤巍巍问。

沉钰面色一顿，思量许久才同我道："若是单打独斗，商钺自然不是师父他老人家的对手，可你莫要忘了那百万天兵……"

我心头一紧一痛，手心虚汗已经大盛。

沉钰跟六师兄走后，天尊大人端着药锅去煎药，我原地兜转了许久，才下定决心跟上去。他回头看着我，春风拂面的笑容并未变，道："小玉，你这样的表情，是不想吃药？"

我摇摇头："不是。"

"那是为何？"

我盯着他腰间的紫玉笛，仍是通透莹润，淡淡紫色光晕落在他霜衣上，是一幅好画面。我叹一口气，下定决心问："你今日在殿外时，是不是奏了一首曲子？"

他也只是微微一愣，转瞬就笑得轻松淡然："是沉钰同你讲的？哦，死了五万年回来，本事并没有减多少嘛。我该提前给他吹一个曲子让他迷糊个十年八年的，省得他说了不该说的让你担忧。"

我皱眉道："你想一直瞒着我是不是？"

他终于听到我语气颇有波澜，放下药锅，抚了抚我的脸颊道："只是不想让你担忧。"

我抬头看他，认真道：“这样瞒着我我就不担忧了吗？你那日，手指明明被笛音割破了，为何不同我说实话？”

他似是没料到我仍然记着这一茬，默了半刻才道：“小玉，你想多了，没有多少事。”

我一听他还是这样搪塞的话，怒火便烧上来了，退了半步，躲开他抚我脸颊的手，道：“你若是把我当朋友，应同我实话实说，就算不能帮上忙，也好让我心里有个准备，遇事之后不至于慌乱到不成样子。可是你从不曾同我讲。”

他眉头微锁：“小玉……”

“我晓得自己现今修为也不够保谁安然无恙了，可我却想着你不再受伤。你怕是不晓得，在崆峒幻域那个鬼地方，我差点忘了你五万年前那一劫，后来我错怪你，连累你被压九黎壶底。直到这一劫来了，我仍然手足无措。你若是早早提醒我，我听到拂灵那样说，可能会长个心眼儿，就不会是那个样子了。”我道。

“小玉，确实错在我。”

我摇摇头，想到当初那个场景心里忍不住酸涩：“我只是怨你不告诉我，你什么都不同我讲，自己去凡界历劫，推辞不见我，我埋怨你，你还是不肯同我说实话。我知道你是为我好，但是我也不想让你有危难啊……”说着眼泪就没出息地出来了，我抬头胡乱抹了一把，哽咽道，“你不知道你被压九黎山的那三年我是如何熬过来的……我一遍一遍做梦，一遍一遍都是那个场景，你推开我自己被压在那里了，我不能原谅自己……”

“小玉，我既然是九上天尊，便没那么容易死，不论今天你六师兄和沉钰同你讲了什么，你不可全信他说的。”

“可你毕竟是孤身一人的天尊大人，你到底要如何同商钺百又二十万天兵抗衡？”我问他。

天尊大人愣了片刻，哑然失笑道：“是谁说我要同商钺抗衡？沉钰还是你六师兄，嗯？”

我被他这笑容晃得一怔，木木道：“你笑什么？难道不是吗……”

他拍了拍我的脑袋：“自我退了天帝的位子以来，六界政事我便从不插手。商钺又不是要抢我天尊的位置，就算他抢了天尊这个位子去，我大不了收拾收拾搬来你丹穴山住，所以我同那商钺并未到这种非要拼个你死我活的地步，他手下的百万天兵自是没有理由来犯我。”他低头一笑，面泛华彩，又道，“所以，你不可信沉钰的话，他在昆仑冰域圣境那儿待了几万年，脑袋被冻糊涂了吧，累及智商，言不及义，同傻子呆痴没有什么两样。”

听了这番话，我不由得僵了那么一下——天尊大人损起他徒儿来，用词果真是不客气半分的。

但他这话听着也有几分道理，商钺觊觎的是六界共主天帝之位，确实犯不着跟天尊大人过不去……但是这话却又有哪里不妥，按理说长诀天尊他是天帝的叔父，难道不该帮着天帝大人守住这位子吗？

我思忖许久，终于下定决心开口这么问他的时候，长诀天尊已经将药煎好递给我了。他听了我这疑问不过挑眉一笑，面上风轻云淡不起丝毫波澜：“从没有哪个天帝可以稳坐凌霄金殿至千秋万代，这种事就算我操心又有什么用？”

虽说他这样对天帝大人不大仗义，但更朝换代却是不可阻挡之事，所以天尊大人他这样说也是在理。知道他不会白白去送死，我便放心了许多，连带心情也缓和下来，乖乖饮了药，还宽慰他道：“你那句话说得十分正确，若是商钺他看上了你这天尊的位子也没什么，小神丹穴山这里十分宽敞且土壤肥沃，很是适合养花种草。”

他笑着答应：“好。”

七天过后，十一月初六。姻缘辰历上书：宜嫁娶，祈福，求嗣，安床。

可我万万没有想到，在十一月初六，太子殿下成亲前三天，长宁同千颜的婚礼上，会出这样大的变故。我仍然记得，那日千颜来丹穴山请我画姻缘扇，我推荐了十一月初六这么个日子，天尊大人也曾语气沉重：“可小玉，我隐隐觉得十一月初六可能并非是最好的日子……”

此话，一语成谶。

那日，天色尚且朦胧，娥眉月挂西上天。彼时，我已早早地赶到昆仑山。这样早，一是想悄悄甩开天尊大人，因为证姻亲之事本就是我姻缘神君自己的本分职责，带着长诀天尊这个心上人同我一起，总觉得不大妥当；二来，长宁之前还是一把扇子时，便是我有幸画的扇面，此时她出嫁，我总有一些娘家人的感受，又因着婧宸公主那晚的一席话，我便对长宁，格外用心了一些，想着早早过来，能帮衬一下。

十一月的季节，昆仑大雪，已然绵延千里，洋洋洒洒，簌簌而至。婚礼之地选在昆仑东方主殿，千颜立在大殿门口，一身大红绸衫同以往没有两样，十二根檀香木扇骨的折扇握在手里，依旧是往日倜傥的模样。那时的长宁，正在昆仑西面暖阁之中，梳妆打扮。

“她早早把我赶出西暖阁，说是新娘的妆容，应当在夫君挑了喜帕之时才可以见到。”千颜笑道，声音里的宠溺，如同习惯一样。

我握着画好的姻缘扇，提裙边往西走，边笑道：“既然新娘不愿让你看到，那神君就此止步吧，我去看一下那边可否能帮上什么忙。”

他折扇一摇，面上风华流转：“如此便要谢过良玉神君了。”

长宁隔了窗子便看见我，欢悦地起身推门而出，曳地三尺的大红嫁衣上面，点缀的九里香花瓣，翩然似雪。她在飒飒飞雪之中冲我一笑，及膝长发如墨色绸缎，迎风而动，有说不出的灵性，直让人觉得那绵延千里的雪花，都是此刻站在雪地之中这个红衣墨发仙子的陪衬。

佳人美如玉，一笑倾飞雪。大抵就是这种场景。

她拉过我的手往暖阁走，话音里都是抑制不住的欢愉：“神君你来得正好，待我绾上头发后替我画个眉，我想要朱砂红，画得细细柔柔的，她们说这是成亲时候专门给夫君看的。”

我笑着应下：“好说好说。”

她回眸一笑，不似我想象中的冰清中略带些凉薄的样子，而是拥有一切新婚娘子所具有的温婉俏娇。那时，她长发上沾染的雪花点点消融，一双眸子光彩熠熠点缀温情：“我要让千颜掀起喜帕时就看到，看到这专门为他画的朱砂眉。”

可是，细细柔柔的朱砂红，长宁说成亲的时候给夫君看的眉。

千颜没能看到。

他甚至没能等到成亲那一刻。数十万天兵围攻昆仑的时候，我捏着沾了朱砂的笔，将将画完长宁想要的那种眉。彼时暖阁外天雷乍起，我执笔的手一顿，不小心在那画完的眉下点了一记朱砂。

长宁眸光陡凉，一霎反应过来，提裙奔出暖阁。我紧紧跟在她身后，便看见了那飞雪肆虐掩盖不住的金装铠甲，银盾红缨。

长宁与我皆大惊。

可为时已晚。长宁在满天风雪中飞奔的时候，我便看见远处，自天兵手中脱出的密密麻麻的长矛穿了千颜的身体而过。千颜那身绸衫仍是大红色无异，可你看那洒在皑皑白雪之中的红色，一点一点，一片一片，却都是他的血。

我顿觉脚步千斤重，风雪飒飒，刮过脸上都是疼。

可前面的长宁她看不见，或者她看见了也不会信这场景。发簪落下，她盘起的长发松散开来，在风雪之中缠绕。那边惊天动地，战鼓声声，可她依然在往那里奔。其间几次失足跌倒在雪中，又爬起来。

我不知道长宁有没有看到，千颜的身体在跌入雪中那一刻，他眼里还望着今日要娶的新娘。

说不自责是不可能的。

我犹记得那一日，他大红绸衫，步履风流，落到丹穴山请我画扇面。彼时十二根檀香木扇骨迎风展开，他倜傥的笑容，若飞雪流霞夺人目。我亲口道："十一月初六也是个宜婚宜嫁的好日子，千颜神君觉得这一天可好？"

"神君说好就好。其实论职务阶品，千颜自知请不到神君的，但长宁愿意嫁给我，我自要给她这四海八荒最好的婚礼。如此，要多谢良玉神君费心了。"

可我推荐的这个日子，却是错了。

辰历上书的宜嫁娶，祈福，求嗣，安床……最后到底宜了哪一桩。

我奔过去时，长宁已经跪在雪地里，紧紧拥着千颜的仙体。长矛锐锋穿了她的掌心而过，她却没有一丝放手。四周十万天兵重重陈列，轰轰天雷滚滚而下。她抱着千颜，平静如一潭死水，一遍一遍用手擦掉千颜口中溢出来的血，可那血水却是越涌越多，怎么也擦不干净。

"千颜……千颜，你疼不疼啊……你睁眼看看我……你说句话给我听好不好？"她喃喃道。

这个场景莫名熟悉。脑海中轰然映上无数火把，照得殿外通透如白昼，漫天叫嚣的呼喊之中，隐约见一个姑娘跪在地上，她怀里紧紧抱着一袭黑衣的人儿，锋利的羽箭穿了她掌心，她却面如死水，喃喃道："琉璃……琉璃你疼不疼……你再哭一声给我听一听好不好……哪怕你再哭一声呢，让我知道你还活着好不好……"

心中蓦地钝痛，这情绪一下冲上鼻尖，果真是酸涩不已。待我想仔细辨别一下那姑娘的容貌，那场景却渐行渐远，直至模糊一片。风吹进眼里，冷得人直想流眼泪。

就在这时，我发现了自高空疾风而下的予祁太子。他不复当日窗外那负手而立襕衫迎风的高贵模样，如今御风凛凛而下，面上怒火三千，一路烧到眉眼。

方才还气势汹汹的十万天兵，此时见到予祁却是瞬息后退百步，整齐划一喊了一句："太子殿下！"

这群家伙如今这乖巧懂事的忠犬模样，让本神君不由得冷笑。他们从来不曾去想今日以十万敌一的行径是不是神族的风范，也不会去理会今日围攻的这个神仙是不是在他同心爱姑娘的大婚之日。

予祁太子见着我，面色一怔，却没有理会我直奔风雪中的长宁而去。我费力拦了他一拦，苦涩道："她怕是见不得你，毕竟这是你们九重天的兵将围攻了她的夫君。"

他面色十分不善，挥袖隔开我的手："神君要记得，他们俩并未成亲，长宁也没有夫君。"说罢毅然决然朝了长宁那里迈去。

我料得丝毫不差，长宁见着予祁，瞬间冰了眸子，沾了血的手指轻轻一动，指引滚滚风雪朝着予祁兜头袭来。予祁拂袖挡了过去，却也被这风雪吹得狼狈了几分。

入眼处，长宁跪在雪中，纵然手掌被穿破，却仍然抱着千颜没有松开半分，她笑得十分凄凉："予祁殿下，你若是看长宁不惯，大可以杀了我，如今引兵来跟千颜过不去是为何……"

予祁闻言陡然一怔，颇不信般问道："你……你以为是我引兵而来？"

长宁不再搭话，低头怔怔望着怀中的千颜，手掌鲜血缕缕，分不清到底是她的血还是千颜的血。予祁赶忙上前想拉开她，却被她凛凛拒绝。他终于忍不住怒吼道："本太子且告诉你，冰域圣境已然毁了，他死了，这尸体也存不过一年半载，你还打算守着吗！"

长宁颤了颤，看着怀中的千颜，笑容宛若这昆仑十一月的冰雪，不能再凉的模样："那又何妨。"

"这由不得你！你生死都是本太子的一把扇子。"予祁太子又踏雪上前，下了十二分决心要把长宁拉开，却不曾料长宁念诀唤来无数冰雪筑起稳固冰界，牢牢封住了她和千颜。

予祁大惊，祭出宝剑朝这冰界劈了过去，却不料那冰界坚固至斯，那一剑不过是落下一道划痕罢了。

十万天兵的头领终于上前来，朝予祁行礼道："殿下，若没有别的事，属下带将士们回去了。"

予祁双眼染了风雪，目光冰凉刺骨："滚。"

"容属下多嘴提醒殿下一句，三日后殿下可就要同商钺战神的千金成亲了，还望殿下早早回天上。"那头领说罢唇角一扯，带了十万天兵一齐隐身。金甲忽忽闪过，遁得无影无踪，只剩这广延千里的昆仑山，冰雪依然肆虐。

冰界中的长宁，终于放下千颜，将那穿身的长矛小心翼翼除去，用冰雪将千颜所有伤口一一清洗，再细心整理他的妆容，从发丝到衣角，无一遗落。予祁终于不再动作，他可能是想成全长宁一次。

我生平第二次见到这样的场景，上一次是六师兄送沉钰来这冰域圣境的时候。我竟十分能理解冰界中的长宁。她同当日的六师兄一样，不哭，不喊，却不许任何人靠近她那心尖尖儿上的人，手指从衣领到鞋履，一一抚过。她跪伏在千颜身旁，那朱砂红画的眉在风雪中依然细细柔柔，可是千颜，却从没有看到。三千青丝任风吹散，霜雪落满，仿若一朝之间，红颜枯等成白首。

可我同予祁太子都没有想到，冰界中为千颜整理完妆容的长宁，竟决然化作扇子元身，自毁仙体，取出六根长安玉骨。玉骨落地化成一副晶莹剔透的玉棺，封存了千颜的仙体。

那把被千颜时时刻刻握在手中的檀香木折扇，静静躺在冰棺外。

而抽了六根玉骨的长宁扇，颓然落地，那绣着九里香花瓣的复织绸缎扇面，被风吹皱了角。我约莫有些疑惑，最初的最初，这扇面是我画的，材质是扇面纸并不是绸缎……冰界随着她扇子元身掉落雪中，陡然崩塌。她怕是听了予祁那句“冰域圣境已然毁了，他死了，这尸体也存不过一年半载”的话，才愿毁了自己，也不愿千颜的仙体消失。

那时候，予祁太子双目猩红，却是来不及阻止，他甚至花了很长的时间，才颤抖地捡起那把扇子。即刻渡了修为过去，换回身着大红嫁衣的长宁虚弱地趴在他怀里，脸色比霜雪更白几分。

予祁抱着她，怒吼声中眼泪都飞出来了：“你疯了吗！”

她虚弱一笑，唇角动了动：“大概是吧。”说罢呕出一摊血，仙力尽散，重归于一把皱折的扇子。

婧宸曾经对我说：“这扇骨是哥哥一根一根精心打磨的。他以前当这把扇子是宝贝的……你不晓得他宝贝成什么样子。从前哥哥是佩剑出行，打他做了这把扇子，便时时刻刻将它握在手心。握惯宝剑的手，突然喜欢握折扇了，当时九重天人人都新奇。且他这一握便是几千年。”

彼时我还疑惑，为何喜欢这扇子，待她化成仙形之后就厌恶了。如今，我望着予祁太子那握着扇子的颤抖的双手，悲怆的神色，突然就明白了：这明明是怜惜到极处的模样，厌恶只是为了遮掩他喜欢上这把玉骨折扇的一个幌子罢了。

迟来的晨光穿雪而过，恰好打在那颓软皱折的长宁扇上，长安玉骨莹润无瑕，若霜若雪，若凝脂，若霞彩，精致的复织绸缎上九里香栩栩如生。近在咫尺的玉棺里，那红衫倜傥，那容颜俊朗。

冰棺外，十二根檀香木骨折扇终究被白雪一层一层遮住。

此刻日光向暖，却也静得让人连呼吸都添了许多难。

后来，听说予祁太子握着那把残破的扇子回了天上，对守在他殿门口的、他的未婚妻、商钺的女儿婉茗只吐出来一个字：“滚。”

这个字，对他未婚妻来说有些重。是以太子殿下的婚礼推迟，我并不奇怪。

那时候我卧在自己厢房的床榻上，一遍又一遍看着自己画的姻缘扇，九里香花瓣与红雪并肩纷飞，是缠绵到老的模样。

“花雪相融，九里缘引，愿汝情意缠绵，不离不分。”可这姻缘文示，一句一句，都不曾应验，反而一字一句，都若魔咒一般，照着相反的意思，给了他们一桩劈头盖脸、避犹不及的劫难。而我，便是那劫难的由头，是本神君这个混账替他们做主选了这个日子。

长诀天尊皱眉道：“小玉，这样不吃不喝便是在折腾自己了。十一月初六这个日子本没什么不好，这并不怪你……”

我抓住他的话，撑起身子凄凄一笑：“你早就知道这个日子不好对不对？你当日跟我说过隐隐觉得十一月初六可能并非是最好的日子对不对？”

他神色一滞，皱眉道：“小玉……你什么意思？”

我笑了一笑，脸色怕是不那么好看，眼泪盈上水雾，他的面容便瞧不那么真切了：“天尊大人，你其实早就算出来了对不对？你早就知道会有这么一场劫数对不对？”

他不搭话。我便更信了自己所想的，自嘲道：“良玉我这个姻缘神君当得实在太不够格，以往也会出些小乱子，但从未像长宁同千颜这样，大婚之日，双双应劫。如今怕是小神活不过两年的缘由，修为也是散得差不离了，对这样大的劫数竟毫不知情。”悲凉自空荡荡的左心轰然袭上眼眶，水雾决堤，我一动不动盯住他，质问道，“可你是天尊大人，你修为这样高深，你明明知道，为何不提醒我？为何还要骗我说是怕两场婚礼太近我会累着？你可知千颜有多喜欢长宁，你可知长宁有多想让千颜看到她专门为他画的朱砂眉？”

他伸手想替我拂掉眼泪，却被我躲过，他的手僵在那处，喉结动了一动，道：“小玉，我当时并未想到会是这样严重的情况……”

“呵呵，好一个没想到这样严重的情况。那小神倒想问天尊大人一句，您当时想到的是什么样的情况？”

他愣了许久，终究无奈道：“你累了，休息会儿吧。我回天上一趟。”说罢起身朝门口走去。

“在崆峒幻域里，我记得曾对天尊大人说过，我同六师兄这样的小神仙，一不小心做了错事就会被剔除神籍，不若长诀天尊这样是天帝大人的亲叔父，自然会被周全护佑。如今瞧见了长宁同千颜这一场，我始知自己这样幸运，因为他们一不留神连命都会没有了。天尊大人您不愿透露天命、不愿搭救他们我不怪你，怪只怪长宁同千颜仙命太薄，怪只怪小神修为浅薄。”

他推门的手一顿，终究没有回我的话，阔步走了出去。

我望着他的背影凄凉一笑：本神君怕是看错人了。他长诀天尊本就不是愿意救人造浮屠的那一种神仙。本神君竟然傻到这种地步，瞧上了他。

但是好在我还没同他有什么，也不算难以割舍。且我还有两年好活，到时候两眼一闭，奔了西去，便是再也瞧不见这位尊神了。

至于小凤……虽然苏苒姑姑也是他身边的神仙，可凭着我当年偷茴香苗时她护我那一回，我信她能照拂好小凤。待我临终时候再托付她一回，等小凤和睡莲妹妹都长大能幻化仙形时，便让苏苒姑姑做主让他们成了亲。

这样一想，便觉得自己身后干净利落得很。这两年就像白赚来的时光一样。

后来天帝座下一个信使来到丹穴山，客客气气地递上来一道请帖，通知我太子殿下的婚礼改在了年后正月初八，是时候还要请我去证一回亲。我恍惚接过，瞧着这个面皮白净、衣冠楚楚的信使十分熟悉，待他告辞之后化作一只硕大青鸟朝了天上飞，我便想起来崆峒幻域中落在司命府门口、沉钰设下的那界障之中的年轻仙官。如今五万年过去，他已不复当日无端落入障中的倒霉模样，举手投足俨然是从九重天上习来的稳当作风。

时间可真是个能磨炼人、改变人的东西，除了本神君这光棍的身份没变，其他已皆有变化了。

天尊大人估计十分闲，这月余常常来丹穴山逛一逛。我因着长宁的事，如今已经不知道如何去面对这样一个尊神，故他一来我便将自己锁在厢房中。当然也常常怨自己修为太浅薄，错拿劫数之时当婚嫁的好日子。

他待的时间却越来越长，后来竟然能望着山头的九里香花树站个三天两夜。我实在觉得在厢房中待着太憋屈，便趁着他不在，于风和日丽的一日，简单梳妆，准备离了丹穴山出去转转。这果真是个既能躲开天尊大人，又能放松心情的好法子，是以那段时间在丹穴山是找不到本神君的。

那一日我站在云头之上，见凡间烟火袅袅，红尘扑面，一时激动便下了凡。

而此时的凡间，已无“上当居”。但好在许多饭馆正值晌午热闹的时候，我便随便挑了一个酒楼，付了一粒珍珠：“麻烦小哥替我在楼上寻个临窗的位子。”

“姑娘来得正是好，我们这‘僖香楼’上恰好两个窗户，方才另外一个姑娘也是要了个临窗的位子，如此还剩一个。”小二哥说罢便领着我往楼上走。

可我没料到那同样看中了临窗位子的姑娘，竟然是多日不见的婧宸公主。她那桌上摆着四五只酒坛，面色已然是七分醉了。我不由得望了望今日穿的这淡青色裙子，却是不太禁吐的样子。于是又不由得打了个冷战。

“姑娘，您看这处位子如何？”小二在那处靠窗的位子前朝我招呼道。

婧宸闻言，眸子轻飘飘往我这处一打量，原本愁云密布的面容一霎欢脱起来，一个旋身直接跳到我身旁，欢天喜地道：“良玉！你来得正好！”

我大约也摸出来婧宸这个有些心事就跑到凡间酒楼喝酒的习惯，但我没想到她又阔气地甩给小二一锭金子，面色醺然道：“去给姑奶奶我寻十几个小倌哥来！我要请客！”

我哆嗦了一哆嗦，还没来得及拦住那小二哥，婧宸已经薅住我的衣袖，拖到椅子上，递给我一坛子酒。本神君内心沉痛，想说教她一番，于是斟酌许久开口道：“婧宸啊……那些小倌哥……”

她瞪大了眼珠子溜溜一转，截了我的话，握住我的手大方道：“良玉，你若是嫌少我再吩咐他们去找！”

我赶忙打住，虚虚一笑：“不少……不少……”

“良玉，”她盯着我，眼珠子突然扑上水雾，脸颊被酒气醺红了一半，“良玉，你陪我说说话……”

我愣了愣：“婧宸公主你这是怎么了？”

她苦笑问我：“良玉，你是姻缘神君，能不能算出来，长宁同我哥哥的缘分到底是深是浅？”

婧宸这一句话，把我将将才放下的这一桩，也是终日不敢再回想的这一桩事又勾到心头，心中闷痛不已。

我这个姻缘神君当的，如今什么也算不出了。我若是有这能算出神仙间情缘深浅的本事，便不会替千颜选了十一月初六这么个倒霉日子；我若有这能算出神仙间情缘深浅的本事，也便不会两次都瞧错了人，一个是孟泽，一个是长诀。

归根结底，便是我本事不济，打了这么些年光棍，或者说到了临死还是光棍，也算是应了现世的报应。

我灌了口酒，酒气自肺腑烧上来，烈得很。我笑了一笑同她道："婧宸公主，良玉无能，缘分深浅这种东西，算不出来。"

她俏丽的双目一凉："你连这些都算不出来，还在这个职位上混什么！"

我无奈掩面，不好意思道："本神君也不知道在这个职位上混的什么……"

她咬了咬唇，拍了拍我的肩膀："我不该这样说你，虽然你本事不济，但是好歹你长得好看，给仙人证个亲啊什么的，也算没有丢人。"

"我……"

她眉头微蹙，眼里水雾又漫上来："听说那一日你也在……你可晓得长宁是如何变成那样的，你可知道千颜是如何死的？"

我闭眼思量。

思量到底该如何形容长宁她自毁仙体，抽出六根玉骨做棺，封存千颜仙体这场景。

思量到底该如何告诉她，新人大婚当日，天还未亮，十万天兵围攻昆仑，数不清的长矛穿千颜身体而过。

思量到底该如何说，这么个日子是混账的本神君当时亲自推荐给千颜的。

"良玉，"她唤了我一声，我睁眼的时候，看她扶着桌子晃悠悠站起来，望着楼梯处，满眼都是震惊，她双唇颤了颤，手指动了动，"你看……他像不像……"

我顺着她的目光往楼梯口打量，一排小倌哥迎面而来。走在最前面的那一位，大红衣袍彦彦风流，十二根檀香木折扇豁然一个扇展，正午日光倾窗而进，映着他白皙若雪的面庞，映着他微微挑起的眉毛，只觉雪霁初晴。他手执折扇浅浅一笑，举手投足都至斯倜傥。

我不知道是我还是婧宸，倒吸一口气道出了“千颜”二字。

“二位客官有何吩咐？”他折扇一摇，笑道。

婧宸已经是撑着桌子才勉强未栽倒。

凉风探窗而进，捎给我几丝清醒。我已管不得许多，当即动了仙术朝他元神探去，若他果真是个神仙……若他果真是千颜……

透亮白光从指尖蹿出直直打在他眉心，连我自己都控制不住颤抖。婧宸这时才反应过来，瞪大了眼珠子望着我：“良玉你疯了！这是凡间！”

那公子身后一排小倌哥见状纷纷惊叫后退，楼上诸位食客亦是惊得作鸟兽散，呼呼啦啦往楼下跑，带翻了桌子，碟碗碎了一地，口中还不住地喊：“妖怪！妖怪哇！”

我恨恨啐了一口：“去你大爷的妖怪，本姑娘是一个活神仙。”

可那白光打入他眉心，沾了许多红尘味儿的白蒙蒙元神便现了出来。

……是个凡人。

婧宸颓然跌坐在饭桌旁，脸埋在裙子中，哽咽道：“他果然不是神仙……他果然不是千颜……”

我收了白光，肺腑一阵抽搐，喉头一腥，立马掏出绢帕吐了一口血。如今这身子果然是越发不济了。

看着坐在地上的婧宸哭得身子一颤一颤，竟不知不觉间也湿了眼眶。

说不失望是不可能的，我甚至连做梦都不敢想，有一日能再见到千颜一面。可如今终于见到这副面容了，他却是一个凡人。兜头罩过来的遗憾，果真也是能激得心肝儿一阵疼的。

这样一个同千颜十分相似的凡人站在我面前，便又提醒了我一次，千颜神君已经死了的事实。

红衣公子终于从那仙术中回过魂来，却是全然不晓得为何一瞬之间，这二楼上只剩我们三个。婧宸还在抱膝痛哭，他神色一尴尬，思量片刻便收了扇子走近道：“可是方才在下那些朋友没有伺候好姑娘，你怎么哭成这样？”

婧宸抬头，已是泪流满面，语气却是恶狠狠不饶人：“谁让你长成这个样子了！”

红衣公子呆了一呆，似是没料到婧宸会这样说，旋即笑道："若是我今生还能见到自己的双亲，也想问他们为何将我生成这个样子。"

我扶了椅子坐下，十分疲惫，却无端听了他这话一阵感伤："公子的双亲现在在哪儿……"

他倜傥一笑道："谁知道他们去哪儿了，我自幼便不曾见过。"

我顿悟。这公子原来是同本神君一样打小便是个孤娃。

婧宸还是十分执着，抽搭搭怨道："你不该长成这个样子！"

红衣公子挑眉，十分不解却又觉得好笑，道："长成什么样子也不是在下说了算的。"

我撑起身子挽起婧宸，冲那公子客气道："她喝醉了，就爱说这句话，你莫要放在心上。"

他俨然不信，折扇一展撑起，哗地一响，挑眉笑问："'你不该长成这样'这一句？那倒是挺新鲜。"

我撑着婧宸，尴尬道："可不是嘛。"

他扇子自在一摇，风流万千："改日她喝醉了在这姑娘面前竖一面镜子，看她对不对镜中人说这句话。"

婧宸怕是真的醉了，又极其应景地喊了一句："你不该长成这样子！"

我无奈扶额："可否知公子名讳？"

他拱手客气告辞道："简容。有缘再相见。"

如果我没有记错，崆峒幻域中五万年前的场景里，千颜也曾执着一把檀香木折扇，带我找到上当居，倜傥道了一句同样的话。

简容。

千颜。

后来我常常会在扇面上写这两个名字。

千颜是风情万种，风姿千面，容颜可以千般华彩。

简容是风情独一，风姿尚简，容颜只为一人而现。

纵使面貌一样，可许多已是不同了。

我们不可以不信劫数，也不可不信命路。很多事冥冥之中，自上古之时便悄悄注定。就比如神仙这桩身份，有人可能要修个千万年，有人却可能捡个便宜一朝成仙；有人心向往之，有人却可能避犹不及。

这也是注定。

所以，不几日后，听说婧宸偷了太上老君的丹药，去凡间拘了个公子上天的时候，在画扇面的我笔尖一顿，望着山上早开的几枝艳红的朱砂梅，迎风微微颤动，不自觉地在扇子上落下了“简容”二字。

第十六章

君子不言，良苦用心

我终于明白所谓欢喜冤家的意思：

就是你死了，我也不想活了，最后虚度这么些年，心心念念全是你；

但是你如果活着，必然要可劲儿同你吵。

果真应了本神君的猜想，三日后，婧宸府上的仙娥来丹穴山请我去公主府上商议大事。

我忍不住抖了一抖，笑道：“‘商议大事’这句可是公主殿下原话？”

小仙娥点头：“是公主原话。”

我是在婧宸厢房中见到她的，她躺在床上，额发尽数撩起，额头上一个硕大青包格外显眼。我讶然：“公主这是怎么了？”

她咬牙切齿：“还不是司律那家伙。”

“哦？”我更吃惊了，“司律神君何时有胆量动你了？”

她阴森森一笑，面色十二分不善，让人端的冒出一身冷汗：“他自然是没有胆量动我的，但是他得了我父君的令，要把我抓进天牢。可他也不看看自己那身手，几万年了还不是照样被我揍。”

“那你这额头的大包是为何……”

“是我自己不小心撞到他刀上的。”她跷着二郎腿，嘟囔道，“你别看司律那家伙的身手这样窝囊，可他那把阔刀却是挺结实的。”

“天帝大人为何要命司律神君将你抓进天牢？”我这话有些明知故问，但看着她这副模样，还是笑着问出口。

她便凉飕飕白了我一眼：“为什么你应该也听说了啊……就是上次那个小倌嘛……我把他弄天上来了。”

“看你如今躺在床上十分惬意，怎么，是要抗天帝大人的旨？”我悠闲地边剥了个金橘边道。

她神色便不大好看了，翻了个身背对我，嗫嚅道：“谁要抗旨了……等我额头上的包好了，我就主动搬进天牢里住。”

我点头，往嘴里塞了瓣橘子，不得不说他们天庭的橘子十分甘甜。“既然你没有什么大事，我便回去了。”

她登时从床上跳下来，动作之迅速、身手之敏捷非寻常神仙可比拟：“你还不能走！我确实有大事要同你商量！”

我又塞了瓣橘子，被她这一本正经的模样逗笑了，道：“什么大事？”

她盯着我，严肃道：“良玉，长宁她现在被我哥哥拼尽修为护着，吊着几丝魂魄维持了这些日子。”

手中金橘落地，我却笑不出来了，怕婧宸是在骗我，急忙想同她确认：“你方才的意思，可是长宁还活着？！”

她皱眉点了点头：“哥哥他已然要耗尽所有修行了，但是他有更好的办法让长宁起死回生，只是长宁她……她心知千颜不在了，也是一心向死。”

更好的办法。我惶惶道：“予祁太子他……他是不是又找到了一块长安玉，准备补全了长宁失掉的六根玉骨？”

婧宸大惊失色，握住我的肩膀低呼道：“你方才说她失了六根玉骨？！”

我亦是震惊：“你不晓得？”

她眼睑颤了颤，失魂般摇头：“我不知道……我到现在还不知道长宁是受了这样的苦……”说着眼泪便夺眶而出，她泪水滚滚同我道，“我只知道她受了重伤，哥哥他、他从不允许旁人进他的厢房去看长宁，连我也不行，连婉茗也不行。可是良玉，你晓不晓得长宁她该有多疼……”

自己抽自己的骨，到底该多疼。

“哥哥前些日子才叫我过去，同我讲有更好的法子救长宁，问我有没有办法劝长宁一劝。所以我才自作主张偷了老君的丹药，强逼了简容服下，拎着他到了天上，打算让他劝一劝长宁。”她哽咽道。

我隐隐觉得些许不妥：“你可知道予祁殿下说的是什么法子？一把扇子能让其恢复完全的办法，除了重新用长安玉做骨，还有什么？”

她摇摇头：“这四海八荒只有这么一块能生仙骨的长安玉，做了十二根玉扇骨，成了一把扇子，便是长宁，除此之外，哪里还有长安玉。”

“那……”

“我只晓得哥哥手中有一块玉石，我不知道他是否打算用那块玉石去补全长宁，我甚至不知道长宁之前是这样受了伤……”

不知道现在予祁殿下手中到底有一块怎样的玉石，只怕是一般的玉没法同长安玉相比，最后补不了长宁，万一弄巧成拙便令人痛心了……但既然予祁殿下打算这样做，便希望他有十足的把握才好。

“所以，你打算用简容代替千颜？”我问。

“嗯，良玉……可是简容他不想做神仙，现在他连见都不想见我，更别提想帮我这个忙了。所以才想找你来……”她委屈道。

我长叹一口气：“长宁怕是不会相信的……”

“我们编一个幌子，告诉她千颜真的活过来了！你看当初凡间时候，你我也都曾以为这是千颜，这一模一样的容貌，长宁她会信的。”婧宸坚持道。

我略略思索，答应道：“这样也好。”长宁既然还有法子可救，那这样能让她活过来，也好。

再见到简容的时候，他仍是凡间大红衣衫、风流倜傥的模样，手中握着那把檀香木骨折扇，端坐在院子青石桌旁，一个人喝茶，桌上却摆了两个茶盏。彼时晚霞云彩一半铺在他脸上，一半照在他身后枯瘦的梨花树上。冬日的院落，哪怕是这天庭，也多少有些荒凉。

我走上前，笑道：“简容公子，别来无恙。”

他闻言缓缓起身，打量了我许久才恍然大悟：“是你？”

“终于有缘再见了。”我寻了他对面的位子，自在坐下。

他那笑容倒仍然倜傥，只是倜傥之外多了几丝揶揄，他失落地坐回原座，道：“原来你也是神仙。不过，现今天上的女仙都如此野蛮粗鲁了吗，亏我们凡间还用娉婷妙曼、姣姣婉婳这样的词来形容你们。”

我咳了一咳，不好意思道：“野蛮粗鲁的……毕竟是少数，呵呵……”

他往那空的茶盏里斟满茶水推给我：“你比那个什么什么公主倒是通情达理一些。”

我颤颤端起茶水，提示他道：“婧宸公主，妍婧之婧，宸宇之宸。”

他哦了一声带起一阵嘲笑：“倒是白瞎了两个字了。”

“……”

不知婧宸到底用了什么手段逼这简容公子服了仙丹，又是用了什么手段将他掳到了天上来。但看他这心中芥蒂蓬勃生长的样子，怕不是什么好手段……

本神君不禁掩面：婧宸哇婧宸，我们是有事求人家，你前面这些个行径已经将他逼成这副样子了，倒叫本神君如何舌灿莲花才能说服他。

他扇子陡然一撑，一阵凉风扑面而过："还不晓得姑娘在这天庭是个什么身份，可也是个什么公主？"

见他主动同我讲话，我顿觉心情愉悦几分，抬头替他斟了茶水，客气笑道："在下良玉，位置姻缘神君。我没有公主那么好的命，打还是一只毛都未长全的孤凤的时候便没有了爹娘。"

他闻言眸光一滞，遗憾道："怪简容唐突了。"

"无妨无妨，当日在凡间我也曾唐突过不是吗。"我灌了口茶，道。

他粲然一笑，转了转茶杯道："同是天涯沦落人，相逢一定曾相识，只是不晓前世今生矣。"

我恍然一怔。

相逢一定曾相识，只是不晓前世今生矣。这句话，让我有一种面前坐在晚霞映照之中，同我喝茶的是那曾经的千颜神君的错觉。你看那大红衣衫，你看那檀香木折扇，你看他举手投足的风流彦彦，同千颜那么像。

可我却明明知道，他不是千颜。神仙死了便是死了，从没有什么转世。那些去凡间投胎的，不过都是下凡历劫而已。

觉得再这样下去怕真的就把他当成千颜神君了，我落了茶盏，转开话锋直奔主题道："简容公子，良玉有事要求你。"

他笑意未减，合了折扇往手心一搭："早知道你同那婧宸公主有事要找我。"他竟十分爽快，"说吧，什么事。"

我盯住他的眸子，一字一句认真道："公子可晓得，你这面容十分像一个神仙？"

他唇角一勾，似是一点也不吃惊，只是淡淡道："是吗？"

"是，且几乎一模一样。"

"既然这样，那改日要去拜见一番那神仙，看看到底有多像了。不知你说的那位神仙在何处，离这里远不远？"

本神君心骤然一提，望着那容貌，缓了许久才道："这位神仙，仙逝一月有余了。"

他面上俨然一惊，旋即皱眉问我："神仙也同凡人一样会死？"

"会。凡人死了还可以投胎转世，神仙死了就是死了，三魂飞，七魄散，不可回头。"

他点点头，又是浅浅道了一句："是吗？"默默灌了一口茶，思量许久，扇子又往手心一搭，笑容重归倜傥璀璨，"既然如此，那婧宸公主把我弄到天上来，岂不是坑了我吗。"

我哑然，没料到他思量许久之后竟然说出这样一句话。于是费力扯了扯面皮，完全忘了要引他搭救长宁那一茬，想了想做神仙的好处，为他列举了一番："首先，这神仙可以乘云御风，到个什么地方十分方便也十分快捷，你看凡间那马车轿子之类多慢是不是；其次，这神仙呢，只要没什么大问题，活个千秋万载根本不是什么难事，你看本神君我，至今已经活了十二万年了；其三……"

他猛然抬头："十二万年？！"

本神君在他目瞪口呆的神情中颓然败下阵来，点了点头："没错，本神君……十二万高寿了……"

他眼珠子似要奔出来："那你儿子，哦不，你孙子，不不，你曾孙估计也要有曾孙了吧！"

我凄凉凉一笑："本神君……本神君还是单身……"

"……神君这模样，不像是嫁不出去啊……"

我掩面几欲泪奔，你以为我想活这么久还是单身吗，你以为我想打十二万年光棍吗，你以为我不想儿子孙子曾孙吗……

但日子还得过不是……

我理了理妆容，温和抬头，又奔了主题道："良玉此次前来，是有桩事想求简容公子帮忙的。"

他尚在震惊之中没有回过神来，木讷地点了点头："但说、但说无妨。"

"那个同你长得十分像的神仙名字叫千颜，千颜死后，他的心上人长宁也没有指望活下去了。此次，婧宸自作主张将你提到天上来做神仙，也是想让你帮长宁一把。"我说。

他皱眉道："我能帮上什么忙？"

我凑近他几分点化道："你这容貌同千颜几乎一模一样，若是长宁晓得千颜还活着，当有了活下去的勇气……"

"你们是想让我假扮千颜去骗他的心上人？"他双眉紧锁，语气颇有波澜。

"我晓得这样要求你有些不妥，可你若是不帮忙，长宁怕是真的要死了。"说到此处，竟觉得十分悲凉。我祈求地望着他，几乎把所有希望都压在了这个简容公子身上。

他漆黑的瞳仁缩了一缩，握紧扇子的手恐是太用力，骨节分明。可他久久都没有搭话。

我叹了口气，其实这样的事本就强求不得，看着简容公子这样子，便晓得这种事他是十分介怀的。我起身倦倦一笑："叨扰公子了，良玉……"

他抬头眸色又沉了几分，道："那长宁……她多少岁了？"

我愣了愣，方道："约莫四五万岁的年纪吧……"

他低头浅浅一笑，最后一道余晖洒在他如雪的面庞之上，温融了他半面容颜："神君活了十二万岁还是这样年轻的模样，那长宁应该也是个年轻的姑娘，若是红颜早逝，便可惜了。"

"……公子的意思是？"

他倜傥一笑，红衣雪肤，熠熠生辉："可否带我去见一见那姑娘？毕竟我还要做她的救命恩人。"

我急忙应下："自然是要见的，只是现在还不太能……因为她尚在太子殿下府中养伤，旁人怕还是见不得。但是你若是有空，现下可随我到丹穴山，我画一幅她的画像给你看。"

他扇子翩然一转，广袖拂过青石桌，潇洒起身，笑道："劳烦神君带路了。"

"好说好说。"

在路上闲来无事，我同这位简容公子聊得也算欢畅。其间失口提到了他凡间做小倌哥那一茬，我觉得十分不好意思，他却折扇一摇，笑得自然风雅："这有什么，我们弄墨堂的小倌哥只是陪喝酒茶，聊诗章，又不干逾矩的事。"

我十分受教，敬佩道：“简容公子洁身自好，良玉冒犯了。”

他笑容十分干净：“我本是弄墨堂的老板，这样的误会本就十分普遍，早就习以为常了。”

“公子弱冠年华，可曾有喜欢的姑娘想同她共结连理？”

他闻言一怔，不过即刻又笑容满面，折扇抛至上空打了一个旋，又稳稳接住。这个动作让我不由得一颤……

长诀天尊他好像也很喜欢把那支紫玉笛抛起来，笛身一绕紫光流转，再稳稳落入他的掌心。我摇摇头，心里自嘲道：良玉哇良玉，你这记性在旁的事情上十分没用，在天尊他老人家身上，却是这样好，连他这个动作也念念不忘。

“我们凡间不像你们神界这样，活了十几万岁还未成亲。同在下这般年岁的，多数已经成亲了。”他顿了顿，又道，“在下也自然是有喜欢的姑娘的，神君若是愿意听，简容不介意同你一讲。”

本神君那尚且存活的八卦之心一下萌动，生怕过了这村儿没这店儿，点头若捣蒜状道：“愿意愿意。”

我也是那时候晓得，简容在凡间时候也有过这样一段不同寻常且十分悲摧的情缘。

同简容两情相悦的那个姑娘，是一个将军家的千金。这姑娘虽生在将门，却不是英姿飒爽、巾帼美女那一类，反而性子十分细致体贴、温婉可人。那时候简容还不是弄墨堂的老板，经营的是一家书屋，唤作“一水居”。因书最怕走水烧光，是以书店多沾了个“水”字，讨个吉利。他这一水居也挺有特色，书是只看不卖的。虽然有这样奇怪的规矩，但书店的生意却仍然十分好，想必是跟简容这张俊美无双的面皮是深深相关的。

那将军家的姑娘便常常来看书，且经常一看便是一天。简容闲来无事，偶尔也会做个饭菜顺便招待她一回。男才女貌，花前月下，唯君不嫁，唯卿不娶，这种话说来真真是顺风顺水、天时地利的。

既然看上了人家姑娘，简容便挑了个天朗气清惠风和畅的日子，提了些彩礼便去上门提亲了。那一日却十分不凑巧，姑娘的父亲也就是将军大人并不在府上，招呼他的是府上的少将军，也就是那姑娘的哥哥。

简容那不同寻常且悲摧的情缘便由此而始。

那一日不知天上红鸾星是如何转的，也不知姻缘神仙也就是本神君是如何没开眼，年轻有为、铁骨铮铮的少将军一眼就瞧上简容了。说到此处的简容长叹一口气，面色仍是苦闷不已。可见这桩情缘对他影响之深远。

虽说是一见钟情，但这少将军毕竟是行军打仗之人，谙熟循序善诱、威逼利引之道，当日只是十分热情地招待了简容，并未立马表白。但是打那之后，他便常常去一水居看书，时不时就一本书中的几句话同简容探讨，争论一番。简容当时觉得这少将军十分有才，说的一些道理也十分有新意，文韬武略令等闲之辈望尘莫及。且这少将军厨艺十分了得，每每看完书后，便借着一水居的后院烧上一桌好菜，招呼简容一同用。简容那时并不晓得少将军安的什么心，每回都是乐呵呵享用了。

说也奇怪，自打这少将军来一水居看书之后，那少将军的妹妹、简容的心上人便很少再来了，问那少将军，少将军总是搪塞一句便拉着他继续论书。简容心里有些疑惑，也曾专门去将军府上找那姑娘，却每每迈进将军府的大门，便被这少将军拐到书房中，或者看书，或者描画，或者作诗，或者品茶，但就是见不到这姑娘。

直到有一日，那姑娘出嫁了。迎娶姑娘的人，并不是简容，而是外地一个小郡王。迎亲队伍有百丈之长，想必那小郡王家里十分有钱。这百丈长的队伍便经过了一水居。

简容便站在路中央将花轿拦下，面色大抵十分凄凉。“你怎么嫁给了旁人？”简容问。

那姑娘并未下轿，隔了绣着凤戏牡丹的轿帘，声音也是十分悲惋：“我也曾想嫁给你，只是缘分不到罢了。你从未把我放在心上，是以才会和哥哥缱绻羡爱。”

姑娘这句“缱绻羡爱”无异于抡了简容一记闷棍。直到迎亲队伍从他身旁穿过，直至不见踪迹，他依然愣在原地，怔怔思量着“缱绻羡爱”四个字。

他如何也不能明白，他心爱的姑娘，为何要用这个词来形容活脱脱的两个男人。

但是三人为虎、众口铄金，那姑娘将这个词当街一念，虽是隔了轿帘，路旁百姓听着却也是清楚明白。失了心上人的简容当日便成了诸人口中的谈资，有些人甚至蹲在他一水居的门口，想目睹一下简容那“余桃”尊容。简容内心悲愤，怒火烧红了眼眶，终于忍不住奔到将军府去找那少将军对峙，问他为何自己心爱的姑娘认为他同他缱绻羡爱了。

少将军见着他竟不自觉地先湿了眼眶，怅然道：“简容，小妹终于远嫁，你我再无障碍了。”

简容一瞬僵住。

反应过来，当即失笑：“原来如此，原来如此……”他奶奶的原来如此。

简容自此对这位少将军恩断义绝、避而远之了。可那少将军执着得很，整日整日立在一水居，俨然是个不可多得的情种。简容戚戚焉，在可畏的人言中，他这南风之流的名目怕是坐实了。

再后来，少将军被他那将军老爹五花大绑捆了回家，听说鞭子是一天一顿地伺候。他那一水居终于又开张了，只是人却越来越少，每每简容走出去，便有许多人围观，甚至指指点点。

简容凄凉一望，最后决定破罐子破摔，反正大家都以为他是余桃之辈，那他便主动一些好了，于是开起了弄墨堂，带领了一大批可陪茶酒、可作诗画、可谈人生的清白小倌哥走上了发家致富的道路。直到有一天，僖香楼的大伙计拿了硕大一锭金子找上门来，说有两个美若仙子的姑娘想招十几个小倌去喝酒，他斟酌再三，觉得这是一个大客户，便亲自挑了十几个面皮白净、怀才韵秀的小倌哥亲自送去……

之后的事大家都晓得了，本神君便不再赘述。

简单一句话总结，简容凡间时，得了凤鸾星眷顾，一下子中了个并蒂情缘，且还是一龙一凤的并蒂情缘。这种概率，其实是十分少的。各位看客大可不必担心这种事情会发生在自己身上。

听了别人的故事，自然要好好做一幅长宁的画，作为回报。

月华初上，光若流霜飞雪，轻轻落在简容大红的绸衫上。

简容静静站在我身旁，目不转睛盯着宣纸。我看着眼前这同千颜一样的面容，不自觉地想到了那一日天还未亮，昆仑飞雪之中，长宁穿着曳地三尺的大红色嫁衣，奔出西暖阁的那个场景。彼时那绣着的九里香花瓣也是若霜若雪，点缀在大红的嫁衣之上，她三千青丝迎风飞舞，洗尽铅华，飞雪白头。

我当即提笔作了这幅画。

简容低头望着画中人，隐隐约约之中仿佛说了一句：“我怕是梦到过这个姑娘。”

我惶然抬头：“你方才说梦到过她？”

他却捏了扇子往手心一搭，笑着否认道：“我方才并没有说话，你是不是听错了？”

我瞪大眼睛望着他，又有一瞬间，几乎要把他看作千颜了。

他手指轻柔地摩挲了一下画中长宁那细细柔柔的朱砂红画的眉毛，甚至微不可察地颤了一颤：“这眉毛，你用朱砂画的。我还是第一次见，不过真的挺漂亮。你看她穿着嫁衣，若是再罩个喜帕，不晓得她的心上人挑起来时看着这眉毛会多开心。”

我右心提到嗓子眼儿，再次抬头盯住面前这个人，这个将将被拎上天的凡人，这个同千颜毫无二致的凡人，开口时候连话音都裹了颤抖：“你到底是谁？”

他手指仍停在长宁眉毛那处，抬了眸子望了我一眼，烛火毫无征兆噼啪一声响。他愣了愣，旋即笑道：“神君莫不是中了魔风，忽然不记得在下叫简容了？”

我望着他，手指再次引了仙术想窥一窥他的元神，不料心太急，一霎失手，仙术反给了我一击，本神君颇没出息地呕出一口血。简容神色一滞，反应过来后赶忙掏出绢帕，凑近给我拭嘴角的血。我望着他这有些惊慌的模样，内心惶惶不安：简容公子真是个不设防的善良人，他怕是不晓得方才这个仙术是用来对付他的，却还来给我擦血。

我握住他手中的绢帕，不好意思道：“谢谢公子，我自己来……”

话音未落，便听“哐”的一声巨响无异于平地惊雷，书房的门应声而开——

来人霜衣墨发，气势凛凛，面色萧肃。

夜风贯门而进，我望着天尊大人这阴森面容，不由得打了个冷战，却同简容保持着这个身子相贴，同握绢帕的暧昧姿势，忘了移开。

长诀天尊扯了扯唇角，眼中千万冷光凌厉若刀，嗖嗖射过来：“终于见到你丹穴山的灯亮了，本尊便赶忙奔下来，却不料你已经有了新欢。”

简容将绢帕塞进我手里，退了一步同我拜了拜道：“方才一时心急，冒昧了。”又转身准备同长诀道一句话的时候，便听长诀天尊抢先不善道：“你心急什么？她何时轮得到你来心急了？！”

如果本神君方才初见他，还觉得有些羞愧和误会在其中，那么现在，听到他说这句话，我觉得方才自己那羞愧着实没有出息。于是冷冷一笑，道：“天尊大人莫不是在三十五天待得太安逸了，今晚得了兴致专门来刁难我们这些小神仙？”

他望着我，头发被身后的风吹乱了几分：“你说本尊是在刁难你还是在刁难他？”

“你在刁难他。”我道。

他扯风贴近，右手箍住我的腰往他怀里重重一带，唇角挑了一挑似笑非笑，瞳仁却紧了紧，眸光愈发寒冷：“怎么，你心疼他了不成？”

我咬牙切齿想推开他，却不料他将我箍得更紧，我抬头盯住他，郑重道：“我心疼他怎么了！我比不得你天尊大人，可以淡然望着旁的神仙受劫而袖手旁观，或者说你本就是个自私的神仙，天帝大人六界之主的地位因商钺作乱岌岌可危，你坐视不管；长宁千颜大婚之日仙魂两绝情缘尽断，你还是坐视不管。你这样枉受了六界这十几万年的尊崇，你也枉受了凡间这黎民百姓亘古不断的香火。你今日还有什么资格来刁难别人！”

他低头看着我，面色一刹死寂，若寒九枯枝，深冬冰潭。他许久都没有说话。可偏偏是他这不说话，也不辩驳，却让我更加觉得他是心虚了。

我再次用力挣开他的胳膊，这次竟然易如反掌。

“天尊大人还是早回天上吧。”我攥着那沾了血的绢帕，默默理了理袖子，顺手装进袖袋中。

他却注意到了我这个动作，一把握住我的手腕，兀自挑出那绢帕。我心下一慌，便听他厉声问道：“你肆无忌惮动用仙术！不要命了吗！”

听了他这句话，本神君笑了笑。

你说我不要命了吗。我总共还有两年不到的日子。这命岂是我想要就要，想不要就不要的。可这样的话万不可当了简容说，他若是晓得我这个神仙当得连两年都活不过，岂不是又要怪婧宸拐了他来当神仙了。

我转头对简容笑道：“简容公子先去外面逛逛可好？”

简容当即理会了我的意思，拂了拂衣袖，客气地出去了，临走还冲我同长诀拜了一拜。

长诀握住我手腕的手从未松开半分，他周身孤寒逼人，我忍不住打了个冷战，看着他这似要将我千刀万剐的模样，觉得莫名好笑。以往我还觉得他是个有情有义的神仙。你看崆峒幻域里，他为了护我被压九黎壶下，他为了沉钰少受些苦故意将罪责落在六师兄身上一些。可我又明明白白知道，他现在变了，千颜仙逝，长宁抽骨，是混账无能的本神君和袖手旁观的长诀天尊共同造成的。

我费力开口，道：“天尊大人，你怕是没见过千颜是怎么死的吧，你怕是也没见过长宁是如何自取仙骨，变幻玉棺封存千颜的吧。”

他攥着我手腕的手登时一紧，剑眉倒竖：“你竟还惦记着这桩事！”

我抬起另一只手，遥遥一指窗外那手执折扇的身影，颤抖道：“你难道看不出他像谁吗？”

“他像千颜又如何？长宁命数本该到此，任你如何帮衬她也不会活下来！”他怒道。

我当即举了巴掌，忍到身体打战，忍到眼眶生疼，才控制住没有朝他的脸落下去。

我望着他，冷冷一笑。长诀大人，你告诉我，你当真狠心到这种地步了吗……

“这……就是你心里所想？”我望着他道。

月华凝霜，越过窗格，落在地上，整个书房一派寂静寒廖。这个场景十分熟悉，我竟然想到了崆峒幻域中凡间他大婚时候那一场，我代替薛轻望着他，他眼里除了气愤冷漠再无旁的。

现在，我这样问他，我愿意最后再信他一次，只要他说方才讲的“长宁命数本该到此”这种话都是气话，都是不作数的，只要他告诉我长宁还能活下去，只要他告诉我长宁和千颜这一桩事他不是故意为之的。

我愿意信。

可他将我的手腕攥得越来越紧，生疼从那里直直抽出来，若鞭子狠狠落在我身上。

“这就是我心里所想。长宁，她不该活着。”他狠厉道。

后来，他如何松开我，又是如何回了天上，我都不晓得。

我只知道，在他转身踏出房门那一刻，我脑海中反反复复都是那句——“长宁，她不该活着。”也是在他最后拂过房门离去的时候，血腥味自肺腑铺天盖地涌上来，我吞也吞不下去，尽数涌出来。我抬袖子抹了一把，却是越抹越多。简容推门而进时，震惊得倒退三步，我也来不及笑话他没出息，直直朝地上栽了下去。

那一场梦，十分颠簸，只觉在梦中五脏肺腑都要蹿出来。温热混着浓重血腥味儿自喉头一股一股涌上来，我想抬袖子抹一把，手却被谁牢牢箍住，动也动弹不得。颤抖的手指携了丝绢贴上唇角，却是不大管用的样子，温热便顺着脖颈往下淌，不知道要流到什么时候。后灵台忽明忽暗，仿若古书上天地初分时候的混沌场景，辨不清晦朔，看不清朝夕，只剩隔了万年光景，远远传来的几句“轻轻”，听着尚且清楚。我想睁眼看一看那个唤我轻轻的人，可却觉眼皮千斤重，如何也睁不开。

紧接着吞天噬地的悲凉席卷风沙呼啸而来，我想逃开啊，我想去一个安宁的地方啊，我记得那里有漫山遍野的紫菀花……可我却动不得，绳索勒在我身上，我开口十分心酸委屈，泪水瓢泼汹涌：

“你明明不喜欢我了，为什么还不放我走？我以为你是舍不得我离开，可是你为什么要这样捆我回来？”

大殿之上，明黄华服，我终于能辨清楚一些，可是唯独他的脸，越想看清越模糊。我跪伏在地上，死死抓住他的衣袖，心里也是痛啊。

我仍记得凄惨的黑夜，千万根火把噼啪作响，陪在我身边的那个好姑娘，她被满当当的羽箭穿心而死，我却连动也动不得，连话也说不出来一句。我的好姑娘，我想求他救救你，可他来得太迟，他怀中的心上人还问我为什么在这里。

我眼泪都快流干了，却没有用，我看到不远处的你，一身玄黑夜行服，被利箭贯穿，一动不动了。

他把手指伸进我嘴里，我狠狠咬下去的时候，不知道咬到了自己的舌头还是咬破了他的手，终究还是吐了出来。我的好姑娘，怪我没有用，怪我眼睁睁看着你死去却救不了你。

可漫漫风雪劈头盖脸吹下来，火把惊夜的大殿恍然不见了，四季雪封的昆仑山，十分冷。我明明是去昆仑山证亲的，千颜大红倜傥绸衫，手摇檀香折扇，风流彦彦；长宁墨发及膝，冰清似雪，朱眉妍婳。可我却为何眼睁睁看见大红喜袍的千颜被无数长矛贯穿了胸膛，为何看见长宁自毁仙体，决绝地抽了玉骨，长安玉顺她心意化作六面的玉棺，封存了千颜。

风刀雪箭，飒飒流霜，晨光穿过，打在我跟予祁太子眼前。

长宁，我本想求他救救你，可他攥紧我的手腕，告诉我你本来就不该活下去。可还是怪我，我无能至斯，给你和你的心上人掐算了这么个日子。

这梦里，凡间天上，轮回劫数，一刀一刀，剜得我心里好苦。

我紧紧扯住他的衣袖："你当真变得这样无情无义，你当真要见死不救吗？"可我又颓唐放手，自责不已，"怪我……其实都怪我……怨不得旁人……"

"神君……简容在这儿……"他说。

他说简容在这儿。

可是简容是谁。

喉咙霍然涌上一股腥咸，沿着脖颈滑到耳后，明明阻止不得，那绢帕又颤抖着贴上来。我仍是抓住他的衣袖："你放我走好不好……我活不过两年了……"我这样求他。

绢帕的触感从脸上陡然下滑，消失。我听到牙齿打战的声音，紧接着"刺啦"一声响，光滑的绸布又剧烈抖着，一点一点压过来，抹去那血。

"神君……你、你先等一等，简容马上去找那公主，你先忍一忍……"

他扒开我的手，我又紧紧攥住他的衣袖。

我知道，他不要我了。他在登基大典上娶了他最爱的姑娘为妻，他对我的好都是用来挽救他心上人性命的筹码……

可我到底是谁……

"神君，你先松手好不好……"

对，我是这四海八荒唯一的姻缘神君，我是良玉……可那面色虚白的姑娘为何这么像我？我安慰自己，这不过是巧合罢了，本神君比她胖了一些，你看，六师兄再硬朗一些不是跟沉钰也挺像的吗……

我松开他的衣袖，在漫山遍野的紫菀花丛中俯身致意：“抱歉，我认错人了。”

“神君，你可要、可要撑住，简容速速就回！”

他终究还是离开了。

我觉得很遗憾很难过，可我自己也说不清楚在遗憾什么，难过什么。关门声不轻不重，整个天地仿佛再没有他的声响。喉咙里又溢出一股一股的血，我动了动胳膊想抹掉，可又颓然落下去，我想……

我怕是活到尽头了。

如果我是姻缘神君良玉，那么已经活了十二万年了。

我怜悯自己，活了这么多年，证了姻亲无数，可是这漫漫仙途，十二万光景转瞬即逝，可就要死了，却还没有遇到那个良人。

金玉良缘，良辰玉景，玉人娴良，良玉不瑑。可我越来越觉得，师父他取了这样好的寓意的名字，用在我身上是白瞎了。

这一刻陡然清明，我十分想念师父他老人家了。他对我那么好。

我却可能见不到他最后一面了。

还有六师兄跟沉钰。其实我也很挂念他们，不晓得六师兄什么时候才能以女子装扮示人，不晓得他们什么时候才能有个孩子，不晓得天帝大人和八荒诸神会不会放过他们。

还有小凤凰木。我其实并不太担心它。我相信这样聪明的一棵树苗，过些年一定会开花，会说话，越长越高，幻化成一个翩翩少年，迎娶它心爱的睡莲妹妹。

可现在，最令我忧心的就是长宁了。婧宸说予祁太子拼了修为护着她微弱的一条性命，说他有办法让长宁活过来，只要长宁愿意活着。我想嘱咐简容几句，模模糊糊喊了几声，却无人应我。希望婧宸能稳重一些，帮衬着简容救活长宁。本神君对不起她，也对不起死去的千颜。

这一刻，竟无比安静。我听得到耳边细细风声，感觉得到初晨熹微，从窗外飘进来的紫菀花的香味。不知道我死了之后，曾经在天尊大人一曲笛音指引下长出来的这漫山遍野的紫菀花会不会也跟着我死了。我转念一想，又觉得应该不会，它们的生命都捏在长诀手中，与我没有什么关联的。

我想起身再画一幅扇面，留给……

留给谁呢……

还是算了吧。

自肺腑涌上来的血渐渐变少，有些溢到口中，我便咽下去了。脖颈和耳后依然黏糊糊的，很像我喝补药那些年，流鼻血的时候。有时夜里正在熟睡之中，便觉得鼻涕不受控制往外淌，有些流到脖颈里，有些顺着脸颊滑到耳后，枕上黏黏糊糊，十分不自在。那时候六师兄最受不了了："小九，你怎么这样邋遢！"我便伸了爪子阴森森从鼻子底下抹一把血，然后若无其事扯过他的袖子或者他肩上的布料，擦一擦手。六师兄便戚戚焉敢怒不敢言了。不晓得六师兄他们来给我收尸的时候看到我现今这副样子，会不会笑话我，会不会嫌弃我。我想抬袖子擦一擦，却是连胳膊都抬不起来了，只觉得自己身上的仙气一缕一缕，接连不断地往外抽离了出去。如今连动的力气也没有，纵然我深知自己现在的样子太丑，却没办法打扮一下。

但是，听其他师兄说，师父当年捡到我的时候，我就是个十分丑的小肉球，身上光秃秃的连毛都没长几根，只剩额上稀稀疏疏一撮。师父大发慈悲，收了我这唯一的女弟子。我也遗憾自己没能以最好看的样子出现在师父面前，但是师兄们说，小九，你当初若是挺漂亮的一只小凤凰，师父八成就不收你了，师父他心善，对长得又丑又可怜的动物，往往格外同情。我一想，也对。甚至曾经偷偷感谢过我的爹娘，把小时候的我生得这样丑。

所以，现在这样满脸是血极丑的样子，也没什么吧。我们修佛的人其实最讲究因果轮回，生死缘引这一说的，来是丑，离去也是丑。总之也算是终始相连，我这一生活得算得上圆顺。

那么，这样离去，也挺好。

神志已然不受控制，头脑愈发清明。这怕是凡间所讲的回光返照一样吧，本神君脑子里此时那光十分通透，照得往事一清二楚。我穿着绛红的裙子，捏着姻缘扇去证亲，寒来暑往，当年实实在在目睹了许多仙人的亲事，金线红绳绕玉扣，是我一个一个打磨出来穿在扇柄上的，扇子上一幅幅寓意美满的画也是我一笔一笔添上的，姻缘文示我总照着最好的词来写，本神君对这个执掌仙人姻缘的职位是上了心的。

我原本也以为，自己这样恪尽职守、心地善良的好神仙，老天爷总会看到的，起码给我个良人是不难。可是你看本神君今生遇到的两个人，一个舍了我后又伤我右心，使我命定三年；一个初初对我十分好，待我喜欢上他，却发现他不过是个道貌岸然之辈，对苍灵众生其实是漠不关心。

但如果有来生，我不想做这个姻缘神君了。

一来，我替旁人证亲这么多年，自己还打光棍觉得挺委屈的；二来，长宁同千颜这一场实实在在往我心里捅了个窟窿，纵然我左心本来就是个窟窿，但仍然受不了。

但转念一想，神仙哪里有什么来生呢，死了就是死了，魂飞魄散，仙体消弭，踪迹归于混沌，除了混得好的连同作恶多端的，仙册典籍、神仙史书上能记你一笔，其他便什么也没有了。这下，本神君便放心了。

我整暇以待，待死。

然而就在此时，开门惊声，咚然有力，凛凛清风贯门而过，我想睁眼看看是谁，可是已经睁不开了。他脚步声起先踉跄，后来却愈发沉重镇定，宛若故人的熟悉气泽扑面而来，明媚而跳脱，肆意且张扬，现下却多了几丝稳重。他趴在墙头看着我，我想他会开口问我："你是不是尼姑？"我正欲凛了颜色骂他："你才是尼姑！你全家都是尼姑！"

可灵台之上，无根水化成绵雨重重围遮过来，浇灭我最后一丝生气。

他将我紧紧抱在怀里，唤我——

"阿玉，阿玉……"

又是一路颠簸。只是抱着我的那个人心思十分细致，紧紧裹着我，并没有风。

他的手一直在搓着我的手，汩汩暖流从掌心盈进来，我还没有抓住几分，便又滑出去，浑身都冷。他一直在跟我讲话，不晓得是我耳朵不好使还是他说话太轻太颤抖，我时而听得清楚，时而听得模糊。

有些说得很是深情。

比如："阿玉，你睁眼看看我好不好……我很想你……"

比如："你别这样，阿玉，你快醒过来……我想好好待你……"

但有些说得让我十分苦闷。

比如："你想不想吃海鲜火锅？你这样睡着是吃不到的……"

比如："我带你去那紫菀花地烤地瓜好不好？你若是没出息睡过去，就没得吃了……"

我也想吃。我也想睁眼看看他。可是，我做不到啊……

越来越多的暖流从掌心钻进来，我却抓不住一丝一毫，它们便又原路流回去。却觉更多更多的温意带了明媚张扬的气泽不由分说地盈入我身体，那暖融的感觉，让我十分受用，不由得往他身上靠。他便十分慷慨，大波大波的暖流舍给我。

他是个好人，我想。

这样昏昏沉沉，我不晓得自己身处何处，但是靠着他身上流出的连绵不断的暖意，我晓得自己能活下来了。但是却远远不够，他一离身，我就薅住他的衣袖，说不出话我便哼哼几声，他晓得我的意思，手掌便又握过来，有时候也会抚上我的额头，暖流便从额上流进身体，我觉得浑身上下每个毛孔都说不出地舒然。

就这样浮浮沉沉混混沌沌，我大抵缠了他数日。

这样混沌的状态，我却老是想着一个少年。他有闭月羞花的美貌，性子却十分飞扬跋扈，揍人也是一顶一的高手。

我是什么时候第一次见到他的呢？容我想想……

大梵音殿的墙头？好像不是……

他掌心十分温暖细腻，这样熟悉的感觉，应该从我还是一只鸟的时候吧……他将我捧在手心里……

哦，我想起来了。那时候我来大梵音殿不几年，身上的毛羽长得差不离了，师兄们闲着无聊了总喜欢捏着我到太阳底下晒一晒，顺便欣赏一下我五颜六色的绒毛。可我却不大喜欢被人捏着，你看，被人捏着的时候，爪子总踩不到实处，只能扭着身子扑腾，一扭一扑腾便更丑了……

我很在意别人说我丑，好像很久很久之前，有个挺好听的声音，那声音每每响起来，我都能觉得浑身舒畅。可那声音总是嫌我丑，比如："你少吃点，吃成一个胖球岂不是更丑。"比如："你爹娘若是知道你丑成这副样子，不晓得该如何伤心。"更为甚者："来，转一圈，丑给我看看。"

可后来，我再也听不到这个声音了。

我十分不情愿地被师兄们捏着去晒太阳，怕自己丑，总是吊着一双翅膀，两只爪子，直挺挺地被他们捏着，就算不舒服也忍着不敢扭。我想，安安静静的，应该就是一只漂亮的鸟了。直到师兄们发现我的异样，戳戳我道："小九，你好歹动一动，这样死挺挺的模样，丑得太吓人了！"

我嗷呜一嗓子提上来，呜呜咽咽哭了。都怨你们，谁让你们捏着我的，你们该把我放在手心里捧着的。

结果有一天，我就碰到了这么个愿意把我捧在手心里的人。那日师兄们约着去大梵音殿以南的空地上烤地瓜，六师兄也拎着我去了。可他们一忙活起来就忘了我，彼时我身量十分小，随便扔个草丛里面就看不见了。我看着他们吃那烤地瓜吃得十分尽兴，却没有一个人想到我，我幼小的心灵受到了打击。这还不算什么，他们吃完烤地瓜后勾肩搭背，十分满足地就那么走了，我在草丛里甩开膀子使劲跑哇，可是越跑觉得他们走得越远，越来越追不上了……

我嗷呜叫了叫，可他们边走边嬉闹着，哪里能听得见我这细弱蚊蚋的声音哇……

他们终究走远了。我望着他们的背影，望着苍凉的夕阳，觉得人生坎坷，哦不，鸟生坎坷……我蹲在草丛里，啃了一口狗尾巴草，满嘴苦涩，难以下咽，便又吐了出来。

难道老天爷就打算让我自生自灭在此处吗……可我还没谈过恋爱，我还没结婚啊！我若是这么死了，太可惜了哇！

于是乎，我打起精神，站起来，继续往前走。说不定我走个一年半载能走回大梵音殿呢！我这样想。

可是，那时候没人告诉我我是朝着大梵音殿的反方向走的。我走得越带劲越努力，却是越走越远。一路上，我脑海中想象着未来相公的模样，想象着未来孩子的模样，觉得前途一派光明。我抬起翅膀擦了擦汗，蹲在地上呼哧呼哧喘了几口气，闭着眼睛啃几口狗尾巴草，便又撑起身子来，跌跌撞撞往前走，走累了便再蹲在地上啃草。

我约莫着走了一夜，以为自己快到大梵音殿了，便想着师父或者师兄们可能会出来接一接我，我也走得很累了，就找了处软和的草窝，团了团身子，睡了。

想来，那时候的本神君，很傻很天真。我远不知道，自己非但离了大梵音殿越来越远，而且已经踏进了凶狠毒辣的魔族的地盘。

我是在一只温暖的手掌里醒过来的。彼时睡眼蒙眬，头脑也不清楚，还十分舒畅缱绻地在那温暖细腻的掌心里打了个滚，又怡然自得地打了个晨嗝，嘴里全是狗尾巴草的味道。有手指轻缓缓拂过我额上的细软毛羽，那手法十分好，我不由得又提了脑袋往上蹭了蹭。

好久没有人这样把我捧在掌心了。这真是个善解人意的好人。

我又舒畅地睡了一觉。

待我再醒来时，就看到一个貌美如花的少年郎。他长得十分漂亮，皮肤白白嫩嫩，头发乌黑柔顺，而我正待在他手心里。他看我睡醒了，捧着我到眼前打量，我便看到他乌黑的眼珠，像墨玉一样。他瞧着我，眉毛微微颤了颤。日光烂漫铺过来，照在他脸上，他整个人都要生出光彩似的。

被这么美貌的一个少年郎瞧着，我其实已经害羞地红了脸了。如果不是脸上的毛羽遮着，怕是要被他看穿了。真是不大好意思呢，喀喀。

但是不好意思归不好意思，好不容易遇见一个这么好看的人，不亲一亲岂不是太亏了。我便红着脸，爪子攥紧他的手指，翅膀扶着他的脸颊，害羞地照着他的嘴唇吧嗒亲了一口，动作十分干净漂亮。他“嘶”的一声，倒抽了口凉气。我绞了绞翅膀，羞答答望了他一眼，不好意思地低下了头。可心里想着日后等我变幻出仙形，要同这个貌美的公子花前月下，诗酒花茶……

可就在这时，他身旁忽然响起一个声音——

“少主，这只鸟是清蒸了比较好还是红烧了比较好？”

我登时抬头，眼珠子都转不动了，身形一个晃荡，直勾勾从他手心里落了下来！

他、他是要吃了我啊！

我扑通落地，那玉石做的地板又凉又滑，我将将站住又滑到，也管不了自己现在丑不丑了，反复扑腾了许久才一瘸一拐，一步一劈叉地往门外奔……

可没跑几步便被拎起来，稳稳落入那个温暖细腻的掌心。我惊出了一包热泪，连忙将翅膀举过脑袋，示意投降，让他不要把我清蒸或者红烧了。可他却是皱了皱眉，不懂我的意思。

我悲摧地嗷呜一声，觉得天堂地狱之剧变不过如此。我将将才深情款款亲过的少年郎，现在要把我炖了吃了……

就在此时，却听到他对身后的人说："谁告诉你现在要吃它了。"

我立马抬头，泪眼汪汪盯着他，果然……果然他舍不得吃我……这无异于绝处逢生，我望着他美艳的容貌，脑海中三千桃花雨纷纷扬扬洒下来，有时候花痴是不分物种，也不分时间场合的。思及此处，我乖顺低头，在他掌心柔柔蹭了一圈。

可他的声音又响起来，带了惆怅一声叹："现在吃实在是太小了，不够塞牙缝。等我养一养它，等长胖了，就劈成两半，一半清蒸，一半红烧。"

我一屁股栽在他手心，眨着眼睛望着他，连羽毛都被这句话震得一颤一颤。

自那之后，他便时时刻刻将我养在手心。我曾想逃，可是总也逃不出来。开始时我也十分贞烈，死活不吃他喂给我的东西，纵然饿得咕咕叫，但我却坚强得很。我实在怕，怕吃胖了，他就把我劈成两半，一半清蒸，一半红烧……

他起初也很担忧，命人变着花样给我做吃的。我望着那色香俱佳的饭菜，死命吞口水。但还要做出一副生无可恋的悲容，摆出不屑的眼神示意他：我不吃！给我拿下去！

可那饭菜每回端下去的时候，我都半抬了眼睑偷偷瞄着，直至人菜两不见，我望眼欲穿……

后来他终于明白了我的心思，明媚一笑道："你若是不吃饭，我今晚便吃了你，打牙祭嘛，肉越少吃着越香。"

我震惊一抖。

打那之后，顿顿吃得都十分多。这少年郎也是惊讶了一番，手掌颤了颤道："你怎么这样能吃……"

我嚼着地瓜，委屈地望了他一眼，觉得此情此景十分悲情，我吃多了也是要死，我不吃也是要死……那还是吃吧……于是又包着一汪热泪，趴在他手掌心继续啃地瓜。不出几日，肚子上就能捏起厚厚一圈肉了。

我约莫也为了自己不再苗条的身形惆怅过几日，蹲在他掌心，四十五度仰望上空的忧郁场景也是有的。但惆怅过去，看见可口的饭菜端过来，便撑着翅膀爬起来，指一指我爱吃的，让他喂我。

反正我就要死了，做个饱死鬼，也是好的。我便甩开膀子，生龙活虎，吃得十分带劲。

直到那貌美少年郎身后又响起一个声音："少主哇……这只鸟身量不大，可是太能吃了哇……小的这些天粗略一算，它吃的这些东西远远比它自己值钱啊……"

我衔着肉丝一愣，委屈得不得了：你们打算吃了我也就算了，还嫌我不值钱……

这貌美的少主哦了一声，笑得心花怒放，手指捏了捏我的肚子，笑得明媚而张扬："你瞧！不只我自己觉得你能吃，他们都觉得你能吃呢！"

他身后的仆人脸色顿了一顿，我也顿了一顿，怯怯嚼着肉丝，趁他不注意赶紧吞了下去。他笑着同身后人道："且让它吃吧，我们玄魄宫又不缺吃的。"

"可它吃的是不是有点太好了……还得变着花样给它做饭……"

"哦，它正在长身体嘛，喂得好肉质才好。"他说。

我吸了吸鼻涕，埋头继续吃东西。总之是要被他吃的，还不如在我活着的时候，多吃些……最好吃穷他……我鼓着腮帮子，暗暗下定了决心。

可后来，他一日一日养着我，却再没提要宰了我吃这回事。

只有我们两个的时候，他偶尔也会跟我说说话，不过不是很多。大致就是"你再吃我的手就捧不动你了"，或者"你这样能吃可怎么嫁得出去"。

我知道他是笑话我，反正笑话我又不能掉几斤肉，他开心就好。

他喜欢把我捧在手心里，他的手掌十分温暖，皮肤十分细腻，就像软丝绸的料子一样。我身子痒了便在他手掌上蹭一蹭，吃得饱了也在他手掌上蹭一蹭，睡得舒畅了也在他掌心蹭一蹭。

对了，他打架打得十分好。每隔十日他都要从宫里找个人单挑一番。听说我还没来的时候，他打架的次数十分频繁，俨然赶上一日三餐的频率了。自从我来之后，他打架的爱好略略减了几分。每回打架时，他总是给我备下满满当当四五碟饭菜点心，然后告诉我："我要去打架了，你待会儿别光顾着吃，也要抬头看一眼我的帅气逼人的风姿才好。"

我嘴里含着桃花酥，捣蒜状正儿八经点头。

可他一走，我便只顾着吃了。是以，我从来不晓得他打架时候的风姿到底有多帅气逼人。他打完架回来，那四五碟饭菜点心我也就吃得干干净净了。他擦一把汗将我捧在手心里，笑得如日光般温暖明丽："你看见没？方才我那拳头是不是潇洒极了！"

我吞下最后一口鱼肉，抬起翅膀抹一把嘴，再捣蒜状正儿八经点一回头。

他便笑得愈发明媚开心。

后来我长得大了一些，还不能飞，他觉得我一直在大殿里待着会闷得慌，也会常常带我出去遛遛。起初他还能捧着我，后来我长得胖了，他觉得累了，便在我腿上拴根绳儿，遛狗一样遛我。这其实是十分毁形象的事，对他对我都挺毁形象。因为听下人说：他们少主傻了一样，天天遛鸟玩。也有下人说：你看那只鸟除了羽毛五颜六色挺好看，怎么胖成这样，腿上还拴着绳儿，啧啧，跟小狗一样。

我背地里也曾郁闷地抹了几把泪珠，后来便看开了：我这样算是丰满吧，并不是胖。

其实那时候我不过是三四个巴掌的身量，能看出个甚丰满。我自欺欺人罢了。

有一日他遛我的时候，往北走了很远。那一日阳光热烈奔放，他翘了腿往狗尾巴草地上一躺，便睡着了。我腆着肚子寻着一只蚂蚱一摇一摆往前走，但我身子实在有些过于"丰满"了，连那蚂蚱都蹦得比我快。我便埋了头一路往前奔，不料没看清前路，"扑通"撞在一根柱子上，撞得我头昏眼花。那"柱子"的主人拎着我的爪子便将我倒提起来，我眨了眨眼，觉得这人十分熟悉，他是五师兄还是六师兄还是七师兄来着……我认不大出来了。

他嘴唇抖了抖，牙齿打战道："小九！你是小九吧！"

我又傻乎乎眨眨眼。

“师父同我们找了你半年，你到哪里去了！我们好想你啊……”他嗷嗷哭了起来，十分动情，连带着我也抬手抹了一把泪珠子，结果便又听他道，“半年不见，你怎么、怎么胖成了这样……呜呜……”

真是……哪壶不开提哪壶……

后来，他便拎着我的翅膀，将我带回大梵音殿了。那时候我回头望了望，很远很远的地方，貌美如花的少年郎仍然躺在狗尾巴草丛中，睡得安然舒畅。

师父师兄们觉得我失而复得，对我格外宠爱了。特别是六师兄，每每清晨便牵着我出去遛一遛，口中念念有词：“你这身量，得运动哇……要么长大之后胖起来，就没人娶你了。”

当时我还觉得六师兄说得对啊，便十分听话地随他出去。后来，才发现六师兄当初这句话说得简直不对，你看本神君长大后身形也算苗条，不依然打了十二万年光棍嫁不出去吗。

可在大梵音殿的日子里，每天清晨，望着彤彤的云彩和瑰丽的太阳，我总觉得很惆怅。

我知道从此，再无一个人将我捧在手心里了。

因为，我太胖了。

我有时候，也十分想念那温暖的掌心。

如今面前虽然模糊看不清什么，但那时时刻刻攥着我的手，给我以温融暖意的手掌，就像当年将我捧在手心里的那个少年郎的手掌一样。我不由得十分眷恋。

“阿玉，你快醒过来吧……”他话尾都带了颤音。他拉起我的手往唇边贴，他唇边胡子拉碴，扎得我十分难受。却又觉得莫名感伤，他好像陪了我很久，他从来没有放开我的手。

我哼哼了一声，手心里又钻进许多暖流，我终于能抓住一些了，那暖意行至周身，我觉得很舒畅。

可等我真真切切睁开眼，愣愣打量趴在床边的、还握着我手的那人的时候，彻底傻了眼。他像是觉出我的响动，猛然抬头看我。

他胡子拉碴面容惨白，连衣衫都有些脏乱了。我花了很大力气，才从喉咙里挤出来沙哑的两个字——

“孟……泽……”

他当即红了眼眶。

我反应过来他是谁，当即有些害怕了，连忙打算将手从他掌心里抽出来，这个动作花了我许多力气，可我连胳膊都抬不起来。他便小心翼翼抬了我的手送进云被里，哽咽道：“你莫害怕，阿玉……你不要怕我……我不动你……”

虽然他这么说，我仍不自觉地缩了缩。这一缩不要紧，我发现这里根本不是在丹穴山……这、这房间的装扮，竟是曾经孟泽这混账伤我的地方——玄魄宫的厢房！

我挣扎着想站起来，却是重重跌在了床上，连带五脏肺腑绵延不断一阵痛。

他再次握紧我的手。不同以往一样，这次我竟然觉得他掌心十分温暖，细细暖流钻进手掌，给我内心捎过几丝心安。

可我惶恐地望了一眼他惨白的面色，当即明白这带着他特有气泽的暖流是什么……

这混账！这混账是在把他的仙元渡给我啊！

我拼了全身的力气想把手从他掌心抽出来，他这样的面色，俨然是失了太多仙元的样子啊！

可他左手死死握住我，俯身右手按住我的肩膀，皱眉道：“阿玉，乖，别再闹了……”

他奶奶的！谁在闹了！

我觉得眼泪都要奔出来了，费力出声：“浑蛋……放……开……”

他似是明白了我的想法，笑得跳脱：“你……是在心疼我？”

我侧了脸，不再看他，可是眼泪就控制不住流出来了。

他似乎也惊了一跳，温热的手颤颤拂了拂我的额发，又颤抖着揩掉我的眼泪，声音温柔得都不像他：

“阿玉，别哭了……你饿不饿，我命人给你做些吃的？”

我不搭话。

他便放开我，细心地替我掖了被角。起身时候他身形重重一晃，我瞧得出来，他这是仙力已经有些不支的样子了，忍不住眼泪又流了出来。

孟泽，他也是傻。

我隐隐约约记得梦中，那大片大片的暖意涌入我的体内，我晓得是孟泽救了我。其实他大可不必这样……我就算活过来又怎样，总共不过两年的寿命了……连累他仙元流失，他可怎么办……

我在孟泽的厢房中又待了数日，并非我眷恋这儿，而是本神君这没出息地根本连床也下不了。我时时刻刻都想走，这个地方，如惊悚地狱一般给我留下了刻骨铭心的阴影，我甚至一闭眼，总要想到那时候被绝魂针封住穴道，躺在这张床上任其宰割的样子。虽然我心中也十分难过，孟泽那厮为了救我舍了这么多仙元，但是恐惧也如影随形，我甚至不敢开口说话，怕一不小心他便转了脸色。

我不是怕死，你看我总共不到两年的时间可蹦跶了，我还怕什么死活的。但我确确实实怕折磨，给我个痛快也好，刀落人死，或者一剑封喉，多利落省事。但若是孟泽他一下狠戾起来，再霍霍给我三针，本神君便呜呼哉了。

孟泽也是看出了我的惧怕，是以特地挑了一个侍娥照顾我，他自己便只在晚上临睡前过来看我一眼，并不直接同我接触了。

照顾我的是个活泼善良的小姑娘，许是情窦初开的年纪，且看到了前些时日我昏死时候孟泽对我的种种照顾，是以同我讲话时，三句中有两句半是说她家君上的好，另外半句则是羞答答告诉我，遇到她家君上这样痴情的美男子，神君不要犹豫、大胆追上前云云。

我一开始是因为伤痛说不了话，后来是因着惧怕孟泽翻脸而不敢说。是以，小姑娘每每说这些话的时候，本神君躺在床上，憋得十分难受。

“神君，你看我家君上，长得多好看，这四海八荒的许多女神仙怕都比不上他的。”

“神君，你看我家君上，性子多和顺，比那些个娇生惯养的公子哥好了千万倍呢。”

“神君，你看我家君上，对你多上心，虽然我才来这玄魄宫不久，但是发现他从未对旁的姑娘这样好过。所以神君，你若好起来，就赶紧同我家君上表白吧。”

我往被子里缩了一缩，遮住脸。她果然是来得晚不晓得，当年是孟泽甩了我，而且甩了我之后还娶了二十七个老婆。

小姑娘替我掖了掖被角又道："神君怕是不晓得，当初君上抱你回来时，你脸上、脖颈上都是血。大家都以为你是个死人，宫里的掌事大人怕君上染了晦气想接你过来，可君上死活没有放手。我起初并不晓得他用什么方法救活了你，后来也是听他们说君上散了自己的仙元渡到你身上，他握着你的手几天几夜不曾松开，他也是几天几夜不曾合眼的。"

我窝在被窝里，心里流过的几丝酸涩，是感动还是愧疚，我说不大清楚。

"在这玄魄宫待得久的一些姐姐曾经说过，当初君上娶了好些姑娘做妻子，个个都有闭月羞花之貌，可惜君上虽然娶回来，但就搁在那里放着。约莫着一年前，他不晓得怎么回事，就把那些侍妾都遣散了。"小姑娘说到此处语气十分遗憾，仿佛错过了千载难逢的一件大事一样，苦闷道，"我来玄魄宫有些晚，竟没有见过君上那些美貌的妻子，唉，这也是命哪。"

"……"

"宫里的姐姐们也曾说过，君上是因为一个姑娘，才娶了这么多亲；也是为了这个姑娘，才会把娶回来的这些仙子放在玄魄宫而从未去亲近过。我常常想这个姑娘会是什么样子，如今我才晓得是神君你。神君虽然身体不大好，但是模样却是我见过的女神仙里面最能配得上我家君上的，你好好养伤，等好了之后一定不要辜负我家君上，他对你这样好。"

嗯，他对我也曾很好。如果梦中没有记错，当我还是一只巴掌大的小凤凰时，他曾将我捧在手心，照顾细致。那时候他完全可以把我宰了吃掉，可他将我养得很好。

我落了一回忘川海，甚至记不起自己这样小的时候同孟泽的一场缘分。只记得那时候脑子里一下子空缺出一个地方，许许多多事情，都记不得了。我日日饮大补的药，鼻血流得汹涌，这样一副丑凄凄的模样，哪里还指望着能有一个公子看上我。是以，当日我听了师兄们的话，晓得有人趴在墙头可能看上我了，怕他们跟我抢似的立刻提着裙子跑出去了。俊美无双的少年趴在墙头，日光烂漫，熠熠生辉，都抵不过眼前少年姣好的容貌。

说不动心是不可能的，否则我也不会一个激动喷出鼻血，吓得他掉下墙头。

但是，岁月荏苒不可回首。这个道理，我懂得日益深刻。比如我那不知去向的左心丢了就是丢了，比如孟泽甩了我便是甩了。这些都不可改变，更不可回头。

是夜，孟泽照例来厢房里，给我掖了掖被角，往火炉里添了炭火，默待了一会儿便转身准备走，就在他推开门的一刹那，我终于开口，沙哑地说了一声：“等等。”

他开门的手端的一颤，转过身来往我这边走的时候，脚步也是踉跄一些。他模样瞧着十分动容，开口时候语调也是轻柔得不能再轻柔：“阿玉……我在……你可是觉得哪里不舒服？”

我摇摇头，望着他道：“孟泽，其实这一次你不该舍了仙元救我。”

他愣了愣，缓缓坐在床边，笑了一笑道：“我愿意的。”

“可是你也晓得，就算你拼了命，我还是活不了多久，你这仙元怕是要打了水漂。”

他听了这话，身子一僵，木然望了望窗外。我晓得自己这句话说得不大妥当了，虽然他曾经对我狠心过，却也不希望我就这么去了。床边烛台上，灯芯噼啪撩起一声响，灯火颤抖了一番，才重新归于平静安宁。他望着窗外，天地寥寥；我望着烛火，彤彤绰绰。

这一刻沉默的光景，犹如一年那么长。

我缓缓往被子里缩了缩，正要开口跟他说“你回去休息吧”，却听他开口哽咽道：“阿玉，我如果说那时候，我并不晓得之前你右心受过伤，不晓得之前缝了七根银线，你……你信不信……”他说完这句话，望着窗外的目光依然未收回来。

我呆呆地望着他，清辉打在他脸上，那两行泪是真真切切的。

“嗯，信。”我开口安慰他道，“我早已不怪你了，这怕是命定的劫数，你不伤我，自然也会有旁人伤我。这一些，我早就看开了。”

他转头望着我，沉沉道：“可是，我现在不愿原谅我自己。”

“……你如今也是舍命救了我，这一桩算是补过了，孟泽，你不欠我什么了。”

他听了这话突然俯身过来，吓得我浑身一惊，赶紧裹了被子往墙角缩去。

不料动作过猛，肺腑被带得一阵痛，我忍不住倒吸了口凉气，手中紧紧攥着被角不敢放松。

他显然也是被我的动作惊了一跳，桃花眼里眸光怆然一滞。

我皱眉颤抖道："孟泽，你、你若是杀我就给我个痛快，莫要再折磨我了。"

他悲凉一笑，无奈道："我方才想替你好好安放一下枕头……阿玉，你现在这样怕我吗？"

我以为……我以为阴晴不定的他又要对我下毒手……如今听他温柔且无奈的一句"阿玉，你这样怕我吗"，本神君颇没出息地就这么哭了。我也不知道自己哭什么，好像这些天在心里绷得最紧的那根弦突然被这句温柔且无奈的话从中剪断了一样，我终于可以喘口气了。

他抬手过来，应该是想替我拂掉眼泪，但是伸到半空怕吓到我，又立马缩了回去隐在袖子里，焦灼道："阿玉，你怎么哭了？"

"你……送我回丹穴山吧……"我胡乱抹了一把泪。

"可是你现在……"

"你送我回丹穴山！现在！"我忍不住吼道，眼泪又飞出来，声音激动到连我自己都吓了一跳。

他赶忙点头，十分照顾我的情绪，安抚道："好好……阿玉，你莫要慌，我现在就送你回去。"